KB195163

위싱메신
Lucy Lucy

위싱머신

THE GOOD PART

소피 쿠슨스 지음 | 김나연 옮김

Lucy Lucy

일러두기

1. 본문 속 각주는 옮긴이 주입니다.
2. 책 제목은《 》, 영화 제목과 앨범명, TV 프로그램명은〈 〉, 노래 제목은「 」로 표기했습니다.
3. 본문 속 볼드체는 원서에서 이탤릭체로 강조한 부분입니다.
4. 외래어는 국립국어원의 외래어 표기법을 따랐으나, 일반적으로 통용되는 경우에는 관용에 따라 표기했습니다.

차례

스물여섯 살의 나에게.

조금만 버티면 돼!

제1장

현재

침대가 척척하다. 눅눅한 정도가 아니라 물기가 흥건한 게, 홍수를 막기 위해 급히 베개를 모래주머니로 사용한 것처럼 제대로 축축하다. 고개를 들어보니 침실 천장의 누런 얼룩 사이로 가느다란 물줄기가 맺혀 흐르고 있다. 방이 꿉꿉한 이유를 알았다. 침대 옆 시계는 오전 5시를 가리키고 있다. 그야말로 최악의 시간대이다. 다시 잠들기는 애매하지만, 그렇다고 하루를 시작하기에도 어쭙잖게 이른 시간.

침대에서 벌떡 일어난 나는 어수선한 침실 바닥의 온갖 장애물을 헤치고 밖으로 뛰쳐나갔다. 복도를 지나 현관문을 벌컥 열고 차가운 돌계단을 밟으며 아파트 꼭대기 층을 향해 달음박질쳤다.

"핀클리 씨! 핀클리 씨! 댁 화장실에서 또 물이 새요!"

나는 양 주먹을 불끈 쥐고 현관문을 두드리며 소리쳤다. 하지만 안에서는 아무런 반응이 없었다. 핀클리 씨가 수돗물을 틀어놓은 채로 욕조에서 영면에 드신 것만 아니길 빌었다. 그대로 천장이 무너져 내리면 나는 난리통이 된 방에서 시체와 사투를 벌여야 할 테니까.

"핀클리 씨!"

나는 머릿속에서 건물 잔해와 욕조, 비누 거품 밑에 깔린 침실을 지우려고 애쓰면서 조금 더 다급하게 그의 이름을 외쳤다. 마침내 모습을 드러낸 핀클리 씨가 현관문을 빼꼼 열고 그 틈으로 나를 바라보았다. 60대인 핀클리 씨는 정수리가 휑하고 옆머리는 삐쭉삐쭉 뻗친 미친 과학자 같은 외모로, 각진 이목구비에 늘상 기름때가 잔뜩 묻은 갈색 뿔테 안경을 쓰고 있었다. 나와 내 하우스메이트들은 그를 '냄새나는 노인네'라고 불렀다. 나는 핀클리 씨를 볼 때마다 혹시라도 그 별명이 튀어나올지 몰라 정신을 똑바로 차리려 갖은 애를 썼다.

"욕조 물이 또 제 방 천장으로 새고 있다고요."

나는 제법 단호한 목소리로 항의했다.

"그야 내가 목욕을 하고 있었으니까."

핀클리 씨는 젖은 머리카락을 검지로 집었다가 떼며 대꾸했다. 그 바람에 옆통수에 뿔이 하나 생겼다.

"이 새벽에요?"

나는 피곤한 목소리로 되받아쳤다.

"지난번에 배관공이 와서 욕실 바닥 타일을 제대로 보수하기 전까지 욕조를 쓰시면 안 된다고 했어요, 안 했어요? 욕조를 사용하시면 물이 샌다고요."

내 말투는 말이 안 통하는 어린아이에게 설명하듯 또박또박하고 침착했다.

"나는 샤워를 좋아하지 않는다네."

핀클리 씨가 이번에는 반대편 옆머리를 비틀어 아까와 똑같은 뿔을 하나 더 만들며 대답했다.

"목욕도 싫은 건 마찬가지랍니다. 특히 제가 **침대에 누워** 자고 있을 때 핀클리 씨의 목욕은 더더욱요."

나는 계단을 쿵쾅거리며 내려가면서 외쳤다.

"제발, 바닥에 수건이라도 좀 까세요!"

목욕에 미쳐버린 노인네와 논리정연한 대화를 나눌 이유가 없다. 집주인 신시아에게 **한 번 더** 전화해야겠다. 우리가 신시아에 대해 아는 거라곤 현재 스페인에 거주하고 고양이 털 알레르기가 있으며, 집주인 역할에 끔찍이도 젬병이라는 사실뿐이다. 그녀는 종종 '알아서들 할 일을 가지고 사람을 성가시게 한다'라고 투덜거려 내 짜증을 돋웠는데, 신시아, 정말 사람을 성가시게 하는 건 내가 아니라 당신들이야.

내 방으로 돌아와 일단 플라스틱 상자에서 아끼는 책들을 전부 꺼낸 다음 빈 상자는 침대 위에 올려놓고 책의 남은 물기를 닦아냈다. 물먹은 책들을 살피다 보면 자식 뒷바라지에 실패한 엄마가 된 기분이 든다. 모름지기 책이란 눅눅한 방바닥에 차곡차곡 쌓아두는 게 아니라 번듯한 책장에 일렬로, 장르에 따라 분류하여 반듯하게 꽂아놔야 하는 거다. **언젠가는. 내 책들아, 언젠간 꼭 그렇게 살게 해줄게.** 그런 생각을 하며 축축한 잠옷을 갈아입고 아직 보송한 침대 끄트머리로 기어들었다. 딱 두어 시간만 더 자고 싶은 마음이었지만, 머릿속이 번잡하고 발바닥이 축축한 상태로 잠들기란 쉽지 않았다. 그렇게 선잠을 좀 자다가 알람 소리에 놀라 번쩍 눈을 뜬 나는, 문득 내가 왜 침대 끝에 구부정하게 누워 자고 있는지 까먹은 채 황당한 기분으로 일어났다.

침대 끝에 누워 마주한 내 방의 풍경은 평소와 사뭇 다르다. 창밖으로는 우중충한 봄날이 다시 시작되고 있고, 창턱에 올려놓은 나비난초 화분은 어제보다 한층 더 갈색빛이 돌며 시들시들하다.

나비난초는 방구석에 축 늘어진 용설란과 함께 아빠가 선물로 주신 것이다. 아빠는 실내 식물이 우울증과 불안을 없애는 데 도움이 될 거라 굳게 믿으셨다. 하지만 아이러니하게도 아빠의 다음 방문 때까지 이 식물들을 잘 키워야 한다는 압박감이 내 불안의 주요 원인으로 자리 잡았다.

'나비난초는 죽이고 싶어도 못 죽인다. 그냥 내버려두면 알아서 잘 자라.'

아빠는 그렇게 말씀하셨지만, 아무래도 내가 그것들을 그냥 내버려두지 못했던 모양이다. 마치 광부들이 위험을 감지한다는 이유로 탄광에 데리고 들어갔다는 카나리아처럼, 나의 식물들은 내 열악한 거주지에서 나를 대신해 온갖 나쁜 것들을 흡수하는 리트머스 종이 같은 역할을 도맡았나 보다.

맨몸에 수건을 두르고 욕실로 향했는데, 누군가 이미 화장실을 쓰고 있었다. 이놈의 화장실은 **항상** 누가 들어가 있다.

나는 문을 두드리고 문틈 너머로 외쳤다.

"나야, 루시. 혹시 오래 걸려?"

에밀리나 조야라면 금방 나오겠지만, 줄리언이라면 몇 시간이고 틀어박혀서 나오지 않을 것이다. 기다릴 만한 가치가 있는지, 아니면 먼저 차를 한잔 마셔야 할지 확인이 필요하다.

"면도만 하면 돼."

욕실에서 줄리언의 목소리가 들려왔다. 환장할 노릇이다. 다음 사람은 세면대에 흩뿌려진 수염 조각과 작은 사각 수건에 묻은 면도 거품을 봐야 한다.

"내 방 천장에 또 물이 새."

내가 말했다.

"아, 그거 짜증 나지."

줄리언이 가볍게 대꾸했다. 그러나 그가 말하는 '짜증'은 물이 새는 천장 밑에 누워 자는 사람이 느끼는 '진정한 짜증'을 담아내기엔 한없이 부족했다. 복도에 서서 화장실 문 너머로 대화를 나누고 있는데, 웬 남자가 에밀리의 방에서 나왔다. 키는 멀대같이 크고 밝다 못해 허옇게 탈색한 머리카락에 가슴팍에는 대문짝만한 독수리 문신을 한 남자였다.

그는 내게 수줍은 손 인사를 보냈다.

"안녕. 나는 이즈키엘이라고, 에밀리 친구."

"그래요."

나는 재빨리 몸에 두른 수건을 있는 대로 끌어올리며 가슴을 제대로 가리고 있는지 확인했다.

"화장실 누가 쓰고 있는 거야?"

그 남자가 하품을 쩍 하며 물었다. 그러고는 창백하고 기다란 팔을 천천히 머리 위로 뻗으며 기지개를 켰다. 부지런히 나갈 준비를 해야 할 필요가 없는 사람 특유의 나른한 몸짓이다. 서둘러 출근해야 하는 나와는 달랐다.

"미안하지만 내가 먼저 줄을 섰어요."

아침부터 에밀리의 하룻밤 상대 중 한 명과 시답잖은 사담을 나누는 게 썩 유쾌한 일은 아니었기에, 나는 그냥 부엌으로 향했다. 그리고 아침부터 가스레인지 위에 냄비를 세 개씩이나 올려놓고 무언가를 끓이는 줄리언의 여자 친구 베티를 마주쳤다. 참고로 두 사람은 헤어졌다가 만나기를 반복하는 사이다. 베티가 뭘 만들고 있는 건지는 모르겠지만, 냄비에서는 허브를 한 줌 뿌린 도랑에 빠져 죽은 말고기를 끓이는 듯한 냄새가 진동했다. 베티를 개인적으로 싫어하는 건 아니지만, 그녀는 **항상** 우리 집에서 먹고 자고 **항상** 무언가를 만들었다. 이미 네 사람 살기에도 비좁은 부엌은 베티와 그녀가 가져오는 유리병들로 발 디딜 틈이 없었다.

"좋은 아침, 베티! 무슨 요리해?"

나는 애써 밝게 물었다. 나의 가장 커다란 장점이라면 심술

궂고 화가 날 때에도 예의 바르고 유쾌한 연기를 곧잘 한다는 것이다. 특히 번잡한 셰어 하우스에 산다면 자신의 감정을 잘 감추는 게 필수다. 세상에 어느 누가 투덜이랑 같이 살고 싶어 하겠는가. 베티가 뭐라 대답하기도 전에 화장실 문이 벌컥 열리는 소리가 들렸다. 나는 에밀리의 하룻밤 상대가 화장실을 차지하기 전에 복도를 달렸다. 그는 여전히 에밀리의 방문 앞을 서성이는 중이었다. 나는 재빨리 화장실로 뛰어 들어가며 외쳤다.

"미안해요, 좀 급해서!"

다리를 배배 꼬며 사과하는 눈빛을 보내는 것도 잊지 않았다.

예상했던 대로 세면대에는 미니어처 고슴도치들이 한가득이고 휴지도 똑 떨어진 상태였다. 다행히도 나는 이런 돌발 상황에 대비해 세탁 바구니에 숨겨둔 비밀 휴지가 있었다. **아, 제기랄. 누군가 내 비밀 휴지를 발견한 모양이다.**

곰팡이 핀 샤워 커튼을 걷자 욕조에 아주 거대한, 진짜 뼈 같은 것들이 가득 차 있는 광경을 마주했다. 나는 공포에 질려 비틀거리다가 수건걸이에 머리를 부딪쳤다.

"으악!"

저게 대체 뭐야? 누가 염산으로 시체를 녹인 거야?

"괜찮아?"

복도에서 누군가 내게 물었다. 나는 악몽을 불러일으키는 죽음과 부패의 현장을 뒤로하고 서둘러 부엌으로 돌아갔다.

"대체 누가 욕조에 시체를 넣어놨어?"

내가 물었다.

"너희 둘이 어제 사람을 죽인 거야?"

"어머, 시체라니!"

베티가 깔깔거리며 웃었다.

"줄리언이랑 나랑 이번 주에 육수만 먹는 식단을 해보려고 하거든. 음식을 만들려면 뼈를 고아야 하는데, 부엌 싱크대를 독점하고 싶진 않아서. 정육점 주인이 소 한 마리를 통째로 줬어. 먹어볼래? 화장실 자주 가는 사람한테 진짜 좋대."

베티가 내 얼굴에 국자를 들이밀었다.

"아니야, 괜찮아."

나는 구역질을 꿀꺽 삼키며 대답했다. 아무도 죽지 않았다니 다행이지만, 아무래도 내 하우스메이트가 사람을 죽인 게 맞을지도 모른다는 불안감이 엄습했기 때문이다. 명탐정이 나오는 추리 드라마를 너무 많이 봤나 보다. 항상 틀어놓는 드라마지만, 그 영향을 받아 나도 모르게 의심스러운 마음을 키우고 있던 게 분명하다.

"샤워는 어떻게 해?"

나는 최대한 침착하게 물었다.

"나 진짜 오늘은 지각하면 안 되는데."

"어차피 뜨거운 물도 안 나올 거야, 우리가 육수 내는 데 다 썼거든!"

줄리언이 침실에서 외쳤다.

"금방 옮겨줄게."

베티가 다정하게 덧붙였다.

그사이 에밀리의 하룻밤 상대가 욕실을 차지했다. 샤워기 소리가 들리자 막연한 걱정이 들었다. **정말 뼈 사이에 서서 샤워할 참일까? 왜 이 집에서 나만 이렇게 불안해하는 거지?** 에밀리의 방문이 열려 있는 걸 발견한 나는 고개를 슬쩍 들이밀고 그녀가 깨어 있는지 확인했다.

"잘 잤어?"

나는 이불 아래로 삐져나온 붉은 빗자루에게 물었다.

"루시, 혹시 저 남자 이름 들었어?"

에밀리가 말했다.

"기억이 안 나."

복스홀의 아파트로 이사 오기 전, 에밀리는 쇼어햄의 하우스보트*에서 살았다. 그녀는 소위 '자본주의 체계'를 혐오하고, 돈으로 사는 물건은 전부 물물교환으로 얻어야 한다는 철칙을 고수 중이다. 놀랍게도 에밀리의 침실 가구 대부분은 온라인에서 직접 기른 선인장과 교환한 것이다. 원칙적으로 그녀는 '모든 걸 공유하자'라는 마인드로 살아서 내 시리얼이나 빵, 세안제와 보습제를 자유롭게 사용한다. 처음 만났을 때는 미치광이 히피인가 싶었는데, 같이 산 지 어느덧 2년이 지나고

* 소형 요트에 방과 작은 부엌, 화장실을 만들어 거주용으로 사용하는 수상가옥의 일종

나니 내 첫인상이 전적으로 옳았다는 확신이 들었다.

"성경에 나오는 이름이었는데. 제러마이어? 제바디어?"

내가 대답했다.

"어디서 만난 거래?"

"쇼디치에서 열린 시 읽기 모임."

에밀리가 양쪽 뺨을 손바닥으로 두드리며 말했다.

"섹시하지?"

"존재감은 확실하더라."

내가 재치 있게 대답했다.

에밀리와 나는 남자 보는 취향이 완전히 다르다. 예를 들어 나는 매일 깨끗한 속옷으로 갈아입는 남자에게 끌린다.

"내 방 천장에 또 물이 새고 있어."

내가 말했다.

"끔찍하기도 하지."

에밀리가 보송한 베개로 얼굴을 덮으며 대꾸했다. 가끔은 이 집에서 천장을 걱정하는 사람이 나 하나뿐이라는 생각이 든다. 내 자조 섞인 이야기에 응답이라도 하듯 복도 끝에 있는 조야의 방에서 음악이 흘러나오기 시작했다. 내 절친이라면 내 처지를 조금 더 공감해 주리라.

"안녕."

나는 손가락으로 문틀을 똑똑 두드리며 말했다. 조야는 스티킹에 브래지어 차림으로 테일러 스위프트의 이번 앨범에 맞춰 춤을 추고 있었다.

"굿모닝, 루시."

조야가 노래하듯 대답했다. 나는 그녀가 지난밤 새벽 3시까지 파티를 즐겼다는 걸 분명히 알지만, 조야는 윤기 나는 검은 머리카락과 반짝이는 눈동자, 부러울 정도로 날씬한 몸매까지 상큼하고 완벽한 모습을 하고 있었다. 조야는 어젯밤에 한 아이 메이크업을 지우지 않은 채로 자고 일어나도 자연스러운 스모키 메이크업을 연출하는 사람이다. 나였다면 결막염에 걸린 오소리 같은 꼴일 텐데.

조야와 나는 열두 살 때 처음 만나 친구가 되었다. 솔직히 나이를 먹고 만났다면 우리가 여전히 친구 사이를 유지할 수 있었을지 모르겠다. 조야의 친구라기에는 내가 너무 뒤떨어지니까. 조야는 인도에서 자랐고 미국을 거쳐 영국으로 이민 왔다. 조야가 우리 학교로 전학을 왔던 날이 생생하다. 스타일리시한 미국식 옷차림에 화려한 동부 억양. 꼭 영화배우가 우리 주위를 걸어 다니는 느낌이랄까. 하지만 조야와 친해지고 나니 그 모든 화려함의 이면에 나와 같은 괴짜가 숨어 있다는 걸 알았다. 우리는 스누피 기념품 컬렉션과 스테프니 메이어*를 좋아한다는 공통점을 발견하고는 곧장 친구가 되었다.

"오늘 밤에 이 방으로 내 매트리스 가져와서 자도 돼?"

나는 조야의 침대 끝에 걸터앉으며 물었다.

"냄새나는 노인네가 또 목욕해서 내 침대가 다 젖었어."

* 소설《트와일라잇》시리즈 작가

"당연하지. 어떡해? 이불 말리는 거 도와줘?"

조야가 물었다.

"아니야, 걱정하지 마. 내가 이따가 할게."

"대체 이건 무슨 냄새야?"

조야가 얼굴을 찡그리며 코를 막고 물었다.

"줄리언이랑 베티가 뼈를 고아서 무슨 육수를 낸대. 욕조에 뼈가 가득해."

조아가 겁에 질린 표정을 지었다.

"전 세계에, 하다못해 이 동네에 아파트가 이렇게 많은데 우린 왜 하필 이 집을 골랐지?"

"왜냐하면 우리 예산 범위 내에 두 개의 방을 사용할 수 있는 유일한 집이었으니까."

조야가 대꾸했다.

"에밀리가 또 모르는 남자를 데려왔어."

"당장 현금을 숨겨. 지난번에 데려온 남자가 내 지갑에서 20파운드짜리 지폐랑 팬티 한 장을 슬쩍한 게 분명하니까."

"그럼 난 훔쳐갈 게 없으니까 다행이네."

내가 말했다.

"죽어가는 화분도 훔쳐 간다면 할 말 없지만."

"대체 어디서 그런 이상한 남자를 찾아오는 건지 모르겠어."

그렇게 중얼거린 조야는 음악을 끄고 화장대 앞에 앉아 머리를 매만졌다. 조아의 뒤에 서서 거울을 통해 보니 인터넷으로 셀프 커팅하는 법을 배워 자른 내 머리가 얼마나 끔찍해 보이는지 알겠다. 짝짝이로 잘려 지저분한 갈색 머리. 어쩌면 가위 탓일지도 모른다. 아니면 내 머리 자체가 문제거나.

"이것 좀 봐."

나는 짧은 쪽 머리카락을 잡아당기며 말했다.

"그렇게 이상하진 않아."

조야가 대답했다.

"이리 와봐. 내가 머리 해줄게."

조야가 의자에서 일어서더니 빈 의자를 향해 손짓하며 나를 재촉했다. 그리고 지저분했던 내 머리를 멋지게 틀어 올려 자연스럽게 말아 고정했다.

"승진한 첫날인데, 똑똑해 보여야지."

나는 조야가 내 승진 소식을 기억해 주었다는 사실에 감격했다.

"응, 드디어 대본 인쇄나 회의 뒷정리 말고 진짜 일을 맡을 수 있을 거야."

"네가 정말 자랑스러워, 루시."

조야가 말했다.

"내 제일 친한 친구가 유명 프로그램의 연출 팀이라니."

나는 "연출 **보조**야" 하며 정정했지만 칭찬에 얼굴이 달아올랐다.

"월급도 안 올랐고 그냥 직함만 바뀐 거야. 그래도 내 몫이 더 많아질 거야. 부디 아이디어를 제안하거나 게스트에게 브리핑도 할 수 있으면 좋겠다."

"그동안 고생 많았지."

조야는 반짝이는 헤어밴드를 집어 내 머리에 왕관처럼 씌워 주며 덧붙였다.

"너는 곧 방송국의 여왕이 될 거야. 아, 참. 까먹었는데…."

조야가 서랍에서 카드 한 장을 꺼내고는 내게 내밀었다. 앞면에는 조야가 직접 그린 스케치가 있었다. 내가 왕관을 쓰고 책과 오소리에 둘러싸인 채 TV를 들고 있는 모습이었다. 그림 위에는 완벽한 캘리그라피로 '축하해!'라는 글귀가 적혀 있었다.

"정말 근사하다."

나는 웃음을 터트리며 말했다.

"조야 칸의 오리지널 작품이네. 나중에 한몫 단단히 챙길 수 있겠어."

"사무실 책상에 올려놓고 볼 때마다 네가 어디까지 올라갈 수 있는 사람인지 잊지 마."

"정말 마음에 들어. 책이랑 오소리는 뭐야?"

"네가 책이랑 오소리를 좋아하잖아."

조야가 어깨를 으쓱하며 말했다.

나는 손을 뻗어 조야의 손을 꼭 잡고는 거울을 보고 "고마워" 하며 입을 벙긋거렸다.

조야는 언제나 허접한 내 경력을 든든하게 지지해 주었다. 내가 처음 TV 프로덕션에 취직했을 때만 해도 부모님 역시 열린 마음으로 내 결정을 지지해 주셨지만, 최저 임금에 시달린

지 18개월이 지나자 슬슬 걱정을 내비치셨다. 친구들은 모두 대학교 학위를 활용하며 각자의 커리어 사다리를 차근차근 타고 올라가는데, 나는 여전히 밑바닥에서 커피 심부름이나 하며 씨름 중이니까.

화장대 위에는 나와 조야, 페이, 로신이 함께 찍은 사진이 액자에 담겨 있다. 처음 런던으로 상경한 우리 넷은 같이 살자는 이야기를 나누기도 했었다. 하지만 페이의 부모님은 곧바로 오피스텔을 마련해 주셨고, 변호사 실무 수습생이던 로신은 나나 조야보다 훨씬 넉넉하게 직장 생활을 시작할 수 있었다.

"에밀리와 줄리언 대신 페이랑 로신이 같이 살았더라면 얼마나 좋았을까."

나는 거울을 통해 조야와 눈을 맞추며 조용히 중얼거렸다.

"욕실이 하나뿐이라 로신이 견디지 못했을걸."

조야가 웃으며 대꾸했다.

"그리고 페이는 아마 반사 요법*이랑 허브차로 냄새나는 노인네의 반사회적 성격 장애를 해결하느라 정신이 없었겠지."

"차라리 그 두 사람을 소개해 줘야 할까봐."

내가 그렇게 말하자 우리 두 사람은 동시에 웃음이 터졌다.

조야의 방은 벽에는 지점토 질감의 접착제로 붙인 포스터가

---

* 손바닥, 발바닥, 또는 귀와 같은 부위에 지압과 마사지를 하여 신체 에너지를 원활하게 하고 통증을 줄이는 마사지 요법

잔뜩 붙어 있고, 덕트 테이프가 덕지덕지 붙은 옷걸이에는 옷이 한가득한 게 내 방이랑 비슷했다. 그런데 문득 주변을 둘러보니 오늘따라 방 분위기가 조금 다르다는 것을 깨달았다. 마치 인스타그램 메이크업 인플루언서의 릴스 영상 속 방처럼 근사했다. 여러 개의 조명과 파란색 벨벳 안락의자, 여기저기 늘어놓은 쿠션과 세트처럼 잘 어울리는 침대 시트, 벽에 걸린 액자. 게다가 그 무엇보다 나의 부러움을 한껏 자극한 '이케아가 아닌' 짙은 색의 나무 책장까지. 이게 바로 넉넉한 월급이 주는 힘이다.

"방 진짜 근사하게 잘 꾸몄다."

나는 목소리에 질투를 담지 않으려 노력했다.

"고마워. 언제든 내 독서 의자에서 편히 쉬어."

얼마 전까지만 해도 나처럼 무일푼의 예술가였던 조야는 몇 달 전 결국 미대를 중퇴하고 부동산 중개업자로 취직했다. 대단한 예술가에게는 안타까운 결말이었지만, 이토록 근사한 책장도 예술은 예술이다.

조야는 내 어깨를 꽉 쥐고 "다 됐다"라고 말하며 머리에 마지막 핀을 꽂아주었다.

"고마워. 어떻게 이렇게 머리를 잘해?"

그때 복도에서 문이 열리는 소리가 들렸다.

"화장실 비었어!"

에밀리가 방문을 꽝 닫으며 외쳤다. 나는 다시 복도를 향해 뛰어나갔다. 하지만 베티가 나보다 빨리 화장실로 쏙 들어가는 모습만 볼 수 있었다.

"미안, 뼈만 챙길게!"

베티가 외쳤다. 나는 조야를 향해 돌아서며 살벌한 표정을 지었다. 놀랍게도 조야는 덩달아 웃는 대신 제법 진지한 목소리로 물었다.

"루시, 할 말이 있어. 이따가 지하철역까지 같이 갈래?"

"그래. 어차피 샤워할 시간도 없어. 옷만 갈아입고 나올게."

조야의 방에 있다가 내 방으로 돌아오니 광경이 더욱 참혹하게 느껴졌다. '인테리어 이전' 사진 속 방에서 살고 싶은 사람은 아무도 없다. 부모님은 내게 '아직도 학생 때처럼 산다'라고 말했지만, 실제로는 그보다 더 열악했다. 학생이었을 때는 학자금 대출과 기숙사 보조금, 괜찮은 가구와 마른 침대가 보장되었다. 그러나 어른이 된 지금은 세금과 집세, 공과금과 대출금 상환, 교통비를 제하고 나면 음식과 술, 옷, 탐폰 등 필수 생활비에 쓰는 돈은 일주일에 고작 35파운드가 전부였다. 만약 연출 보조로 승진한다면 주당 80파운드는 더 벌 수 있다. 그 정도면 제대로 된 밥도 먹고, 큰 책장도 사고, 사촌 언니에게 받아온 사이즈도 맞지 않는 공짜 생리컵 대신 일반 탐폰을 다시 살 수도 있다. 그러나 그런 거창한 사치는 그야말로 꿈이다.

물티슈로 겨드랑이를 대충 닦은 다음 데오드란트를 뿌렸다. 검은색 청바지와 몸에 꼭 맞는 티셔츠를 입고 마스카라를 살짝 바른 다음 볼에 블러셔를 톡톡 두드렸다. 이 정도면 적당히 깔끔하고 프로페셔널해 보일 것이다. 내 인생도 이렇게 쉽게 매만질 수 있다면 얼마나 좋을까.

조야는 벌써 현관문 앞에 서서 나를 기다리고 있었다. 현관 밖으로 나온 조야가 복도에서 맑은 공기를 한껏 들이마시는 듯한 시늉을 하자 웃음이 절로 나왔다. 계단을 내려와 거리로 나오자, 조야가 입을 열었다.

"너한테 제일 먼저 말하고 싶었는데…."

"뭔?"

나는 문득 걱정이 앞섰다.

"루시, 나 이사 나가려고."

"뭐?"

내 목소리에 깃든 공포를 지우지 못했다.

"왜?"

"우리 집은 쓰레기장이나 마찬가지고, 나는 이젠 돈을 벌고 있으니까."

친구의 얼굴이 미안하다는 듯 움찔거렸다.

"너랑 같이 사는 건 좋지만, 다른 사람들은 정말 못 견디겠어. 줄리언은 사흘 동안 젖은 빨래를 세탁기에서 꺼내지 않았어. **무려 사흘을**."

"나를 이렇게 버리겠다고?"

나는 진심으로 울고 싶었지만 꾹 참았다. 대신 과장된 몸짓과 목소리로 '엉엉' 소리를 내며 서운함을 감췄다.

"제발, 그러지 마. 나 나가면 네가 내 방을 써. 적어도 물은 안 새잖아."

"네 방은 내 방보다 비싸. 일주일에 20파운드나 더 줘야 하잖아."

"차액은 내가 낼게."

"아니야, 말도 안 돼. 난 괜찮아. 너라도 이사 나가서 기뻐, 진심으로."

나는 목구멍까지 차오르는 불안감을 꿀꺽 삼켰다. 나와 조야는 다르다. 조야는 열심히 일했고, 누릴 자격이 있다.

"고마워."

조야가 눈에 띄게 안심한 표정을 지었다.

"그리고 언제든 놀러 와도 되는 거 알지? 휴지도 늘 채워 놓을 거고, 죽은 소 사체가 욕조에 있을 일도 없을 거야. 약속할게."

"혹시 알아? 섹시한 프랑스 남자가 네 방을 차지할지도?"

나는 억지로 웃으며 농담을 던졌다. 마음속으로는 밀려오는 공포를 잠재우려 안간힘을 쓰면서도. **나는 뒤처지고 있다. 그리고 집은 더 이상 집이 아닐 것이다.** 조야가 없으면 나는 일요일 아침 누구와 함께 침대에 누워 〈프렌즈〉 재방송을 볼까? 누구와 다 읽은 책을 바꿔 읽을까? 누구에게 다른 사람 욕을 할까? 그러다가 마침내 내 방 천장이 무너지면, 대체 누가 건물 잔해에서 나를 구해줄까?

지하철역 개찰구에 다다르고 나서야 교통카드 유효 기간이 오늘 자로 만료되어 내일은 사용할 수 없다는 사실을 깨달았다. 조야에게 내가 얼마나 빈털터리인지 들키고 싶지 않아서 개찰구의 신에게 조용히 기도를 드리며 카드를 찍어보았다. 다행히도 개찰구는 나를 통과시켜 주었다.

전광판에 열차가 1분 후에 도착 예정이라는 알림이 떴다.

"얼른 가자, 뛰면 돼."

나는 조야의 손을 잡으며 말했다.

"그냥 다음 거 타면 안 돼?"

조야가 탄식을 내뱉었다.

"맨날 빨리 가자고 하더라."

우리는 겨우 올라탄 지하철에 빈자리까지 있는, 그야말로 호사를 누렸다. 비록 옆자리에는 시끄럽게 울어대는 아기와 비지땀을 흘리는 아기 엄마가 앉아 있었지만.

"그래서, 이따가 퇴근하고 다 같이 술 한잔하면서 승진 파티하는 거 맞지?"

조야가 물었다.

"글쎄, 잘 모르겠어. 어젯밤에 한숨도 못 자서 일찍 자야 할 것 같아."

지하철이 옥스퍼드 서커스역에 다다랐다. 내가 내릴 곳이었다. 조야는 나랑 같이 의자에서 일어나더니 나를 꼭 안아주었다. 지하철 안의 모두가 조야를 바라보고 있었다. 남자들은 조야의 벗은 모습이 어떨지 상상하고, 여자들은 조야의 머릿결이 어떻게 저렇게 탱글탱글하고 윤기가 나는지 궁금해했다.

(정답은 일주일에 한 번 마요네즈로 하는 헤어 팩이다.) 내가 지하철에서 내리자 조야가 창문 밖으로 고개를 기울이며 붐비는 플랫폼 너머로 외쳤다.

"루시 영! 잠은 죽어서 자는 거야! 승진을 축하해, 이따가 한잔하자!"

나는 회사를 향해 돌아서며 웃음을 참지 못했다.

제2장

옥스퍼드 서커스역에서 소호 지구로 걸어가던 중에 배가 꼬르륵거렸다. 그제야 아침이 소란스러웠던 탓에 제대로 밥을 못 먹고 나왔다는 사실을 깨달았다. 출근길에는 맛있는 냄새가 나는 수많은 카페와 눈이 휘둥그레질 정도로 비싼 옷을 파는 가게가 즐비하다. 나는 군더더기 없는 쇼윈도 앞에 잠시 멈춰 서서 슬림하게 재단된 빨간 슈트를 바라보았다. 여성스러우면서도 강렬하고, 유행에 뒤처지지 않으면서도 유행을 타지 않는 옷이었다. **언젠가, 루시. 꼭 언젠간!**

울 혼방 재킷에 대한 공상에 빠져 있는데, 휴대 전화가 울렸다. '집'에서 걸려온 전화다.

"응, 아빠."

나는 전화를 받았다. 집에서 걸려오는 전화는 언제나 아빠니까. 엄마는 아마 뒤에서 하고 싶은 말을 목청껏 외치고 있을 거다. 두 분은 아직 스피커폰의 개념을 이해하지 못한 듯싶다.

"네가 바쁜 건 안다만, 첫 출근길에 힘내라는 말은 해주고 싶어서."

"화이팅하라고 전해요!" 하고 외치는 엄마의 목소리가 귓가에 쩌렁쩌렁했다.

"뭐 입었냐고도 물어봐요!"

"뭐 입었냐?"

"대주교를 따라 엄숙하게 차려입은 여배우의 옷을 그대로 따라 입었다고 전해줘요."

내가 장난기 가득한 목소리로 대답했다. 아빠는 웃음을 터트렸다. 이건 아빠와 나 사이의 농담이다. 우리는 이중적인 의미가 조금이라도 담긴 농담을 먼저 하기 위해 경쟁하는 사이다.

"뭐가 그렇게 웃겨요?" 하며 엄마가 뒤에서 물었다.

"엄마한테 M&S* 단화에 적당히 무릎을 덮는 단정한 스타일로 입었다고 말해주세요."

내가 말하자 아빠는 등 뒤의 엄마에게 고스란히 되풀이했다. "아주 좋아"라고 말하는 엄마의 대답이 들렸다.

"전화해 줘서 고마운데, 진짜 가야 해요."

나는 쇼윈도에서 떨어지지 않는 발걸음을 억지로 재촉하며 대꾸했다.

---

* 고급스러운 옷이나 음식을 파는 영국의 대형 마트

"알았다. 일은 즐기면서 하는 거야. 청춘은 한 번뿐이다."

아빠가 말했다.

"즐기라고? 버트, 애한테 왜 그런 말을 해?"

엄마가 말을 이었다.

"당연히 최선을 다해야지. '어제의 내가 한 선택으로 오늘의 내가 있다'라는 앨리너 루즈벨트의 말을 잊지 말라고 해요."

"네 엄마도 즐기란다."

아빠가 서둘러 말하고 전화를 끊었다.

사무실에 도착할 무렵엔 너무 배가 고파서 베티의 육수를 거절한 게 후회가 될 지경이었다. 공용 탕비실에 제발 비스킷이 남아 있길 바랄 뿐이다. 지난주에 누군가 한 상자를 가져왔었는데, 초콜릿 비스킷은 이미 다 동났다.

"루시."

그때 날카로운 목소리가 들리며 내 머릿속의 비스킷에 대한 생각을 몰아냈다. 내 상사, 멜라니였다. 멜라니는 전화기를 귀에 댄 채 손가락을 내밀며 통화가 끝날 때까지 잠깐 기다리라는 손짓을 보냈다.

멜라니 더럼은 내가 세상에서 가장 동경하는 사람이다. 40대 중반인 그녀는 믿을 수 없을 만큼 똑똑하고 스타일리시하다. 웬When TV 프로덕션의 총괄 프로듀서 중 하나로 존경과 두려움을 동시에 불러일으키는 강철 같은 자신감을 가졌다. 한 번은 회의 중 창문을 빨리 열지 않았다는 이유로 내게 소리를 질렀는데, 나는 그때 솔직히 오줌이 찔끔 나왔다. 나는 가끔 내가 멜라니 나이가 되면 어떨지 상상하며 잠에 든다. 꿈속에서 나는 출간을 기다리던 책이 나오면 문고본이 아니라 양장본을 떡하니 산다. 출근길에는 매일 테이크아웃 커피를 사 마시고, 점심은 소호의 레스토랑에서 비싼 음식을 먹는다. 멜라니는 이따금 내게 샐러드 심부름을 시키는데, 샐러드 하나에 13파운드나 한다. **13파운드라니!** 상상이 되는가? 13파운드면 내 일주일 식비다. 게다가 알고 보니 멜라니는 이름부터 멋진 '루카스'라는 공학 기술 사업가와 결혼해 이즐링턴의 단독 주택에 살고 있었다. **런던 한복판의 단독 주택이라니. 단 한 면의 벽도 천장도 다른 이와 공유하지 않는 집이라니.**

하지만 내가 가장 부러운 건 바로 멜라니의 옷장이다. 멜라니는 총 스물여섯 켤레의 구두로 가득한 신발장의 소유자다. 숫자가 정확한 건 내가 그녀의 구두를 전부 세어보았기 때문이다. 오늘 멜라니는 내가 두 번째로 좋아하는 검은색 크리스찬 루부탱 앵클부츠를 신고 있다. 그 부츠만 있으면 나는 하루 종일 정신없을 정도로 행복할 수 있을 것 같다. 비둘기에게 쪼이거나 트럭에 치이는 일이 있어도, 완벽한 앵클부츠만 내려다보면 세상 모든 게 다 괜찮을 것만 같은 기분이랄까.

"오전에 방송 사전 미팅이 잡혔어."

멜라니가 말했다. 그제야 나는 그녀가 통화를 끝내고 내게 말을 걸고 있다는 사실을 깨달았다. 내 시선이 멜라니의 부츠에서 그녀의 얼굴로 껑충 튀어 올랐다.

"모퉁이에 있는 베이커리에 들러서 페이스트리 좀 사다

줄래?"

멜라니는 잠시 멈칫하다가 덧붙였다.

"열두 개. 첫 방송이 있는 날이니까, 내가 대접해야지."

고급스러운 베이커리에서 파는 맛있는 페이스트리를 먹을 생각을 하니 기쁨의 눈물이 흐를 지경이다. 그러다 문득 나는 이제 연출 보조라는 사실이 떠올랐다. 회의에 늦지 않게 들어가려면 새로 들어온 말단, 콜슨에게 심부름을 시켜야 하는 게 아닐까 하는 생각이 들었다. 하지만 멜라니에게 약간의 승진으로 헛바람이 들었다는 이미지를 주고 싶지 않았다. 마음속으로 이런저런 고민을 하는 사이, 멜라니는 벌써 엘리베이터를 향해 걸어가고 있었다. 나는 그녀의 뒤를 쫓아가며 거의 울먹이듯 속삭였다.

"죄송해요, 멜라니. 페이스트리값을 미리 주실 수 있을까요?"

"영수증 챙겨와."

멜라니가 나를 돌아보며 짜증 섞인 표정으로 대꾸했다. 마치 빵 사는 푼돈 따위로 자기를 잡고 귀찮게 하냐는 듯. 내 카드에 남은 한도가 30파운드가 채 안 된다는 사실을 알리기도 전에 그녀는 벌써 엘리베이터에 올라탔다.

프로듀서인 게틴을 쫓아가 돈을 빌려달라고 사정하고 베이커리에 달려갔다가 다시 돌아왔을 때는 이미 회의가 시작되고도 한참 후였다. 그것도 나 없이. 페이스트리 상자를 들고 한 바퀴를 돌고 나니, 상자에는 시나몬과 초콜릿 크루아상, 설탕을 얹은 아몬드 페이스트리까지 여섯 개가 남았다. 가장 마지막에 골라도 상관없을 정도로 전부 다 맛있는 냄새가 진동했다. 따뜻하고 바삭한 빵 냄새를 맡으니 기대감에 머리까지 맑아지는 기분이었다. 내 몫의 빵을 하나 막 고르려는 순간, 멜라니가 나를 저지하며 말했다.

"루시, 지금 뭐 하는 거지? 손님이 먼저잖아. 자기는 회의 끝나고 골라."

프로덕션 회의는 오늘 오후에 있을 방송 녹화에 관한 중요한 정보로 가득했지만, 나는 좀처럼 집중할 수 없었다. 크루아상 분배의 불공평함과 여전히 회의실을 가득 채우고 있는 달콤하고 바삭한 빵 냄새만 머릿속에 가득했다. 회의가 끝날 무렵, 멜라니가 물었다.

"새로운 아이디어 있는 사람? 다음 주 방송 꼭지로 뭐가 좋을까?"

나를 포함해 모두의 손이 번쩍 들렸다. 지금 회의 중인 프로그램 〈하워드 스터튼 쇼〉는 유명인 인터뷰와 영상 스케치, 게스트와의 토크를 총망라하는 황금 시간대 토크 쇼다. 모든 A급 스타들이 하워드를 좋아한다. 하워드의 프로그램에 출연해 젤리로 저글링을 해야 해도, 몰래카메라에 당해도 허허실실 웃는다. 하워드는 토크 쇼의 왕이다. 그의 유머는 저급하지 않고 남녀노소 모두를 웃기기 때문이다.

"트리스탄, 말해봐."

멜라니가 프로듀서 중 한 명을 가리켰다.

"하워드가 키우는 개, 대니가 토크 쇼에 나오면 다들 좋아하죠."

트리스탄이 말을 이었다.

"'대니와 데이트'라는 코너는 어떨까요? 레스토랑 세트에서 게스트와 대니가 데이트하는 거죠."

모두 웃음을 터트렸다. 말도 안 되는 소리지만, 가끔은 그런 아이디어가 통할 때도 있다. 하워드가 대니의 속마음을 독백하는 연기를 해도 재밌을 것 같다. 하워드는 그런 종류의 즉흥 코미디에 능한 사람이다.

"그럼 이런 건 어떨까요? 하워드가…."

나는 기를 쓰며 목소리를 높였다.

"마음에 들어."

멜라니가 내 발언을 자르며 말했다.

"하워드에게 강아지 독백 목소리 연기를 맡겨도 좋겠어."

"그렇죠! 정말 웃길 것 같아요."

트리스탄이 열광했다.

"대니가 엄청 까다로운 거지."

멜라니가 아이디어를 이어나갔다.

"마일리 사일러스의 테이블 매너가 마음에 안 드는 거야. 칼과 포크로 음식을 먹고 접시 옆에 있는 맛있는 뼈를 모두 버리는 게 불쾌하다고 생각하는 거지."

모두들 그녀의 아이디어에 웃음을 터트렸다. 오직 나만이 더 빨리, 더 큰 목소리로 말하지 못했음에 자책 중이었다. 그래도 여전히 남은 아이디어가 무궁무진했기에 열심히 손을 치켜들었다. 이번 주도 나는 매일 저녁이면 아이템 회의를 위해 아이디어를 구상하며 발표할 기회만 엿보았고, 멜라니에게 내 창의성을 증명해 보일 기회를 잡기 위해 애썼다. 하지만 멜라니는 끝내 나를 외면했고, 결국 크루아상 부족 증세로 떨리는 내 팔은 힘없이 떨어졌다. 한 번은 멜라니에게 아이디어 몇 가지를 적은 이메일을 보낸 적이 있었다. 멜라니의 답장은 딱 한 줄이었다. '프린터 잉크가 떨어졌어. 문구류 선반도 엉망이고. 시정 좀 해.' 나는 그녀의 답장을 이렇게 받아들였다. '네 할 일이나 똑바로 하고 이메일 좀 그만 보내.' 게스트와 사전 인터뷰를 하고, 하워드에게 브리핑하고, 그걸 콘텐츠로 구상하는 건 프로듀서들이 하는 일이다. 누군가 내게 기회만 준다면 나는 저들만큼이나, 아니 저들보다 더 잘할 수 있을 것이다. 그런 마음으로 그냥 지켜보기만 하는 일은 정말 암담했다.

회의가 끝날 무렵, 멜라니는 채널 위원들과 회의를 더 해야겠다며 남은 페이스트리를 접시에 담아달라고 했다. 옛날에도 이런 식으로 사람을 고문했을까? 그 옛날에도 크루아상이 있었나? 구글에 '크루아상 발명 연도'를 검색해 보니 1838년경이란다. 언젠가 퀴즈 팀에 들어가 '크루아상은 언제 발명됐나요?'라는 질문을 해야 할 때를 대비해 이 사실을 절대 잊지 않으리라 다짐했다.

"루시, 바빠요? 대본 좀 복사해 줄래요?"

프로덕션의 총무 린다가 건너편 방에서 내선 전화를 걸어왔다. 그녀에게 복사는 주로 말단이 하는 일이고 나는 이제 연출 보조로 승진했다는 사실을 상기시키고 싶었지만, 콜슨이 보이지 않기도 하거니와 할 일도 많은데 굳이 승진했다며 잘난척하고 싶지도 않았다.

최신 대본을 복사하고 스테이플러로 찍어서 팀원 모두에게 나눠준 뒤 프로듀서에게 내가 도울 만한 자료 조사가 있을지 물어보려는데, 게틴이 내게 차를 한 잔씩 타오라고 했다. 이번에야말로 콜슨이 제자리에 앉아 엄지손톱을 뜯고 있는 모습이 보였다.

"콜슨이 할 수 있지 않을까요?"

나는 호의적인 목소리로 들리도록 가볍게 물었다.

"루시가 가서 지켜봐."

게틴은 컴퓨터 모니터에서 시선을 떼지 않으며 대꾸했다. 언젠가 콜슨은 전자레인지에 차를 데워서 게틴에게 가져다줬었는데, 그 실수를 아직도 용서받지 못한 모양이다. 콜슨은 영 시작이 좋지 않았다, 불쌍한 자식. 한 번은 멜라니가 회의에서 그를 '코울슬로'라고 불렀는데 누구도 이름을 바로잡아주려 하지 않았다. 이제는 다들 콜슨의 이름을 헷갈려하고, 그와 눈이 마주쳐야만 무언가를 부탁하는 지경에 이르렀다.

콜슨은 탕비실에서 어정쩡한 기색으로 내게 다가와 "먼저 말씀해 주셔서 감사해요. 저는 아직도 제가 어떻게 해야 좋을지 모르겠어요" 하고 말했다.

입술을 잘근잘근 씹으며 신발 끝으로 애꿎은 바닥을 긁는 그의 모습에 동정심이 피어올랐다. 이미 자기들끼리 친한 학교에 전학 온 기분이 어떤지는 나도 잘 아니까.

"콜슨, 노트 하나 빌려줄게."

나는 부모님이 크리스마스 선물로 주신 작은 가죽 공책을 그에게 내밀었다.

"사람들이 커피를 어떻게 마시는지 다 적어뒀어. 멜라니는 대본을 두껍게 통으로 주는 걸 선호하고, 게틴은 꼭지별로 나눠서 스테이플러로 찍어주는 걸 좋아해. 내가 아는 건 다 적어둔 거야. 사람들에게 중요한 말을 들었을 때 모두 적어두면 두 번 물어볼 필요가 없잖아. 너만의 노트가 생길 때까지 내 걸 빌려줄게."

"와, 고마워요, 루시."

콜슨이 내 노트를 훑어보더니 소리 내 읽었다.

"이 고비만 넘기면 그때부터는 탄탄대로다."

"멜라니가 회의에서 그렇게 말한 적이 있거든."

사무실로 돌아왔을 때, 멜라니의 회의는 이미 끝난 후였다. 고개를 뒤로 한껏 젖혀 울부짖고 싶은 광경이 눈앞에 펼쳐졌다. **크루아상이 하나도 남아 있지 않았다.** 단 하나도. **어떻게 이런 일이 일어났는지 이해할 수 없었다.** 회의에는 세 명밖에 없었고, 접시에는 크루아상이 여섯 개 남아 있었다. 대체 누가 나보다 먼저 빵을 차지한 걸까?

바로 그 순간이었다.

이건 범죄다.

휴지통에 버린 크루아상 두 개 반! 대체 누가 이런 짓을 한 걸까? 누가 그 맛있고 바삭바삭하고 비싼 페이스트리를 반만 먹다 버린 걸까? 어떻게 이토록 완벽하게 맛있는 빵을 버릴 수 있단 말인가. 특히나 그 크루아상 하나만을 기다리며 고대하던 사람이 이렇게 두 눈을 시퍼렇게 뜨고 지켜보고 있었는데 말이다!

"루시?"

멜라니의 목소리가 내 주변 어딘가에서 울려 퍼졌다.

"예?"

"오늘 스튜디오에서는 자기가 고생 좀 해줬으면 좋겠어."

나는 회의실 문 앞에 서서 자비로운 미소를 짓고 있는 멜라니를 바라보았다.

"아, 그럴게요, 멜라니. 어… 그런데 저, 승진한 거 말인데요. 저는 좀 더 창의적인 업무를 맡을 기회가 있을 거라고 생각했거든요. 그래서 제가…."

"코울슬로가 자기처럼 업무 지원을 잘할 수 있을 때까지는 자기가 가르쳐야지. 그런 다음에 더 창의적인 일을 맡길 수 있을지 보자고."

"아… 저는…."

그리고 멜라니의 완벽한 눈썹이 내 입을 꽁꽁 틀어막았다.

"야망은 향수 같은 거야, 루시. 조금만 뿌려도 돼."

그 순간, 이 회사의 말단에서 벗어날 수 있을 거라 기대했던 나의 모든 낙관론이 무너졌다.

제3장

“나 오늘 쓰레기통에서 누가 먹다 버린 크루아상을 꺼내 먹었어.”

조야, 페이, 로신 그리고 나는 그날 늦은 저녁, 뉴먼 스트리트의 ‘블루 포스츠’ 레스토랑에 앉아 있었다. 하루 종일 담대한 표정을 짓느라 애를 썼지만, 가장 친한 친구들 앞에서만큼은 내 자괴감을 솔직히 털어놓을 수 있었다.

“왜 그랬는데?”

페이가 내 등받이에 팔을 두르며 기대왔다.

“아침을 못 먹어서 배가 고팠거든. 연필 부스러기만 좀 털어내고 먹었어.”

나는 부끄러움에 고개를 숙였다.

“혹시 납 중독이 되진 않겠지?”

“요즘 연필은 납으로 안 만들어. 얼마든지 먹어도 건강해.”

로신이 말했다.

조야는 손을 뻗어 내 잔에 건배했다.

"비렁뱅이지만, 우리는 여전히 네가 자랑스러워. 승진 축하해."

우리 넷은 시험, 이별, 페이 부모님의 별거, 로신 어머니의 장례 등 모든 순간을 함께하며 서로를 응원했다. 운전면허나 학위를 땄을 때도, 첫 직장, 첫사랑, 첫 아파트 입주를 했을 때도 서로 축하해 주었나. 하지만 대학을 졸업한 지 4년이 지난 지금, 나는 다른 애들에 비해 그리 축하할 일이 많지 않았다. 로신은 대형 로펌에서 잘나가는 변호사로 일하고 있고, 남자친구 폴과 동거를 시작하자는 이야기가 나온다고 했다. 페이는 척추 지압사로 햄스테드의 유명한 클리닉에서 일하고 있으며, 이미 집도 갖고 있다. 조야는 조만간 셰어 하우스에서 벗어나 자기만의 공간을 얻을 참이다.

"잘 모르겠어."

나는 낡은 가죽 의자에 몸을 웅크리며 말했다.

"모두가 여전히 나를 말단 스태프 취급해. 어쩌면 내가 무슨 일이든 해낼 수 있다고 착각하고 있는 걸지도 모르지."

"방송국이야말로 경쟁이 가장 치열한 산업이잖아."

페이가 내 등을 도닥였다.

"넌 〈하워드 스터튼 쇼〉에서 일하고 있어. 고등학생 시절의 너에게 지금 네 직상을 말해주면 아마 거짓말이라고 했을걸."

"네 말이 맞아, 그랬겠지."

나는 와인 잔 줄기를 매만지며 중얼거렸다. 페이는 언제나 완벽한 말을 생각해 낸다.

"멜라니라는 여자한테 좀 더 적극적으로 의사 표현을 해봐."

로신이 말했다.

"로펌에 입사했을 때, 나도 사람들이 회의 시간만 되면 차나 커피를 타오라고 시키더라. 회의실에 주니어 변호사가 있어도 내가 여자라고 꼭 나한테만 시키는 거야. 결국 파트너 변호사한테 대놓고 말했어. 후배 여성 변호사가 찻주전자를 들고 나르는 로펌이 클라이언트에게 얼마나 여성 혐오적이고 구시대적인 회사로 보이겠냐고. 그다음부턴 어떻게 된 줄 알아? 차를 따를 때는 항상 그 방에서 가장 나이 많은 사람이 따르는 규칙이 생겼어."

"와, 대단하다, 로신."

조야가 말했다.

"현대판 에멀린 팽크허스트*, 그 자체네!"

로신이 놀리지 말라는 듯 탁자 밑으로 조야의 종아리를 가볍게 찼다.

"아우! 나 진심이었거든?"

조야가 웃음을 터트렸다.

"아무튼, 멜라니에게 말해. '더 이상 차 심부름은 안 하고 싶어요. 다른 호구를 찾아보세요!'라고."

---

* 여성 참정권을 획득하기 위해 투쟁한 영국의 사회 운동가

로신이 내 가슴팍을 손가락으로 콕 찌르며 단호하게 말했다.

멜라니에게 그런 말을 한다는 상상만으로도 와인이 목구멍에 턱 걸려버렸다. 페이가 내 기침이 멎을 때까지 등을 두드려주었다.

"안타깝지만 '차 심부름'이 내 업무 중 하나라서."

내가 중얼거렸다.

"그건 괜찮아. 단지 내 일이 그걸 버틸만한 가치가 있고, 언젠가는 다 잘될 거란 확신이 있었으면 좋겠어."

조야가 내 팔을 감싸며 말했다.

"책의 결말을 미리 알고 싶어서 마지막 장부터 읽는 사람답네."

"딱 **한 번** 그랬거든."

"결말을 알고 보니까 재미없었지?"

조야가 혀를 차며 말했다.

"그랬지."

"네가 굶는다는 생각은 정말 하기 싫다, 루시. 혹시 식비가 모자라면 내가 아침값은 책임질게."

페이가 덧붙였다.

"내가 크루아상으로 만든 침대를 사줄게. 잼으로 만든 이불도."

조야가 말했다.

"아니야, 마음은 고맙지만 그게 내 고민이야. 너희는 맨날 나에게 술을 사주고 정산할 때 제외해 주잖아. 평생 공짜로 얻어먹고 싶진 않아."

내 입술이 바르르 떨리자 모두 내 기분을 풀어줄 말을 찾으려는 노력을 멈추고 서로를 끌어안으려 몸을 기울였다.

"나 괜찮아, 진짜. 그냥 힘든 날이라 그래. 내일은 완전히 잊고 다시 힘내면 돼."

"달 때문이야. 오늘 '배부른 달'이 떠서 더 힘든 거야."

페이가 두 손을 하늘로 치켜올리며 손바닥을 흔들었다.

"아, 조야가 나를 버린 게 달 때문이었구나."

내가 말했다.

"무슨 소리야? 너 이사가?"

로신이 의자에 앉아 어색하게 움찔거리는 조야에게 물었다.

"나만의 공간을 가질 때가 된 것 같아서. 좋은 곳에 살고 싶고, 외출하고, 여행 갈 돈도 모으고 싶어. 그래서 '폭스톤스'*에 취직한 거잖아. 내가 살고 싶은 삶은 너무 다양한데 뭐든 돈이 드니까."

"나도 다 누리면서 살고 싶어."

내가 말했다. 그런 다음에야 내 목소리에 가득 담긴 자기 연민을 후회했다.

"TV가 너를 행복하게 해주지 않는다면 장시간 노동과 끔찍한 박봉을 감수할 가치가 없는 거 아니야?"

---

* 영국 런던의 주요 부동산 중개 회사

조야가 말했다.

“내일 당장 폭스톤스에 취직하면 너는 정말 날아다닐걸. 루시, 우리가 함께 일하면 진짜 재미있을 거야! 그럼 우리 둘이 같이 이사 갈 수도 있잖아!”

조야가 자리에서 위아래로 몸을 흔들다가 와인을 거의 엎을 뻔했다.

“난 부동산 중개인이 되고 싶지 않아, 조야.”

와인에 흠뻑 취한 뇌가 생각 없이 말을 내뱉었다. 잠시 침묵이 흘렀다. 페이가 와인 잔을 손으로 꽉 움켜쥐었고, 로신은 헉하고 숨을 들이마셨다.

“아, 돈 받고 일하는 용병이 되자고 해서 미안해.”

조야가 차갑게 응수했다.

왜 보통 사람들처럼 ‘고마워, 조야. 나도 고민해 볼게’라고 대답하지 못했을까? 페이와 로신이 동시에 천천히 와인 한 모금을 마셨다.

“그런 뜻이 아니라, 넌 지금 완벽하게 일하고 있잖아. 그 일을 좋아하고. 단지 나하고는 맞지 않을 것 같다는 뜻이었어.”

“이건 목적을 위한 수단일 뿐이야. 그래야 내가 진짜 좋아하는 것들을 할 수 있고, 여행도 갈 수 있으니까.”

“너에겐 그게 맞는 거지. 다만 나는… 나는 그냥 내 경력을 여기서 포기하기엔 좀 이른 것 같아.”

“그러니까 네 말은, 내가 미대를 너무 빨리 그만뒀다는 거잖아.”

조야가 가슴 앞으로 팔짱을 낀 채 입술을 쭉 내밀며 물었다.

"아니야, 그런 뜻이 아니었어."

"너랑 난 상황이 달라."

조야가 진지한 표정으로 덧붙였다.

"내가 스스로 돈을 벌지 못하면 우리 부모님은 좋은 집안 출신에 성품 착한 인도 남자랑 선보고 결혼하라며 나를 압박하실 거야. 부모님은 항상 예술은 취미라고, 결혼해서 아이를 낳으면 자연스럽게 포기할 거라고 여기시지만, 난 절대 그런 소박한 삶은 살지 않을 거야."

조야가 주먹으로 테이블을 쿵 내리치며 감정이 잔뜩 담긴 눈으로 말했다.

"나는 내 방식대로, 내가 결정한 시기에, 나만의 그림을 그릴 거야!"

"당연히 그러겠지, 알아. 그저 내가 내 상황에 대해 다른 사람을 탓하고 있다고 생각하진 않았으면 좋겠어."

내 변명이 늘어났다.

"그럼 그만 좀 징징거려."

조야가 말했다.

"아니면 부업이나 다른 일을 알아보던지."

조야가 잠깐 말을 고르다가 갑자기 자리에서 일어섰다.

"아니야, 조야. 가지 마. 내가 미안해."

나는 손을 뻗으며 조야에게 매달렸다.

"내일 일찍 집 보러 가야 해. 영혼은 없어도 내가 선택한 내 직업이니까."

조야가 우리가 마신 와인을 다 계산하기에 충분한 금액인 20파운드짜리 지폐를 꺼내 테이블 위에 내려놓았다. 그리고 채 말리기도 전에 가게 밖으로 걸어 나갔다.

"와, 달 때문인지 다들 예민하다, 그렇지?"

로신이 분위기를 풀어보려 애썼지만 나는 웃을 수 없었다. 로신이 내 팔에 손을 얹으며 속삭였다.

"괜찮을 거야. 조야가 어떤 애인지 잘 알잖아."

"내가 엉뚱한 데 화풀이를 했어. 조야를 염두에 두고 말한 게 아닌데."

내 목소리는 한없이 침울했다.

"우리도 알아."

페이가 대답했다.

"그냥… 앞으로 조야 없이 어떻게 살아야 할지 모르겠어."

그로부터 한 시간 후, 지하철역에 다다른 나는 페이, 로신에게 아쉬운 작별 인사를 했다. 페이는 자전거를 타고 집에 갈 예정이있고, 로신은 택시를 잡았다.

"정말 괜찮겠어?"

페이가 걱정스러운 얼굴로 물었다.

"천장이 걱정되면 오늘 밤엔 조야의 방에 가서 자."

"알아, 그럴 거야. 아무튼 오늘 자리 마련해 줘서 고마워."

두 사람이 떠나고 난 뒤, 잔액이 없는 교통카드와 그보다 더 빈곤한 체크카드, 신용카드까지 모두 긁고 난 후에야 집에 갈 차비가 없다는 사실을 깨달았다. 젠장. 페이에게 전화해서 부디 자전거를 돌려 5파운드만 빌려달라고 부탁할까 싶었지만, 너무 창피했다. 휴대 전화로 지도를 보니 소호에서 내가 사는 케닝턴 레인까지 걸어서 45분이 걸린다고 하는데, 밤 10시에 그 거리를 걷자니 너무 멀게 느껴졌다. 하지만 따지고 보면 거리는 상대적인 거다. 한니발은 걸어서 알프스산맥을 넘었고, 로마 군대는 영국까지 걸어서 진군했다. 충분한 시간과 발에 잘 맞는 신발만 있다면 걸어갈 수 있는 거리다.

그러나 내게는 잘 맞는 신발이 없었다. 런던 거리를 걸은 지 30분이 지나자, 싸구려 검은색 플랫 슈즈 속 발가락에 물집이 잡히기 시작했다. 로마 군대가 플랫 슈즈를 신고 유럽을 횡단하진 않았으리라. 휴대 전화 배터리를 아끼기 위해 지도를 계속 확인하지 않으려 애썼지만, 설상가상으로 주변이 너무 낯설었다. 길바닥에 주저앉아 휴대 전화를 확인해 보니, 동쪽으로 너무 멀리 걸어왔다는 사실을 깨달았다.

지도의 도로명을 확대하고 있는데, 30일 무료 체험을 제공한다고 해서 가입한 데이트 앱 '런던러브'의 알림이 떴다. 내가 '좋아요'를 표시하고 넘겼던 '데일29'가 나와 매칭된 게 틀림없었다. 이 앱은 반경 약 800미터 내에 일치하는 사람이 있을 때 알림으로 알려준다. 가까운 곳에 있는 데이트 상대와 만나라는 뜻이다.

루시26, 매칭됐네요! 술 한잔할래요? 데일29가 메시지를 보내왔다.

프로필 사진이 꽤 괜찮다. 금발 곱슬머리에 선탠을 했고, 서프보드를 들고 찍은 사진도 있었다.

그냥 지나가던 중이에요. 다음에 한잔해요. 나는 그렇게 답장했다. 한잔할 돈이 있다면 물집이 잡힌 발을 잠시 쉬게 하기 위해서라도 그를 만났을 것이다.

그러지 말고, 내가 살게요. 한잔해요. 프로필이 너무 마음에 들어서 지하철에서 큰 소리로 웃었어요. 다들 나반 쳐다봐요. 너무 창피하네요.

데일29는 말발로 살아남을 사람이다. 조금 더 메시지를 주고받은 후, 서로의 위치에서 교차하는 지점에 있는 '포커크'라는 펍에서 만나기로 했다. 그와 한잔하면서 내 발과 휴대 전화를 충전할 수 있을 것 같다. 이 남자가 특별한 내 짝이 아니더라도, 인생의 30분 정도만 낭비하면 되니까.

교차로를 돌아 그가 말한 펍에 도착하니 가게 문은 닫혀 있었고, 데일29의 덜 잘생긴 동생처럼 보이는 남자가 그 앞에 서서 나를 기다리고 있었다. 데일29는 프로필 사진보다 창백하고 뚱뚱했지만, 흉측한 몰골은 아니었다. 그는 내가 다가가자 나를 향해 나성히 손을 흔들었다.

"미안해요, 보수 공사로 문 닫은 걸 깜빡했어요. 이 근처에는 갈 만한 다른 곳이 없네요. 그나저나, 저는 데일입니다."

데일이 손을 내밀어 딱딱하게 굳은 내 손을 맞잡았다.

"루시예요."

나는 짧게 대꾸했다. 실제로는 덜 매력적인 그와 더불어 휴대 전화를 충전할 곳을 잃었다는 실망감이 몰려들었다.

"저는 여기 살아요."

데일이 바로 옆 건물을 가리키며 말했다.

"괜찮으면 올라가서 한잔해요. 슬로바키아산 진과 플랫 토닉이 있거든요."

그가 활짝 웃으며 말했다.

"온라인에서 방금 만난 사람 집에 들어가는 게 조심스러울 순 있지만, 전 살인자가 아니라고 약속드릴 수 있습니다."

"꼭 살인자들이 그렇게 말하더라고요."

내가 데일을 향해 예의 바른 미소를 띠며 말했다.

"그 말이 맞네요."

데일이 의도적으로 생각에 잠긴 듯한 자세를 취하며 턱에 손을 얹었다.

"제가 제시할 만한 '괜찮은 남자' 신분증이 어디 있을 텐데요. 진토닉 기술이나 대화의 질을 증명할 순 없겠지만, 제가 생명의 위협이 되지 않으리란 보장은 될 겁니다."

"지갑 좀 보여줘요."

내가 손을 내밀며 말했다. 데일은 나를 만난 지 얼마 되지 않았는데도 기꺼이 지갑을 내밀었다.

"지금 제 지갑을 털려는 거예요?"

데일이 물었다.

그의 태도가 마음에 들어 카드를 뒤적거리다 보니 나도 모르게 웃음이 새어 나왔다. 평범한 신용카드 사이에서 서더크의 도서관 회원증을 발견하고 휴대 전화로 사진을 찍었다.

"이걸 친구들에게 보내야겠어요. 당신이 나를 죽이면 내가 아는 모든 사람이 당신의 회원 번호로 책을 대출하고 반납하지 않을 거예요. 그러면 연체료가 평생 당신을 따라다니겠죠."

데일이 뱃속 깊은 곳에서부터 웃음을 터트렸다. 그는 도서관 회원증이 있고, 내가 웃기다고 생각한다. 그러자 모르는 사람 집에 가야 하나 싶은 불안감이 조금 누그러졌다. 가끔은 직감과 휴대 전화 충진 같은 특별한 상황에 나를 믿고 맡겨야 할 때가 있다.

데일의 아파트는 평범했다. 필리파라는 여자와 집을 공유하는데, 그 하우스메이트는 이번 주에 스페인으로 여행을 갔다고 했다. 데일은 음악을 틀고 칵테일을 만들었다. 스페인의 어쿠스틱한 음악이었는데, 미루어 보건대 나보다 음악에 대해 잘 안다는 자랑을 하고 싶었던 모양이다. 데일이 내민 충전기와 진토닉을 받아 든 나는 그의 낮은 베이지색 소파에 앉아 잠시 지친 발을 쉬었다. 데일은 나와 이야기를 나누며 다 먹은 피자 상자를 복도에 버리고, 빨래 건조대를 옮기고, 지저분한 우편물 더미를 숨기는 등 거실을 정리하려 애썼다. 데일은 어쩌면 정말 괜찮을 사람일 수도 있다. 이렇게 데이트를 시작하고 사귀면 이게 우리의 첫 만남 이야기가 되는 게 아닐까. 하지만 내가 이 남자와 정말 사귈 수 있을까?

"그 앱으로 여자 많이 만나봤어요?"

내가 물었다.

"네 번요."

데일이 대답했다.

"다른 앱보다 낫더라고요. 몇 주 동안 온라인으로 대화를 나누다가 갑자기 끊기는 경험은 정말 싫거든요."

"맞아요."

나도 고개를 끄덕였다. **그냥 데일이라는 사람을 좋아할 수 있을까? 프로필 사진처럼 늘씬하고 완벽하게 그을린 피부는 아니지만, 눈을 가늘게 뜨면 숙취에 살이 좀 붙은, 키가 작은 버전의 크리스 헴스워스라고 착각할 정도는 되지 않나?**

"한 여자를 만난 적이 있어요. 자기를 헬스 트레이너라고 하더군요."

데일이 기억을 떠올리며 미소 짓더니 내가 앉아 있던 소파 옆자리에 앉았다.

"그냥 평범하게 몇 번 만나다가 잠자리까지 했는데, 난 내가 헬스장에 있는 줄 알았네. 글쎄, 나더러 박자에 맞춰 숫자를 세라고 하더라고요."

"엄청난 압박감이었겠네요."

나는 웃음을 터트리며 호응했다.

"너무 부담스럽죠! 20까지 세다가 숫자를 까먹었는데, 내가 20까지밖에 못 세는 줄 알까봐 어찌나 초조하던지."

"내가 만난 남자는 술집에 오면서 타파웨어 그릇에 자기 견과류를 담아온 적도 있어요. 바에서 내어주는 견과류는 위생적으로 더러울 것 같다고요."

"아, 다람쥐맨. 제 친구를 만났군요."

데일이 씩 웃으며 말했다.

우리는 서로의 고백에 웃음을 참지 못했다. 그리고 서로에게 호감을 느꼈다. 나는 그가 얼마나 쉽게 웃는지, 웃는 얼굴이 얼마나 생동감 넘치는지를 감상했다. 데일이 내 다리에 슬그머니 손을 올렸고, 나는 그의 손을 떨쳐내지 않았다.

"음, 루시26. 어릴 때 커서 뭐가 되고 싶었어요?"

"좋은 질문이네요."

나는 술을 한 모금 삼키며 목으로 넘어가는 뜨끈한 기운을 즐겼다.

"항상 TV 프로듀서가 되고 싶었는데, 스물여섯 살이 되도록 아직도 프로덕션 먹이 사슬의 제일 밑바닥이에요. 얼마나 더 플랑크톤처럼 살 수 있을지 모르겠어요. 당신은요?"

"플랑크톤의 정점에 도달하다니, 인상 깊네요. 난 아직 학생이에요. 먹이 사슬엔 발도 못 붙였죠."

"무슨 공부를 해요?"

내가 물었다.

"기계 학습 분야 석사 과정을 밟고 있어요."

"오, 그게 뭔데요? 로봇에게 세상을 정복하는 법을 가르치는 거예요?"

데일은 또다시 웃음을 터트렸다. **너무 쉽게 웃는 스타일 같기도 하다. 어쩌면 그는 모든 사람과 이렇게 자주 웃는 걸지도 모른다.**

"아니요. 컴퓨터 프로그래밍에 가까워요."

"난 그런 거 정말 못해요."

내가 대답했다.

데일이 휴대 전화를 꺼냈고, 나는 내 대답이 그를 지루하게 만든 건 아닐까 초조해졌다.

"프로필 사진에 궁금한 게 좀 있었는데요."

데일이 진지한 인터뷰를 흉내 내며 물었다.

"여기 '좋아요' 목록에 흥미로운 게 몇 개 있더군요."

"내가요? 뭐라고 썼는지 기억도 안 나는데."

"오소리를 좋아해요? 왜 오소리를 좋아하죠?"

나는 어깨를 으쓱했다.

"성질이 더럽고, 흑백 무늬가 좋아서요."

"그렇구나. 그런데 〈명탐정 포와로〉*는 너무 옛날 드라마 아닌가?"

"어떻게 그렇게 심한 말을!"

나는 정말 기함할 듯이 놀라 눈살을 찌푸리며 말했다.

"어렸을 때 부모님이랑 같이 보던 거예요. 주제곡이 정말 좋았거든요."

데일은 내가 더 설명해 주길 잠자코 기다렸다.

"편하게 보는 탐정 드라마잖아요. 안 그래요? 포와로는 항상 나쁜 놈을 잡고, 모든 사건은 만족스럽게 설명돼요. 애거사 크

---

* 애거사 크리스티의 명탐정 '포와로'가 미궁에 빠진 사건들을 풀어가는 내용의 영국 드라마

리스티의 세계에는 언제나 질서와 균형, 해결이 있죠."

"현실과는 다르다는 거죠?"

데일이 물었다.

"그런 것 같아요. 그래서 TV를 좋아하는 것 같기도 하고. 이 세상이 이해가 안 돼도, TV는 이해가 되거든요."

나는 대답이 너무 진지했던 건 아닐까 곱씹으며 잠시 말을 멈추고 그의 눈을 들여다보았다.

"제가 너무 과하게 고민하는 걸 수도 있어요. 어렸을 때 TV를 너무 많이 보는 외동딸이었거든요."

나는 손을 뻗어 그의 휴대 전화를 빼앗았다.

"아무튼 제 얘기는 그만하고, 당신 프로필 좀 봐요. 피자 좋아해요? 근데 피자 안 좋아하는 사람도 있나?"

데일은 또다시 웃음을 터트렸고, 나는 마음이 한결 느긋해졌다.

"나는 사워도우* 피자를 좋아한다고 썼습니다. 완전히 다른 틈새시장이죠."

우리는 이야기를 나누고 진을 더 많이 마셨다. 술이 들어갈수록 우리 두 사람 사이의 간격이 좁아졌다. 이야기를 나눌수록 데일이 마음에 들었다. 데일은 솔직하고 질문을 많이 했다. 남자가 '우리 집으로 갈래요?'라는 질문을 한 번도 하지 않은 데이트가 그동안 얼마나 많았던가. 생각해 보니 데일이 처음

* 발효효모와 유산균으로 시큼한 맛을 내어 만드는 빵

한 질문이 바로 '우리 집 갈래요?'였다. 데일이 내게 입을 맞추려고 몸을 기울이기까지 얼마나 많은 시간이 흘렀는지는 모르겠지만, 그 후로 모든 게 엉망이었다.

일단 키스가 썩 좋지 않았다.

그는 내 혀를 쭉쭉 빨았다. 자연스러운 혀 놀림이 아니라 말 그대로 《해리포터》의 '디멘터'나 〈에일리언〉의 '페이스 허거'처럼 내 혀 전체를 입으로 빨아들였다는 뜻이다.

충분히 빨릴 만큼 빨리고 나서야 나는 숨을 고르며 잠깐 화장실에 다녀오겠다고 변명했다. 그는 어색한 웃음을 지으며 '좋은 생각이네요'라고 말했다.

좋은 생각? 그게 무슨 뜻이지? 나한테도 남들처럼 방광이 있다고요, 데일. 변기에 앉자마자 익숙한 실망의 장막이 온통 그늘을 드리웠다. 항상 뭔가 결점이 있다. 데일은 평범한 남자이고 내 말에 귀를 기울이며 플랑크톤 농담을 좋아했다. 그런데 왜 그와 키스하는 데 이토록 기가 쭉쭉 빨리는 느낌일까? 화장실에서 나오기 전, 나는 우리 집에 휴지가 없을 때를 대비해 휴지를 돌돌 말아 브래지어 안쪽으로 쑤셔 넣었다. 내가 이렇게 더 깊은 바닥을 찍고 마는구나.

어색한 작별 인사를 대비해 이런저런 핑계를 고심하며 거실로 나와 보니, 데일이 홀딱 벗은 채 거실 한가운데 서 있었다.

"세상에, 데일. 전 아직 그걸 볼 준비가 안 됐는데요."

내 목소리는 생각보다 차분했다.

"당신이 좋아요. 당신도 그렇잖아요. 지구에서의 우리 삶은 너무 짧아요. 너무 깊이 생각하지 말자고요."

그가 다시 웃는다. 그래, 그는 **확실히** 너무 자주 웃는다.

"잘 있어요, 데일."

나는 황급히 휴대 전화와 가방을 챙겼다.

"저기, 가기 전에 한번 빨아주고 가면 안 돼요?"

다시 한번, 데이트에 대한 나의 열망이 우울한 현실 앞에 꺾이고 만다. 저게 99퍼센트의 보통 남자였다.

제4장

거리로 돌아온 나는 멍청한 나 자신을 자책했다. 그리고 당연한 수순으로 데일29를 '등신' 목록에 추가했다. 대학 시절부터 사귀었던 남자들은 모두 '등신'이거나 '여성 혐오자'거나 내 허벅지를 베고 누워 감자칩을 먹는 이상한 페티시를 가졌었다. (물론 나도 같이 먹긴 했지만, 침대 시트에 밴 시큼한 냄새는 절대 빠지지 않았다.) 대체 멀쩡한 남자들은 다 어디 갔을까? 멍든 혀로 입안을 굴리며 길을 건너는데, 하늘이 활짝 열리며 갑자기 폭우가 쏟아졌다. 값싼 접착제가 물에 닿자마자 녹아내리며 신발 밑창이 떨어져 나갔다. 오늘 아침에 일어났을 때는 내 목에 걸린 교수대 밧줄이 얼마나 긴지 몰랐다. 마음껏 추락한 지금에야 그 끝이 명확해진 느낌이다. 나는 한 번의 비명에 두 번의 발 구르기, 그리고 하늘을 향한 한 번의 주먹 흔들기를 했다.

집은 또 어떻게 간단 말인가? 조야에게 미안하다고 전화를 걸어 제발 운동화 한 켤레를 가지고 나와달라고 빌어야 할 판이다. 하지만 그 난리를 피우고도 결국 충전을 하지 못해 휴대전화가 방전되었다. 그런 이유로 나는 익숙한 길거리가 나오기를 바라며 달리기 시작했다. 얼마 지나지 않아 숨이 차고 발이 너무 아파 더 이상 뜀박질이 어려웠다. '배스킨 광장'을 끼고 우회전을 한 다음 오래된 빨간 공중전화 부스를 지나니 저 멀리 24시간 영업하는 신문 가게가 보였다. 최악의 비를 피할 수 있기만을 바라며 나는 그곳의 처마 밑으로 내달렸다. 파란색과 흰색 어닝이 드리워진 창문에 먼지 쌓인 통조림 캔이 가득 찬 진열대가 나란한 작고 오래된 가게였다. 카운터 뒤에 있는 노파가 나를 향해 미소 지었다. 노파는 울 베레모와 어울리는 조끼를 입고 빛바랜 카드를 손에 든 채 혼자 카드 게임을 하고 있었다.

"도와줘요, 아가씨?"

다이아몬드 4 카드를 내려놓은 노파가 스코틀랜드 억양이 짙은 목소리로 물었다.

"특별히 찾는 게 있소?"

"새로운 인생이요."

나는 노파를 향해 말하며 배시시 웃었다. 상대는 농담이라 생각하겠지만 나는 그 어느 때보다 진지했다. 혓바닥이 얼얼해서 그 자리에서 당장 휴대 전화의 모든 데이트 앱을 지우겠노라 마음먹었다. 90년대처럼 술집에서 술에 취해 사랑을 찾아야겠다. 이 작은 가게에서 언제까지 아무것도 사지 않고 젖은 발자국만 남기며 서성일 수 있을까, 하며 고민하는 찰나였다. 가게 뒤편에 자리 잡은 신기한 기계를 발견했다. 이곳과는 전혀 어울리지 않았다. 대형 현금 인출기만 한 기계 상단에는 빛바랜 금색 글씨로 '소원을 빌어요!'라고 적혀 있었다.

"소원을 빌려면 1페니짜리 동전 하나랑 10펜스짜리 동전 하나가 필요하다오."

노파가 내 시선을 따르며 설명했다.

나는 동전 투입구로 손을 가져갔다. 낡은 금속 촉감이 어딘가 모르게 기분 좋았다. 마치 다른 시대의 기계 같은, 수십 년 동안 전국을 돌아다니다가 은퇴를 위해 이곳에 온 1950년대 박람회장의 놀이기구 같은 느낌이었다.

"이게 왜 여기 있어요?"

나는 노파에게 물었다.

"사람들에게 빵과 우유가 필요하듯, 소원을 빌 곳도 필요한 법이지. 어쩌면 빵보다 더 필요한 것일지도 모르고."

노파가 미소를 지으며 말했다. 주름이 자글자글한 부드러운 인상에 다정함이 잔뜩 배어 있었다. 그래서 아무것도 사지 않고 그저 비만 피해도 괜찮을 것 같다는 생각이 들었다.

"그러지 말고 소원을 하나 빌어보는 게 어때요, 아가씨."

"제가 가진 동전이 없어서요."

나는 한껏 젖어 목덜미에 달라붙은 머리카락을 떼어내며 창밖에 쏟아지는 빗줄기를 바라보았다. 가게 밖의 어닝을 두드리는 빗소리가 세찼다. 노파는 내게 반짝이는 1페니 동전 하나와 10펜스 동전 하나를 건넸다.

"여기 있수, 아가씨. 아주 좋은 소원을 빌어봐요."

고작 동전 두 개였지만 거지 같은 하루를 보내고 나니 그 친절함에 눈물이 삐쭉 새어 나올 지경이었다. 노파는 편히 소원을 빌어보라는 듯 자리를 비켜주었다. 소원을 들어준다는 기계가 내 문제를 전부 다 해결해 줄 거라는 동화 같은 환상은 없지만, 호기심이 생기고 밖에는 비도 세자게 퍼붓고 있으니 뭐… 에라 모르겠다.

동전을 기계 슬롯에 꽂아 넣자 오래된 기계에서 따뜻한 주황색 전구가 켜졌다. 부품이 몇 개 빠진 듯, 즐거운 멜로디가 띄엄띄엄 흘러나왔다. 동전은 기계 속으로 쏙 빨려 들어갔지만, 1페니짜리 구리 동전은 좁은 트랙을 따라 중앙의 금속판을 향해 빙그르르 떨어졌다. 기계 뒤쪽에서 '소원을 빌어요!'라는 네온 불빛의 노란 글씨가 빛났다. 장난감이라는 걸 알면서도 나는 기계를 양손으로 부여잡고 내가 느끼는 모든 좌절감을 쏟아부었다.

나는… 인생의 좋은 시절로 건너뛰고 싶어요. 내 인생의 좋은 순간을 골라서요. 더 이상 가난한 채로 혼자 있고 싶지 않고, 이렇게 정체되어 있기도 싫어요. 내가 무엇을 하고 있는지 정확히 알고, 경력도 쌓여 있고, 내 짝을 만나 더 이상 영혼이 망가지는 것 같은 데이트를 할 필요가 없는 시기로 빨리 넘어가고 싶어요. 천장이 튼튼하고 샤워기가 근사한 멋진 집에서 살고 싶어요. 내 인생의 짝이 어딘가에 있

다면, 그 사람이 있는 곳으로 가고 싶어요. 그냥 빨리 내 인생의 좋은 부분으로 넘어가고 싶어요.

그렇게 소원을 다 빌고 나자, 기어가 갈라지는 소리가 나며 두 번째 판이 내려와 중앙의 동전을 꾹 눌렀다. 기계의 네온사인도 조금씩 점멸했다. 그리고 왼손 아래에 있는 슬롯으로 뱅그르르 하고 동전이 굴러떨어졌다. 동전에는 **'당신의 소원이 이루어졌습니다!'**라는 소용돌이 모양의 글자가 새겨져 있었다. 손바닥으로 동전을 굴리다 보니 기분이 한결 나아졌다. 어쩌면 비싼 심리 치료보다 값싼 고물 덩어리에 내 감정을 모두 쏟아내는 게 더 효과가 있는지도 모르겠다.

"소원을 빌 때는 늘 조심해야 하는 법이지."

나는 노파의 목소리에 고개를 들어 가게 뒤쪽 의자에 앉아 나를 지켜보는 그녀를 바라보았다.

"인생의 어느 단계든, 절대 한순간을 딱 꼬집어 골라낼 수는 없는 법이니 말이야."

두 발에 검은색 비닐봉지를 씌워 묶고 집으로 터덜터덜 걷던 나는 절반쯤 다다라서야 문득 그 노파에게 내 소원을 말한 적이 없다는 사실을 깨닫고 발걸음을 멈추었다.

제5장

두통과 함께 잠에서 깨어났다. 평범한 두통이 아니었다. 누군가 내 머릿속을 헤집어 뇌를 꺼내고 그걸 프라이팬에 볶아 높은 도수의 브랜디를 뿌려 화르르 태운 다음, 철조망으로 돌돌 말아 다시 두개골에 집어넣은 느낌이다. 지끈거리는 머리를 한 손으로 부여잡은 나는 물이나 진통제를 찾기 위해 가까스로 눈을 떠보았다. 그때 짙은 감색의 아름다운 질감이 살아있는 두툼한 리넨 커튼이 눈에 띄었다. **저건 내 커튼이 아닌데.** 고개를 숙이자 기모 안감이 도톰한 크림색 침대 시트도 보였다. **이것도 내 이불이 아니고.** 고개를 들어보았다. 축축하고 노란 얼룩이 있어야 할 천장은 흔적도 없이 깨끗했고 커다란 등나무 전등갓이 보였다. **여기, 내 침실이 아니잖아.**

머리가 깨질 것 같은 동증에 고개가 절로 돌아갔다. 그리고 내 곁에서 곤히 자는 한 남자를 발견하고 소스라치게 놀랐다.

나 외에 다른 사람을 마주친 충격으로 몸이 얼어붙었고, 튀어 나올 것 같은 비명을 막으려 입을 가까스로 앙다물었다.

대체 무슨 이유로 내가 다른 남자와 함께 침대에 있는 거지? 내가 어젯밤에 데일이랑 잤던가? 아니, 난 그 남자랑 절대 자지 않았는데…. 혹시 잤나? 도대체 어젯밤 나는 술을 얼마나 마신 걸까? 바에서 친구들과 와인 석 잔을 마시고 혀를 기이하게 쓰던 놈과 진토닉을 두 산 마셨다. 물론 취기가 없진 않았지만, 다른 남자와 침대에 누운 기억이 안 날 정도로 취하진 않았다. 나는 그제야 곁에 누운 남자를 살펴보았다. 보자마자 어젯밤에 만났던 데일이 아니라는 걸 한눈에 알았다. 이 남자의 널찍한 어깨와 짙은 머리카락이 보였던 까닭이다. 혹시 데일의 집에서 우리 집까지 가는 사이에 누군가를 꼬셨나? 아니면 술에 약을 탄 걸까? 어쩌면 이 남자가 내 술에 약을 타서 완벽하게 꾸민 자기 집으로 납치한 건 아닐까.

나는 조심스럽게 몸을 기울여 잠재적 납치범의 얼굴을 주의 깊게 살펴보았다. 나를 등지고 엎드려 누운 남자는 한 팔을 위로 올려 베개를 끌어안고 있는 자세라 얼굴 확인이 쉽지 않았다. 다만 등이 훌륭했다. 숙취로 인해 방향 감각을 잃은 뿌연 머리로도 이 남자의 등짝이 기막히다는 걸 알 수 있었다. 피부는 가무잡잡하게 그을렸고 잘 짜인 근육이 선명한 것이, 잠에 취해 힘을 주지 않았음에도 탄탄했다. 등 뒤에서 자던 내가 언제 훔쳐볼지 몰라 자는 척하며 내내 등을 힘껏 쥐어짜고 있는 게 아니라면 말이다. 납치한 여자에게 잘 보이고자 최선의 노력을 기울이고 있는 거라면 성공했다.

내 눈알 뒤로 전해지는 통증보다는 곁에 누워 있는 남자가 누구인지 알고 싶은 욕구가 더 컸다. 남자가 깨어나기 전에 그를 조금 더 자세히 살펴봐야 한다. 어쩌면 나를 지하실에 가둬 묶어놓고 6개월 동안 개밥만 먹일 계획을 하고 있을지 누가 알겠는가. '애거사 크리스티'보다 훨씬 더 끔찍한 현실 공포 범죄 수사물도 적당히 봤어야 했다. 차가운 한기가 피부에 닿아 닭살을 일으켰다. 조야는 통계적으로 볼 때 개밥, 납치 상황에 부닥칠 확률보다 밴드 '원 디렉션'의 멤버와 결혼할 확률이 더 높을 거라며 나를 안심시키곤 했지만, 조야의 결론이 실제 연구를 바탕으로 정확한 수치를 통해 계산한 값이라고는 확신할 수 없지 않겠는가.

최대한 조용히 이불을 걷어낸 나는 두 다리부터 확인했다. 내가 뭘 입고 있는 거지? 이건 내 잠옷이 아니다. 왜냐하면 나는 파자마가 없어서 평소 낡고 커다란 티셔츠 하나만 입고 자니까. 이렇게 귀여운 얼룩말이 그려진 부드러운 크림색 실크 파자마는 내 것이 아니다. 혹시 이 남자가 룸메이트의 잠옷을 빌려준 걸까? 아니면 좋은 잠옷 페티시가 있어서 모든 피해자에게 고급 잠옷을 입히고 죽이는 특성을 가진 걸까? 이 남자의 범죄를 다룬 넷플릭스 시리즈가 〈파자마 킬러〉나 〈잠옷의 악몽: 연쇄 살인범의 취향〉이란 제목으로 만들어질지도 모른다.

나는 관자놀이를 찌르는 찌릿한 통증과 가슴의 두근거림을 무시하고 까치발을 들어 침대 주변을 둘러보았다. 이 침실이 얼마나 세련된 취향으로 꾸며졌는지 다시 한번 느껴졌다. 침대 끝에 놓인 회색 리넨 소재의 오토만과 라임색의 침대 협탁, 그리고… 와, 저거 드레스 룸인가? 침실은 지나치게 근사하다. 너무도 완벽하다. 마치 어른의 침실 같다. 돈이 많아도 굳이 가구를 꾸역꾸역 채워놓지 않은, 한껏 여유가 느껴지는 그런 침실.

혹시 이 남자, 부모님에게 얹혀사는 건 아닐까? 그럼 이건 부모님 침대일까? 나는 조심스럽게 남자의 곁으로 다가갔다. 반대편으로 돌아가니 이제야 남자의 얼굴이 보인다. 40대로 보이는 남자의 인상에 내 새로운 가설이 무너진다.

상황을 긍정적인 관점에서 보자면, 물론 이 상황을 긍정적으로 보고자 하는 사람이 얼마나 있겠냐마는, 어쨌거나 긍정적으로 보자면, 이 남자는 상당히 섹시하다. 그냥 매력적인 정도가 아니라 리즈 시절의 브래들리 쿠퍼만큼 섹시하다. 단단하고 뚜렷한 턱선과 가뭇한 수염 자국, 엄청나게 짙고 긴 속눈썹과 덥수룩한 밤색 머리카락. 두통과 어지러움, 개 사료를 향한 두려움은 이토록 멋진 남자와 함께 밤을 보냈다는 뿌듯함과 함께 소각되었다. 평소 내가 만나던 남자들보다 나이가 좀 있다고 해도, 지난밤 나는 분명 내 선택이 옳다고 확신했을 거다. 술을 먹고 필름이 끊긴 상태에서 보낸 밤이라고 할지라도 남자의 아름다운 속눈썹 생각은 이만하고 경찰에 신고해야 하지 않을까. 나중에 증거로 제출할 경우를 대비해 지금 소변 샘플도 채취해 놓는 게 좋을까? 만약을 대비해 병에 오줌을 받아 놓으면 혹시 이상하려나?

소변볼 곳을 찾으려고 방 안을 둘러보다가 베개를 움켜쥔 남자의 손에 끼워진 금반지를 발견했다. **이 남자, 유부남이다.** 그의 매력 지수가 순식간에 곤두박질친다.

침대 옆에 있는 욕실로 도망친 나는 얼른 문을 잠갔다. 세수하고 정신을 가다듬으며 어떻게 여기까지 왔는지 기억을 더듬어보자. 하지만 고개를 돌려 기울에 비친 내 모습을 보고는 터져 나오는 비명에 입을 힘껏 틀어막아야 했다.

겁에 질린 눈으로 돌아본 나는… 나지만 내가 아니었다. 분명 나긴 난데, 내가 알던 내가 아니다. 피부는 창백하고 약간의 잡티가 눈에 띈다. 조금 붓긴 했지만, 얼굴선이 날렵하다. 내가 지금 뭘 보고 있는 건지 언뜻 계산되질 않았다. 혹시 이거 역대 최악의 욕실 거울인가? 누군가 내 피부를 껍질째 벗겨내어 통돌이 세탁기에 넣고 힘껏 돌려 뺀 다음, 다시 두개골 위에 억지로 끼워 넣은 것만 같다. 눈 밑의 그림자는 마치 수천 번의 숙취를 하나로 합친 것 같다. 눈가 주름이 눈꼬리에서 시작되어 자글자글하고, 이마에는 오랜 찡그림으로 펴지지 않는 주름살이 자리 잡았다. 눈살이 저절로 찌푸려졌다.

내가….

내가 늙어 보인다.

거울에 가까이 다가가 코를 박아보았다. 거울에 비친 내 모습은 분명 나지만, 어젯밤에 보던 내가 아니다. 피부만 변한 것이 아니라 머리카락도 달라졌다. 머릿결이… 좋아진 건가? 꿀색과 금색을 섞어 군데군데 포인트를 준 금발 머리에 층을 내고 볼륨을 넣은 스타일이라니. 끝내주게 멋진 제니퍼 애니스톤 같다. 이렇게 근사한 머리를 해주는 헤어 숍은 분명 비싸도 보통 비싼 게 아닌데, 대체 어떻게? 게다가 한밤중에 런던 남쪽에서, 대체 어떻게 이런 염색을 한 거지?

변기에 스르르 무너지듯 주저앉은 나는 손바닥으로 얼굴을 문질렀다. 더 이상 늙어버린 내 모습을 보고 싶지 않았다. 이건 분명 나를 기절시킨 다음 10년 후의 늙은 내 모습을 보여주는 새로운 TV 리얼리티 몰래카메라가 분명하다. 저 거울 뒤에 있는 카메라가 내 반응을 촬영하고 있을지도 모른다. 하지만 대관절 누가 이런 정신 나간 TV 쇼를 보겠는가? 이건 비열한 데다가 조금도 교훈적이지 않다. 나는 손으로 뺨을 잔뜩 꼬집었다. 아픈 게 느껴지는 걸 보니 분장용 마스크는 더욱 아니다.

실크 파자마 바지를 내리고 소변을 보려다가 순간 경찰에 제출할 소변을 담을 병을 깜빡했다는 사실을 깨달았다. 거울을 마주한 충격에 감쪽같이 잊어버린 것이다. 젠장. 이미 변기에 담긴 샘플을 채취해도 상관없나? 물에 희석된 소변이라도 수집해야 하나, 고민에 잠긴 내 눈에 문득 뱃살이 보였다. **내 배에 무슨 일이 생긴 거지?** 통통한 데다가 탄력을 잃은 똥배라니. 그리고 이건 뭐지? 삼각존 위로 이상한 흉터가 있다! 누가 날 칼로 벤 건가? 세상에, 내가 마약 운반책이 된 게 틀림없다.

스칼렛 요한슨이 나온 영화에서도 주인공이 자고 일어나 보니 뱃속에 마약이 잔뜩 들어 있었는데. 근데 마약을 넣었다고 배가 이렇게 부풀 수가 있나?

벌떡 일어선 나는 파자마 상의마저 벗어 던지고 거울을 보며 상체를 살폈다. **대체 나한테 무슨 일이 일어난 거야?** 가슴은 더 커졌지만 전보다 처졌고, 마치 부풀었다가 쪼그라든 것처럼 가슴 전체에 하얗게 튼 자국이 보였다. 크기는 예전과 비슷하지만 수영장 탈의실에서 마주치던 중년 여성들처럼 피부에 탄력이라곤 없다. 팔을 들어 올리니 위쪽을 따라 작고 단단한 혹이 불룩 튀어나왔다. **알통이다.** 대체 이건 어디 숨어 있다가 나온 거야?

"루시?"

누군가 문 너머에서 나를 부른다. **그 남자가 깨어났다. 그리고 내 이름을 알고 있다.** 재빨리 잠옷을 다시 꿰어 입었지만 머리는 더 아파오고 상황은 점점 더 혼란스럽기만 했다. 이게 정말 엉망진창 리얼리티 몰래카메라 쇼라면 극심한 정신적 고통을 빌미로 제작사를 고소할 거다.

그때 문고리를 잡아 돌린 남자가 물었다.

"문은 왜 잠근 거야?"

"잠깐만요!"

내가 외쳤다. 일단 남자와 이야기를 해봐야겠다. 이 모든 일이 어떻게, 왜 일어났는지 설명해 줄 유일한 사람이니까. 덜덜 떨리는 손으로 잠금장치를 푼 나는 천천히 문을 열었다. 사각

팬티만 걸친 채 잔뜩 헝클어진 머리로 서 있는 남자의 눈동자는 내가 지금껏 봤던 눈 중 가장 시리도록 푸른 색깔이었다.

"대체 어떻게 된 거예요? 여긴 어디죠? 당신은 누구예요?"

목소리에 당혹감이 잔뜩 서려 내 귀에도 낯설게 느껴졌다.

"음, 꽤 괜찮은 밤이었지?"

그는 미소를 지으며 내 뺨에 짧은 키스를 남기고는 세면대 옆 무선 충전 포드에서 슬림한 전동 칫솔을 집어 들었다. 무선 충전으로 작동하는 칫솔은 태어나서 처음 본다.

"내가 왜 여기 있는 거죠? 그리고 어떻게 이렇게 늙어 보일 수 있는 거예요?"

그는 마치 내가 장난을 친다는 듯 짧은 웃음을 터트렸다.

"자기야, 안 늙어 보여. 여전히 섹시해."

자기야?

"혹시 누가 내 배를 가르고 마약을 넣은 건가요?"

나는 배를 가로지르는 작고 하얀 흉터를 매만지며 그에게 물었다.

"그럴 리는 없을걸. 목요일마다 있는 회식에 갔다 왔잖아. 왜? 내일이 없는 사람처럼 놀다 온 거야?"

놀다 와? 회식?

"난 당신이 누군지 몰라요."

목소리는 한껏 진지했지만, 입술이 파르르 떨리는 것마저 막을 순 없었다.

"알지, 이해해. 나도 가끔 내 얼굴을 못 알아보겠어."

남자가 거울을 향해 고개를 돌리며 말했다.

"나는 평일에 술을 마신 게 언젠지, 이제 그런 건 상상도 못 하겠어."

그가 내 표정을 살피며 거울 속 나를 향해 눈살을 찌푸렸다. 그러더니 몸을 틀어 내 양쪽 어깨에 손을 얹고 칫솔을 입에 물었다.

"걱정하지 마. 그래도 집에 커피는 늘 떨어뜨리지 않고 사다 놓잖아."

"내가 여기까지 어떻게 온 거죠?"

나는 다시 물었다. 남자는 상황의 심각성을 전혀 이해하지 못한 사람처럼 굴었다.

"택시. 1시쯤에 탔다고 들었어. 오늘 아침에 방송 프레젠테이션이 있다면서 늦게까지 안 들어오기에 걱정했지."

방송 프레젠테이션? 그걸 내가 왜 하지? 도무지 내가 원하는 대답은 아무것도 얻지 못한 채, 점점 질문만 늘어나는 추세다. 이 남자는 나를 납치한 사람이 아니라 마치 나를 잘 아는 사람처럼 굴고 있다. 그에게 뭐라도 더 물어보려는 찰나, 그가 내 눈앞에서 훌러덩 입고 있던 팬티마저 벗어버리는 바람에 나는 꿀 먹은 벙어리가 되고 말았다.

"우선 샤워부터 해야겠어."

그는 자그마한 파란색 사각 타일이 깔린 샤워 부스로 들어가 물을 틀며 말했다. 그때 침실 근처 어딘가에서 아기 우는 소리가 들렸다.

"자기가 에이미 좀 안아주고 올래?"

에이미? 에이미가 누군데? 아파트는 멋진 가구와 훌륭한 샤워 부스를 갖추고 있지만 방음이 잘 되지 않았다. 이웃집 아이 소리가 말 그대로 우리와 함께 있는 것처럼 가까이 들렸다. 벌거벗은 남자를 피해 화장실을 뛰쳐나온 나는 일단 휴대 전화부터 찾았다. 내 전화기 속에 답이 있을 것이다. 휴대 전화에는 늘 답이 있으니까. 숙취로 인해 두뇌가 녹아버릴 것 같은 이 여정을 정리할 수 있는 최선의 희망이 거기 있을 것이다.

비틀거리며 온 침실을 뒤져 낡은 회색 핸드백을 찾아보았지만 가방은 어디에도 보이지 않았다. 심지어 어젯밤에 입었던 옷가지 역시 흔적도 없이 사라졌다. 복도로 나온 나는 또 다른 침실을 맞닥뜨렸다. 열린 문틈으로 유아용 침대가 보였고, 그 속에서 아기가 나를 빤히 쳐다보며 서 있었다. **세상에! 애도 딸린 남자였나?**

"어마!"

아기가 두 팔을 벌리며 나를 바라본다.

혹시 내 등 뒤에 다른 여자가 기적적으로 나타났을까 싶은 마음에 고개를 돌려봤지만, 아기는 오롯이 나를 향해 팔을 뻗을 뿐이다. 나는 어쩔 수 없이 조심스러운 발걸음으로 아기를 향해 다가갔다.

"미안한데, 난 네 엄마가 아니야."

나는 아기에게 말했다.

"네 아빠가 금방 나올 거야. 나는 그냥 내 가방을 찾고 있던 거라서."

내가 왜 이 갓난아이에게 상황을 구구절절 설명하고 있는 거지? 아직 말도 못 하는 아이인데. 몇 살인지도 모르겠다. 나는 아기를 잘 모른다. 태어난 지 6개월쯤 됐을까, 아님 두 살쯤 된 건가.

"어마!"

아기는 나를 빤히 바라보며 배시시 웃었다. 솔직히 아기치고 제법 귀엽긴 하나. 삼옷에 그려진 분홍색 곰 인형 무늬로 보아 딸인 것 같다. 아빠를 닮아 곱슬곱슬한 금발 머리에 쨍한 파란색 눈동자를 가진 귀여운 여자아이다.

"네가 에이미 맞지?"

나는 슬그머니 물었다.

"에이, 미이이."

에이미가 유아용 요람 난간을 잡고 위아래로 폴짝거리며 대답했다. 당장이라도 욕실로 돌아가 아기를 봐달라고 부탁한 남자에게 대체 무슨 배짱으로 이런 짓을 벌였냐고 따져 묻고 싶은 심정인데, 순간 그 무시무시한 거울이 떠올랐다. 차라리 내 가방만 빨리 찾아 이곳을 조용히 빠져나가는 게 나을지도 모른다는 생각이 들었다. 조용히 아기방을 빠져나온 나는 복도를 따라 걸으며 거실과 주방, 내 휴대 전화와 옷, 그리고 내 정신이 어디로 갔는지 찾아봐야겠다고 마음먹었다. 그런데 에이미의 시야에서 벗어나는 순간, 아기가 요란하게 울음을 터트리는 게 아닌가.

"아, 망할."

혼잣말이 튀어나왔다.

"엄마가 나쁜 말을 했어요!"

또 다른 목소리에 소스라치게 놀라 뒤를 돌아보니, 복도 중간에 서 있는 작은 남자아이가 마치 유령처럼 나를 보고 있었다.

"제기랄! 너 때문에 깜짝 놀랐잖아."

나는 뚝 떨어지는 심장을 부여잡듯 가슴팍을 손으로 짓누르며 중얼거렸다.

"엄마가 또 나쁜 말 했어요!"

남자아이는 양손으로 입을 틀어막으며 마치 물 밖으로 튀어나온 물고기마냥 두 눈을 부릅떴다. 에이미는 여전히 울부짖으며 탈출을 간절히 원하는 죄수마냥 요람 난간을 우렁차게 부여잡고 흔드는 중이다.

"난 네 엄마가 아니란다, 꼬마야."

내가 남자아이에게 말했다.

"여기 대체 애들이 몇 명이나 사는 거니?"

"두 명."

남자아이가 눈을 가느다랗게 흘기며 말했다. 적어도 이 아이는 말이 통하니까 나를 도와줄 수 있을 것이다.

"혹시 내 가방 어디 있는지 아니? 내 물건이랑 휴대 전화도."

"에이미가 우는데."

남자아이가 나를 빤히 바라본다. 시끄럽게 울어 재끼는 아기 요정을 향해 돌아가야 한다는 사실이 죄책감처럼 내 마음에 번졌다. 남자아이가 내 뒤를 졸졸 따라왔다.

"에이미가 원하는 게 뭔지 아니?"

내가 남자아이에게 물었다.

"젖병이나 기저귀 갈기…, 모르겠어요."

남자아이는 문틀에 몸을 기대며 대답했다. 에이미의 얼굴이 눈물로 얼룩지고 작은 뺨은 분노로 활활 달아올랐다. 누가 아기라는 존재를 발명했든, 아기의 울음소리를 절대 무시하지 못하게 만드는 데에는 성공했다. 내 고막을 찢을 듯이 울어 재끼는 에이미를 어쩔 도리 없이 품에 안아 올렸다. 에이미는 내 품에 안기자마자 울음을 그쳤지만, 고막의 아픔을 잊기 전에 고약한 냄새가 코를 찔러왔다.

"똥 쌌어요!"

남자아이가 외쳤다.

"넌 이름이 뭐야?"

남자아이에게 물었다.

"펠릭스."

아이가 대답했다.

"우리 엄마에게 무슨 짓을 한 거예요? 혹시 외계인이에요? 우리 엄마 뇌를 먹은 거예요?"

"나는 누구의 뇌도 먹지 않았어. 그리고 네 엄마가 어디 계시는지 모르겠어. 혹시 너희 엄마랑 아빠가… 음, 이혼하셨니? 따로 사셔?"

"이혼?"

펠릭스가 되물었다.

"혹시 엄마가 평소에도 너희랑 같이 사시니?"

"네에…."

펠릭스는 천천히 말꼬리를 흐렸다.

잘하는 짓이다. 내가 육아 전문가는 아니지만, 굳이 아이에게 네 아빠가 완전 개차반이라는 사실을 알려줄 필요는 없을 것이다.

"혹시 나 좀 도와줄 수 있어?"

나는 에이미를 손으로 가리키며 펠릭스에게 물었다. 펠릭스는 얼굴을 잔뜩 찌푸리며 고개를 저었다.

"너 몇 살이니? 여덟 살? 아홉 살?"

"일곱 살인데요."

펠릭스가 대답했다.

"그러면 우리 엄마는 어디 갔어요? 외계인이 엄마를 자기네 별로 납치한 거예요?"

혹시 내가 외계인에게 납치되어 타인의 몸에 빙의된 건 아닐까? 상황이 이렇게까지 흘러가자 나는 이제 그 어떤 가능성도 배제하지 않기로 마음먹었다. 외계인과의 신체 교환이 어떻게 가능할까를 고심하는 사이, 그 남자가 아기방 문 앞에 나타났다. 아까처럼 벌거벗은 모습이 아닌 낡고 편한 청바지에 흰색 리넨 셔츠를 입고 있는 모습에 순간 안도의 한숨이 터져 나왔다. 그는 너무도 자연스럽고 매력적인 모습이었다. 아이들이 나를 '엄마'라고 부른다는 사실에 놀란 것도 잊을 만큼 눈부셨다.

"좋은 아침이야, 꼬마."

남자가 말했다. 그는 펠릭스의 머리를 쓰다듬으며 다가와 에이미의 정수리에 뽀뽀를 하고는 **내 입술에** 키스하려는 듯 허리를 수그렸다. **입술이라니!** 나는 너무 놀라서 얼어붙은 채 두 눈을 부릅뜨고 그를 올려다보았다. 정말이지 뻔뻔하기가 이루 말할 수 없다. 내가 말 그대로 구린내를 잔뜩 풍기는 제 자식을 품에 안고 있는데, 그게 세상에서 가장 평범한 일이라는 양 대수롭지 않은 태도로 아침부터 입술을 훔치려 들다니.

"벤이 몸이 좋지 않대. 그래서 아침 태극권 수업을 내가 대신 가주기로 했어."

남자가 말했다.

"마리아가 일찍 와서 등원시켜 줄 수 있대. 당신은 8시 15분쯤에 나가도 돼. 미안해, 진짜 출발해야겠다. 이따 밤에 봐. 아, 프레젠테이션 잘하고. 다들 좋아할 거야."

남자는 손을 흔들며 돌아서서 걸음을 옮겼다.

"잠깐, 뭐라고요? 지금 아이들이랑 나만 두고 간다는 거예요?"

남자가 발걸음을 멈추더니 얼굴을 찡그리며 뒤를 돌아보았다. 무슨 이유에선지 내게 조금 짜증을 내는 기색이다.

"알아, 당신만큼 나도 육아에 전념해야 하는 거. 하지만 내가 매번 이러는 건 아니잖아, 루시."

그는 눈을 슬쩍 흘겼다.

"벤은 매번 날 도와준다고. 평일 밤에 술을 마시고 온 것까지 내 잘못이라고 하진 않겠지? 정말 마리아가 올 때까지 20분도 못 버텨?"

여기 남아 홀로 아기를 돌보고 싶지 않다는 말로는 도저히 이 싸움에서 이길 수 없을 것 같다. 어떻게든 대꾸를 해보려고 고민하는 찰나에 그는 집을 나섰다. 에이미를 바닥에 내려놓고 비틀거리며 펠릭스를 따라 방 밖으로 나가 보니 이 집은 아파트가 아니었고, 온 집 안이 침실만큼이나 세련된 인테리어를 뽐내고 있었다. 층계참에는 '조 말론'에서 나온 향초 두 개와 아이들의 사진이 담긴 액자, 푸르른 유카 식물이 놓인 빈티지한 우드 테이블이 있었다. 한쪽 벽으로는 수백 권의 책으로 깔끔하게 채워진 커다란 붙박이 책장도 있었다. 나는 늘 저런 근사한 책장이 갖고 싶었다. 두껍고 푹신한 카펫이 넓은 곡선형 계단을 따라 이어져 있고, 계단은 광택이 감도는 마호가니 난간으로 둘러싸여 있었다.

이토록 아름다운 집에 정신이 팔린 채 아래층으로 내려가 현관문에 다다를 때쯤, 차 한 대가 진입로를 빠져나갔다. 위층의 아기는 아직도 울고 있다. 아기를 바닥에 놔두면 안 되는 건가? 혹시 아기가 계단을 향해 기어가다가 굴러떨어지면 어쩌지? 내가 아기를 봐줄 거라고 생각한 남자의 머리가 헤까닥 돌았다고 치더라도 나 때문에 누군가 다치는 꼴은 보고 싶지 않다. 얼른 계단을 뛰어 올라가 보니 펠릭스가 제 여동생을 어르고 달래는 중이었다. 그리고 두 사람 다 상처 입은 눈으로 나를 바라보았다.

"방금 나간 저 남자, 이름이 뭐야?"

나는 펠릭스에게 물었다.

"아빠요?"

"응. 네 아빠라는 답은 됐고, 이름이 뭐야? 나는 루시고, 너는 펠릭스잖아. 그러면 저 남자는…?"

"샘이요."

"그럼 나는 샘을 어떻게 아는 거야?"

펠릭스는 다시 눈을 가늘게 뜨더니 왼쪽, 그러니까 내 옆으로 이어진 벽을 힐끔거렸다. 본능적으로 내 시선도 벽에 걸린 커다란 액자로 향했다. 결혼식 날 들판에 서 있는 한 부부의 사진이다. 사진 속 남자는 젊은 샘의 모습이고 신부는… 그러니까 사진 속 신부는… **나였다.**

제6장

"이런, 미친!"

내가 외쳤다. 펠릭스는 손으로 얼른 제 입을 가렸다.

"이게 어떻게 나지? 어떻게…. 이거 합성인가?"

나는 사진을 더 자세히 보려고 액자를 벽에서 들어 올렸다. 사진 속 여자는 이상하고 탄력 없고, 비싼 머리 스타일의 마약 운반책인 지금 내 모습이 아니라 '진짜' 나처럼 생겼다. 내가 기억 상실증에 걸린 걸까? 혹시 머리를 세게 부딪쳐서 지난 20년을 잊어버린 걸까?

그때 순간적으로 지난밤 마주쳤던 소원 기계가 떠올랐다. **소원 기계.**

나는 "말도 안 돼"라고 중얼거리며 기억을 더듬어 곰곰이 생각했다.

"아니야, 아니야. 아니야, 이건 말도 안 돼."

내가 무슨 소원을 빌었더라? 건너뛰고 싶다고 했지. 내 삶의 짝을 만난 후로, 인생의 좋은 순간으로 건너뛰고 싶다고 했었지.

순식간에 메스꺼움이 올라왔다. 말도 안 되게 푹신한 카펫에 쏟아내기 전에 서둘러 화장실로 달려갔다. 속을 한참 게워낸 후에 고개를 들어보니 펠릭스가 자그마한 얼굴을 잔뜩 찡그리며 문 앞에 서 있었다.

"엄마는 억지로 참는 것보다 토하는 게 낫다고 했어요. 그리고 이거요."

펠릭스가 파란색 가죽 핸드백을 내밀었다.

"외계인 실험이 끝나면 우리 엄마 돌려주실 거죠?"

"고마워."

나는 휴지로 입을 닦고 펠릭스에게 가방을 건네받으며 말했다. 가방을 뒤져보니 중고로 산 내 아이폰보다 훨씬 크고 얇은 휴대 전화가 나왔다. 잠금 화면 스크린은 나와 샘, 펠릭스와 에이미가 함께 찍은 사진이었다. 스크린의 날짜는 어제의 다음 날인 4월 22일 금요일이라고 표시되어 있지만, 왜인지 연도는 표시되지 않았다.

"지금이 몇 년도야?"

나는 아직도 화장실 문 앞에 서서 심각한 표정을 짓고 있는 펠릭스에게 물었다.

펠릭스가 대답해 주었고, 나는 내 귀를 의심했다. 어제 내가 살던 시간에서 무려 16년이나 흐른 후의 연도를 말해주었으니까. 다시 속이 뒤집혔다. 그때 누군가 현관문 초인종을 눌렀다. 에이미가 다시 울부짖기 시작했다. 비틀거리며 층계참으로 나온 나는 에이미를 안아 들고 '쉿' 하고 달래며 꼭 껴안았다. 보통 아기를 이렇게 달래지 않나? 죄책감이 담요처럼 나를 푹 감쌌다. 내가 이 모든 일의 원흉일지도 모른다는 죄책감과 내가 이 아기의 엄마를 빼앗어간 것일지도 모른다는 무게감이다. 에이미를 안고 계단을 내려와 현관문을 열자 50대의 밝은 금발을 가진 여성이 서 있었다.

"어머, 무슨 일 있어요? 안색이 너무 안 좋아요."

그녀는 즉시 손을 뻗어 에이미를 안으며 내게 물었다.

"어디 아파요?"

이 여자가 마리아인가 보다.

나는 고개를 저으며 할 말을 신중히 골랐다.

"괜찮아요."

뼛속까지 배어버린 사회생활의 모범 답안이다. 누가 봐도 나는 지금 전혀 괜찮지 않은 상태니까.

"누가 이렇게 냄새가 날까?"

마리아가 물었고 나는 본능적으로 입을 가렸다. 그러나 마리아는 그저 에이미를 달랠 뿐이었다. 마리아가 손으로 에이미의 턱을 사르르 간지럽히자 칭얼거리던 울음이 마침내 그쳤다.

"얼른 출근 준비해요, 열차 놓치겠어요. 이제 애들은 내가 돌볼게요."

마리아에게 신의 은총이 내리길 간절히 빌어본다. 정말이지

초면이지만 와락 끌어안고 싶은 기분이었다. 마리아에게 무슨 일이 있었는지 말해야 하나? 이걸 어떻게 설명할 수 있을까? 무슨 일이 있었던 걸까? 다른 사람에게 상황을 설명하기 전에 내 머릿속부터 정리해야 하는 게 옳은 순서인 것 같다. 펠릭스는 계단 꼭대기에 앉아 다시 위층으로 올라가는 내 모습을 빤히 바라봤다.

"괜찮아, 어젯밤에 독한 술을 마셔서 그래."

나는 이 어린 소년에게 필요 이상의 충격을 주고 싶지 않아 둘러댔다. 아이가 학교에 가서 엄마가 외계인에게 납치됐다는 등 이상한 소리를 떠드는 일은 막아야 하니까. 생각해 보니 내 변명으로 인해 엄마가 알코올 중독자라는 이야기를 떠들지도 모르겠다. 펠릭스는 나를 뚫어져라 바라볼 뿐 아무런 말도 하지 않았다.

나는 일단 침실로 돌아와 문을 닫고 아이가 건네준 휴대 전화부터 살폈다. 얼굴을 인식하자 잠금 화면이 풀렸다. 일단 연락처부터 후루룩 내리며 조야의 이름을 찾았다. 어젯밤 일부터 사과하고 지금 내 상황을 설명하고 싶었다. 하지만 조야의 번호로 전화를 걸어도 연결이 되지 않았다. 페이는 곧장 음성 사서함으로 넘어갔고, 로신은 해외 전화 연결음만 들릴 뿐 받지 않았다. 로신은 왜 해외에 있는 거지? 아무래도 전화기에 문제가 있는 것 같다. 무슨 일이 일어나고 있든, 일단 집으로 돌아가 내 보살것없는 침대에 몸을 뉘고 이 환각에서 벗어날 시간을 가져야 할 것 같다. 눈을 감은 채 깊고 차분하게 숨을 들이마셨다. 그러나 내 코로 스미는 냄새는 전혀 차분하지 않았다. 집으로 돌아가기 전에 샤워부터 해야 할 것 같다.

인생 최고의 샤워 시설에서 하는 샤워는 정말로 도움이 되었다. 다양한 높이의 세 가지 샤워기 헤드에서 균일하게 쏟아지는 물줄기라니. 석회질로 막혀 아래쪽을 제외한 모든 방향으로 물줄기를 발산하는 복스홀 아파트의 형편없는 샤워기나 문을 닫으면 팔꿈치를 움직일 수 없을 정도로 좁은 부모님 집의 샤워 부스와는 비교도 할 수 없다. 내가 평생 그리워하던 게 바로 이런 것이었다. 따뜻한 물줄기에 두통이 잦아들고, 나는 점점 마음이 편안해졌다.

깨끗하게 씻고 물기를 닦고 나온 나는 옷을 빌려 입어야 할 것 같다는 생각에 드레스 룸으로 들어섰다. 왼쪽에는 정장 재킷과 남성용 셔츠가, 오른쪽에는 완벽하게 정돈된 여성용 의류가 줄을 지었다. 손을 뻗자 한 줄로 나란한 블라우스의 옷감이 스쳐 지나갔다. 옷장 끝에는 신발장이 교회의 제단처럼 신성한 조명 아래 빛나고 있었다. **신발이 정말 많다!** 커트 가이거, 러셀 앤 브롬리에 홉스까지, 이 세상 여자들이 원하거나 필요로 하는 모든 힐과 부츠, 웨지 샌들이 즐비하다. 이게 정말 내 미래의 삶을 엿보는 환상이라면 적어도 미래의 발만큼은 제대로 호강하고 있구나.

청바지에 실크 블라우스, 검은색 스웨이드 앵클부츠를 고른 후 화장대 서랍을 열자 완벽하게 정리된 고급 화장품들이 담긴 얇은 트레이가 나왔다. 내 손은 아이섀도 팔레트 앞에서 우뚝 멈추었다. 지금은 화장하는 게 우선순위가 아니라는 걸 알지만, 이렇게 끔찍한 모습으로 세상에 나서기는 두렵다. 내 하우스메이트들이 나를 못 알아볼 수도 있고, 어쩌면 무서워할지도 모른다. **내가 정말 16년을 건너뛰었다면, 그들이 아직 그 집에 살고 있기는 할까?** 아니, 이런 생각은 하등 도움이 되질 않는다. 일단은 여기서 나가자. 집에 가는 게 우선이다.

옷을 입고 단장을 마치자 거울 속에 비친 내 모습에도 다소 적응이 되었다. 처음 거울에 비친 내 모습을 보며 느낀 충격이 사라지자 마흔두 살의 내가 어쩐지 괜찮은 것도 같다. 어쨌든 내 몸매는 여전히 무슨 옷을 입어도 근사했고, 얼굴도 내 얼굴이 맞으니까. 마치 영화 〈인디아나 존스: 최후의 성전〉에서 한 남자가 성배를 잘못 선택해 5초 만에 100년의 나이를 먹은 장면처럼, 16년의 세월을 한꺼번에 맞닥뜨린 모습에 놀랐을 뿐이다.

낡은 갈색 가죽 재킷에 펠릭스가 준 핸드백을 들고 아래층으로 내려가니 마리아가 아이들에게 오트밀 죽을 먹이고 있었다. 에이미의 하이체어는 귀리 껍질과 눅진한 오트밀로 범벅되어 지저분한 꼴이었다. 나는 멋진 옷을 끈적거리는 이물질로부터 보호하기 위해 한 걸음 뒤로 물러섰다.

"아까보다 훨씬 낫네요!"

마리아가 칭찬을 건넸다.

"고마워요."

나는 억지로 미소를 지으며 대답했다. 펠릭스가 나를 보려고 고개를 돌렸다. 순간 아이의 얼굴에 내 얼굴이 번쩍 스치고 지나갔다. 눈썹과 도톰한 입술이 **나랑 판박이다.** 깨달음을 얻는 순간, 나는 경이로움과 동시에 공포를 느꼈다. 한편으로는 가만히 앉아 이 아이들을 하염없이 바라보고 싶기도 하고, 더 익숙한 흔적을 찾아 이 아이들이 정말 내게서 왔다는 증거를 발견하고 싶기도 하다. 내 배에 남은 흉터는 제왕절개 때문일 것이다. 둘 다 수술로 낳았을까, 아니면 내 안에 보이지 않는 흉터가 더 있을까? 이런 말도 안 되는 생각에 빠지자 머리가 핑 돌았다. 지금은 이런 생각을 따질 여유가 없기에 나는 다급히 시선을 돌렸다.

"여기서 지하철역까진 어떻게 가요?"

가만히 생각해 보니 여기가 어디인지도 모른다는 생각이 들어 마리아에게 물었다.

"우주선으로 가야죠."

펠릭스가 눈을 커다랗게 뜨고 깜빡이지 않으며 대꾸했다.

물론 농담이겠지만 혹시라도… 농담이 아니라면? 만약 지난 10여 년 사이에 누군가 자동차를 대체할 미니 우주선을 발명했을 수도 있지 않은가. 교통 체증을 해결할 비용 대비 가장 효율적인 발명품이 아닐지는 몰라도, 이곳이 정말 미래라면 내가 어떻게 알겠는가?

"지하철역까지? 보통 운전해서 가거나 택시를 타죠."

마리아가 그릇과 에이미의 입 사이 허공에서 수저를 멈추고 대답했다.

"왜요?"

"아, 네. 물론이죠. 그냥 확인차 물어봤어요."

나는 조용히 입을 닫았다. 자동차 열쇠를 찾다가 문 옆 고리에 '열쇠'라는 글자가 새겨진 열쇠고리와 열쇠를 발견했다.

"여기 있네. 그럼 나중에 봐요"라고 말은 했지만, 다시는 이들을 보지 않기를, 어떤 종류의 '나중'이든 그게 오기 전에 이 악몽에서 빨리 깨어나기를 바랐다.

"어마, 아녕!"

에이미가 오트밀 죽에 담긴 숟가락을 집어 들고는 죽을 바닥에 뚝뚝 떨어뜨리며 옹알거렸다.

"마리아가 집에 가면 다시 돌아와서 우리를 돌봐줘야 해요."

펠릭스가 내게 말했다.

"아, 그래. 그게 혹시 몇 시니?"

"금요일엔 6시 반 퇴근이랍니다."

마리아가 대답했다.

"피부 관리를 예약해 뒀거든요. 그러니 퇴근 열차는 놓치지 말아요."

"네, 하하. 알아요. 오늘따라 내가 참 이상하죠."

펠릭스는 다시 나를 노려보았고, 나는 마리아가 내 거짓말을 알아차리기 전에 어서 떠나야겠다는 생각뿐이었다.

나는 진입로 너머의 차도로 고개를 잔뜩 빼 내밀며 조용한 골목길을 둘러보았다. 여긴 도무지 런던 같지가 않다. 내가 살면서 한 번도 와본 적이 없는 곳이다. **여기는 대체 어디지?**

그럴 땐 내 휴대 전화가 알려줄 것이다. 나는 당장 휴대 전화 속 지도 앱처럼 보이는 것을 열었다. 그러자 휴대 전화 화면에서 3D 영상이 뿜어져 나왔다. 세상에, 이건 정말이지 놀랄 노 자다. 마치 내가 거인이 되어 작은 풍경을 내려다보는 기분이랄까. 지도를 들여다보니 이 차도 위로 더 작은 버전의 내가 서 있는 디지털 이미지를 확인할 수 있었다.

"여긴 더 이상 캔자스가 아닌 것 같아, 토토"라고 지도 속 자그마한 내 이미지에게 속삭였다. 지도를 축소해 보니 런던에서 약 70킬로미터 떨어진 서리주의 파넘이라는 동네였다. 나에겐 그야말로 캔자스와 다름없지만.

손에 쥔 키를 누르자 주차해 놨던 매끈한 은색 스테이션 왜건에서 경고음이 울렸다. 이 차는 내가 대학 시절에 몰던 오래된 연식의 닛산 사 미크라와는 전혀 달랐다. 크기도 여덟 배 정도는 더 크고 핸들도 없다. 운전석에 앉으니 시트가 알아서 내 체형에 맞게 조정됐다. 와, 정말 편안하다. 기어 스틱도 없고, 핸드 브레이크도 보이지 않고, 키를 꽂을 구멍도 보이지 않는다.

"운전해."

말을 걸어봤지만 자동차는 꿈쩍도 하지 않았다.

"운전해 줄래?"

묵묵부답이다. 누를 버튼도 없는 매끈한 대시 보드에 손을 대자 나지막한 신호음과 함께 차가 잠에서 깨어났다. 제어판에 불이 켜지고 대시 보드가 열리더니 운전대가 나를 향해 천천히 기지개를 켜듯 튀어나왔다. **우와, 이건 정말 멋진걸.** 핸들에 손을 올리자 전기 엔진의 소음이 조용히 전달된다. **시동을 손바닥으로 걸다니.**

그리고 그 순간 차가 내게 말을 걸어왔다.

"좋은 아침입니다, 루시."

배우 스탠리 투치의 목소리와 비슷하다. 섹시한 미국 남자의 목소리.

"안녕?"

내가 대답했다.

"루시, 당신의 체내 알코올 수치가 안전한 주행을 하기엔 너무 높습니다. 다른 교통수단을 찾아주세요."

정말 스탠리 투치가 내게 말하는 느낌이었다. 문제는 차의 시동이 꺼지며 핸들이 다시 대시 보드 속으로 밀려들어 갔다는 것뿐. 오늘은 이 차로 운전을 할 수 없다는 뜻인가 보다. 머리가 이토록 깨질 것 같은 걸 보면 지난밤 주량을 넘기며 술을 마신 모양이고.

그럼, 택시를 타야 한다.

다행히도 내 휴대 전화에는 택시 앱이 깔려 있다.

몇 분 후, 매끈한 검은색 전기차가 내 앞에 도착했다. 뒷좌석에 올라타자 "루시, 아침을 안 드셨네요. 영양가 있는 식사로 하루를 시작하지 않으면 오전 중 에너지 레벨이 떨어집니다" 하는 목소리가 들려왔다. **와, 내가 아침을 거른 걸 택시가 어**

떻게 아는 거지? 그때 또다시 목소리가 들려왔다. 나는 택시가 아니라 휴대 전화가 내게 말을 걸고 있다는 걸 알아차렸다.

"이번 주에는 운동을 두 세트만 진행하셨네요. 목표를 달성하려면 점심시간을 이용해 고강도 운동을 하는 게 좋겠어요."

다시 휴대 전화가 조용해졌다.

"나탈리가 소호 헬스클럽의 1시 15분 요가 클래스에 등록했습니다. 함께 하시겠습니까?

"와, 이건… 와우…."

나는 나탈리가 누군지 모른다.

"내 휴대 전화가 지금 나한테 뚱뚱하다고 말하는 거죠?"

택시 기사에게 물었다.

"미래에 오신 걸 환영해요, 손님."

기사가 고개를 저으며 대답했다.

그의 목소리에 조롱이 한껏 담겼다는 사실을 깨닫기 전에 나는 "감사합니다" 하고 대답했다.

"이 목소리, 어떻게 끄는지 아세요?"

나는 잠시 멈칫했다.

"아, 새로 산 거라서요."

"그 기능을 껐다간 여태 모은 포인트를 다 잃을 거예요. 우리 집사람도 지난달에 '핏&펀 패뷸러스'에 골드 레벨을 달성할 정도로 푹 빠졌었거든요."

기사가 룸미러로 나를 힐끗거렸다.

"그게 싫으면 차라리 문자로 받아요. 방법은 알려드릴 수 있는데, 그러면 리스닝과 학습 포인트는 날아가요."

"기꺼이 날리겠어요."

나는 대답했다.

차가 지하철역 정차 구역에 멈춰 서자 기사가 손을 흔들며 뒤로 뻗었다. 내 휴대 전화를 건네주니 설정을 바꿔주었다.

"손님은 여기서 더 열심히 운동 안 해도 충분하시네, 뭘."

기사가 너스레를 떨었다.

역 안에 작은 카페가 있었다. 가격표를 보니 라테 한 잔에 12파운드 40센트다. **12파운드 40센트?** 이건 또 무슨 신박한 난리지? 내가 예상했던 가격의 네 배를 뛰어넘는다. 혹시 내가 혼수상태거나 죽은 건 아닐까. 아니면 자는 사이에 결국 그 낡아빠진 천장이 무너져서 지옥에 와 있는 건 아닐까. 교외에 살면서 커피 한 잔에 12파운드를 주고 먹는 지옥. 개찰구 앞에서 어떤 사람들은 카드를 대고 어떤 사람들은 손바닥을 댄다. 내 가방에는 은행 카드가 가득한 지갑이 있었지만, 혹시나 하는 마음에 손바닥을 대보니 개찰구가 나를 지나가게 해주었다.

4분 후, 나는 런던으로 향하는 열차 창가 자리에 앉아 있었다. 안전하고, 익숙하고, 눈이 부신 런던으로 간다. 열차 안은 여전히 똑같다. 못생긴 좌석 커버와 희미한 표백제 냄새, 넘치는 쓰레기통으로 가득하다. 나는 미래의 기차가 일본의 신칸센처럼 매끈한 고속 열차일 거라고 상상했다. 그러나 영국의 철도 시스템이 여전히 적자에 시달리거나 내가 미래에 있는 게 아니거나 둘 중 하나인가 보다. 그러다 오늘 아침 사건이 떠오르자 몸이 자연스레 떨렸다.

휴대 전화를 꺼내 조야의 번호로 다시 전화를 걸어보았다. 여전히 연결되지 않았다. 다른 사람에게 전화를 걸어야 하나 고민하는 찰나, 내 휴대 전화 액정에 '사무실'이란 글자가 깜빡였다. 그러자 핏&펀 패뷸러스 알림이 내 심박수와 스트레스 수치가 정상보다 높다고 알려준다. 안내에 따라 심호흡해야 할까? 아니, 하지 않을 테다. 휴대 전화를 가방 속에 밀어 넣은 나는 심호흡하는 대신 고개를 돌려 창밖을 바라보며 지나가는 나무와 집들에 집중했다.

그냥 이대로 집으로 돌아가 침대에 누워 잠을 자고 일어나면 된다. **기차, 집, 원래대로. 기차, 집, 원래대로.** 나는 그 세 단어만 마법의 주문처럼 계속해서 외우고 또 외웠다. 내가 어떻게 여기까지 왔는지, **여기가** 대체 어디고 언제인지를 고민하기 시작하면 내 머리가 정말로 폭발할 것만 같은 기분이었다.

제7장

런던은 내가 기억하는 모습과 달랐다. 워털루역 개찰구는 더 이상 존재하지 않았고 지나가면 나지막이 '핑!' 하고 기계 소리가 나는 통로만 있었다. 중앙 홀은 훤히 밝아졌다. 고개를 들어보니 아치형 천장은 사라지고 푸른 하늘이 보였다. 건축학적으로 불가능하다고 생각하는 순간, 하늘에 광고 배너가 지나갔다. 그제야 거대한 스크린이나 프로젝션이 아닌가 하는 생각이 들었다.

발밑으로 삐걱거리는 소리가 들려 아래를 내려다보니 동그란 로봇 청소기 같은 모양의 기계가 중앙 홀 바닥을 닦고 있었다. 이 모든 게 꿈이라고 하기엔 지나치게 생생하다. 이 모든 게 무엇을 의미하는지 생각할 겨를 없이 우선은 집에 가야겠다고 마음먹었다.

그러나 집도 더 이상 내가 기억하는 건물이 아니었다. 대낮에 복스홀 역사 밖의 다리 밑을 지나 케닝턴 레인으로 들어서자 모든 게 미묘하게 달라져 있었다. 노란색과 흰색으로 그린 노면 표시가 사라졌고 신호등에 따라 불빛이 반짝이는 전자식 차선이 그려져 있다. 우리가 사랑하던 복스홀 타번 건물은 없어졌고, 펍이 있어야 할 자리에는 반짝이는 유리창으로 마감한 아파트 건물이 즐비했다. **어떻게 '복스홀 타번'을 철거할 수 있지? 그야말로 런던의 랜드마크이자 상징적인 건물이 아니던가.**

지금 당장 급하게 해결해야 할 문제가 없었더라면 나는 아마 그 자리에서 당장 국회의원에게 진지한 항의 메일을 보냈을 거다. 나는 내가 살던 아파트가 아직도 그 자리에 있는지, 예전의 내 삶이 완전히 지워진 건 아닌지 확인하기 위해 필사적으로 달리기 시작했다. 축축하고 불편한 내 침대로 기어들어 가 이 모든 환상이 끝나기만을 바라면서.

다행히도 83번가 건물은 여전히 건재했다. 조금 낡긴 했지만 내 기억과 다를 바 없어 보였다. 3층 초인종 옆 입주자 카드에 '조, 루, 줄, 에'라는 앞 글자 대신 '그레이엄'이란 이름이 적혀 있었지만 어쨌든 나는 초인종을 눌렀다. 아무런 답이 없자 공동 현관을 힘껏 잡아당겼다. 지금까지는 내가 본 모든 게 망상에 불과하다고 합리화할 수 있었지만 내 아파트와 내 집, 내가 잠들던 그곳이 더 이상 존재하지 않는다면… 그러면 어떡하지?

우선 에밀리에게 전화를 해봐야겠다. 에밀리는 항상 집에 있으니까. 내 휴대 전화 액정에는 '사무실'에서 걸려 온 부재중 전화가 세 건 찍혀 있다. 에밀리는 연결음이 두 번 울리자마자 내 전화를 받았다.

"여보세요?"

"에밀리! 오, 에밀리. 감사합니다. 완전히 미친 일이 일어났어. 나, 네 도움이 너무 필요해. 혹시 집이야?"

"집이냐고요?"

에밀리가 되물었다.

"누구세요?"

"나 루시야, 루시 영."

"아, 루시. 안녕."

왜 에밀리가 내 번호를 모르는 거지?

"에밀리, 말도 안 되는 소리처럼 들릴 거라는 거 아는데, 내가 아무래도 시간 여행을 한 것 같아. 아니면 정신적으로 문제가 생겨서 환각을 보고 있는 건지도 모르겠어. 아무튼 일단 집에 좀 들여보내 줘."

"그렇구나…."

에밀리는 어린아이나 칼을 휘두르며 생명을 위협하는 범죄자를 다루듯 말꼬리를 늘렸다.

"어제만 해도 우리는 복스홀 아파트에서 같이 살았잖아. 위층에 살던 그 냄새나는 노인네도 욕하고. 넌 에제키엘인지 제바디아인지, 어떤 남자랑 밤을 보냈고 나랑 아침에 마주쳤어. 기억나?"

에밀리가 다소 뻣뻣한 느낌의 한숨을 내쉬었다.

"그랬는데 오늘 아침에 나는 남편이랑 아이 둘이 있는 서리의 집에서 눈을 떴어."

내가 얼마나 미친 사람처럼 들릴까 싶어 나도 모르게 멋쩍은 웃음이 터졌다.

"그렇구나."

에밀리가 다시 한번 대답하고는 잠시 멈칫했다.

"혹시 약 했니, 루시? 너 어딘데?"

"아니, 나 약 안 했어. 그리고 건물 앞이야. 우리 건물 말이야. 방금 설명했잖아."

그러자 액정에서 신호음이 울리며 음성 통화를 영상 통화로 전환해 달라는 메시지가 떴다. '수락' 버튼을 누르자 에밀리의 얼굴이 화면을 가득 채웠다. 전화 너머의 에밀리는 내가 아는 에밀리와는 전혀 딴판이었다. 붉은색 레게 머리는 어디로 사라졌는지 매끈한 단발머리였다. 그리고 평소 즐겨 입던 멜빵바지 대신 셔츠와 회색 정장 재킷을 입은 모습이다. 마치 드라마 〈석세션〉의 여주인공 '쉬브'처럼 보인다.

"에밀리 맞아?"

나는 그렇게 물을 수밖에 없었다.

"네가 농담하는 건지 약에 취한 건지 확인하려고."

에밀리가 내 눈을 똑바로 바라보며 말했다. 나를 보던 눈빛에 경계심이 조금 누그러졌다.

"둘 다 아니라면 병원에 가봐야 할 것 같아, 루시. 혹시 최근에 머리를 심하게 다친 적 있어?"

"그런 것 같진 않지만, 혹시 모르지."

나는 잠시 생각했다.

"미친 소리처럼 들리겠지만, 너무도 현실적인 환각이나… 아니면… 정말 시간 여행을 한 기분이야."

"그렇구나."

에밀리는 신뢰 없는 목소리로 또다시 같은 말을 반복했다.

"넌 내가 기억하는 모습에서 정말 많이 변했다."

내가 물었다.

"레게 머리는 어디 갔어?"

에밀리의 입가에 미소가 살짝 번졌다.

"그건 풀어버린 지 오래됐지."

그러고는 붉은 머리카락을 귀 뒤로 넘겼다.

"아직도 리놀륨 판화 작업 해?"

에밀리가 나를 위로하듯 잠시 눈을 감았다. 그러더니 "지금은 임원급 헤드헌터로 일해. 켄트에 살고 있고, 아이 셋이 있어" 하고 말했다.

"오, 말도 안 돼."

"루시, 잘 들어. 미안하지만, 정말 진심으로 하는 소리라면 병원에 가는 게 맞을 것 같아."

에밀리는 또다시 한동안 말이 없었다.

"혹시 정신병력이 있어? 전에도 이런 일이 있었니?"

"의사는 필요 없어. 난 그냥 이야기할 친구가 필요해."

"루시, 우리 15년 만에 연락한 거야."

"우리가?"

"응, 각자 아파트에서 나온 후로는 한 번도 연락 안 했어."

에밀리의 시선이 묘하게 땅을 향했다.

"줄리언은? 지금 어디 살아?"

"아마 미국에 산다는 것 같아."

에밀리는 애꿎은 입술만 씹었다.

"저기, 혹시 내가 연락해 줄 만한 사람이 있니? 가족이나 주치의, 아니면 친한 친구라던가. 곧 회의가 있어서 가봐야 하는데, 네 연락을 받으니 내가 널 돌봐야 할 것 같아서."

나를 돌본다고? 내가 아는 에밀리와는 전혀 다른 사람인 데다가 내 주위 사람들에게 내가 약에 취했거나 정신이 나갔다고 연락하는 것도 영 꺼림칙했다.

"아니야, 괜찮아. 나 진짜 멀쩡해. 그냥 숙취 때문인가 봐. 아파트를 지나가다가 네 생각이 나서…."

생각이 나서 뭐? 아직도 여기 사는지 궁금했다고? 날 도와줄 수 있을 거라고 생각했다고?

"그냥 잠깐 감정이 올라왔나 봐. 아무튼 괜찮아. 회의 잘해."

나는 전화를 끊고 현관에 어깨를 기댔다. 오늘 아침에 겪은 믿을 수 없는 일들 중에서 히피족이었던 에밀리가 정장을 입고 고위 임원급 헤드헌터로 일한다는 사실은 가장 이해할 수 없는 일이었다. 극심한 외로움이 몰려왔다. 에밀리의 반응이 뭔가… 내 말을 하나도 믿지 않는 눈치라서 그런 걸까.

하긴, 누가 내 말을 믿어주겠는가? 만약 내가 에밀리의 입장이 되어 누군가가 나에게 전화를 걸어 똑같은 이야기를 한다면, 나 역시 방금 에밀리처럼 똑같이 의사를 만나보라고 말해주지 않을까? 어쩌면 내가 정말 아픈 것일지도 모른다. 나는 휴대 전화를 내 유일한 동아줄처럼 꼭 부여잡고 열어보았다.

핏펀 패뷸러스 알림: 스트레스 수치가 매우 높습니다. 여유로운 산책을 해보는 건 어떨까요?

"꺼져."

나는 액정에 대고 말하며 앱을 닫아버렸다. 부모님께 전화를 해야 하나 싶어서 '집' 전화번호를 찾아 스크롤을 내리는 순간, 새로운 불안감이 엄습해 왔다. 내가 정말 40대라면 부모님은 이제 70대가 되셨을 것이다. 혹시 전화를 안 받으시면 어쩌지? 혹시 두 분 중….

그때 손에 쥐고 있던 휴대 전화가 반짝였다. '사무실'에서 또다시 전화가 걸려 왔고, 부모님 중 한 분 혹은 두 분이 다 돌아가셨을지도 모른다는 끔찍한 상상에서 벗어나기 위해 그 전화를 받아버렸다.

"루시, 트레이예요. 지금 어디세요?"

웬 남자가 목청껏 외쳤다.

나는 복스홀이라고 대답했다.

"열차에 문제가 있었어요? 지금 임원진들이 도착했거든요. 커피는 가져다드렸는데, 루시 없이 프레젠테이션을 할 순 없어요. 얼마나 걸리세요?"

트레이가 누군지는 모르겠지만 그의 목소리에서 긴장감이 느껴졌다.

"아, 그거… 말인데, 내가 몸이 좀 안 좋네요."

미래의 내가 어떤 일을 하는지 궁금했지만, 지금은 그 어떤 회의에도 참석할 수 없다. 내 미래의 직장도 아직은 미지의 영역이다. 트레이의 말을 들어보면 내가 아직도 방송 쪽 일을 하는 것만은 확실한데, TV 프로그램 제작은 내가 일하던 시절과 완전히 달라졌을지도 모른다. 4D 카메라와 후각이 전달되는 로봇이 장착된 프로그램도 가능할지 모른다. 하지만 열차가 예전 모습 그대로인 걸 보면, 내가 꿈꾸는 미래는 너무 허무맹랑하려나?

"아프세요?"

트레이가 놀란 목소리로 되물었다.

"복스홀에 계신다고 하시지 않았어요?"

"몸이 너무 안 좋아요. 아침에 뭘 잘못 먹은 것 같은데. 청어가 상했었나 봐."

청어라고? 내가 지금 청어라고 했지? 먼 바닷가에 사는 모자 쓴 할머니들이나 먹는 아침 식사를.

"혹시 나 대신 미팅에 들어갈 수 있어요?"

나는 희망을 담아 물었다.

"저요? 저더러 프레젠테이션을 하라고요? 마이클이 아니라요?"

트레이가 목소리를 한층 더 높여 물었다.

"아, 맞아요. 마이클이죠. 청어를 먹었더니 영 제정신이 아니네요. 아무튼 난 정말 가봐야겠어요. 속이 또 안 좋아서. 아무튼 행운을 빌어요!"

완전히 거짓말은 아니다. 정말 아픈 건 맞으니까.

전화를 받다니, 바보 같은 짓이었다.

집에 갈 수도 없고, 회사에 갈 수도 없다면 나는 이제 어디로 가야 할까?

신문 가게. 소원 기계를 찾아야 한다.

그게 이 모든 분란의 시초다. 확실하다. 만약 그 기계를 다시 찾는다면 내 삶으로 돌아갈 수 있을지 모른다. 어제 그 기계가 비현실적이고 마법 같은 소원을 들어준 거라면?

하지만 그곳이 어디였는지 모르겠다. 신문 가게? 데일의 집에서 뛰쳐나와 빗속을 달렸던 기억은 나는데, 어느 방향으로 얼마나 오래도록 달렸는지 모르겠다. 신문 가게에서 집으로 돌아오는 길은 아예 기억이 흐릿하다. 집에 가지 못해서 그런 걸까 아니면 16년 전 일이라 그런 걸까?

두 눈을 감고 내가 찾고 있는 게 무엇인지 명확히 그려보고자 했다. 파란색 어닝이 있었고, 거리 이름이 'ㅂ'으로 시작했다. 펍에서 멀지 않은 곳이었는데, 펍 이름이 뭐더라? 더 팔콘? 그게 맞나? 휴대 전화에서 서더크로 반경을 좁힌 다음 '펍'을 검색해 보았다. 화면에 점 여러 개가 떴다. '더 라이징 선, 더 헌츠맨 앤 하운드, 더 포커크.' **포커크!** 이거다! 아직 같은 자리에 있다.

지도를 따라가다 보니 다시 희망적인 기분이 샘솟는다. 우선 펍을 찾고, 다음엔 신문 가게를 찾고, 다시 집으로 돌아가면 이 모든 게 끝난다. 그리고 아침에 일어나 친구들에게 재미있는 꿈을 꿨다며 이야기를 풀어낼 수도 있을 것이다.

펍에 도착해보니 완전히 다른 모습의 검은 유리창과 산업용 철제 박스가 즐비했다. 건물이 철거되었다가 다시 세워졌지만 이름만 같은 걸까. **사람들은 왜 이렇게 멀쩡한 건물을 부수는 걸까?** 본능에 따라 한 방향으로 걷다가 다른 길을 택했다. 그러자 눈앞에 익숙한 도로명 표지판이 보였다. 배스킨 로드. 모퉁이에 있는 낡고 빨간 공중전화 부스를 보니 언젠가 이곳에 와 본 적 있는 느낌이 들었다. **여기다.** 길로 접어들며 파란색과 하얀색 차양이 보이기만을 바라며 나도 모르게 숨을 참았다. 하지만 모퉁이 너머엔 아무것도 없었다. 그저 '슈바르츠 건설'이란 현수막이 펄럭이는 공사 현장과 신문 가판대가 있던 길가의 공터뿐. 집으로 돌아갈 수 있을 거란 희망이 생기기가 무섭게 사라지는 순간이었다.

제8장

복스홀에서 겨우 15분 정도만 걸어왔을 뿐인데 돌아가는 길을 제외하면 어디로 가야 좋을지 모르겠다. 다시 워털루로 돌아가는 열차를 타야 할까? 파넘으로 돌아가는 길을 찾아야 할까? 아침에 함께 일어난 남자에게 도움을 청해야 할까? 거리를 헤매다 보니 어느새 다시 케닝턴 레인이었다. 어디로 가야 할지 몰라 헤매는 비둘기처럼, 나는 다시 예전 아파트 현관 앞에 멈춰 섰다. 절망에 빠진 나는 예전의 삶으로 돌아가기 위해 마지막으로 모든 초인종을 눌러보았다. 이번에는 스피커를 통해 한 남자의 목소리가 들렸다.

"누구쇼?"

"여보세요?"

나는 스피커에 대고 외쳤다.

"누굽니까?"

남자가 물었다.

"루시라고 해요, 루시 영이요. 여기 3층에… **예전에** 3층에 살았었는데요."

"흠…."

익숙한 어조의 한숨 소리다. 혹시 그 냄새나는 노인네?

"핀클리 씨? 맞으세요?"

"그럴지도 모르지."

오늘 아침이 오기 전만 해도 내 인생에 핀클리 씨의 목소리를 듣고 반가워 어쩔 줄 모른다는 선택지는 없었는데, 지금은 그 누구보다 반갑다.

"세상에, 핀클리 씨. 아직도 여기 사세요? 제가 정말 얼마나 기쁜지 모르실 거예요. 혹시 저 기억나세요? 루시라고, 예전에 아래층에 살았거든요. 화장실 누수 때문에 천장에서 물이 샌다고 제가 몇 번 찾아갔었는데."

"아래층에 살던 사람은 손에 꼽고도 남는걸."

그는 무심했다.

"그리고 다들 하나같이 내게 불만이었지."

"저 좀 들여보내 주실 수 있으세요? 저 정말 이상한 하루를 보내고 있는데, 익숙한 분을 보면 좀 나아질 것 같아요."

순간 멈칫한 핀클리 씨가 한숨을 내쉬며 물었다.

"혹시 강도요?"

"아니요, 저 강도 아니에요."

"들어와도 우표 말고는 훔쳐 갈 것도 없어."

절대 우표는 훔치지 않겠노라 다짐하는 순간 '지잉' 하는 소리와 함께 현관문이 열렸다. 한 번에 두 계단씩 올라간 나는 2년 반 동안 살았던 3층 아파트 문 앞에서 잠시 발걸음을 멈췄다. 문 옆에는 작은 웰링턴 부츠 한 켤레와 어린이용 자전거 그리고 '어서 오세요, 이상한 집에'라고 수놓은 발 매트가 놓여 있다. 예전 삶과 한결 가까운 이 공간이 마음을 진정시켜 주는 부적 같은 힘을 갖고 있지는 않을까 싶은 마음으로 손바닥을 문에 대보았지만, 아무런 일도 일어나지 않았다.

핀클리 씨는 층계참에 서서 나를 내려다보고 있었다. 그에 대한 내 첫인상은 하나도 변하지 않았다는 것이었다. 각진 얼굴과 중력을 거스르는 헤어스타일까지 예전 그대로다.

"아, 아가씨는 기억나지. 나한테 화분을 줬던 아가씨군."

화분이라고?

"여긴 누가 살아요?"

나는 3층을 가리키며 물었다.

"부부랑 시끄러운 자식 놈."

핀클리 씨가 눈을 흘겼다. 내가 벽에 기대 바닥에 미끄러지듯 주저앉자 그가 "괜찮은 건가?" 하고 물었다.

"이상하게 들릴 수도 있는데요, 제가 어젯밤까진 분명 스물여섯 살이었고 이 집에 살았거든요. 그런데 아침에 일어나 보니 16년이 흘러 있었어요."

핀클리 씨는 내가 여기에 온 이유에 대해 지극히 정상적인 설명을 들었다는 듯 고개를 끄덕였다. 그는 현관문을 열고 "그럼 들어오슈" 하고 말했다.

"하지만 커피나 차는 내어줄 게 없구만."

핀클리 씨의 거실은 온통 초록빛으로 가득했다. **사방에** 식물이 가득하다. 세라믹 화분이 사방에 놓여 있고 바구니에는 나뭇잎이 넘쳐나며, 문틀을 타고 올라가는 덩굴이 있다. 이 정글 속에 먼지 쌓인 갈색 가구가 점점이 놓여 있고, 상자와 쓰레기통이 천장에 닿을 듯 높이 쌓여 있다. 그리고 젖은 빨래와 벌레가 좀먹은 카펫이 있었고 풀냄새가 자욱했다.

"물이나 햄, 아니면 둘 다?"

핀클리 씨가 소파에서 화분을 옮기고 내 맞은편에 앉더니 커피 향이 나는 컵을 집어 들며 말했다.

"아니요, 괜찮아요. 식물을 정말 많이 키우시네요."

나는 주변을 둘러보며 말했다. 긴장하면 뻔한 말을 하는 게 일종의 습관이다.

"자네가 준 화분 덕분에 시작됐지. 기억 안 나?"

"저요? 전 식물 키우기는 젬병인데요. 그리고 정말 기억 안 나요. 그래서 여기까지 온 거기도 하지만요."

우리는 잠시 침묵에 잠겼다. 핀클리 씨에게 어떤 도움을 받을 수 있을지는 모르겠지만, 내가 기억하는 것과 똑같은 외모와 목소리를 가진 사람, 나를 완전히 미친 사람으로 보지 않는 사람과 함께 앉아 있으니 위안이 된다.

"그럼 몇 년을 잃은 건가."

핀클리 씨가 얼굴을 찡그렸다.

나는 고개를 끄덕이며 대답했다.

"논리적인 설명을 해드려야 할 것 같은데, 저는 정말 아무것도 모르겠어요. 그냥 눈 떠보니 시간이 흘러 있었어요."

"세상사가 늘 논리적으로 설명되는 건 아니니까. 웜홀이나 나노 테크놀로지처럼 말이 안 되는 것도 있는 법이지."

핀클리 씨는 잠시 말을 멈추고 검지를 허공에 들어 올린 다음, 눈을 깜빡이지 않으며 머그잔 너머로 나와 시선을 맞추었다.

"혹시 자네가 그렇게 바란 건 아니고? 삶을 놓아버리고 싶다고 생각한 거 아니야?"

그의 목소리는 너무도 진지해서 나는 왈칵 눈물이 터질 것만 같았다.

"네, 제가 그렇게 바란 것 같아요."

입이 터지자 눈물도 함께 터져 나왔다.

"그런데 정말 그럴 의도는 아니었어요. 늙고 싶지도 않았고요. 그냥 크루아상을 마음껏 먹고, 끔찍한 데이트를 그만하고 싶었을 뿐이라고요."

핀클리 씨는 자리에서 일어섰다. 그러고는 내 곁으로 다가와 어깨라도 도닥여야 하나 고민하더니 무심하게 휴지 상자를 내밀었다. 상자 안의 휴지는 사용했던 것을 재활용한 느낌이었기에 나는 은근슬쩍 소매로 젖은 뺨을 닦아냈다.

"이거 참 곤란하군."

핀클리 씨가 한숨을 쉬며 내 울음이 그치기를 기다렸다. 손가락으로 의자의 팔걸이를 두드리던 그가 말했다.

"자네가 발견한 미래의 삶은 어떤 모습이오? 좋은 게 있어?"

"모르겠어요. 생각해 볼 겨를이 없었어요. 잘생긴 남편에 아이도 둘이나 낳았고, 고급 구두가 수도 없이 많아요."

나는 내 대답이 얼마나 어리석게 들리는지 알면서도 고개를 절레절레 저었다.

"그런 걸 좋아했다면 나쁘지 않은 것 같은데. 나는 비록 그런 삶을 별로 좋아하지 않지만. 나는 아이도, 구두도 다 싫어."

핀클리 씨는 자리에서 일어서더니 작고 녹슨 물뿌리개를 하나 집어 들고 화분에 물을 주기 시작했다. 그제야 신발도 양말도 신지 않은 그의 맨발이 눈에 들어왔다.

"하지만 이게 정말 현실이라면, 전 제 인생의 **십수 년**을 놓친 거예요. 제 아이들도, 제가 결혼한 남자도, 심지어 지금 제 친구들이 누군지도 모르겠어요. 게다가 멍청한 소리처럼 들리시겠지만, 천천히 늙어가는 건 좋아도 한 번에 늙어버리는 기분은 정말이지 끔찍해요."

나는 잠시 말을 멈추고 긴장감으로 욱신거리는 뒷목을 양손으로 감싸 쥐었다.

"더 최악인 건, 제가 무슨 말을 해도 아무도 제 말을 믿어주지 않는다는 거예요. 솔직히 제 말을 믿어주셔서 얼마나 놀라운지 모르겠어요."

"내가 언제 자네의 말을 믿는다고 했지?"

핀클리 씨가 회색 눈썹을 삐쭉 올리며 내게 되물었다.

“내가 인생을 살면서 배운 게 있다면, 마음은 열고 변기 뚜껑은 닫는 게 최선이라는 거요.”

“그럼 혹시 핀클리 씨가 제 상황이라면 어떻게 하시겠어요?”

나는 손바닥으로 후끈거리는 얼굴을 비비며 물었다.

“예전 삶이 마음에 들지 않았다며.”

핀클리 씨는 어깨를 으쓱거렸다.

“나도 업그레이드를 즐겼지. 버스에서 내릴 수 없다면 그냥 버스 사체를 즐겨라. 교도소 도서관에 붙어 있던 포스터에서 본 말이야.”

“교도소에서 일하셨어요?”

내 목소리에 당혹감이 배어들었다.

“아니, 며칠 밤 거기서 묵은 적이 있어.”

그는 잠시 말을 고르더니 다시 입을 열었다.

“대부분 오해에서 비롯된 일이었어.”

그러고는 다시 말없이 안경을 벗어 셔츠 끄트머리에 슥슥 닦았다.

“아무튼 내가 다시 마흔두 살이 된다면, 나는 뭐든 할 수 있을 것 같군. 내가 가고 싶은 곳들을 누비며.”

핀클리 씨는 벽난로에 기대며 먼지가 뽀얗게 쌓인 세계 지도를 가리켰다.

“여행 좋아하세요?”

“젊은 시절엔 안 가본 데가 없었지. 이젠 아니지만.”

그는 손가락으로 자신의 관자놀이를 두드렸다.

"너무 많은 사람이 우리를 지켜봐. 얼굴 인식 기술이니 뭐니, 자유자재로 모양을 바꾸는 파충류가 우리를 다 잡아먹을 거야."

그-렇-구-나. 핀클리 씨의 눈은 지금 이 순간에도 누군가 우리의 대화를 엿듣고 있을지 모른다는 듯 방 안을 이리저리 훑기 바빴다. 전과가 있고 편집증적 성향을 보이는 노인에게 인생 조언을 구하는 건 그만해야 할 것 같다.

"아무튼, 제 이야기 들어주셔서 감사했어요. 더 이상 시간을 뺏지 않을게요. 음, 어쨌든 다시 만나 봬서 좋았어요."

핀클리 씨는 고개를 끄덕였다. 그는 나를 현관문까지 안내해 주며 주머니에서 햄 한 조각을 꺼내 손가락으로 문지른 다음 입에 쏙 넣고 한참을 우물거렸다.

"6년 만에 첫 손님이군. 원한다면 언제든 다시 오게. 다음엔 내 지도를 보여주지."

나는 "정말 친절하시네요, 감사해요"라고 말했지만, 내가 다시 이 집에 돌아와 그의 세계 지도를 볼 가능성은 없으리란 생각이 들었다.

내 집과 똑같은 구조의 복도에 홀로 남으니 핀클리 씨가 아무리 괴짜라고 해도 그의 말이 맞을지도 모른다는 생각이 들었다. 돌아갈 방법을 모르니 나가서 둘러보는 것 말고는 달리 방법이 없지 않은가?

뭐든 시작하기 전에 일단 커피부터 마셔야겠다. 여기 커피가 얼마나 비싼지는 알아냈으니, 우선 은행 잔고부터 확인해

봐야겠다. 오늘 겪은 일에 잔액 부족으로 카드를 돌려막는 일까지 생긴다면 그 모욕감을 감당할 수 없을 테니까.

길 건너편에 ATM 기계가 보였다. 지갑에서 직불카드를 꺼내 기계에 넣었다. 기계는 비밀번호를 묻지도 않고 녹색 불빛으로 내 얼굴을 스캔했다. '얼굴 인식 완료' 알림이 뜨고 '잔액 확인'을 누르자 화면에 숫자가 툭 튀어나왔다.

"이런 제기랄!"

나는 눈을 끔빡이며 외마디 비명을 내질렀다.

어제는 마이너스 통장이었고, 카드 한도는 간당간당했는데. 다시 한번 화면 속 숫자를 세어보았다. 믿을 수 없었다. 미래의 나는 **부자다!** 돈으로 행복을 살 수 없다고 말했던 이는 지난 6년간 일주일 생활비 35파운드로 살아본 적이 없는 사람이 분명하다.

제9장

은행 잔고가 두둑하고 지갑에 신용카드가 가득한 여성의 실존주의적 탐구와 도약은 어디에서 이루어지는가? 당연히 백화점이다. 그것도 크루아상을 파는 카페를 잠시 우회하는 방향으로 나아가는 나만의 쇼핑.

크루아상 전문 베이커리가 아니라 백화점에 딸린 식품관이었지만, 그럼에도 내가 본 것 중 가장 크고, 가장 바삭하고, 가장 비싼 크루아상을 보니 군침이 절로 돌았다. 나는 더블 샷 라테와 함께 크루아상을 주문하고 카운터에서 받자마자 바로 한입에 삼키듯 먹어 치웠다. 그리고 그 자리에서 하나를 더 주문해서 그것도 입에 욱여넣었다. 먹고 나니 속이 좀 쓰리고 두 번째는 먹지 말 걸 그랬다는 후회가 몰려왔다. 하지만 그럴 필요는 없다. 커피와 빵 두 개 값으로 37파운드를 냈지만, 나는 이제 부자니까 괜찮다. 아직도 믿을 수가 없네.

여성 의류 층에 다다른 나는 조금 절제하는 모습을 보이기로 나 자신과 약속했다.

"무엇을 도와드릴까요?"

그때 에르메스 스카프를 두르고 '린다'라는 이름표를 단 젊은 여자가 내게 말을 걸어왔다.

"아, 린다. 네, 도움이 필요하겠어요."

내 목소리엔 자신감이 가득했다.

"옷을 좋아하고, 신발에 대한 공상을 하고, 쇼핑을 위해 태어난 사람이 지금껏 제대로 된 쇼핑을 해볼 기회가 한 번도 없었다고 상상해 봐요. 단 한 번도요."

내 말에 린다는 살포시 인상을 찡그렸다.

"여태껏 가진 돈이 부족해서 자선 상점이나 할인 코너만 기웃거린 거죠."

린다의 표정에 공포가 어리는 것 같기도 하다.

"그런 사람이 이제야 돈을 좀 번 거예요. 그럼 정말 사야 할 게 많겠죠?"

린다는 이제야 내가 하는 말이 무슨 뜻인지를 정확히 알아챈 눈치다.

"좀 도와주겠어요, 린다?"

"우선 샴페인부터 한잔하고 시작하시는 게 좋겠어요."

린다의 웃음이 어쩐지 의뭉스럽다. 다른 사람의 시선을 한 몸에 받는 기분은 태어나 처음이라 절제를 다짐했던 마음가짐이 창밖으로 날아가 버렸다.

이어지는 내 현란한 쇼핑은 가히 캐리 브래드쇼*가 자랑스러워할 법한 순간의 연속이었다. 나는 추천받은 모든 옷을 다 입어봤다. **그야말로 전부 다.** 린다에게 샴페인도 더 주문했다. 이 새로운 몸으로도 고급 브랜드의 옷이 찰떡같이 어울렸고, 나는 내심 안도했다. 다소 가볍고 허영심이 많은 성격이라는 건 알았지만, 솔직히 말해 하늘에 닿을 듯 높은 힐과 멋진 어깨 패드가 달린 보라색 정장만큼 나의 실존적 우울증을 해소해 주는 명약은 없었다.

"정말 잘 어울리세요."

커다란 탈의실 거울에 비친 내 모습을 보며 린다와 나는 너나 할 것 없이 동의했다. 이름도 모르는 디자이너가 만든 대담하고 강렬한 슈트다. 우아한 재단과 부드러운 실크 안감에 입는 순간 하늘을 나는 기분이랄까.

"정말 그래요. 나이 든 내 모습에도 기분이 좋아지네요."

"전혀 그래 보이지 않으세요."

린다의 눈이 낮술을 마신 듯 반짝거렸다.

"제가 몇 살로 보여요?"

내 질문에 린다의 눈동자가 위험을 감지하듯 휘둥그레졌다. 짓궂은 질문이라는 걸 안다. 이건 마치 '제 남자 친구 잘생겼죠?'와 같은 함정이 도사리는 질문이다. 답은 정해져 있으니

---

* HBO의 드라마 〈섹스 앤 더 시티〉의 여주인공으로 쇼핑과 명품 구두를 사랑하는 캐릭터

그대로 대답만 하면 된다.

"30대 중반…?"

린다는 과연 최고의 직원이었고, 나는 만족했다.

정장에 하이힐을 신고 있는 내 모습을 보니 이건 꼭 사야겠다는 생각이 든다. 이 신발과 옷을 언제 신고 입을지는 모르겠지만, 이 모든 경험이 환각에 불과할지도 모르니 합리화도 그만큼 쉬워진다. 오즈의 도로시도 반짝이는 빨간 구두를 샀는데, 나라고 보라색 정장을 사지 않을 이유가 어디 있겠는가?

"가격은요?"

나는 린다에게 물었다.

"지금 마침 세일 중이에요."

린다는 흥분을 감추지 못했다.

"겨우 2,800파운드밖에 안 해요."

순간 숨이 턱 막히는 기분이었지만, 나는 재빨리 물가 상승률에 따라 계산기를 두드렸다. 커피와 크루아상 가격이 네 배 올랐다. 2,000파운드는 16년 전으로 환산하면 500파운드에 불과할 것이다. 여전히 비싸긴 하지만, 이걸 사지 않는다면 축제에서 받는 음료 쿠폰을 진짜 돈이라고 생각하고 아무것도 마시지 않는 바보와 뭐가 다를까? 게다가 20대 절반과 30대 전부를 갖다 바친 시간 여행을 겪은 내 기분을 끌어올리려면 터무니없이 비싼 정장 정도는 사줘야 하지 않을까? 지금이 아니면 이런 옷을 언제 사보겠냐 이 말이다.

"이 슈트와 힐, 그리고… 저 부츠도 같이 줘요."

나는 린다에게 버터처럼 부드러운 발목 길이의 검은색 부츠까지 건넸다. 린다가 슈트와 구두 그리고 내가 좋아하는 상의와 재킷, 반짝이는 브로치를 계산대 위에 올렸다. 이 정도 돈을 쓰는 데 푼돈 아껴서 뭐 하겠는가? 은행 카드를 내밀며 확인한 총액에 근육통처럼 몸이 좀 욱신거리긴 했지만, 이건 아무래도 크루아상을 폭식한 결과일 거다. 내 계좌에는 아직 돈이 잔뜩 남아 있고, 이 돈은 진짜가 아니라는 생각이 나를 안심시킨다. 정말 그럴지도 모르니까.

린다가 내게 카드 리더기를 내밀었다. 비밀번호나 홍채 인식 장치도 없는 밋밋한 기계다.

"손바닥을 대시면 돼요."

린다는 내 얼굴에 스민 당혹감을 눈치챈 듯 말했다. 내가 조심스럽게 리더기에 손바닥을 갖다 대자 순식간에 초록 불이 들어왔다.

"착용하지 않은 제품에 한해 24시간 내 환불도 가능합니다."

린다가 보라색 슈트를 바스락거리는 종이로 조심스럽게 포장하는 모습을 지켜보며 나는 그 옷을 입지 않으니 기분이 더욱 처진다는 사실을 깨달았다. 저 옷을 다시 입으면 이 축축하고 불쾌한 죄책감이 사라질까?

"있잖아요, 그 슈트, 입고 갈게요."

내가 말했다.

"아, 네…."

린다가 말꼬리를 흐렸다. 아무래도 이런 옷을 입고 거리를 활보하는 게 이상할 거라는 눈치다.

“캐리 브래드쇼가 발레 치마를 입고도 길거리를 활보했다면, 나도….”

“캐리 브래드쇼가 누군데요?”

린다가 물었다.

그리고 나는 그렇게 또 한 번 늙어버린 기분을 맛보았다.

‘내 인생의 10년 하고도 절반을 더 잃어버렸지만, 이토록 눈이 부신 슈트’를 입고 옥스퍼드 스트리트를 뽐내듯 걷던 나는 문득 지금이 몇 시인지 모른다는 사실을 깨달았다. 몇 시간 전 휴대 전화를 무음으로 바꿔버리고 신호음과 벨 소리, 스트레스 해소 알람 등을 다 꺼버렸던 것이다. 벤치에 잠깐 걸터앉아 휴대 전화를 꺼내보니 어느덧 오후 2시다. 에밀리에게서 문자가 한 통 와 있었다.

너 괜찮니? 걱정돼서.

나는 괜찮으니 걱정할 필요 없다고 답장을 보냈다. 새 정장을 입고 셀카를 찍어 보낼까 하다가 생각을 바꿨다. 값비싼 쇼핑이 모두에게 ‘괜찮다’라는 신호로 받아들여지진 않을 수도 있다는 계산 때문이었다.

샘에게서도 문자가 와 있었다.

아래층 욕실에 깔고 싶다던 파란색 타일로 화해하는 건 어때?

그러고는 기하학적 무늬가 아름답게 수놓아진 청록색 육각 타일 사진을 첨부했다. 미래의 나에 대해 잘 모르지만, 그녀는 내가 그 타일을 보고 '좋아'라고 대답하길 바랄 것 같다.

'좋아!'라고 답장했다. 키스를 남겨야 하나? 샘이 내게 보낸 메시지엔 키스 마크가 없는데. 그와 나눈 메시지를 대충 훑어보니 나는 보통 키스 마크를 남긴다. 펠릭스의 수영복에 관한 메시지, 도시락에 넣을 짜지 않은 체더치즈를 사다 달라는 메시지, 내가 어떤 열차에 탔는지와 레니에게 아이들이 쓰는 욕실의 수도꼭지 점검을 부탁한다는 샘의 메시지 등을 읽었다. 요컨대 모두 엄청나게 지루한 일들이다. 부부간의 메시지에는 대담한 유혹이나 성적인 노출 사진이 몇 장쯤 들어있을 거라 기대했는데, 샘과 나 사이에 주고받은 최근 사진이라고는 물이 새는 수도꼭지나 가까이 찍은 욕실 타일 따위가 전부였다. 물론 다시 봐도 근사한 타일이다. 앞선 답장에 이어 나는 더 열정을 담아 문자를 보냈다.

정말 마음에 쏙 들어!

전화를 붙잡고 있는 사이 '마이클 그린'에게서 전화가 왔다. 그게 누구든 말이다. 새 슈트 때문인지 아까 마신 샴페인 두 잔 때문인지 모르겠지만, 이젠 누구의 전화든 받아볼 용기가 샘솟는다.

"마이클, 안녕하세요."

나는 자신감에 찬 목소리로 전화를 받았다.

"몸이 좀 나아졌나 봐?"

그가 묻는다. 내가 아프리라 예상했다면 트레이가 말했던 회사의 마이클일 것이다.

“아, 네. 걱정 고마워요.”

“아프다는 데 방해하고 싶진 않았어요. 그래도 프레젠테이션 결과는 듣고 싶을 것 같아서. 스카이 채널에서 당신 아이디어가 마음에 든대. 파일럿 에피소드* 개발비 지원도 약속받았고.”

그들이 내 아이디어를 마음에 들어 한단다. 자부심이 솟구쳤다. 비록 **내** 아이디어는 아니었지만, 그래도 어쨌든 내가 기획하긴 한 거니까 그 자체로 의미가 있다.

“정말 좋은 소식이네요!”

내가 외쳤다.

“일단은 컨디션 회복에 집중해요.”

마이클이 덧붙였다.

“다른 건 월요일까지 미룰 수 있으니까. 좋은 소식을 듣고 싶어 할 것 같아서 연락했어요.”

재빨리 선택지를 되뇌었다. 워털루로 가서 열차를 타고 파넘에 있는 그 집으로 돌아가 이 모든 게 사라질 때까지 고급스럽고 부드러운 이불에 몸을 숨길 것이냐. 아니면 핀클리 씨의 말처럼 기회가 있을 때 새로운 세상을 탐험할 것이냐. 어쩌면 이번이 내 미래의 삶을 엿볼 유일한 기회일지도 모른다. 내가 아는 것이라곤 이 기회가 24시간이 전부일지도, 그래서 내일 아침이면 예전의 현실에서 깨어날지도 모른다는 가능성뿐

* 정식으로 방영되기 전 제작하는 일종의 테스트 에피소드

이다. 내 미래가 어떤 모습일지 보고 싶다면 받아들이는 것도 나쁘지 않을 것 같다. 게다가 쇼핑으로 인한 도파민 효과도 슬슬 사라지려 한다. 마이클이라는 사람은 꽤 다정하다. 이미 완벽하게 치장까지 했는데 내가 잃을 게 뭐가 있겠는가?

“있죠, 마이클. 컨디션이 좋아진 것 같네요. 지금 사무실로 갈게요.”

제10장

전화를 끊고 나니 사무실 위치가 어디인지 모른다는 사실을 깨달았다. 다시 마이클에게 전화를 걸어 물어볼 수도 없는 노릇이다. 그때 마침 오늘 오전 트레이가 내게 유선 번호로 전화를 걸었다는 게 생각났다. 그 번호로 전화를 걸었더니 모르는 남자가 "네, 배저*TV입니다" 하고 응답했다. 나는 곧바로 전화를 끊었다. 하, 그야말로 명탐정이다. 애거사 크리스티의 명탐정 포와로도 이런 나를 자랑스러워할 테다.

구글에 검색을 해보니 배저TV는 카나비 스트리트에서 조금 떨어진 비크 스트리트에 위치하고 있었다. 휴대 전화나 인터넷이 없던 시절엔 어떻게 인생의 도약을 이뤄냈을까? 택시에 올라탄 나는 (하루에 두 번이나 택시를 타다니, 나 정말 타락했

* 오소리라는 뜻

다.) 인터넷에 올라온 배저TV에 관한 정보를 읽었다.

'8년 전 TV 방송국의 임원 마이클 그린과 루시 러더퍼드가 설립한 채널.' 루시 러더퍼드? 그게 나일까? 내 결혼 후 성이, 샘의 성이 러더퍼드라고? 내 이름을 소리 내어 불러보았다.

"루시 러더퍼드."

하지만 어쩐지 이질적이고 틀린 것만 같다. 난 루시 영이고, 앞으로도 언제나 루시 영이다. 고개를 절레절레 저으며 다음 정보를 계속해서 읽어 내려갔다. '프로그램 독립 제작사로 어린이 방송 채널의 혁신적인 전문성을 쌓으며 승승장구합니다.' **어린이 채널이라고?** 어린이에게도 좋은 프로그램이 필요하다고 생각하긴 했지만 내가 정말 어린이 채널 전문 제작자가 될 거라곤 상상도 못 했다. 뉴스 기사를 읽어보니 배저TV는 1년 전 네덜란드의 거대 미디어 기업 '밤프'에 자회사로 인수되어 '중대한 구조적 변화'를 예고했다. 그게 무슨 뜻인지는 모르겠지만. 어쨌거나 그때 마침 택시가 회사 앞에 도착했다.

회전문을 지나 밝은 조명이 가득한 리셉션 공간으로 들어섰다. 벽이 오소리 모양으로 장식되어 있다는 걸 발견하고는 내가 제대로 찾아왔구나 싶었다. 리셉션 공간은 낮은 은색 소파와 기다란 흰 책상, 한쪽 벽엔 유리로 간소하게 꾸민 회의실로 이루어져 있었다. 공간 맨 끝에는 엘리베이터와 계단이 있었는데, 아무래도 저걸 타고 위층 사무실로 올라가는 모양이다. 내가 들어서자 뿔테 안경을 쓴 금발 머리의 안내원이 종이처럼 얇은 컴퓨터 모니터에서 고개를 들고 나를 올려다보았다.

"아, 루시. 안녕하세요. 정말 근사한 정장이네요. 어디 좋은 곳 가세요?"

"딱히 약속은 없어요."

나는 이 사람이 내 이름을 알고 있다는 사실에 퍽 당황하며 대답했다.

안내원은 눈썹을 살짝 찡그렸지만, 눈은 여전히 웃는 모양이다.

"그래서, 저 여기서 일하잖아요…."

내가 하는 일에 대한 정보를 알려주진 않을까 기대하는 마음을 담아 말꼬리를 흐렸지만, 상대는 요지부동이었다.

"혹시 여기 내려와서 나와 이야기를 할 만한 말단 스태프나 직원이 있을까요?"

"아, 캘럼을 불러드릴까요?"

안내원이 물었다.

"좋아요, 네. 캘럼을 불러줘요."

안내원이 전화를 거는 사이 나는 그의 책상 앞에 서서 까치발을 들어 올리며 서성였다. 별다른 계획이 없다. 내 계획은 '그냥 가서 무슨 일이 일어나는지 한번 보지 뭐' 정도로 간소했으나, 막상 와보니 아까 마신 술기운도 날아간 마당에 별다른 계획이 없다는 사실만 뼈저리게 느껴질 뿐이다.

동료들에게는 진실을 말하지 않을 것이다. 그냥 불쌍하다며 집으로 돌려보내거나 당장 병원에 가보라는 이야기나 들을 테니까. 그들은 에밀리처럼 내가 미친 게 분명하다는 눈으로 나를 바라볼 게 분명하다. 앞으로 어떤 삶을 살게 될지 알아내기 위해서는 길 잃은 루시 영이 아니라 루시 러더퍼드의 삶을 경험해 봐야 한다.

몇 분 후, 뾰족하게 세운 갈색 머리에 코 피어싱을 한 20대 초반의 호리호리한 남자가 계단을 내려왔다. 우쿨렐레를 연주하고 에일을 직접 양조해 마실 것 같은 인상의 귀여운 남자였다.

"안녕하세요, 루시."

보라색 파워 슈트를 입은 나를 보며 남자가 눈을 크게 치켜떴다.

"오늘 아프시다고 들었는데요."

"오전에 좀. 근데 지금은 괜찮아. 우리 이야기 좀 할 수 있을까?"

나는 왼쪽에 있는 유리 벽 회의실로 들어가며 그에게 따라오라고 손짓했다.

"저, 캘럼. 캘럼이라고 불러도 되겠지?"

"그럼요."

캘럼이 나를 이상하다는 듯 바라보았다.

"제작사에서 모든 상황을 한눈에 파악하고 있는 사람은 언제나 말단이야. 그래서 말인데, 오늘 오후에 네가 내 눈과 귀가 되어주는 게 어떨까?"

"알겠습니다."

캘럼은 휘둥그레 뜬 눈을 깜빡이지 못하며 대답했다.

"새로운 프로그램에 써보고 싶은 콘셉트야."

나는 제법 신중한 말투로 대화를 이어나갔다.

"아무도 모르게 사무실에 스파이를 심어놓는 거지. 넌 하루 종일 나를 따라다니면서 모든 직원의 이름과 직책을 말해줘."

"그건 이미 방영 중 아니에요? ITV에서 하는 〈우리 중에 스파이가 있다〉요."

캘럼이 손바닥을 마주 대며 다소 초조한 기색으로 속삭였다.

대체 누가 그런 프로그램을 만들었지? 끔찍하게 재미없는데.

"있지, 나도 알지."

나는 재킷 단추를 풀어헤치며 말했다.

"하지만 다른 버전을 염두에 두고 있거든."

"아?"

캘럼이 호응했다.

"아직 포맷은 없고, 어떻게 발전시킬지 고민 중이야. 그래서 도와줄 거야, 말 거야?"

캘럼은 의욕이 넘치는 강아지처럼 고개를 열심히 끄덕였고, 내가 회의실 문을 열자 곧바로 종종거리며 내 뒤를 따르기 시작했다.

"여기서 일하는 사람들, 전체적인 직급 구조, 배저TV의 누가 누구인지에 대해 설명해봐."

"라비도요?"

"라비가 누군데?"

"저 사람이요."

캘럼이 안내원을 가리키며 혼란스러운 표정으로 나를 바라보다가 배시시 웃었다.

"아, 테스트였군요?"

"응, 테스트였어. 내가 **아무것도** 모르는 사람이라고 가정해봐."

아직도 내 손에 백화점 쇼핑백이 들려 있어서 라비에게 잠시 보관해 줄 수 있는지 물었더니 그는 친절하게도 내 짐을 책상 밑으로 감춰주었다. 계단을 올라가니 깔끔한 흰색 책상과 트렌디해 보이는 사람들로 가득 찬 개방형 사무실이 나왔다. 한 남자는 목에 프릴이 달린 눈에 띄는 블라우스 차림이었다. 난해한 옷차림으로 유명한 가수 해리 스타일스의 옷장을 보수적으로 보이게 만들 만큼 파격적인 착장이었다.

"지금은 제작 중이라 사무실에 개발 팀만 남아 있어요."

캘럼이 내게 말했다.

"저기 조연출 도미니크가 있네요."

캘럼이 가죽 점프 수트를 입은 여자를 가리켰다. 프로듀서 트레이(프릴 달린 블라우스), 연출 보조 레온(안경 쓰고 머리를 말도 안 되게 높이 세운 남자) 등.

"정말 이렇게 설명해 드리면 돼요?"

"완벽해."

내 대답에 캘럼은 더욱 열성을 보였다. 캘럼을 보니 신나게 뛰어다니던 부모님의 늙은 개, 애플이 생각난다.

"그럼 내 책상은…."

"저기요."

캘럼이 '여왕 오소리'라는 명패가 달린 구석의 커다란 사무실을 가리켰다.

"그리고 오늘 아침 프레젠테이션 주제는…?"

"〈무지개 곰돌이와 친구들〉이요."

캘럼이 점점 더 혼란스러운 표정으로 덧붙였다.

"유아용 프로그램이고, 무지개 곰이 에피소드마다 새로운 친구들을 사귀어요. 사랑과 이해로 해결할 수 있는 문제나 불안감을 가진 사람을 곰에게 투영할 겁니다."

"너무 감상적인데."

나는 얼굴을 찡그리며 중얼거렸다.

캘럼은 피식 웃다 말고 내가 농담을 한 건지 아닌지 모르겠다는 듯 얼른 입을 가렸다.

내 책상 의자는 인체 공학적으로 설계된 커다란 의자로 여러 가지 레버가 달려 편안함을 극대화한 모델이었다. 컴퓨터 한쪽에는 샘과 아이들의 사진이, 다른 한쪽에는 내가 TV를 들고 있는 모습을 스케치한 뒤 '축하해'라고 적은 조야의 그림이 있다. **액자에 넣어 지금까지 간직하고 있었던 모양이다.** 액자를 들어보니 그 뒤로 미셸 오바마와 함께 찍은 사진이 있었다.

"내가 미셸 오바마를 만났다고?"

나는 비명에 가까운 소리를 지르며 이 사진이 합성은 아닌지 요리조리 살펴보았다.

캘럼의 얼굴 위로 당황을 넘어 당혹감이 스쳤다.

"'비즈니스 여성 시상식'에서 찍으셨을 거예요. 미셸이 사회자였거든요."

나는 미셸 오바마를 만났다. 나는 제작사를 운영하고 있다. 내 사무실과 레버가 촘촘히 달린 나만의 사장님 의자도 있다. 이건 내가 상상했던 것보다 훨씬 더 좋은 미래다.

그때 누군가 문을 두드리고 들어섰다. 아무래도 마이클인 것 같다. 다른 사람들보다 조금 나이대가 있는 게, 40대 후반은 되어 보인다. 희끗희끗한 아프로 곱슬머리에 현명하고 온화한 눈빛을 가진 남자다. 양복 조끼와 셔츠를 완벽하게 차려입고 칼같이 주름 잡힌 바지를 갖춰 입었다. 젊은 시절의 대니 글로버가 〈위대한 개츠비〉의 개츠비를 연기했더라면 아마 딱 이런 모습이었을 것 같다.

"정말 아픈 줄 알았더니만."

마이클이 말했다.

"한두 시간 아프고 나니 괜찮던데요. 지하철역 화장실로 뛰어가 한바탕 게워 내니까 나아지더라고요. 아주 멀쩡해졌어요."

"지난 4년간 병가를 낸 적이 없는 것 같은데, 이제 슬슬 시작되는 건가?"

마이클이 나를 보며 다 안다는 듯 미소를 지어 보였다.

"슈트는 또 뭐야? 평소랑 정말 다른데."

"아, 이따가… 약속이 있어서요."

갑자기 이 옷을 소화해 낼 수 있을 것 같던 자신감이 수직으로 하락했다. 나는 '패션을 선도하는 프로페셔널한 여성'이 아니라 '대충 입고 철의 여인처럼 휘두르는 마거릿 대처' 이미지였던 걸까.

"그래서 프레젠테이션이 잘됐다고요?"

"제대로 한 건 해냈지."

마이클이 가상의 야구 방망이를 휘두르며 배트에 공이 맞은 것처럼 목소리를 긁었다.

"더 다양한 프로그램을 내보내고 싶던 차에 딱 맞는 메시지였다고 해."

그러고는 손뼉을 쳤다.

"심지어 12편이 아니라 20편짜리 예산을 편성하겠다고 했어. 말 나온 김에 지금 계산해 볼까? 새로운 사항을 반영해서 전달해 보자고."

예산? 난 예산은 하나도 모르는데. 마이클의 제안을 피할만한 핑곗거리를 떠올리려고 애쓰는 동안 나머지 팀원들이 책상에서 일어나 마이클의 등 뒤에서 고개를 기웃거렸다.

"축하드려요, 대표님."

누군가 입을 열었다.

"정말 멋져요."

그리고 모두가 박수를 치기 시작했다. 와, 여왕 오소리다. 미래의 나는 정말이지 대단하다. 말하지 않아도 손뼉을 쳐줄 사람들을 거느리며 살다니.

"아무래도 팀워크가 빛을 발했죠."

나는 기꺼이 공치사를 건넸다. 팀워크가 없더라도 팀에 속한 사람들은 보통 자신들의 팀워크가 훌륭하다고 생각한다.

"루시, 다 같이 모인 김에 키즈 네트워크 상황을 업데이트해 보는 건 어떨까?"

마이클이 물었다. 나는 나만의 통역사를 찾아 두리번거렸지만, 그는 이미 직원들에게 떠밀려 뒤로 물러나 있어서 더 이상의 도움을 얻기란 불가능했다. 기대에 찬 눈빛으로 나를 바라보는 사람들 앞에 서자 머릿속에 요란한 경고음이 울리기 시작했다. 그리고 그 순간, 번뜩이며 영감이 떠올랐다.

"그러지 말고요, 오늘 금요일인데 차라리 일찍 퇴근하고 다 같이 축하 파티 겸 한잔하는 게 어때요?"

나는 손뼉을 치며 제안했다. 멜라니 더럼이 모두에게 크루아상을 돌린다면 나는 한술 더 떠서 모두에게 칵테일을 쏘는 거지. 게다가 비공식적인 회식 자리를 통해 회사 분위기를 파악하는 것도 좋을 것이다. 사람들은 서로를 힐끗 바라보며 시선을 교환하더니 이내 고개를 돌렸다. 나는 시계를 확인하며 "가끔 3시 반에 퇴근시켜 주는 상사도 있어야 하는 거 아니겠어요?"라고 외쳤다. 팀원들이 환호성을 지르며 나를 연호했다. 역시 나는 최고의 상사다.

사람들이 내 회식 제안에 설렘을 감추지 못했다. 모두 책상을 정리하고 가방과 외투를 챙기러 흩어졌고, 마이클만 홀로 남아 내 자리 맞은편에 앉았다.

"루시, 컨디션이 나아져서 다행이긴 한데, 잠깐 시간을 내서 키즈 네트워크에 관한 이야기는 좀 해야 하지 않겠어? 자신감 넘치는 거 알지. 아주 좋아. 그래도 일정이 얼마 안 남았는데 공유는 해야지."

그때 문 앞을 서성이며 이 자리에 남아야 할지, 그만 자기 자리로 돌아가도 좋을지 고민 중인 것 같은 내 정보원 캘럼의 모습이 보였다.

"캘럼, 키즈 네트워크 상황은 어떻게 보고 있죠?"

내가 묻자 마이클은 혼란스러운 표정을 지으며 우리 사이를 두리번거렸다.

"음, 별로 좋지 않다고 생각합니다."

캘럼이 슬그머니 의견을 피력했다. 그러고는 영 도움이 되지 않는다는 표정의 나를 보더니 "그래도 좋은 방향일 수도 있습니다"라며 헐레벌떡 덧붙였다.

"꽤 심오한 통찰력이네. 고마워, 캘럼."

캘럼은 이 말을 떠나라는 신호로 받아들이고는 쏜살같이 사라졌다. 물론 난 그런 의미로 한 말이 아니었다.

"봐봐, 자네가 생각하는 바를 팀원들과 빨리 공유할수록 준비할 시간이 늘어나는 거야."

마이클은 포기를 모르고 주절거렸다.

"알아요. 할 일이 정말 많죠. 좋은 소식에 내가 너무 흥분했나 봐요. 그래도 서로 유대감을 쌓는 게 팀원들 사기충천에 도움이 될 거예요."

마이클의 얼굴에서 천천히 우려스러움이 사라졌고 마침내 무거운 엉덩이를 떼며 일어섰다.

"맞아, 가끔은 팀원들에게 한턱낼 필요도 있지. 월요일엔 무조건 키즈 네트워크 건을 마무리 짓자고."

"월요일, 좋죠."

하! 월요일이면 나는 내 인생으로 돌아간다, 이거야. 그렇지 않다면 이 미스터리한 키즈 네트워크 이슈를 알아낼 때까지 절대 출근하지 않을 셈이다.

그로부터 5시간 후, 나는 카나비 스트리트에 위치한 한 칵테일 바에서 인생 최고의 시간을 보내는 중이었다. 내 법인카드를 바텐더에게 맡겨놓고 (법인카드가 있는데 굳이 사비를 들일 필요는 없지.) 훌륭한 나의 팀원들과 엄청난 유대감을 쌓는 중이다. 배저TV에서 일하는 모든 사람이 하나같이 똑똑하고 유쾌하다는 게 나의 사람 보는 눈을 방증한달까. 오후부터 마시기 시작한 칵테일이 사물과 상황 보는 눈을 왜곡시키는 게 아니라면 말이다.

레온은 내가 들어본 적 없는 어떤 연예인이 내가 들어본 적 없는 다른 연예인과 사귀고 있다는 재미있는 이야기를 들려주었다. 내가 아는 건 쥐뿔도 없었지만, 레온이 말하는 방식이 재미있어서 함께 웃었다. 마이클도 처음엔 다소 긴장한 표정이었지만, 맥주를 몇 잔 마시더니 팀원들 간의 유대감을 느끼며 '야구가 축구보다 재미있는 이유'에 관한 자신의 의견을 강력히 피력했다. 팀원들의 표정을 보아하니 그간 여러 번 들었던 이야기인가 보다.

지난 5시간의 술자리가 어찌나 즐거운지, 확실히 오늘 아침보다 나의 시간 여행이 기껍게 느껴졌다.

"루시, 조언을 구할 게 있어요."

트레이가 내 옆자리에 앉으며 말을 걸어왔다. 그는 20대 후반에 고양이처럼 매력적인 외모를 가진 남자다. 머리는 내 취향에 비해 지나치게 완벽한 스타일이었고, 목깃에 나풀거리는 블라우스 러플은 과감했지만 날카로운 광대뼈와 영혼이 가득 담긴 눈망울이 귀엽다.

"조언?"

나는 내가 감히 누군가에게 어떤 조언을 할 수 있을지 모르겠다고 생각하며 물었다.

"네, 클레어에게 청혼할지 고민 중이거든요."

내 반응을 살피는 트레이의 눈빛이 꽤나 진지했다.

"클레어가 정말 트레이의 짝이라고 생각해요?"

내가 물었다.

"네, 제겐 전부예요."

트레이가 대답했다.

"얼마나 오래 사귀었죠?"

"6년이요. 대학생 때 만났거든요."

"그럼 뭘 망설여요?"

"그냥, 아시다시피 제 일이 좀 불안정하니까요. 부모님은 직업 안정성이나 주택 담보 대출 같은 게 중요하다고 여기시는 보수적인 분들이시고요. 지금이 청혼하기 좋은 시기는 아니지 않나 싶기도 해요."

이 남자의 일자리는 왜 불안정한 거지?

"저희 누나는 일단 학자금부터 갚고, 정직원이 될 때까지 기다리라고 해요."

"잠깐, 잠깐만요."

어쩌면 내가 내 생각보다 조금 더 취했는지도 모르겠다. 고개가 이쪽에서 저쪽으로 홱홱 기울었다.

"그냥 작은 실반지를 하나 사요. 사랑만 있으면 되지."

나는 클레어나 클레어의 보석 취향 혹은 트레이와 클레어의 관계에 대해 전혀 알지 못하지만, 이 칵테일은 나를 로맨스 찬성주의자로, 즉흥적인 열정주의자로 만들었다. 트레이는 마이클이 다가오자 대수롭지 않은 이야기를 한 척 스르르 물러섰다.

"미안하지만 난 먼저 일어날게. 카디널스 경기가 있어서."

마이클이 말을 걸어왔다.

"야구죠."

나는 반쯤 추측 삼아 아는 척을 했다.

"알잖나, 내가 인생에서 가장 중요하게 생각하는 세 가지. 아내, 일, 그리고 야구."

마이클은 미소를 지으며 내 어깨를 살며시 두드렸다.

"그럼, 다들 즐거운 시간 보내게!"

마이클은 바의 구석에 앉아 있던 모든 사람에게 팔을 흔들고 배를 두드렸다.

"경기가 있는 날 제인이 만들어주는 튀김은 무조건 먹어야 해서!"

사람들이 마이클에게 인사를 건네는 왁자지껄한 소음이 귀를 때렸다. 트레이는 나를 바라보며 어둡고 의뭉스러운 말투로 '그놈의 제인' 하고 속삭였다.

"그렇지, 제인."

나는 그를 따라 말했다. 프랑스어 선생님이 '구술시험에서 막힐 땐 시험관의 말을 따라 해라'라고 가르쳐 주었던 게 기억났다. 하지만 이건 여전히 누가 살해당했는지 모르고 질문도 할 수 없는 상황에서 살인 사건을 해결하려는 것과 별반 다르지 않다.

"어휴, 제인이라니."

트레이가 다시 한번 속삭였다. 목소리에 음흉한 기색이 더욱 짙어졌다. 심지어 주먹을 쥐고 반대편 손바닥을 내리치기도 했다. 대체 '제인'이 누구길래 이러나 싶던 차에 도미니크가 칵테일을 한 잔 더 들고 다가와 나를 구해줬다. 트레이는 화장실을 가겠다며 일어섰다.

"오늘 입고 오신 옷, 너무 근사해요. 이런 스타일로 사무실에 오시다니 정말 범범하세요."

도미니크가 내 옆에 앉으며 말했다. **범범? 내가 모르는 신조어일까?**

"고마워."

나는 도미니크가 건네는 음료를 받아 마시며 말했다.

"이렇게 좋은 옷은 나도 처음이라 입고 오고 싶었나 봐."

"그게 무슨 말씀이세요? 연예인 안 부러운 드레스 룸의 소유자시면서."

도미니크가 말하다 말고 멈칫했다.

"아, 제 말은 그러니까요."

도미니크의 눈동자가 또르르 천장을 향해 굴러가고, 어색하기 짝이 없는 팔이 내 어깨를 슬쩍 감쌌다.

"가끔은 루시를 보고 있으면 위협을 느껴요. 일도 잘하시고, 게다가… 모르겠어요. 주변에 늘 사람이 많으시잖아요."

도미니크가 나를 물끄러미 바라보다가 자기가 무슨 소리를 했는지 깨달았다는 듯 흠칫 놀랐다.

"죄송해요, 저 정말 취했나 봐요."

그러고는 고개를 내저으며 웃음을 터트렸다.

그녀의 칭찬에 조야가 떠올랐고, 나는 당장이라도 도미니크의 친구가 되고 싶어졌다. 어깨에 반짝거리는 문신은 내가 살면서 본 것 중 가장 쿨하니까. **나도 타투나 하나 할까?**

"우리 평소에도 잘 어울리지 않나요?"

나는 반은 질문, 반은 수사하듯 물었다.

"쫑파티는 참여하시지만, 항상 일찍 떠나시잖아요."

"그렇게 들으니 나 정말 후진 것 같잖아요."

나는 대답과 함께 웃음을 터트렸다. 마티니를 세 잔밖에 마시지 않았는데 취기가 도는 느낌이 드는 게 이상하다. 왜냐하면 평소엔 적어도 네 잔은 마셔야 술기운이 슬슬 올라오며 바보처럼 변하니까.

"우리 춤춰요!"

나는 갑자기 몸을 흔들어 재끼고 싶은 충동에 휩싸였다. 도미니크의 손을 잡고 댄스 플로어로 그녀를 이끌었다. 바 옆에서 있던 캘럼, 라비와 마주쳤다. 춤을 추며 도미니크에게 물었다.

"나만 그래요? 아니면 캘럼이 정말 섹시한 게 맞아요?"

음악 소리가 워낙 커서 있는 힘껏 소리쳐야 했다.

"캘럼이요?"

도미니크는 고개를 저었다.

"저하고요?"

"아니, 나하고."

나는 다시 외쳤다.

"캘럼에게 같이 춤추자고 해야겠어."

검은 머리에 긴 팔과 다리, 강아지 같은 눈동자가 완전 내 취향이다. 캘럼도 나에게 홀딱 반한 것처럼 나를 바라보고 있다. 적어도 내 생각엔 그런 것 같다. 모든 게 흐릿해지면 어느 하나도 확신하기 힘든 법이다. 나는 일단 캘럼의 손을 잡기 위해 바를 가로질러 나아갔다.

"같이 춤출래?"

나는 씩 웃으며 그를 끌어당겨 함께 춤을 추자고 제안했다.

캘럼은 당황한 듯 얼굴을 붉혔지만 어쨌든 우리에게 다가왔다. 나란히 서서 춤을 추고 있자니 꼭 학교 디스코 파티에서 춤을 추던 열세 살 소녀가 된 기분이 들었다. 도미니크가 슬그머니 사라졌고, 어느새 우리 둘만 남았다. 나는 캘럼과 얼굴을 마주 보며 춤을 추기 위해 몸을 돌렸다. 우리의 눈이 마주쳤다. **그는 내게 입을 맞추고 싶은 눈치다. 좋은 생각인 것 같다. 어쩜 범범한 아이디어일 수도.** 그를 향해 조금 더 가까이 다가가려는 찰나, 캘럼이 내 손목을 잡고 나를 조금 밀어냈다. 그러더니 나를 부스로 이끌어 의자에 앉혔다. 얼굴에 감도는 건 부끄러움이 아니라 당혹감인 건가. **내가 지금 댄스 플로어에서, 모두가 보는 앞에서, 내 부하 직원과 키스할 뻔한 건가?**

"결혼하셨잖아요."

캘럼은 놀라고 당황스러운 기색으로 속삭였다.

아, 젠장. 나 결혼했지. 완전 잊고 있었다. 재미있고 섹시한 새 동료들과 멋진 밤을 보내는 척하고 있지만, 나는 이제 더 이상 내가 아니다.

"지금 몇 시야?"

나는 마티니 향이 나는 구역질을 삼키며 물었다.

"9시요. 물 한 잔 가져다드릴까요?"

캘럼이 물었다.

스무 살짜리 말단이 내 술을 깨우려고 하다니, 이건 정말 옳지 않다. 너무도 옳지 않다. 그리고 6시 반까지 집으로 돌아가서 아이들을 챙기겠다고 약속했던 것 같은데? 젠장. 어쩌면 미래의 나는 예전만큼 술에 내성이 없는 모양이다.

"택시 불러드릴까요, 자매님?"

도미니크가 내 팔을 다정하게 두드리며 물었다. 나는 열심히 고개를 위아래로 끄덕였다.

택시 안에서 휴대 전화를 꺼내 확인해 보았다. 엄청난 메시지와 부재중 전화가 쌓여 있다. 대부분은 샘이었다. 흐린 눈으로 전화를 노려보는데 마침 샘이 다시 전화를 걸었다.

"대체 어디야, 지금?"

그의 목소리가 날카롭다.

"음, 일이 좀 있었어. 시간 가는 줄 몰랐네."

나는 얼굴을 잔뜩 찡그리며 아름다운 내 슈트에 구토하지 않으려 안간힘을 썼다.

"저녁 약속 있다는 말 없었잖아. 당신이 퇴근을 안 한다고 마리아에게 연락받았어. 난 오늘 레딩에서 작업 중이었는데, 당신이 연락이 안 돼서 결국 내가 집에 갈 때까지 마리아가 추가 근무를 해야 했다고. 예약도 놓쳤대."

"미아내…."

나는 혀가 꼬인 발음으로 중얼거렸다.

"취했네."

샘의 목소리가 답지 않게 차갑고 흐릿하다.

"약간."

인정할 수밖에 없었다. 남편은 부모나 마찬가지인 느낌이다. 어쩌면 난 남편이 필요 없는 게 아닐까. 차라리 부유한 독신으로 살며 프랑스의 브리지트 마크롱 여사처럼 내 원래 나이 또래의 연하남을 만나고 싶은 건 아닐까. 그러다가 문득 남편 샘이 얼마나 섹시한지, 또 상황상 그의 짜증이 얼마나 타당한지 떠올렸다. 그러나 결혼한 남자라면 무릇 무슨 일이 있어도 아내를 사랑해야 하는 게 아닌가.

"9시 40분 열차 타. 역으로 택시를 보낼 테니까 타고 오고."

샘이 말했다. 그의 목소리는 무조건적으로 나를 사랑하는 사람처럼 들리지 않았다.

11장

눈을 떠보니 비싼 커튼과 푹신하고 깃털 같은 이불이 깔린 어른의 침실이었다. 여전히 보라색 슈트 차림이었고 어제만큼이나 끔찍한 두통이 나를 찾아왔다. 침대 바깥으로 떨리는 손을 뻗어 협탁에 놓인 물 한 잔을 그대로 꿀꺽꿀꺽 삼켰다.

케닝턴 레인의 예전 집이 아니라 호화롭고 아름다운 새집에서 눈을 뜨니 문득 회의감이 든다. 예전부터 지금까지의 삶이 어떻게 흘렀든 간에, 어쩌면 나의 여행이 내 예상보다 훨씬 오래 지속될지도 모른다는 불안감. 시간 여행을 전공한 것도 아니고 시공간 연속체를 주제로 논문을 쓴 것도 아니지만, 여기서 잠을 자고 다시 깨어나니 이 모든 게 꿈일지도 모른다는 가능성이 점점 줄어든다. 지난밤 직장 동료에게 한 부적절한 행동을 '미래의 나'가 사과해야 할지도 모른다는 후회도 밀려온다. 내가… 내가 정말 캘럼에게 키스하려고 했나? 오, 너무 끔찍해서 감히 상상조차 할 수 없다.

위층에 샘이나 아이들이 보이지 않았다. 나는 간단히 샤워하고 폭신한 플리스 재질의 베이지색 트레이닝복을 입었다. 적어도 오늘은 토요일이니 해장을 하고 멍하니 TV도 좀 보면서 아침을 보낼 수 있을 것이다. 아래층으로 내려가 부엌문 앞에 잠시 멈춰선 나는 눈앞의 광경을 가만히 관찰했다. 샘은 시리얼 봉지로 얼굴을 가리며 에이미에게 까꿍 놀이를 하고 있고, 에이미는 그런 아빠를 보며 까르르 웃는다. 펠릭스는 공룡잠옷 위에 빨간 망토를 두르고 식탁 위에 미니사이즈 시리얼 박스를 도미노처럼 늘어놓으며 놀고 있다.

"굿모닝."

나는 소심하게 손을 흔들었다. 샘이 고개를 들더니 내가 지금껏 들어본 그의 목소리 중 가장 얼음장 같은 목소리로 아침인사를 건넸다. 아니, 얼음장으로는 모자라다. 이건 북극 빙하에 가깝다. 아니, 북극보다 더 차갑다. 가히 태양계 가장 먼 끝에 있는 영하 400도의 행성에서 느껴지는 차가움이다.

"어젯밤 일은 미안해요."

부엌으로 들어가 자리에 앉으며 말했다.

"어제는 나한테 좀 이상한 날이었거든요."

"그 이야기, 애들 앞에서는 별로 하고 싶지 않은데."

샘이 말했다. 턱 근육이 미세하게 뻣뻣해진 그는 커피 머신을 작동하려는 듯 내게서 돌아섰다. **흠, 커피는 마셔야지.**

"오늘은 우리 엄마 맞아요?"

펠릭스가 내게 물었다.

"좋은 아침, 펠릭스."

나는 질문을 회피했다. 커피 원두가 고소한 향을 풍기며 윙윙 갈리는 소리가 귀청을 때린다. 에이미가 귀를 막았다. 마침내 소음이 멈추자 샘은 펠릭스에게 "엄마가 맞냐고?" 하고 물었다.

"어제 엄마는 우리 엄마가 아니었어요. 외계인이었다고요."

펠릭스가 주절거렸다.

샘이 나를 돌아보기에 나는 무슨 소린지 모르겠다는 듯 어깨를 들썩였다. 샘이 나를 향해 차가운 해왕성 에너지를 쏟아내고 있는데 갑자기 소원 기계를 통해 시간 여행을 왔다는 말도 안 되는 소리를 할 수는 없지 않겠는가.

"가끔 어른들이 술을 많이 마시면 평소와 다른 행동을 할 때가 있어. 그렇다고 외계인에게 몸을 빼앗긴 건 아니야."

샘이 커피를 건네며 펠릭스에게 말했다. 그러더니 바나나를 집어 들어 껍질을 벗기고는 자연스럽게 에이미의 손에 쥐어 주었다.

"고마워요."

나는 손에 든 커피잔을 두 손으로 거머쥐며 말했다.

"저도 뭔가를 많이 마시면 평소와 다른 행동을 해요?"

펠릭스가 물었다.

"아니, 술을 많이 마셔야만 그런 거야. 너는 아직 꼬마라 술을 못 마시지."

샘이 나긋하게 설명했다.

커피 냄새가 너무 향기로워서 눈물이 날 것 같았다. 나는 천천히 숨을 길게 들이마셨다. 커피잔에 파묻었던 코를 들어 올리자 펠릭스가 빤한 눈으로 나를 관찰하고 있었다.

"내 중간 이름이 뭐예요?"

펠릭스가 물었다.

"응?"

"외계인은 모르지만, 우리 엄마는 알 수 있는 질문을 생각 중이에요."

제기랄, 이 꼬마 왜 이렇게 똑똑해? 몇 살이라고 했더라?

"재미있네."

나는 어이없다는 듯 중얼거리며 TV에서 본 것처럼 아이의 정수리를 힘껏 헤집었다. 샘은 몸을 틀어 커피 머신으로 다가가 제 몫의 커피를 따랐다.

"아빠는 지금 엄마가 자기 이름을 기억할 수 있다는 사실만으로도 놀라울 것 같은데."

"그럼, 엄마가 제일 좋아하는 숫자는 뭐예요?"

펠릭스는 절대 포기를 모른다.

"음, 8이던가."

나는 멍하니 아무 숫자나 내뱉었다.

"하! 엄마가 제일 좋아하는 숫자는 11이에요!"

펠릭스가 자신의 주장을 증명이라도 하려는 듯 두 팔을 활짝 벌렸다.

"집에 어떻게 왔는지 기억은 나?"

샘이 내게 물었다. 말투는 가벼웠지만 눈은 애써 나를 피하고 있다.

"뜨문뜨문."

나는 솔직히 인정했다.

"펠릭스, 동생한테 TV 좀 틀어줄래?"

샘이 하이체어에서 에이미를 들어 올려 바닥에 내려놓으며 말했다. 에이미는 곧장 내게 다가와 바나나가 묻어 끈적끈적한 손으로 내 다리를 껴안으려 했다. 에이미가 내 깨끗하고 포근한 바지에 바나나를 묻히지 못하도록 나는 얼른 몸을 피했다.

"아이 손 좀 닦아줄래?"

샘이 내게 젖은 행주를 던졌고, 내 손에서 빗겨난 수건은 등 너머의 벽으로 톡 하고 부딪혔다.

"엄마라면 한 번에 잡았을 거예요."

펠릭스가 겁에 질린 목소리로 말했다.

얼른 수건을 집어 든 나는 에이미의 손을 깨끗하게 닦아주려 최선을 다했다. 그러나 에이미는 여전히 나를 안아보겠다고 난리였고, 나는 결국 한 팔로 아이를 끌어안은 후에 남은 손으로 끈적끈적한 바나나를 닦아내려 애써야 했다. 고개를 들어보니 샘이 펠릭스와 똑같이 미심쩍다는 얼굴로 나를 물끄러미 바라보고 있었다.

"제 말이 맞죠?"

펠릭스는 고개를 절레절레 흔들며 동생의 손을 잡고 거실로 향했다.

어른들의 대화 소리가 들리지 않을 만큼 어린 남매가 멀어지자 샘은 내게 버터 바른 토스트 접시를 내밀었다. 이 정도면 다들 내게 화가 풀린 걸까. 샘은 회색 티셔츠에 색이 바랜 남색 청바지를 입었고, 물결치는 갈색 머리가 옆으로 살짝 헝클어진 자연스러운 모습이었다. 정말 엄청나게 매력적이었다. 숙취만 없었더라면 침대에 눕히고 싶을 만큼. 남편이 있으면 옷을 차려입거나 아이라이너를 그릴 필요가 없다. 심지어 집을 나설 필요도 없다. 파자마 차림으로도 거사가 가능하다. **샘과 자면 미래의 나를 두고 샘이 바람을 피우는 셈일까?** 그런 생각이 들자 골치가 아팠다.

"그래서, 열차에서 잠든 기억이 아예 없어? 내가 애들을 차에 태우고 알튼역까지 당신을 데리러 갔었는데?"

샘의 목소리에서 뜨거운 아침 섹스는 흔적도 찾아볼 수 없었다.

"아, 젠장. 내가 그랬어요? 미안해요."

"대체 어제 무슨 일이 있었던 거야? 집에 그 지경으로 돌아온 건 둘째 치고, 어제 백화점에서 거의 3,000파운드를 썼다는 알림을 받았어. 무슨 생각으로 그런 거야?"

"아… 그건, 그냥 나를 위해 쓴 거죠. 쇼핑 갈 일이 없어서."

"쇼핑 갈 일이 없다니? 루시, 옷장에 옷이 한가득이잖아! 이 정도로 여유롭지 않다는 거 당신도 알잖아."

"우리 꽤 괜찮게 살지 않아요?"

나는 손을 내저으며 반짝이는 커피 머신과 온 마을을 먹이고도 남을 것 같은 거대한 냉장고를 가리키며 말했다.

"맞아. 그렇지만 그만큼 빚도 많잖아. 당장 이 집이며 자동차 대출금, 마리아 월급, 다락방 리모델링에 연금보험까지 내려면 한 푼이라도 아껴야지. 지난주에 친환경 보일러 설치해야 하는데 새 러닝화를 샀다고 나한테 그렇게 화를 냈으면서, 쇼핑 한 번으로 그 열 배를 써?"

그의 목소리로 힐난을 들으니 내가 더욱 무책임한 사람인 것 같다. 우리가 얼마나 부자인지 계산을 잘못했던 걸까.

"당신 말이 맞아. 미안해요."

나는 의자에 몸을 점점 더 깊이 구기며 말했다. 이 대화는 나를 우울하게 만든다. 나는 드디어 괜찮은 월급을 받고 은행에 돈도 가득한데, 보일러나 마감재 같은 지루한 소비 때문에 즐거운 쇼핑을 할 여유가 없다니.

"대체 요즘 왜 그래?"

샘이 식탁에 앉으며 물었다. 목소리는 짜증에서 걱정으로 바뀌었다. 이제 사실대로 말해야 할 타이밍 같다. 샘이 나를 미쳤다고 생각할까 봐 걱정되지만, 그는 이미 나를 미친 사람처럼 바라보고 있으니까.

"샘, 할 말이 있어요. 좀 이상한 소리 같겠지만."

처음에 샘은 믿을 수 없다는 듯 눈을 부릅떴다. 내가 아랑

곳하지 않고 설명을 이어나갈수록 그는 커다란 몸을 점점 앞으로 숙이며 눈썹을 찡그렸다. 얼마나 내 이야기에 집중하는지 꼭 움켜쥔 손가락 마디가 하얗게 변하기 시작했다. 나는 내가 어디서 일했고 거기서 무슨 일을 했는지 기억이 나질 않고, 예전 아파트를 찾아갔다가 배저TV 사무실로 갔다고 털어놓았다. 샘은 내가 설명하는 내내 한 마디도 끼어들지 않고 주의 깊게 경청했다. 이마에 패인 주름이 새로운 이야기를 할 때마다 점점 더 깊어졌다.

내가 이야기를 마치자 그는 자리에서 벌떡 일어나 나를 힘껏 끌어안았다. **내 말을 믿어주는 걸까 아니면 내가 이 모든 이야기를 지어내서 큰돈을 쓴 핑계를 대는 거라고 생각하는 걸까?** 샘이 몸을 떼어내는 순간, 그의 푸른 눈동자가 연민으로 가득한 걸 발견했다. 그는 내 말을 믿었고 더 이상 화를 내지 않았다.

"어떻게든 해결할 수 있으니 너무 걱정하지 마."

샘은 나를 끌어안으며 귓가에 속삭였다.

나를 감싸는 그의 팔과 목덜미에서 풍기는 깔끔한 참나무 향이 믿을 수 없을 정도로 편안했다. 몇 시간이고 이대로 행복하게 안겨 있을 수 있을 것만 같다. 포옹이 이토록 좋은 거라는 걸 그동안 모르고 살았구나. 예전에 만났던 남자들 중에는 포옹을 제대로 하는 사람이 없었고, 끌어안아도 그저 형식적이거나 잠깐 맞붙었다가 떨어지는 수준이었다. 샘과 함께라면, 샘의 품이라면 내 주변에서 무슨 일이 벌어져도 편안한 기분을 느낄 것 같다. 마치 할 수만 있다면 이렇게 끌어안아 내 모든 걱정과 고통을 덜어가겠다는 의지를 표명하는 것 같기도 하다. 내 몸을 떨어뜨린 샘은 테이블에서 휴대 전화를 집어 들며 "전화를 좀 해야겠어" 하고 말했다.

"당신은 여기 있어, 긴장 풀고 무리하지 말고."

그러고는 옆방으로 사라졌다.

내가 상상했던 것보다 일이 훨씬 잘 풀렸다. 솔직히 아무리 샘이라 해도, 내 이야기를 들으면 내가 미쳤다고 여기고 곧바로 병원에 데려가 머리 검사부터 받으라고 재촉할 줄 알았다. 어쩌면 결혼이라는 건 서로 묻지도 따지지도 않고 그저 믿어주는 것일지도 모르겠다.

샘이 자리를 비운 사이, 나는 식탁 위에 놓인 태블릿에서 신문 1면을 훑어보았다. 세계 어딘가에서 벌어지고 있는 전쟁 사진, 가뭄을 다룬 헤드라인, 내가 모르는 미국 정치인에 관한 기사, UN대사로 새롭게 임명된 하퍼 베컴*의 인터뷰. 이런 헤드라인을 읽다 보니 새로운 두려움이 엄습해 온다. 재빨리 화면을 닫고 태블릿을 멀리 밀어버렸다. 내 뇌는 삶에서 놓친 것들을 따라잡는 일에 충분히 과부하가 걸렸는데, 나머지 세상에서 놓친 것까지 흡수할 준비가 되어 있을지 모르겠다. 이대로 수문을 열면 밀려드는 정보에 익사해 버릴지도 모른다.

샘이 부엌으로 돌아왔다. 그는 마치 자리를 비운 사이 내가 불이라도 질렀을까 봐 걱정하는 듯 동정심과 경계심을 담은

---

* 축구 선수 데이비드 베컴의 막내딸

미소를 지었다.

"괜찮아, 아픈 건 아니에요. 그냥 시간 여행을 하는 기분이거든요. 영화 〈시간 여행자의 아내〉 본 적 있어요? 그거랑 비슷한 거예요."

샘은 몸을 숙여 내 이마에 입을 맞췄다.

"내가 진짜 아침을 만들어줄까?"

샘이 말하자마자 나는 배가 고프다는 것을 깨달았다. 어제부터 제대로 된 식사를 한 적이 없었다. 버터를 바른 토스트도 맛있긴 했지만, 조금 더 든든한 음식을 먹고 싶었다.

"그거 좋은 생각이다. 고마워요."

나는 그가 달걀을 깨고 왁스 종이에 싸놓았던 판체타**의 포장을 벗기는 분주한 모습을 지켜보았다.

"당신이 좋아하는 수란을 할게."

샘이 가스레인지에 물이 담긴 냄비를 올려놓으며 말했다. 맞다, 수란은 내가 제일 좋아하는 달걀 요리다. 이 남자가 그걸 안다니 신기하다. 샘이 찬장에서 접시를 꺼내는 모습을 보며 문득 그가 내 이야기를 듣고 한 마디도 토를 달거나 질문을 하지 않았다는 걸 깨달았다. 만약 반대의 상황이었다면 나는 엄청난 질문 공세를 퍼부었을 거다.

달걀은 내가 먹어본 것 중 단연 최고였다. 단단한 흰자와 완벽하게 흐르는 노른자, 맛있게 매콤한 양념과 바삭한 판체타

** 소금과 향신료를 넣어 절인 이탈리아식 베이컨

조각까지 솔솔 뿌린 완벽한 수란이다. 샘이 설거지까지 다 하겠다고 고집을 부리는 바람에 나는 손가락 하나 까딱하지 않았다. **이 정도면 남편이 있는 삶도 금방 적응할 수 있을 것 같아,** 하고 생각하는 순간 초인종이 울렸다. 샘은 부리나케 현관으로 달려갔고, 금세 걱정 가득한 얼굴의 마리아와 함께 돌아왔다.

"마리아에게 몇 시간만 아이들을 봐줄 수 있겠냐고 부탁했어."

샘은 '제발 불은 지르지 말아줘'라고 말하는 것 같은 표정으로 나를 보며 말했다.

"좀 어때요?"

마리아의 얼굴에 동정이 가득했다.

"몸 괜찮아요?"

샘은 내가 숙취가 심해 아이들을 케어할 수 없을 거라고 말했을 것이다.

"나쁘진 않아요. 몇 시간 지나면 괜찮아질 거예요."

"금방 다녀올 수 있을 거야."

샘이 내게 말했다.

"셰퍼드 박사님께 긴급 진료 예약을 잡아놨어."

"의사?"

오호라. 샘과 마리아가 눈빛을 교환한다.

"검사를 받아보긴 해야지. 기억 상실이 다른 질환의 증상일 수도 있잖아."

나를 믿기는 개뿔, 어쩌면 나를 정신 병원에 가두려는 속셈

일지도 모른다. 아니면 '로체스터 부인'처럼 나를 다락방에 가두고는 새롭고 젊은 '제인 에어'를 데려올지도.

"후회하는 것보단 체크만 해보는 것도 나쁘지 않아요."

마리아가 내 팔을 부드럽게 감싸며 말했다.

좋다, 그 망할 의사를 만나러 가봐야겠다. 하지만 시간 여행이나 소원 기계, 백화점에서의 과소비 따위는 절대 말하지 않을 거다. 무슨 일이 일어나든 절대 로체스터 부인이 될 생각은 없으니까.

제12장

조수석 문을 열어준 샘이 운전석에 올라탔다.

"스탠, 로지 힐 로드에 있는 병원으로 안내해."

샘이 차에 올라타 자기 몸에 맞게 좌석을 조정하며 말했다.

"왜 우리 차가 스탠이에요?"

나는 샘에게 물었다.

샘은 내가 농담을 했다는 듯한 표정으로 나를 바라보며 웃음을 터트렸다. 그러다가 차츰 내가 진지하게 물어봤다는 사실을 깨달은 모양이다.

"자체 학습 자동 내비게이션Self-Taught Auto-Navigation의 머리글자를 따서 스탠이야."

그가 설명했다.

"사용자의 일반적인 경로를 학습하면서 반자율적으로 운전을 해주는 거야."

"아, 그렇구나. 나는 자동차 목소리가 스탠리 투치처럼 들려서 스탠이라고 부르는 줄 알았네."

"우리가 처음 이 차를 받았을 때도 똑같이 말했었잖아."

샘이 말했다.

"정말 하나도 기억 안 나?"

나는 고개를 저었다. 샘의 이마에 주름이 깊어졌다. 내가 기억을 잃었다는 사실이 새삼스레 체감되는 모양이었다. 샘은 내 눈치를 살피며 억지로 환한 미소를 지어 보였다.

"그럼, 이 기능도 기억 못 하겠네."

샘이 애써 더 밝게 말했다.

"스탠, 오늘 밤 멋진 아내를 위해 어떤 요리를 하면 좋을까?"

"당신과 루시가 모두 5점 만점을 준 태국식 콩 연어 요리 재료가 냉장고에 보관되어 있습니다. 장을 보려면 잼과 아기용 물티슈가 거의 떨어졌으니 참고하세요."

"그건 주문해줘. 고마워, 스탠."

샘이 자동차에게 말을 걸며 나를 힐끗 바라보았다.

"와, 또 뭘 할 수 있어요?"

나는 호기심에 가득 차 물었다.

샘이 자동차의 '긍정의 말 한마디' 기능을 시연했다.

"나는 당신과 당신이 하는 모든 일이 자랑스러워요."

스탠리 투치의 목소리가 지금의 곤경을 해결해 주지는 못하겠지만, 병원에 도착할 때가 되자 어쩐지 기분이 한결 나아지는 것 같았다.

셰퍼드 박사는 샘 나이 또래로 보였고, 두 남자는 서로를 잘 아는 사이인 것 같았다. 두 사람이 주고받는 대화로 미루어 볼 때, 산악자전거나 진흙 레슬링 같은 스포츠 취미를 함께 즐기는 친구 사이인 듯했다.

나는 진흙에 관한 이야기를 한참이나 나눈 후에야 내 이야기를 다시 풀어놓을 수 있었다. 다만 이번에는 시간 여행이나 소원 기계, 마법사처럼 보이던 스코틀랜드 노파나 그 외에 도서관 '판타지' 서가에서 볼법한 이야기는 하나도 섞지 않았다. 나는 그저 사실에만 충실했다. 어느 날 아침에 일어나 보니 지난 16년이 새하얗게 사라져 버렸노라고. 셰퍼드 박사는 우리에게 몇 가지 검사를 추천했다. 그의 말에 따라 MRI며 CTH, FYD 같은 이름도 생소한 검사를 예약했다. 나는 이게 무슨 검사인지도 모른 채 그냥 말이 좀 어렵다 싶은 생각뿐이었다.

"검사가 엄청 비쌀 것 같은데요."

나는 샘에게 백화점 쇼핑 사건 이후로 돈 쓰는 것에 민감하다는 인상을 주려고 노력했다. 개인 병원 전문의에게 맡기는 검사인 데다가 커피 한 잔에 10파운드는 우습게 넘어가는 세상이니, 뇌 스캔은 얼마나 비쌀지 상상조차 할 수 없었다.

"걱정하지 마세요, 보험 들어놓으신 걸로 처리할 수 있으니까요."

셰퍼드 박사가 말했다.

"설마 국민건강보험이 해체된 거예요?"

나는 걱정스럽게 물었다. **부디 이 미래에 국민건강보험의 해체**

는 없길. 보편적 의료 서비스의 종말, 영국의 절반이 물에 잠겨버린 해수면 상승, 피어스 모건*이 영국 총리가 되어버린 현실 따위의 암울한 소식을 내가 과연 감당할 수 있을까. 결혼해서 아이를 둘이나 낳고 인생의 3분의 1을 잃어버린 것도 고통스러운 마당에 디스토피아적 지옥까지 감당해 낼 수 있을까.

"아니야, 회사에서 개인 보험을 들어준 거야."

샘이 설명해 주었다.

"암 치료제는 나왔어요?"

나는 의사에게 물었다.

"유감스럽게도 아직이요. 암이 걱정되세요?"

"그건 아닌데, 지금쯤이면 완치 치료제가 나왔길 바랐어요."

샘과 의사는 걱정스러운 눈빛을 주고받았다.

두뇌 스캔과 반사 검사, 혈액 검사에 소변 검사, 눈 검사, 그리고 콧구멍에 면봉을 쑤셔 넣는 검사가 끝날 무렵, 나는 아무런 병명도 나오지 않으리란 생각에 비명을 지르고 싶은 마음이었다. 실제로 내 진단명은 없었다. 두 번째로 플린이라는 이름의 여자 의사가 내 뇌 스캔 결과를 보기 위해 진료실을 찾아왔다.

"러더퍼드 부인, 걱정하실 일은 없어 보이네요."

플린이 말했다.

"출혈이나 의심스러운 종양도 없어요. 건강 상태는 매우 좋

---

* 영국의 대표적인 저널리스트

으신 편이에요."

셰퍼드 박사가 동조하듯 슬며시 고개를 끄덕였다.

"외상 흔적도 없고 건강 상태가 양호한 것으로 보아 갑작스럽고 일시적인 기억 상실로 보입니다. 최근 기억을 잃은 것으로 미루어볼 때, 일시적인 기억 상실증으로 추측할 수 있겠네요."

셰퍼드 박사가 플린 박사를 바라보자 그녀 역시 이 진단에 동의한다는 듯 고개를 끄덕였다. 나는 슬며시 손을 들었다.

"16년이라는 시간이 그리 최근 기억이라고 할 순 없지 않나요?"

내가 물었다.

"지각판이 움직이고 공룡이 지구를 돌아다니는 거창한 과거라면 모르겠지만, 제 인생에 16년이면 최근 기억이라고 치부하긴 힘들 텐데요."

"모든 케이스가 다 같은 건 아닙니다. 인간의 뇌 연구가 아직 그 정도로 진보한 건 아니니까요."

플린 박사가 내 스캔 결과를 펜으로 두드리며 덧붙였다.

"그래도 좋은 소식은, 기억 상실이 아마도 영구적으로 지속되지는 않을 수도 있다는 겁니다."

아마도, 라고?

만약 그들이 옳고 내가 정말 기억 상실증에 걸렸다면 어떡하지? 집으로 돌아오는 차 안에서 고민이 몰려왔다. 기억 상실이 훨씬 더 합리적인 설명이겠지만, 소원을 빌자마자 벌어진 이 모든 일의 타이밍이며… 그 기계와 노파, 그리고 모든 걸 알고 있는 것만 같았던 그 눈빛이 어딘가 기묘하다.

샘이 운전석에서 손을 뻗어 내 무릎을 도닥였다.

“이런 일이 생겼다니, 믿을 수가 없어. 당신이 지금 얼마나 머리가 터질 것 같을지 상상조차 못 하겠어.”

“뭐, 백화점에서 수천 파운드를 쓰고 술에 취해 열차에서 잠들기도 했으니까, 생각해 보면 쉽게 받아들였다고 봐야겠죠.”

샘이 씩 웃었다.

“기억 상실증에 걸린 상태에서 산 값비싼 정장 슈트도 내 의료보험으로 청구할 수 있지 않을까요?”

“그럴 것 같진 않은데.”

샘이 나를 애정이 담긴 따뜻한 눈빛으로 바라보며 말했다. 어린 시절 부모님이 키우던 개, 바나나가 나를 보며 반가워하던 표정과 정말 똑 닮았다. 나는 다른 사람에게서 이런 시선을 받아본 기억이 없다. 문득 뱃속이 묵직해졌다.

“우리는 어떻게 만났어요?”

나는 샘에게 물었다.

“분명 다시 기억날 거야.”

그는 시선을 전방으로 돌리며 나지막이 말했다.

“그럴지도 모르지만, 그래도 말해줄 수 있어요?”

샘은 입술을 살짝 깨물며 목을 주물렀다.

“뭐든 말해줄 수 있지만, 우리가 킬리만자로에서 만났다거나 당신이 내 폴댄스 강사였다고 해도 당신은 그게 진짜인지 모를 거잖아."

"내가 다른 사람의 성격을 이식받은 건 아닌데. 절대 킬리만자로산에 오르진 않았을걸요. 난 등산 싫어해요."

그리고 우리 둘은 동시에 한 목소리로 "그 끝에 펍이 있다면 모를까" 하고 말하며 웃음을 터트렸다.

"당신 서른한 번째 생일날, 쇼디치 하이 스트리트에 있는 가라오케 바에서 만났어. 난 서른세 살이었고 남자들끼리 끔찍한 시간을 보내고 있었지. 티셔츠를 맞춰 입은 남자들을 입장시켜 주는 유일한 술집이었거든."

"내가 가라오케 바를 갔다고요?"

나는 놀라 되물었다.

"킬리만자로 등반만큼이나 믿을 수 없는 소린데."

"왜? 당신 목소리가 얼마나 아름다운데. 그날 조야, 페이, 로신이랑 당신이 눈부신 금색 미니드레스를 입고 같이 무대에 올라서 완벽하고 허스키한 목소리로 「너와의 약속」을 불렀어. 난 첫눈에, 그리고 첫 목소리에 반했지."

"그럼 나는?"

그의 이야기를 들으며 그 장면을 상상해 보니 나도 모르게 미소가 번졌다.

"처음엔 친구들이랑 같이 왔다면서 나랑 별로 이야기하고 싶지 않아 했어. 대신 전화번호를 알려줘서 다음 날 내가 연락했지. 우리는 버로우 마켓*에서 엔칠라다**를 먹었어. 그리고

8개월 후에 내가 청혼했지."

"너무 급하게 한 거 아닌가."

나는 못마땅한 표정을 지으며 말했다.

"우리 둘 다 이 사람이다, 싶었으니까."

샘은 다시 나를 바라보았다. 그의 눈빛에서 어딘가 모르게 우리 사이의 지난날이 느껴졌다. 따뜻한 온기가 내 안에 울려 퍼졌다.

나는 내 인생의 좋은 시절로 넘어가고 싶다고 소원을 빌었다. 그럼 샘은 좋은 시절에 속하는 걸까? 확실히 지금까지 지켜보기에 샘 같은 남자를 만난 건 행운이다. 그는 잘생기고 친절하고 좋은 아버지다. 시간을 돌려 스물여섯 살의 나에게 모든 게 다 잘될 테니 진정하고 데이트 앱을 지워버리라고, 눈앞에 샘이 나타날 때까지 기다리라고 말할 수 있다면 얼마나 좋을까.

집에 돌아온 후에도 우리는 잠시 진입로에 차를 세운 채 내리지 않았다.

"고마워요"라고 말은 했지만, 정작 무엇이 고마운지 나도 알 수 없었다. 병원에 데려다줘서? 나를 이해해 줘서? 나와 결혼해 줘서? 아니면 그 모든 게 고마운 걸까? 샘이 내 손을 잡더니 손가락을 내려다보며 말했다.

---

* 런던에서 가장 오래되고 유명한 시장

** 토르티야 사이에 고기, 해산물, 치즈 등을 넣어서 구운 멕시코 요리

“결혼반지는 안 꼈네.”

“아.”

그의 시선을 따라 내 왼손 약지 주위로 옅은 자국을 발견했다.

“당신은 밤이면 침대 협탁 위에 반지를 빼둬.”

샘은 내 시선을 외면하며 조용히 덧붙였다.

“아, 몰랐어요.”

내가 말했다.

샘은 다시 내 손을 꼭 쥐었다.

“일시적이라고 했잖아. 내일이면 금방 언제 그랬냐는 듯 기억이 돌아올 거야.”

나는 고개를 끄덕였다. 그의 말처럼 낙관적인 믿음을 얻고 싶었다. 하지만 ‘다시 나로 돌아온다’라는 게 진짜 ‘나’를 의미하지 않는다는 생각을 지울 수 없었다.

현관문을 들어서자 에이미가 두 팔을 쭉 뻗은 채 뒤뚱거리며 내게 걸어왔다. 바나나도 침도 묻지 않은 깨끗한 아기니까 안아줘도 괜찮을 것 같았다. 울지 않을 때는 발그레한 뺨이나 거친 곱슬머리가 꽤나 귀엽다.

“어떻게 됐어요?”

마리아는 뭐가 문제인지 알아내고야 말겠다는 듯 내 눈을 뚫어져라 바라보며 물었다.

“다 좋대요. 괜찮아요.”

나는 마리아에게 말했다. **이 아이들을 낳은 기억은 없지만, 그**

것만 빼면 정말 다 괜찮으니까.

"아이들이랑 있어도 괜찮겠어? 마리아를 데려다주려면 30분 정도 걸릴 거야."

샘이 말했다.

"그럼요, 괜찮을 거예요."

나는 억지로 활기찬 목소리를 꾸며내며 말했다.

"점심으로 냉동실에 얼려두었던 볼로레제 스파게티를 먹였고요, 펠릭스는 킥보드를 타고 공원에 가서 신선한 공기도 마시고 운동도 했답니다."

"완벽하네요, 고마워요"라고 말했지만, 아이들과 나만 남겨질 생각을 하니 두려운 마음이 앞섰다. 무엇을 먹여야 할지, 운동을 얼마나 더 시켜야 할지 내가 어찌 알겠는가? 에이미가 또 볼일을 보면 어떡하지? 펠릭스는 혼자 화장실에 갈 수 있는 나이일까? 내가 화장실에 가고 싶으면 어떡하지? 2분 동안 이 아이들을 홀로 두어도 괜찮을까? 아니면 에이미를 데리고 화장실에 가야 하나? 내가 하는 말을 이 아이들이 잘 들어줄까? 마리아와 샘을 놀라게 하지 않으면서 자연스럽게 할 법한 질문들은 절대 아니었다.

샘이 집을 나서며 내 입술에 키스를 남겼다. 짧게 뽀뽀하는 정도의 입맞춤이었지만 내가 자연스럽게 눈을 감고 그에게 몸을 기대며 입술을 떼는 순간에도 그를 향해 입술이 따라가는 걸 보면, 내 몸이 그와의 입맞춤을 기억하는 모양이다. 마리아는 내가 적절한 작별 키스하는 법을 잊어버린 사람이라는 듯 이상한 표정을 지었다. 정신 나간 사람이라고 생각하는 게 분명했다.

"괜찮아요, 정말 괜찮을 거야."

나는 두 사람을 안심시키며 입술에 잔뜩 힘을 주었다.

그들이 떠나자 에이미는 통통하고 자그마한 주먹으로 내 머리를 잡아당겼다. 너무 아파서 에이미를 바닥에 내려놓았다.

"넌 뭘 하고 싶어?"

나를 외계인처럼 바라보는 펠릭스에게 물었다.

긴 형태의 거실은 중간에 있는 미닫이문으로 공간을 분리했다. 한쪽은 널브러진 쿠션과 우아한 모양의 테이블 조명이 있는 공간이었고, 다른 한쪽은 퍼즐과 장난감이 즐비한 선반이 있는 놀이방이었다. 벽난로 위에는 여러 가지 색감의 산을 그린 수채화가 두꺼운 금박 액자에 걸려 눈길을 사로잡았다. 에이미는 놀이방 쪽으로 기어갔다. 내 아파트의 비좁은 거실과 비교하면 이 거실은 향락과 부유함이 흘러넘쳤다. 케닝턴 레인의 아파트에는 항상 빨래 건조대와 자전거 따위가 어지럽게 널려 있었다. 버려지기만을 기다리는 쓰레기 더미, 세탁기에 오래 방치해 눅눅한 냄새가 나는 빨래 더미까지. 마흔이 넘어가면 쉽게 약속을 잡지 않는 이유가 혹시 집이 너무 좋아서일까.

에이미의 곁에 앉아서 함께 컵으로 블록 쌓기 놀이를 했다. 내가 형형색색의 컵을 쌓으면 에이미가 쓰러뜨리는 간단한 놀이였다. 에이미가 높이 쌓인 컵을 쓰러뜨리는 데 집중하느라 입술에 잔뜩 힘을 주는 모습이 꼭 우리 엄마와 닮았다.

"에이미, 우리 조금 더 재미있는 놀이를 해볼까?"

나는 펜 뚜껑을 집어 컵 아래에 숨겼다.

"펜 뚜껑을 찾는 거야!"

내가 컵을 이리저리 뒤섞으며 말했다.

"이 셋 중에 어디 있을까?"

하지만 에이미는 쌓인 컵을 쓰러뜨리는 데에만 관심이 있었다. 다른 놀이를 찾아볼까 하는데 펠릭스가 머리에 바구니를 뒤집어쓴 채 주방용 포일로 만든 갑옷을 입고 나타났다.

"오, 지금 용을 무찌르는 기사 놀이를 하는 거야?"

내가 물었다.

"이건 놀이가 아니에요. 외계인의 뇌파로부터 나를 보호하는 거예요."

"아, 그래…."

나는 말끝을 흐렸다.

"펠릭스, 잘 들어. 의사가 그러는데, 내가 일시적으로 기억을 잃었을 가능성이 있대. 내일이면 다시 엄마로 돌아올 거야."

아이가 내 말을 믿든 믿지 않든, 이 정도면 알루미늄 포일을 온몸에 두르며 겁에 질린 일곱 살짜리 아이에게 꽤 그럴듯한 설득이 되리라 생각했다.

"의사들이 외계인에 대해 알아요?"

펠릭스가 혼란스러운 표정으로 물었다.

"나는 외계인이 아니야. 나는…. 나도 나한테 무슨 일이 일어난 건지 모르겠어."

펠릭스는 잠시 멈춰 서서 자신의 눈자위를 덮는 바구니를 이마 위로 올렸다.

"원래 있던 곳으로 돌아가고 싶어요?"

펠릭스가 나무 숟가락으로 나를 가리키며 물었다.

돌아가고 싶냐고? 물론이다. 내 미래를 엿보는 이 순간이 아무리 흥미롭고 재미있다고 해도 여기에 영원히 **머물** 수는 없다. 물론 이 집도 멋지고 내 직업도 멋지고 위층에 있는 책장도 꿈만 같지만, 남은 20대와 30대를 놓친 채 영원히 어른의 모습으로만 남아 있을 순 없는 노릇이니까.

"응, 돌아가고 싶어."

내 대답이 아이에게 가닿았다.

"그럼 포털을 찾아야겠네요."

펠릭스가 놀이방 바닥 맞은편에 아빠 다리를 하고 앉으며 말했다. 그 사이 에이미는 놀라울 정도로 격렬하게 인형을 장난감 바구니 속으로 집어 던지고 있었다.

"포털?"

"여기까지 어떻게 왔어요? 어떤 포털을 통해 온 거예요?"

펠릭스는 놀이방을 가로질러 서가에서 공상 과학 소설책을 하나 꺼내 들고는 페이지를 넘기더니 커다란 흰색 구멍을 손으로 짚어냈다.

"우주는 너무 광활해서 아무리 거대한 우주선일지라도 어디든 갈 수 있는 게 아니에요. 먼 곳을 여행하려면 포털이나 웜

홀을 통해야 하는데, 찾기가 어렵대요."

"나도 이미 그 생각을 해봤어" 하고 솔직히 인정했다.

"하지만 난 우주에서 온 게 아니라 과거에서 시간 여행을 통해 여기로 온 것 같아."

펠릭스의 확신에 찬 표정을 보니 왠지 이 아이에게는 더 솔직해지고 싶다는 생각이 들었다.

"런던의 한 신문 가게에 소원을 빌 수 있는 기계가 있었어. 인생의 좋은 시절로 건너뛰고 싶다고 빌었더니 여기서 깨어났어."

"그게 포털이겠네요!"

펠릭스가 머리에 쓴 바구니를 벗으며 말했다.

"하지만 그건 이미 사라졌어."

나는 중얼거렸다.

"사라졌어요?"

"어제 찾아봤는데, 그 가게는 이제 없어. 이미 빌딩이 들어섰거든."

에이미가 넘어져 장난감 바구니에 머리를 찧는 순간, 펠릭스가 책을 덮었다. 에이미가 울음을 터트리자 나는 벌떡 일어나 아기를 달래주었다. 에이미는 성난 문어처럼 양팔을 펄럭였다. 그 작은 얼굴에 고통과 아픔이 가득했다.

"저런, 불쌍한 우리 에이미. 괜찮니?"

나는 귀여운 장난감으로 아기의 주의를 돌려보려 애썼지만, 에이미는 장난감을 멀리 밀어냈다.

"혹시 잘못 찾아간 거 아니에요?"

펠릭스가 내게 물었다.

에이미의 우렁찬 울음소리가 점점 더 커져 귀가 아플 지경이라 아기를 달래는 것 외엔 아무것도 할 수 없었다. 개를 달래듯 에이미의 머리를 살살 쓰다듬어봤지만, 보채는 게 점점 심해졌다.

펠릭스가 그것도 모르냐는 듯 외쳤다.

"안아서 좌우로 그네 태우듯 흔들면서 코에 호, 하고 바람을 불어주면 좋아해요."

펠릭스가 말하는 대로 에이미를 안아주자 에이미는 곧바로 진정되기 시작했다.

"가게가 없어졌다고 해서 기계까지 없어진 건 아니잖아요. 기계를 옮겼을 수도 있죠. 어떻게 생긴 건데요?"

펠릭스는 마치 땅! 하면 바로 달려 나갈 준비를 마친 경주마처럼 몸을 좌우로 흔들기 시작했다.

"펠릭스, 나도 이미 찾아봤지만 없어졌어. 그리고…."

확신할 수 없는 포털 이론에 너무 많은 믿음을 보이는 건 아닐지 걱정되는 마음에 말을 제대로 끝맺을 수 없었다.

"내가 마지막으로 기억하는 게 그 소원 기계라고 해서 그게 반드시 포털이란 의미는 아니잖아."

펠릭스의 표정이 조금씩 어두워졌고, 손에 든 나무 숟가락이 바닥으로 주르륵 떨어졌다.

"하지만 난 엄마가 필요해요. 학교 숙제하는 데 엄마의 도움이 필요하단 말이에요."

"내가 도와주면 안 될까? 뭘 하면 되는데?"

그러나 내가 펠릭스를 더 설득하기도 전에 에이미를 받친 손바닥에서 따스한 기운이 느껴졌고, 불쾌한 냄새가 방 안을 가득 채우기 시작했다.

"어떡해, 또 쌌어!"

나는 구역질을 참으며 외쳤다.

에이미는 꿍얼거리며 "똥, 똥" 하고 외쳤다. 귀여운 아기 목소리로 별거 아닌 단어 몇 개가 꽤 귀엽게 들린다.

펠릭스는 체념의 기색이 역력한 목소리로 "자주 싸요" 하며 중얼거렸다.

내가 만난 이 신세계에서 감당할 준비가 되어 있지 않은 일을 딱 하나만 꼽으라면 바로 타인의 엉덩이를 닦는 일일 것이다.

코를 손수건으로 막고 옷을 보호하기 위해 앞치마를 두른 채로 에이미의 내복을 벗긴 후, 악취가 나는 기저귀를 벗기고 다량의 물티슈를 뽑아 엉망이 된 엉덩이를 닦았다. 내가 지금껏 살면서 해본 일 중 가장 구역질 나는 일이 아닐 수 없다. 멜라니가 잃어버렸다고 생각한 반지를 찾기 위해 일주일 된 쓰레기봉투를 샅샅이 뒤진 적이 있었는데, 그건 비할 바도 아니었다. (멜라니의 반지는 자기 집 서랍에 고이 있었다.) 어떻게 부모들은 하루에 대여섯 번씩이나 이런 지저분한 일을 해치우는 걸까? 교도소에 갇힌 죄수들이 그곳의 끔찍한 음식이나 불 켜진 방에서 자는 일에 익숙해지듯이 엄마 아빠들도 이게 얼마나 역겨운 일인지 깨닫지 못하는 순간이 찾아오는 걸까? 아니면 그냥 익숙해져 버린 걸까?

아기가 싸놓은 악취 폭탄을 세 번이나 비닐봉지에 돌돌 말아 봉인한 후, 에이미를 부엌으로 데려가자 곧바로 다시 울기 시작했다.

"또 뭔데?"

나는 격분하며 외쳤다. 유아의 감정은 마치 핀볼 기계의 공처럼 위아래를 가리지 않고 팡팡 튀어 오른다. 행복, 슬픔, 팡! 웃음, 눈물, 팡! 팡! 지칠 대로 지친 나는 우는 아기나 나를 필요로 하는 어린이를 피해 휴식할 시간이 정말로 간절했다.

그때 현관 초인종이 울렸다. 에이미를 품에 안은 나는 서둘러 인터폰을 확인하고 현관문을 열었다. 그리고 에이미를 떨어뜨릴 뻔할 정도로 깜짝 놀라 뒷걸음질 쳤다. 내 눈높이에 날아다니는 로봇이 둥둥 떠 있었다. 마치 영화 〈마이너리티 리포트〉에 나오는 로봇처럼 광선으로 내 얼굴을 스캔한 후 나를 암살하기 위해 누군가 보낸 살인 로봇을 목도한 기분이랄까. 비명을 지르며 몸을 숨긴 나는 동시에 팔로 에이미의 머리를 감쌌다. 하지만 로봇은 문 앞에 작은 소포를 떨어뜨리고는 다시 날아갔다. 슬쩍 고개를 돌리자 내 뒤에 서 있던 펠릭스가 의아한 듯 물었다.

"왜 소리를 질렀어요?"

"로봇이 날아다니잖아!"

"저건 배달용 드론인데요."

펠릭스가 고개를 절레절레 흔들며 말했다. 아이는 내 앞을 지나 문 앞에 놓인 소포를 집어 들고 내게 건네주었다. 택배 송장에 '잼, 아기용 물티슈'라고 적힌 아마존* 상자였다.

"아…."

나 자신이 얼마나 바보 같은지.

"좋은 로봇이 아니라 나쁜 로봇인 줄 알았어."

펠릭스는 부엌으로 걸어가며 "정말 이상한 사람 같아"라고 중얼거렸다.

내가 에이미의 기저귀를 마저 갈아주는 동안 펠릭스는 식탁 위에 두루마리 휴지와 크리넥스 티슈 그리고 기타 생필품으로 가득한 수납 트레이를 놓고 앉았다. 펠릭스는 내가 택배 상자 포장을 풀자 의자에서 일어나더니 부드러운 기린 인형을 에이미에게 건넸다.

"얘는 네키라고, 에이미가 제일 좋아하는 인형이에요."

"네키…."

나는 조용히 이름을 외웠다.

"고마워, 펠릭스."

에이미가 기린의 귀를 씹기 시작했다.

"에이미는 기린을 좋아해요."

펠릭스가 어깨를 으쓱하며 대답했다. 음식, 신선한 공기, 깨

---

* 인터넷 종합 쇼핑몰

끗한 기저귀 그리고 네키라는 특별한 기린 장난감까지. 사소하지만 아이들에게 필요한 목록들이 왠지 중요하게 느껴졌다.

"그래서, 넌 뭘 만들 거니? 이게 학교 숙제야?"

"사람의 심장이요."

펠릭스가 골판지를 자르며 한껏 집중한 입술을 깨물었다.

"휴지로 사람의 심장을 만든다고? 우와."

"재료는 뭐가 됐든 상관없어요."

펠릭스는 또다시 어깨를 으쓱거렸다.

"엄마는 손으로 만드는 건 다 잘해요."

내가? 솔직히 뿌듯했다. 그러다가 펠릭스가 고작 일곱 살이라는 사실을 떠올리니, 아이가 세운 예술적 재능의 기준이 퍽 낮을지도 모른다는 생각이 들었다. 나는 에이미와 기린을 하이체어에 앉히고 펠릭스의 곁에 앉았다.

"내가 어떻게 도와줄까? 휴대 전화로 심장 사진을 찾아줄까? 뭘 도와주면 좋겠어?"

나의 질문 공세에 펠릭스는 잠시 침묵했다. 그러더니 고개를 푹 수그리며 중얼거렸다.

"포털이나 찾아주세요. 난 우리 엄마가 필요해요."

제13장

샘이 집으로 돌아와서 아이들의 저녁을 먹인 다음 위층으로 데려가 잠자리에 눕혔다. 나도 도와주겠다고 팔을 걷어붙였지만, 그는 '편히 쉬어'라던가 '괜찮아'라는 말로 일축했다. 마치 내가 무리하면 더 많은 기억을 잃을지도 모른다고 생각하는 것 같았다. 솔직히 내게 오늘 하루는 너무 피곤한 날이었기에, 거실 소파로 물러나 편히 앉아 쉴 수 있는 기회를 확보한 것에 기뻤다.

문제는 거대한 벽걸이 TV의 리모컨을 찾을 수 없다는 것이다. 샘을 귀찮게 하고 싶지 않아 거실 벽을 따라 늘어선 선반을 눈으로 샅샅이 훑었다. 그리고 가장 아래쪽 선반에서 **우리의** 결혼 앨범을 찾아냈다. 기억도 나지 않는 행동을 하는 내 모습을 사진으로 확인하니 신기했다. 특히 나와 친구들, 가족들까지 전부 찍힌 사진은 더더욱 그랬다. 결혼식 날은 정말 즐겁고 행복해 보였다. 사진 속 모든 사람들이 환히 웃고 있었고, 특히 내 얼굴이 환하게 빛났다. **조그만 전구가 빽빽하게 반짝이는 나무 아래에서 야외 결혼식을 올렸네. 나쁘지 않은데.** 내 결혼식을 상상해 본 적은 없지만, 이게 바로 내가 막연히 꿈꾸던 결혼이 아니었을까 싶기도 하다.

한 사진 속에서 샘은 밀짚모자를 쓰고 테라스에 놓인 피아노 앞에 앉아 있었다. 나는 피아노에 기대어 그를 사랑스럽게 내려다보고 있고, 샘은 건반 위에 손을 얹고 나를 바라본다. 사진 속에서도 서로를 응시하는 우리 두 사람의 눈빛에 불꽃이 파스스 튀어 오르는 게 느껴진다. 과연 눈길을 사로잡는 사진이다. 나는 늘 음악하는 남자를 좋아했다. 하지만 이 집에는 피아노가 없는 것 같은데, 아직도 그가 피아노를 연주하는지 궁금하다. 솔직히 말해서 우리가 가라오케 바에서 만났다는 것, 그리고 그가 계란 요리를 수준급으로 잘한다는 것 외에 나는 나와 결혼한 이 남자에 대해 아는 게 별로 없다.

그때 샘이 아래층으로 내려왔고, 펠릭스가 지금보다 훨씬 어렸을 때 갔던 포르투갈 여행 앨범을 보고 있는 나를 발견했다.

"정말 멋진 여행 같아요."

나는 마치 샘의 물건을 훔쳐보다가 들킨 것 같은 죄책감을 느꼈다.

"사진으로는 그렇게 보이지. 안 그래?"

샘은 흐트러진 머리카락을 손으로 밀어 올리며 말했다.

"펠릭스가 계속해서 토하는 바람에 병원에서 이틀이나 지새운 사진이나 가방을 잃어버려 공항 항공사 카운터 앞에서 3시간이나 기다린 사진은 하나도 없으니까."

"사진이 모든 걸 보여줄 순 없죠."

나는 앨범을 덮고 표지에 끼워 넣은 완벽하고 작은 가족사진을 관찰하며 말했다.

"우리 웨딩 앨범에도 보이지 않는 순간이 있어요?"

"이제 와 생각해 보면 완벽한 하루였어. 추려낼 필요 없이."

샘의 눈에 감동이 깃든다.

"먹을 걸 좀 만들어올까? 배고프지?"

나는 고개를 끄덕이며 샘을 따라 주방으로 들어가서 그가 냄비에 무언가를 넣는 모습을 지켜보았다. 곧 맛있는 냄새가 나는 음식이 탄생했다. 태국식으로 볶은 채소에 칠리소스로 구운 연어와 간장으로 맛을 낸 덮밥이다. **요리도 잘한다 이거지.**

"참 이상한 날이에요."

샘이 그릇을 내려놓고 나와 함께 식탁에 앉았다.

"응."

그가 씁쓸한 미소를 지었다.

"그래도 이보다 더 낯선 날도 있었어."

"이것보다 더 어떻게?"

나는 물었고 샘은 고개를 끄덕였다.

"열네 살인가, 혼자 산책하러 나갔어. 집에서 몇 킬로미터 떨어진 습지에서 넘어져 발목이 부러진 거야. 혼자서는 걸을 수가 없어서 아버지가 나를 발견하기까지 8시간이나 혼자 거기에 있었지."

"세상에."

그를 향한 동정심에 나도 모르게 움찔거렸다.

"그래도 괜찮았어. 상황이 이상하게 돌아가기 시작한 건 웬 암탉 한 마리가 나한테 말을 걸었을 때부터야. 이름이 '쉴라'라고 했어. 자기 가족 문제며 과잉보호하는 아버지, 사냥꾼의 총이 얼마나 무서운지 등 자세히도 고민을 토로하더라. 이야기가 계속됐지."

샘이 배시시 웃었다.

"아마 탈수증이나 저체온으로 인한 환각 증세였을 거야. 그 후로 말하는 암탉은 만나본 적이 없으니까."

"농담인지 진담인지 모르겠어요."

나는 웃음을 터트렸다.

"당신은 항상 내가 거짓말을 하면 다 알아차릴 수 있다고 장담했어. 뻔히 수가 보여서 포커는 더더욱 재능이 없다고도 했고."

"진짜 겪은 일인지 아닌지 정말 말 안 해줄 건가요?"

내가 그의 시선을 따라가며 집착했다.

샘은 내게 몸을 기울였다. 다음 행동을 예측할 수 없었다. 그는 그저 내 머리를 가볍게 쓰다듬었다.

"당신이 여기 있다는 거 알아. 나를 기억해 줄 때까지 기다릴게."

샘의 부드럽고 자신감 넘치는 목소리가 나를 안심시켰다.

"내일도 기억이 돌아오지 않으면 어떡해요?"

나는 진지한 목소리로 나지막이 속삭였다. 샘이 내 손을 꼭 잡았지만, 그의 표정에서는 그 무엇도 읽어낼 수가 없었다.

"부모님께 전화를 해보고 싶은데…."

나는 입술을 말아 물었다.

"부모님이 잘 계신지 확인하고 싶은데 혹시라도…."

다음 질문은 차마 입 밖으로 낼 수 없었다.

"두 분 다 잘 지내셔."

샘이 손을 뻗어 내 뺨을 부드럽게 감싸 쥐며 말했다. 그는 내게 언제든 친근하게 다가왔고 말투에서도 친숙함이 묻어났다. 이렇게 조용한 친밀감은 살면서 한 번도 경험해 본 적이 없다. 그러니 사소하게 볼을 쓰다듬는 것에도 내 신경은 곤두섰다. 아무리 오늘 아침 그와의 잠자리를 상상해 봤다고 해도 말이다. 어떻게 보자면 나는 '나인 척하는 가짜'에 불과하기에 그가 쓰다듬는 볼은 내 것이 아니다. 그의 손길은 내 것이 아니다. 사진 앨범을 훑어봐도 기분은 나아지지 않았고, 내가 지금 누리는 이 삶에서 더 멀어지는 듯한 기분만 들 뿐이었다.

"아버님은 몇 년 전에 심장이 좀 안 좋으셨어."

샘이 덧붙였다.

"그래서 심박 조율기 삽입술을 했어. 어머님은 백내장이 좀 있으셔. 그 외엔 두 분 다 건강해."

샘은 잠시 머뭇거리더니 "연락하고 싶으면 지금 해봐" 하고 다정히 채근했다.

“물론 당신이 전화를 끊기도 전에 어머님은 벌써 우리 집으로 출발하시겠지만.”

“내일쯤 하죠, 뭐.”

나는 의자에 다시 등을 기대며 말했다.

“어제는 옛 하우스메이트였던 에밀리에게 전화를 걸었는데, 각자 집을 나온 후로 한 번도 연락을 안 했다며 멀어진 지 오래라고 하더라고요.”

“나는 들어본 적 없는 친군데.”

샘이 미간을 찌푸렸다.

“아직도 당신이 런던에 가서 평소처럼 지내려고 했다는 게 믿어지지 않아, 루시. 직원들한텐 뭐라고 했어?”

순간 술에 취해 스무 살짜리 부하 직원에게 돌진했던 기억이 주마등처럼 스쳐 지나가며 몸이 움찔거렸다.

“그럼, 지금 내 친구는 누군데요? 어린 시절 친구들이랑 여전히 연락하는 거죠? 페이, 조야, 로신 말이에요.”

내 물음에 샘은 시선을 무릎으로 떨어뜨렸다.

“뭐야, 왜요?”

“일단 내일 아침에 상태부터 보자. 의사가….”

“의사는 내가 어디가 아픈 줄도 모르잖아요.”

감정이 격해져 목소리가 조금 갈라졌다.

“오늘 그 대단한 검사를 다 받았는데도 병명이 없다는 게 유일하게 논리적인 설명이었잖아. 안 그래요? 근데 나는 도무지

논리적으로 생각이 안 돼요. 그러니까 내 친구들이 여전히 그대로라고 말해줘요."

"친구들은 많아. 페이는 여기서 20분 거리에 살고 있어서 언제든 만날 수 있어. 원한다면 내일 집으로 초대할 수도 있고."

그의 말에 안심이 되었다.

"그럼 조야랑 로신은? 왜 연락이 안 되죠?"

샘이 양손을 깍지 껴 테이블 끄트머리에 올렸다.

"일단 내일 아침에 상태 보고 다른 친구들 이야기도 마저 해줄게. 사람들에게 당신 상태에 대해 어떻게 말해줘야 좋을지 방법을 찾아보자고."

그의 얼굴에 만연했던 유쾌함은 사라진 지 오래였다. 안색이 어두웠다.

"오늘은 받아들이기 힘든 일이 많았잖아. 오늘 밤은 그냥 조용히 집에서 쉬는 게 좋을 것 같아."

오늘 밤을 조용히 보내는 게 내게 중요한 건지 그에게 중요한 건지 모르겠지만, 일단은 고개를 끄덕였다. 16년의 세월을 하루아침에 따라잡을 수는 없는 노릇이니까.

"당신 이야기도 조금 더 해줘요."

내가 말했다.

"나?"

샘은 수줍은 듯한 표정을 지으며 웃었다.

"네, 난 정말 당신에 대해 아무것도 모르잖아요. 직업은 뭐예요? 고향은? 형제자매는 있어요? 말하는 암탉 말고 내가 알아야 할 이상한 취미나 취향은 없나요?"

샘은 미소를 지었다.

"사진 앨범에서 피아노 치는 당신을 봤어요."

샘은 고개를 저으며 입안에 공기를 가득 머금었다가 삼켰다. 내가 아무것도 기억하지 못한다는 사실에 곤란한 눈치였다. 그는 대답할 준비를 하듯 길고 느린 숨을 천천히 들이마셨다.

"스코틀랜드의 발퀴더라는 작은 마을 출신이고, 누나가 둘이야. 레다하고 메브. 레다는 아직 스코틀랜드에 살고 메브는 미국으로 이민을 가서 자주 만나지 못해. 나는 작곡가라 매일 피아노를 치지. 예전에는 취미가 있었지만, 지금은 주말마다 아이들을 데리고 놀러 다녀야 하고 술에 취한 아내를 데리러 지하철역까지 오가는 삶을 살아서 딱히 없네."

마지막 부분에서 나는 주먹을 쥐고 그를 가볍게 내리쳤다.

"작곡가예요? 꽤 근사한데. 무슨 노래를 작곡해요? 피아노는 어디 있어요?"

"이거 진짜 곤란하네."

샘이 혼잣말처럼 중얼거렸다. 그러더니 나를 똑바로 바라보며 말했다.

"예전에는 가요를 했고, 지금은 주로 영화나 TV 드라마 배경 음악을 작곡해. 우리 집 정원 끝에 스튜디오가 있어. 이 집을 처음 샀을 때 당신과 같이 만들었지."

"내가 스튜디오를 직접 만들었다는 것과 팝 스타랑 결혼했다는 소리 중 어떤 말에 더 놀라야 할지 갈피를 못 잡겠네."

내가 투덜거렸다.

"팝 스타는 절대 아니고."

샘이 단호하게 덧붙였다.

"다른 사람들을 위해 곡을 썼지, 내가 직접 공연한 적은 한 번도 없어."

"직접 부르고 싶지 않았어요?"

"아니, 무대는 내 체질이 아니라서. 내가 부끄러움이 많아서라고 생각하겠지만, 정말 아니야. 난 작곡을 좋아할 뿐, 무대에 올라야 한다고 고집을 피우는 스타일은 아니거든."

"우리 결혼식 때는 연주했던 것 같던데."

"그건 달라. 그건 당신과 가족들, 친구들을 위한 연주였잖아."

샘은 이제 테이블 밑을 바라보고 있었다.

"게다가 다리가 얼마나 떨리던지, 피아노 페달을 잘 밟지도 못했어."

나는 "저 사진을 보면 우린 정말 사랑에 빠진 것처럼 보여요."라고 말하면서 뺨이 발그레 달아오르는 걸 느꼈다.

"그랬지, 지금도 그렇고."

샘의 눈이 내 눈을 똑바로 응시하자 온몸에 열기가 퍼졌다.

"혹시 내가 알만한 곡도 만들었어요?"

나는 우리 사이의 새로운 긴장감을 애써 무시하며 활기차게 물었다. 샘은 잠시 멈칫했다.

"왜 웃어요?"

"11년 전 우리가 처음 만났던 날 밤, 당신이 친구들과 무대에서 불렀던 노래. 그거 내가 만든 거야."

"그럼 내가 당신 노래를 불러서 첫눈에 반한 거예요?"

"그건 아니야."

샘이 미소를 지으며 말했다.

"분명 이런 식으로 작업 걸었을 거면서. '저기요, 방금 그 노래 라디오에서 들어본 적 있죠? 사실 그거 내가 만든 건데…' 하고"

잠깐. 내가 지금 이 남자를 꼬시려고 수작을 부리는 건가? 꼭 그런 것 같은 느낌인데. 가슴 앞으로 팔짱을 단단히 낀 채 수줍게 웃는 그의 모습이 내 마음에 쏙 든다. 샘이 마른침을 삼키자 목울대가 움직인다.

"난 그렇게 작업 안 걸지."

"내가 만약 유명한 노래의 작곡가라면 그렇게 접근할 텐데."

내가 투덜거렸다.

"알지."

샘의 눈이 즐겁다는 듯 일렁였다.

"당신은 항상 술만 마시면 사람들한테 '이 노래 내 남편이 만들었어요!' 하고 외치잖아. 부끄럽게."

내가 생각해도 나라면 그렇게 할 것 같아서 웃음이 터졌다.

"우리가 만난 이유인 그 노래, 듣고 싶은데 불러줄 수 있어요?"

샘은 휴대 전화를 꺼내 무언가를 검색했다.

"전문가가 부르는 버전이 더 낫지."

손가락을 몇 번 두드리자 벽에 내장되어 보이지 않는 스피커에서 음악이 흘러나왔다. 샘이 부르는 노래가 듣고 싶다고 고집을 부리려는 찰나, 전주부터 흘러나오는 박자감이 나를 사로잡아 말문이 막혔다. 깊고 감정이 넘치는 남자의 목소리에 일렉트로닉 베이스 비트와 클래식 현악기의 웅장한 울림이 더해지며 독특한 조합을 이루는 곡이었다.

"언제 만든 노래예요?"

"몇 년 전. 그 이후로 이만큼 좋은 곡은 못 썼지."

그때 후렴구가 시작됐다.

자고 일어난 침대에 남은 흔적처럼
한 번도 말하지 않았지만 느껴지는 것처럼
어떻게든 난 널 느껴
언제나 알고 있었어
우리가 함께하기로 한 약속

가사가 내게 와닿자 순간 온몸에 소름이 돋았다. 그런 다음 다시 비트가 시작되며 바이올린 선율이 풍부하게 덧대졌다. 미묘하고 가슴 벅차게 웅장한 선율이 팽창하듯 울려 퍼졌다.

"노래 정말 좋아요."

샘과 눈이 마주치자 다시금 소름이 돋았다. 그의 눈빛에는 내가 알 수 없는 슬픔과 내가 그의 노래를 좋아해서 느끼는 자부심, 그리고 욕망 같은 무언가가 휘몰아치고 있었다.

"크게 히트 쳤어요? 이 노래로 얼마나 벌었어요?"

"이 노래를 부른 가수 렉스의 히트곡이지."

샘은 쓰디쓴 표정을 지으며 고개를 저었다.

"그때 난 너무 어리고 순진해서 서명하면 안 되는 계약서에 서명했어. 그래서 슬프지만 얼마 못 벌었어."

"더 나이를 먹고 현명해진 후에는? 더 많은 곡을 썼고요?"

샘은 시계를 두드리며 음악을 정지시켰다.

"이젠 그런 팝송은 안 써."

자리에서 일어난 그가 내 빈 그릇을 향해 손을 뻗었다. 우리 대화가 꽤 즐거웠다고 생각했는데, 혹시 내가 무슨 말실수라도 한 걸까?

"하루가 너무 길었다. 이제 올라갈까?"

올라가자고? 혹시 같이 자자는 뜻인가? 오늘 저녁 샘과의 대화는 말 그대로 완벽한 첫 데이트처럼 느껴졌다. 이런 데이트는 정말이지 오랜만이었다. 샘을 좋아하고 그에게 끌린다는 걸 알지만, 그와 함께, 그것도 같은 침대에서 나란히 잔다는 건 훨씬 복잡한 일이다.

"어, 혹시 남는 방 있어요?"

내가 조심스럽게 물었다.

"당연하지."

샘은 쉽게 대답했다. 목소리는 여느 때처럼 다정했지만 눈빛에서 왠지 모르게 상처를 받았다는 게 느껴졌다.

"내가 손님방에서 잘게."

"그래 주면 좋겠어요. 다른 건 아니고, 오늘은 정말 아무 생각 없이 푹 자는 게 좋을 것 같기도 하고…. 그냥 다 너무… 새로워서."

"물론이지. 의사도 당신이 안정을 취하고 스트레스를 피해야 한다고 했잖아."

씩 웃는 그의 입매는 부드러웠지만, 우리 사이엔 전에 없던 어색함이 맴돌았다. 장난기 넘치던 에너지는 흔적도 없이 사라졌다. 지금까지 샘은 나를 기억을 잃은 자기 아내로 대했다. 그런데 이제 와서야 처음으로 내가 그의 아내가 아닐 수도 있다는 가능성을 이해한 것 같았다.

우리는 함께 위층으로 올라왔고, 샘은 칫솔과 읽던 책을 가지러 나를 따라 침실로 들어왔다. 그리고 내 뺨에 가볍게 입맞춤했다. 샘이 몸을 숙이자 따뜻한 온기와 함께 깨끗한 참나무 향이 느껴졌다. 나는 나도 모르게 반사적으로 손을 들어 그의 등을 감쌀 뻔했다. 겨우 정신을 차리고 뻣뻣한 손을 억지로 떨어뜨리는 데 성공했다.

"그럼, 잘 자요. 샘."

내가 약간 잠긴 목소리로 속삭였다.

"당신도."

그는 인사만 남긴 채 조용히 문을 닫고 복도로 걸어 나갔다.

마침내 혼자였다. 다시 침대에 누워 깨끗하고 마른 천장을 바라보며 '소원을 빌 때는 조심해야 한다'라고 하던 노파의 말을 떠올렸다. 좋은 옷과 깨끗한 집, 매력적인 남편, 귀여운 아이들이 가득한 이 삶에 진짜 내 것은 하나도 없는 기분이다. 남의 입장이 되어보는 게 좋은 경험이라는 걸 말로는 이해하지만, 실제로 겪어보니 다른 사람의 껌을 대신 씹고 있는 것 같은 역겨운 기분이 들었다. 내가 원한 게 이런 거였나?

왠지 모르게 속았다는 느낌, 내가 지난날 터트린 모든 불평이 이렇게 말도 안 되는 방식으로 내게 돌아왔다는 느낌을 지울 수 없다. 이토록 안락한 삶이라 해도 이 순간 나는 내가 처리할 수 있는 모든 고민이 산재한 내 삶, 예전 내 침대에서 깨어나는 내 진짜 인생을 원한다. 어둠 속에 홀로 누운 나는 누군가 듣고 있을지 모를 기도를 속삭였다.

"알았어요. 정말 알아들었다고요. 그러니까 지금이라도 제자리로 돌아가고 싶어요."

제14장

어디 있는 누구에게든 내 간절한 기도는 닿지 않았다. 에이미의 우렁찬 울음소리에 잠에서 깨어났기 때문이다. 비틀거리며 침대를 벗어난 나는 우는 아기를 달래러 에이미의 방으로 갔다. 자다 깬 에이미는 늘 엄마를 필요로 했고, 그건 아마도 내 역할일 테니까. 내가 아무리 아이를 키우는 데에 문외한이라지만 전날 침울한 표정으로 제 엄마가 돌아왔으면 좋겠다던 펠릭스의 표정은 내 안의 빗장을 깨뜨렸다. 어떻게든 아이 둘 키우는 법을 배워야만 할 것 같았다. 에이미의 방문을 열어보니 샘이 먼저 와 있었다. 사각팬티만 입은 그는 에이미를 한쪽 어깨에 파묻고 조용히 자장가를 불러주고 있었다.

"아, 나도…."

"내가 할게. 돌아가서 조금 더 자."

샘이 속삭였다.

다시 침실로 돌아가려 뒤돌아선 나는 문득 몸을 다시 돌리고 문지방에 서서 두 사람을 지켜보았다. 자장가를 속삭이는 샘. 노래를 부를 때면 스코틀랜드 억양이 더욱 두드러졌다. 아기의 작은 몸을 부드럽게 감싸안은 단단하고 어둡게 그을린 팔, 품에 안은 아기를 위아래로 가볍게 흔드는 리드미컬한 가슴팍. 나와는 달리 그는 아기 달래는 방법을 본능적으로 알고 있었다.

"괜찮아, 거의 잠들었어. 당신은 자러 가."

샘이 다시금 소곤거렸다.

나는 침대에 누워 옆방에서 들려오는 샘의 노랫소리를 들으며 그 모습에 약간 흥분되는 기분이 들었다는 사실에 초조해졌다. '아기를 안고 있는 남자'는 내 섹시한 남자 목록에 절대로 포함되지 않았던 종류일 것이다. 제복을 입은 남자라면 모를까. 할머니가 무사히 길을 건널 수 있게 운전석에서 뛰쳐나와 반대편 차선의 차를 통제하는 남자, 섹시하다. 화재가 난 유기견 보호소에서 양팔에 개를 한 마리씩 껴안고 뛰어나오는 남자, 백번이고 옳다. 하지만 자기 아이를 안고 있는 남자라니? 아니, 절대 섹시할 수 없다. 내 마음속 사진 갤러리의 '내가 섹시하다고 생각하는 것들' 폴더에 그런 사진은 존재할 수도, 존재한 적도 없단 말이다.

혼란스러운 흥분을 잠재우기 위해 침대 옆 탁자로 눈을 돌렸다. 탁자 위에는 나뭇잎 모양의 은색 트레이 위로 반지 두 개가 놓여 있었다. 하나는 작은 다이아몬드가 촘촘히 박힌 가

드링이고 또 하나는 심플하게 다이아몬드만 박힌 결혼반지였다. 반지를 집어 들자 세련된 디자인에 감탄이 절로 나왔다. 약지에 끼워보니 딱 내 것처럼 잘 맞았다. 하지만 다른 사람의 결혼반지는 절대 남이 끼면 안 된다는 오랜 미신이 떠올랐다. 게다가 이건 사실상 남의 것이나 다름없다. 내가 껴서는 안 되는 반지다. 나는 재빨리 반지를 빼서 침대 옆 서랍에 넣어두고는 휴대 전화를 집어 들었다.

마이클에게서 새로운 메시지가 와 있었다.

직원들 유대감이 한층 쌓였길 바라며, 일찍 자리를 비워 미안하네. 월요일 오전에는 키즈 네트워크의 게리가 보낸 이메일에 대해 논의하기 위한 미팅 일정을 잡았으면 해. 우리가 추구하는 방향이 옳다고 확신하겠지만, 솔직히 말하자면 난 아직 좀 불안하군.

게리가 보낸 이메일이 무슨 내용이든 하루빨리 논의할 만큼 중요한 사안인 건 확실했다. 이젠 동료들에게도 솔직히 털어놓아야 할 때가 왔다. 하지만 그들에게 솔직한 내 상태를 털어놓는 상상만으로도 기운이 빠진다. 금요일에 출근해서 미래의 내 모습을 훔쳐본 건 확실히 행복했다. 아내나 엄마의 역할과는 달리 TV 프로듀서가 되는 건 정말 상상조차 못 했던 일이다. 이제 나는 뛰어난 프로듀서이자 배저TV의 진정한 여왕 오소리가 되고 싶다. 그런데 동료들이 내 진실을 알게 되면 내가 이 자리에 어울리지 않는 사람이라는 걸 금방 알아차릴 테다.

마음이 침울해진 나는 메신저 앱의 채팅을 훑어보다가 '페어뷰 포에버'라는 익숙한 채팅방을 발견했다. 에밀리의 변화를 보고 나니 내 친구들은 얼마나 변했을지도 궁금해진다. 조심스럽게 최근 메시지를 읽기 시작했다. 며칠 전 페이는 물놀이를 열심히 하려면 긴팔 수영복을 추천하고 싶다는 내용의 메시지를 보냈다. 그 전으로 올라가니 로신이 전남편 폴의 결혼식에 초대받았는데 자기가 그 결혼식에 가도 되는지 묻는 대화도 있었다. **폴과 로신이 헤어졌다고?** 새벽 5시였지만 나는 친구들에게 메시지를 보냈다. 샘은 내게 기다리라고, 아침이면 모두에게 대신 연락을 해주겠다고 했지만, 나는 지금 혼자 있고 싶지 않은 마음이 너무 컸다.

루시: 혹시 깨어 있는 사람? 나 요 며칠 좀 이상한 일을 겪고 있어. 다들 빨리 보고 싶어.

페이: 당연히 깨어 있지. 바니는 잠을 안 자니까.

바니는 누구지? 페이의 아이일까? 페이가 기저귀를 갈고 끈적거리는 바나나를 닦아내고 육아를 전담한다고 생각하니 미소가 절로 나왔다. 페이의 느긋한 성격이 엄마라는 역할과 잘 어울릴 것 같다.

그때 로신이 타이핑 중이라는 알림이 떴다.

로신: 나도 깨어 있어. LA야. 출장 중. 좀 취함. ㄱ—러ㅎ케만히안마심.

로신의 메시지는 정말 예전과 같았다. 마치 예전처럼 전화를 통해 나를 안아주는 기분이었다.

페이: 요 며칠 뭐가 이상했는데? 그 곰돌이 쇼 프레젠테이션은 어떻게 됐어? 바니가 내 휴대 전화 액정을 또 박살 내는 바람에 며칠 치 메시지를 이제 확인하는 중이야.

새벽 5시에 친구들에게 무슨 일이 있었는지 문자로 설명할 수는 없었다. 그냥 친구들의 이야기를 직접 듣는 게 좋았다.

루시: 잘했어. 큰일은 아니고, 너희가 보고 싶어서. 이번 주에 하루 시간 내서 우리 집에 올 수 있어?

로신: 뭔가 있어 보이는데. 나는 지난번에 너희에게 이렇게 연락했을 때 이혼했었는데. 혹시 그런 건 아니지?

루시: 아니야! 그런 거 아니야. 그냥 정말 보고 싶어서 그래.

로신: 다음 주 주말까진 LA에 있어야 돼, 미안. 로펌 회의 집어치우고 싶다.

페이: 집어치우다니! 네가 기조연설자잖아. 난 일도 그립고 여행도 그립고 신축성 없이 딱 붙는 바지도 그리워.

물어보고 싶은 건 산처럼 많았지만 그 어떤 것도 물어볼 수가 없었다.

페이: 난 언제든 갈 수 있어. 우리 집 꼬마만 데려갈 수 있으면. 알렉스가 주말에 암벽 등반을 가거든. 대체 나, 누구랑 결혼한 거니?

정말로, 페이는 도대체 누구랑 결혼한 걸까? 알렉스라니. 알렉스에 대해 전부 알고 싶다. 내가 놓친 건 내 삶뿐만이 아니었다. 나는 친구들의 삶도 모두 잃었다. 그 사실을 깨닫자 새로운 상실감이 몰려왔다. 로신은 결혼과 이혼을 거쳐 지금은 LA에서 기조연설을 준비하고 있고, 페이는 결혼해서 아이가 있다. 조야가 무슨 일을 하고 있는지는 감히 상상도 못 하겠다. 물론 그게 무엇이든 난 놀랄 준비가 되어 있다. 대기업 CEO라고 해도, 히말라야에 사는 맨발의 화가라도 해도 충분히 그럴 법하다.

루시: 조야는 올 수 있을까?

다들 어디에 사는지, 하루 시간을 내서 서리에 방문하는 게 가능한지, 아니면 런던에서 만나는 게 더 편할지도 모르겠다. 아무도 회신이 없다. 아이를 돌보러 갔거나 로신의 경우엔 술집이라 답이 없나 싶었는데 그 순간 내 휴대 전화가 반짝였다. 페이의 전화였다. 나는 속삭이듯 "여보세요" 하며 전화를 받았다.

"그런 장난 재미없어."

페이는 전화가 연결되자마자 쏘아붙였다.

"대체 왜 그런 말을 하는 거야?"

"뭐가?"

"조야 말이야."

페이의 목소리는 제법 차갑고 탁했다. 아무래도 내가 큰 실수를 저지른 게 틀림없었다.

"저기, 페이. 이런 이야기 문자로 하고 싶진 않았는데…."

나는 이성적인 설명을 택했다.

"나 기억에 문제가 좀 생겼어. 말도 안 된다고 생각하겠지만, 어제 아침에 자고 일어난 뒤로 지난 16년간의 일이 통째로 기억나지 않아."

페이는 침묵했다. 아무런 대답이 없었다.

"괜찮아. 싹 다 검사했는데 뇌종양은 아니래. 다만 내가 기억하지 못하는 시간이 너무 길어. 의사들은 일시적인 현상일

가능성이 크대."

"농담하는 거야? 정말이야?"

페이의 목소리는 이제 걱정으로 가득했다.

"왜 바로 전화 안 했어?"

"하려고 했는데 어제는 하루 종일 검사를 받느라 병원에 있었어."

나는 잠시 말을 삼켰다. 이 대화는 뭔가 서연찮다. 내가 조야를 언급하자마자 페이가 이런 반응을 보이는 게 어딘가 수상했다. 귀에서 휴대 전화를 떼어낸 나는 다시 메시지로 돌아가 참여자 목록을 살펴보았다. 이 채팅방에는 나와 로신 그리고 페이뿐이다. 조야가 무슨 짓을 했길래 우리와 절교까지 한 걸까?

"왜 조야와는 연락을 안 하는 거야?"

나는 떨리는 목소리로 물었다.

"왜냐하면, 조야는 죽었으니까."

페이가 감정을 삼키려는 듯 길고 깊은 한숨을 내쉬었다.

"나 이젠 정말 걱정돼. 너 진짜 거짓말하는 거 아니지?"

"조야가 죽었다고?"

나는 터지는 울음을 막기 위해 손으로 입을 틀어막으며 되물었다.

"너 정말이구나. 알았어, 나 지금 바로 갈게."

전화를 끊는 손이 덜덜 떨렸다. **조야가 죽었단다. 조야가 죽었다고?** 지난 16년 사이에 부모님 중 한 분이 돌아가셨을지도 모른다는 상상은 했지만, 설마 나랑 가장 친한 친구가 세상을 떠났을 거라곤 생각조차 못 했다. 그럴 리 없다. 뭔가 오해가 있는 게 분명했다.

샘이 부엌에서 울고 있는 나를 발견했다.

"왜 그래?"

그가 내 곁에 앉으며 물었다.

"조야 때문에."

"기억난 거야?"

샘이 연민과 희망이 가득 배인 목소리로 물었다.

"아니, 방금 페이랑 통화했어. 지금 온대요."

"미안해, 루시. 어떻게 말을 해줘야 할지 몰라서 나도 고민이었어. 이미 당신이 알아야 할 것들이 너무 많은데…."

"어떻게 죽었어요?"

내가 물었다.

샘이 두 손으로 내 손을 단박에 감싸 쥐었다.

"뇌동맥이 터졌어. 8년 전에 급성으로."

샘은 마치 아이를 달래듯 손을 뻗어 내 등을 천천히 문질렀다. 나는 부엌 의자에 등을 한껏 기대고 잡혀 있던 손을 거둬 눈가를 닦았다.

"당신도 조야를 알아요?"

내가 다시 물었다.

"응, 그랬지. 당신이나 친구들이 왜 조야를 그토록 사랑하는

지도 알고."

조야에게 마지막으로 했던 말이 생각난다. 부동산 중개인이 되어버린 친구를 향한 한심한 말싸움이었다. **이렇게 끝낼 순 없다.** 심장이 꽉 조이는 듯한 통증이 느껴졌다. 반으로 접히는 기분이랄까. 믿을 수 없다. 믿기지 않는 일이다. 나는 아랫입술을 힘껏 깨물었다.

"어디서… 어떻게…?"

울음이 섞인 목소리로 물었다.

"마지막엔 무슨 일을 했어요?"

"여행사를 운영했어. 예술가들을 해외로 데려가 그림을 그리게 해주는 여행사. 벽난로 위에 있는 그림도 조야의 작품 중 하나야."

나는 의자에서 몸을 일으켜 마치 조야가 거기 있을 것만 같다는 간절한 마음으로 거실을 향해 내달렸다.

"페루의 레인보우마운틴이야."

샘이 나를 따라오며 설명해 주었다. 이제 보니 캔버스 구석에 작고 익숙한 조야의 서명이 눈에 들어온다.

"유럽 외 지역으로 처음 간 여행이었어. 당신은 조야의 가장 열렬한 고객이었고."

샘은 이 모든 사실을 알고 있는데 나는 하나도 모른다는 게 너무 싫다.

그때 현관문 두드리는 소리가 났다. 마음을 다잡고 문을 열어주러 몸을 틀었다. 페이가 변했으면 어떡하지? 더 이상 그녀와 친근한 사이가 될 수 없다면? 내가 사랑했던 모든 게 다 사라졌다면?

현관문을 열자 잠든 아기가 누워 있는 카시트를 든 페이가 서 있었다. 페이는 나를 보자마자 카시트를 내려놓고 양팔을 벌려 단박에 끌어안았다. 나도 있는 힘껏 페이를 끌어안았다가 떼어놓고 친구의 모습을 제대로 보기 위해 한 발 뒤로 물러섰다. 내가 기억하는 페이의 모습이 그대로인 걸 확인하자 안도의 한숨이 터졌다. 얼굴은 훨씬 생기가 돌았고 관자놀이엔 희끗한 새치가 보였지만, 페이는 여전히 페이다. 발레리나처럼 꼿꼿한 자세와 눈빛도 여전하다. 오히려 더 빛나 보였다.

"어떻게 된 거야?"

페이가 카시트를 다시 집어 들고 나를 지나 부엌으로 들어서며 물었다.

"정말 아무것도 기억이 안 나는 거야?"

나는 안 난다는 의미로 고개를 저었다.

"전화하려던 참이었는데."

샘이 페이에게 말하며 부엌을 가로질러 다가가 그녀의 볼에 가볍게 키스하며 인사했다.

"미안, 바니가 또 휴대 전화를 건드려서."

페이가 말하더니 나를 향해 돌아섰다. 내 시선은 온통 페이가 데려온 아기에게 향했다. **페이에게 아이가 있다니 믿을 수가 없다.**

"걱정하지 마, 카시트에만 뉘어놓으면 무슨 일이 있어도 잘

자니까."

나는 친구를 향해 힘껏 외쳤다.

"그래서 조야는 어떻게 된 건데!"

"나 아이들 좀 보고 올게."

샘은 자리를 피해주었다. 페이는 샘의 등과 어깨를 도닥였다. 두 사람 사이에는 마치 오래전부터 알고 지낸 사이처럼 편안한 애정이 느껴졌다.

샘이 부엌을 나서자 페이는 곧장 "뭐부터 알고 싶니?" 하고 물었다.

"조야 주변에 도와줄 사람이 아무도 없던 거야?"

페이는 힘겹게 고개를 저었다.

"없었어. 병원에 더 빨리 갔어도 출혈이 너무 심해서 가망이 없었을 거래…."

그리고 설명을 이어나갔다.

"우린 프랑스에 있었어. 조야의 약혼을 축하하려고 다 같이 칸으로 여행을 갔었거든. 너랑 나, 로신은 주말을 보내고 집으로 돌아왔어. 조야는 약혼자 타렉이랑 며칠 더 머무를 예정이었고. 이틀 후에 타렉이 전화해서 무슨 일이 있었는지 알려줬어. 말도 제대로 못 하더라."

페이의 눈가가 촉촉해졌다. 나로 인해 잊고 살던 슬픔을 생생하게 떠올리게 만들어 미안할 뿐이었다.

"너무 갑작스럽게 일어난 일이었어. 어쩌면 조야는 아예 의식 없이 편안했을 거래."

페이가 내 손을 꼭 쥐었다가 놓고 가방을 향해 손을 뻗었다.

"인삼이랑 캐모마일 차를 가져왔는데 좀 끓여줄까?"

나는 고개를 끄덕였다. 페이는 여전히 올바른 차가 무슨 병이든 고칠 수 있다고 믿는 듯해서 내심 마음이 놓였다.

"정말 기억 상실증에 걸린 건지도 모르겠어."

나는 손바닥으로 식탁을 짚으며 조용히 털어놓았다.

"솔직히 시간 여행을 온 것 같아. 미친 소리처럼 들리겠지만, 내 인생의 좋은 시절로 건너뛰고 싶다고 소원을 빈 후에 여기서 깨어났거든."

그러자 나를 바라보는 페이의 눈빛에 안타까움이 느껴졌다. 그 감정을 인식하는 데에 잠깐 시간이 걸렸다.

"그건 그냥 네가 마지막으로 기억하는 것일지도 몰라, 루시. 그게 원인이자 결과라는 뜻은 아니야."

페이가 고개를 기울이며 잠시 멈칫했다.

"서더크에 있는 신문 가게라고?"

나는 페이의 물음에 고개를 끄덕였다.

"그날 밤 이야기를 했던 기억이 나. 네가 케닝턴 레인에 있는 그 아파트에 살았을 때잖아. 데이트하던 남자가 알몸으로 서 있었고, 비에 신발 밑창이 떨어졌고, 소원 기계를 알려준 이상한 스코틀랜드 노파를 만났다고. 몇 달이나 그 이야기를 했어. 너 원래 하나에 꽂히면 그러잖아."

차갑고 소름 끼치는 감각이 척추를 타고 흘러 팔다리를 따라 손끝, 발끝까지 타고 내렸다. 나는 떨리는 손을 꼭 말아 쥐었다. **내가 그 목요일 밤에 겪은 일을 페이가 기억한다.** 메스꺼움이 느껴졌다. 조야가 떠난 지금이 어떻게 내 인생의 좋은 시절일 수 있을까. 내 가설이 무너지기 시작한다. 지난 16년이 모두 사실이고 내가 정말 기억을 잃은 거라면, 다신 그때로 돌아갈 수 없다. 샘과 사랑에 빠지고, 그와 결혼하고, 아이를 낳는 그 모든 순간을 다시는 경험할 수 없을 것이다. 무엇보다 조야는 세상을 떠났고, 다시는 조야를 만날 수 없다. 작별 인사도 할 수 없다. '미안하다'라고 말할 기회조차 잃었다.

제15장

인터넷에 검색하면 슬픔의 다섯 단계가 나온다. 첫째, 부정. 체크. 분명 이 모든 건 현실이 아니다. 둘째, 분노. 내가 분노했던가? 화가 나진 않은 것 같은데. 으아아아악! 두 번째 단계는 건너뛰었나 보다. 어쩌면 화를 내기엔 지나치게 혼란스러울지도. 분노는 나중에 찾아오겠지. 셋째, 협상. 체크. 어젯밤 침대에 누워 원래 내 삶으로 돌아갈 수만 있다면, 그래서 살아 있는 조야를 다시 만날 수만 있다면, 결코 다시는 눅눅한 천장이나 핀클리 씨, 텅 빈 지갑에 대해 아무것도 불평하지 않겠노라고 내 이야기를 들어줄 존재를 향해 맹세했다. 넷째, 우울. 조야가 없는 무섭고 새로운 세상을 피해 사흘이나 침대 밖을 나서지 않았으니 아무래도 지금 나는 네 번째 단계를 지나가고 있는 모양이다. 그리고 마지막 단계인 수용은 지금으로선 요원하다.

침대에 몸을 가두니 낮과 밤이 하나의 길고 연속적인 시간에 불과했다. 나는 잠을 많이 잤다. 샘과 의사들은 내가 심각한 정신적 충격에서 회복 중이라고, 원활한 회복을 위해서는 어두운 방에서 조용히 안정을 취해야 한다고 했다. 하지만 망가진 건 뇌가 아니라 마음이다.

깊은 잠에서 깨어나니 가슴이 답답하고 내가 흘린 땀으로 침대 시트가 축축했다. 조야에게 전화를 걸어야겠다. 조야를 만나야겠다. 조야는 어디 있지?

휴대 전화만이 유일한 소통 수단이었다. 몇 년을 거슬러 올라가니 열여섯 살 때 우리 집에서 넷이 함께 연말 파티를 준비하던 첫 번째 동영상을 찾을 수 있었다.

내가 찍고, 조야는 침대에 앉아 페이에게 화장을 해주고 있고, 로신은 미니드레스를 더 짧게 만들려고 거울 앞에 서서 치마에 핀을 꽂고 있다. 머리카락에 깃털 장식을 꽂은 로신의 모습에 나도 모르게 미소가 지어졌다. 머리에 깃털을 꽂고 돌아다녔다니, 완전히 잊고 살았던 모습이다.

"애들아, 지금 동영상 찍는 중이야. 이 중요한 순간을 영원히 남겨야지."

열여섯 살의 내가 카메라 너머에서 말하고 있다.

"이 순간이 왜 중요해?"

페이가 묻는다. 동그란 얼굴에 두툼한 교정기를 낀 그녀는 정말 앳되어 보였다. 페이는 늘 옆머리를 만지작거리며 빨리 길었으면 좋겠다고 빌고 또 빌었다.

"올해가 GCSE* 마지막 해잖아."

카메라 너머에서 내 목소리가 들린다. 앵글이 카메라를 향해 손을 흔드는 조야 쪽으로 다가간다.

"이제 우린 졸업하고 비로소 여자가 되는 거야."

로신이 극적인 목소리를 꾸며낸다.

"첫 경험을 하기 전 마지막으로 순결한 밤이라고."

카메라가 로신에게 이동하자 우리보다 훨씬 성숙한 느낌의 로신이 보인다. 신체 발달도 우리보다 빨랐고 키도 컸다. 로신이 열다섯 살에 바에서 서빙 아르바이트를 할 수 있었던 게 이제 와보니 당연하다. 우리 넷 중 가장 변하지 않은 사람은 조야였다. 똑같이 부풀린 머리 스타일에 자그마한 체구. 피부에 여드름 자국이 좀 보이고 뺨이 젖살로 통통했지만, 언뜻 봐선 내가 아는 조야의 모습 그대로다.

"누가 첫 경험을 하는데?"

페이가 얼굴을 찡그리며 물었다. 페이는 늘 로신의 말을 진지하게 받아들이는 경향이 있었다.

"부디 윌 해버스가 내 처음이면 좋겠는데."

로신이 카메라를 향해 달려와 혀를 날름거리며 능글맞게 말했다.

"아, 징그러워! 그만해, 아빠 휴대 전화라고!"

내가 비명을 지른다.

---

* 영국의 중등 교육 자격시험

"그러면 촬영을 하지 마."

로신이 렌즈를 향해 손바닥을 들이밀었다.

"변태야."

"왜, 찍으라고 해."

조야가 말했다.

"나중에 방송국에서 일하려면 지금부터 연습해야지. 내 인터뷰도 해줘."

로신이 옆으로 물러서자 카메라가 조야에게 향했다. 조야가 페이의 메이크업을 멈추고 침대에 걸터앉았다.

"좋아, 졸업 앨범을 보면서 몇 가지 물어볼게요."

나는 진지한 인터뷰어처럼 목소리를 꾸며냈다. 다른 한 손으로 졸업 앨범을 뒤적이느라 카메라가 조금 흔들렸다.

"나중에 나이를 먹고 서른 살쯤 되면, 이 동영상을 다시 보면서 우리가 한 말이 맞았는지 확인해 볼 거야. 첫 번째 질문입니다."

내 질문이 이어졌다.

"우리 중 가장 부자가 될 것 같은 사람은 누구입니까?"

조야는 잠시 생각에 잠겼다.

"음, 페이요. 페이는 물약을 직접 만드는 착한 마녀가 될 거예요. 그리고 물약은 온라인에서 폭발적인 인기를 끌며 최고의 컬트족 상품이 될 거예요."

"나만의 향수를 만든 적도 있답니다."

페이가 침대에 기대 긴 팔로 조야를 어설프게 감싸안으며 말했다. 그때 우리는 늘 서로를 껴안고 서로에게 올라타고, 서로의 무릎 위에 앉았다. 상대를 존중하는 거리감 따위는 없었다.

"**좋은 마녀요.** 좋은 마녀."

조야가 페이의 뺨에 뽀뽀하며 덧붙였다.

"누가 결혼을 했을까요?"

다시 졸업 앨범을 뒤적이느라 카메라가 흔들렸다.

"조야요."

로신과 페이가 동시에 외쳤다.

"찌찌뽕!"

"말도 안 돼."

조야가 말했다.

"전 당신일 것 같아요, 루시. 당신이 제일 로맨틱하잖아요."

"난 일단 키스부터 해봐야겠지만, 뭐 어때. 으, 이혼할 가능성도 제일 높을 것 같아."

"로신!"

조야가 활짝 웃으며 핀잔을 주자 카메라가 조야에게 손가락을 들이미는 로신에게 이동했다.

"왜! 난 엘리자베스 테일러처럼 화려하게 남자를 갈아치울 거야."

"반대로 수녀로 수절할 것 같은 사람은요?"

내가 다시 물었다.

"페이!"

로신이 외쳤다.

"그래서, 난 수녀님이고 넌 마녀라고? 재미없어."

페이가 구시렁거렸다.

"총리가 될 가능성이 제일 높은 사람은?"

내가 물었다.

"조야."

로신과 내가 동시에 말했다. 조야는 마음만 먹으면 무엇이든 될 수 있는 사람이기에 내겐 답하기 가장 쉬운 질문이었다.

"제일 빨리 아이를 낳을 것 같은 사람은?"

내가 다시 물었다. 졸업 앨범이 카메라 프레임 속으로 들어왔다.

조야는 카메라 뒤로 눈을 흘기며 "너"라고 대답했다. 마치 지금, 여기에서 나를 보며 말하는 듯한 기분이 들었다.

"넌 좋은 남자랑 결혼해서 약 2.4명의 아이를 낳을 거야. 그런 다음 데번에 조용한 별장을 짓고 화려한 할리우드를 오가며 살걸."

"그동안 넌 어디에 있는데?"

내가 물었다.

"너랑 같이 사는 게 아니라면 할리우드도 별로야."

"걱정 마. 그때쯤 우린 각자 직업에 충실한 시간을 보내고 있을 테니까. 난 예술가가 되어 박수갈채를 받으며 호화로운 밴을 타고 전 세계를 여행할 거야. 그리고 나이가 들면 남자들은 버리고 우리 넷이 집을 지어 같이 살자."

조야의 환한 미소가 화면 위로 밝게 드리웠다. 그때 저 멀리서 아빠의 목소리가 들렸다.

"루시, 얘들아! 준비 다 했니?"

그리고 카메라 화면이 내 신발 끝으로 떨어졌다.

"나가요!"

내가 외친다. 그렇게 영상이 끝났다.

뒤늦은 후회만큼 잔인한 것도 없다. 내 어린 시절 침실을 보니 학교에서, 부모님 집에서, 우리 집에서, 밤늦게까지 밖에서 그리고 케닝턴 레인에서 조야와 보냈던 모든 시간이 떠올랐다. 우리가 얼마나 많은 시간을 함께 보냈는데, 어떻게 그 모든 시간이 단박에 끝날 수 있을까? 조야에 대한 기억은 다 어디로 사라졌을까?

다른 동영상을 찾아 스크롤을 내리다가 문득 고개를 돌려보니 샘이 걱정스러운 얼굴로 침실 문 앞에 서 있었다.

"뭐 좀 갖다줄까? 커피나 말동무는 어때?"

나는 고개를 저으며 몸을 모로 틀어 벽을 바라보았다. 무슨 말도 할 수가 없었다.

마이클에게 문자를 보냈다. 다시 몸이 안 좋아졌어요. 오늘은 출근이 어렵겠어요.

나는 다시 잠이 들었다. 샘은 내가 환자라도 된 것처럼 열심히 음식을 실어 날랐다. 나 없이도 아래층의 삶이 평범하게 돌아가는 소리가 들린다.

부모님께 연락을 해보기로 마음먹었다. 집 전화에 응답이 없어 엄마의 휴대 전화로 연락했다. 엄마가 전화 받기를 기다리는 동안 문득 부모님께 나를 데리러 와달라고 부탁해 볼까 싶었다. 어렸을 때 살았던 내 방으로 데려가달라고. 어릴 때 아프면 엄마가 만들어주셨던 초콜릿 푸딩으로 나를 돌봐달라고. 아빠는 거실 벽난로에 불을 피우고 매일 채소밭의 흥망성쇠를 설명해 주실 것이다. 생각만으로도 아련한 그리움이 몰려와 울음을 삼키려 턱을 꽉 깨물었다.

"루시, 무슨 일이니?"

엄마의 목소리가 아득하게 들렸다.

"우리 스코틀랜드에 있는 거 잊지 않았지? 방금 나가려던 참이라 바람 소리가 들릴 거야. 바람 소리 들리니?"

"스코틀랜드요?"

눈물이 쏙 들어갔다.

"여행 할인권에 당첨됐잖니. 까먹었어? 지금 발모럴에 머물고 있어. 여기 대단하다, 얘. 스코틀랜드 사람들, 호텔 하나는 인정해야 해."

휴대 전화 너머로 아빠의 목소리도 들렸다.

"무슨 왕족이 된 것처럼 호사라고 해. 걔가 좋아하는 럼이랑 건포도 챙겨 가겠다고도 하고."

"버트, 얘가 무슨 럼이랑 건포도를 좋아한다고 그래? 자기가 좋아하면서."

엄마가 말했다.

"솔직히, 아, 버스가 오네. 아니, 그거 말고, 여보. 저거 57번.

그래! 그래, 깃발 꽂아! 미안하다, 얘. 서둘러야겠다. 별일 없지? 돌아가서 금방 보자."

"네, 일은 무슨. 버스 놓치지 말고 타요! 나중에 봐요."

두 분의 목소리만으로도 충분했다.

페이는 이따금 날 찾아왔다. 집에서 만든 허브차와 내가 좋아하는 달콤한 비스킷도 가져다주었다. 그리고 대부분 침대에 나란히 앉아 〈명탐정 포와로〉를 함께 보았다.

"이거 너무 많이 봤잖아, 미스터리할 게 남아 있긴 하니."

페이가 물었다. 나는 그게 중요한 거라고 꼭 짚어주었다.

샘은 내게 생각할 시간을 주었다. 여전히 손님방에서 잠을 잤고 옷가지를 챙기러 들어와 커튼을 열어주거나 침대 시트를 바꿔줄까, 하고 물어보았다. 어쩌면 내게 냄새가 난다고, 이제 그만 일어나 샤워를 하라고 넌지시 권유하는 어른스러운 센스였을지도 모른다. 어쨌거나 나는 무시했다.

로신은 LA에서 영상 통화를 걸어왔다. 아마 내게 무슨 일이 있었는지 페이가 말해준 모양이다.

"무슨 일을 꾸며놓고는 빠져나가려고 꾀병 부리는 거 아니야?"

로신은 예의 그 장난기 어린 목소리로 물었다.

"학교 다닐 때, 수영 안 하려고 맨날 생리통 있는 척했던 거 다 기억해."

"응, 출근하기 싫어서 기억 상실증에 걸린 척하고 있어."

나도 시치미를 뚝 떼고 대꾸했다.

"육아도 물론."

로신이 웃었고, 나는 전화기 속으로 손을 뻗어 그녀를 꼭 안아보고 싶었다. 웃음소리가 여전했다.

"돌아가면 바로 보러 갈게."

로신의 목소리가 한층 부드러워졌다.

"이런 일이 생겨서 너무 속상하다."

로신이 무언가를 진지하게 받아들이기 시작하면 정말 심각한 거다. 그걸 아는 나로서는 차라리 로신이 끝까지 장난스러웠으면, 하고 바랐다.

모두가 외출하고 혼자 남은 낮 시간이면 거울에 비친 얼굴을 살펴보며 이게 일시적인 현상인지, 진짜 내 모습이 어딘가에 숨어 있는지 단서를 찾느라 몇 시간을 보냈다. 이렇게 거울 앞에 멍하니 앉아 있을 때 턱에 난 털을 몇 가닥 발견하는 건 정신 건강에 하나도 도움이 되지 않는다. **턱털이라니!** 여기서 턱털이란 솜털이 아니라 마치 마법사 노파의 턱에 난 것 같은 길고 꼬불거리는 진짜 털을 말한다. 이건 어디서 난 걸까? 목도 신경 쓰이긴 마찬가지다. 잔주름도, 깊은 주름도 다 감당하겠는데, 탱탱함이 사라지고 처진 피부는 좀처럼 익숙지 않다. 나는 피부를 위아래로 잡아당기며 내게 익숙한 윤곽을 찾아보았다.

노력하지 않아도 생기 넘치던 앳된 얼굴을 너무 당연시하며 살았다. 규칙적으로 운동을 하거나 특별히 식단을 신경 쓰지 않았는데도 스물여섯 살의 내 몸은 숙취 따위는 모른 채 다음 날이면 쌩쌩했다. 안색은 화장하지 않아도 환했고, 모든 근육은 내가 원하는 대로 정확하게 작동했다. 이젠 잠에서 깨면 정확히 어디가 아프다고는 할 수 없지만, '힘에 부친다'라는 느낌이 든다. 허리는 뻣뻣하고 뇌가 새로운 하루를 온전히 받아들이는 데 잠시 시간이 필요했다. 계속 침대에 누워 있는 것도 딱히 내게 도움이 되는 건 아니지만, 다시는 젊고 활기찬 기분을 느끼지 못할지도 모른다는 생각에 눈물이 삐죽 나올 것만 같았다. 그래서 그냥 울었다. 그것도 아주 펑펑. 조야 때문에, 내가 잃어버린 세월 때문에 그리고 사라진 탱탱함 때문에.

이게 만약 영화였다면 나는 이렇게 비난했을 거다. '주인공이 **너무 마음에 안 들어.** 자기 연민과 패배주의에 빠져 하루 종일 침대에서 우는 것밖에 못 하네. 나는 회복 탄력성이 좋은 여주인공이 좋더라'라고. 샘이나 페이를 포함한 그 누구도 내가 얼마나 자기 연민에 빠져 있는지 모르지만, 나는 지금 확실히 자아도, 회복 탄력성도 부족한 상태다. 그런데도 멈출 수가 없다. 내가 원하는 건 그냥 나 혼자만의 동굴 속에 머물며 초콜릿 바나 실컷 먹는 것이다.

예전보다 손가락 마디 하나는 작아진 초콜릿 바에도 화가 나긴 마찬가지였다.

침대에서 자기 연민 파티를 벌인 지 닷새째 되는 날, 페이가 내 침실로 쳐들어와 커튼을 활짝 열어젖혔다.

"이제 그만 일어나, 루시. 이건 도움이 안 돼. 햇빛을 받아야 살지."

나는 베개로 얼굴을 덮으며 신음했다.

"알렉스랑 바니가 아래층에 와 있어. 인사하고 싶지 않아? 널 보고 싶어 해."

페이의 남편이야말로 내가 감당할 수 없는 일이었다.

"좋은 인상을 남길 수 없을 것 같은데."

나는 베개에 머리를 묻으며 중얼거렸다.

"안녕, 루시."

문 앞에서 누군가의 목소리가 들렸다. 고개를 들어보니 길게 땋은 검은색 머리카락과 검은 눈동자를 가진 한 여자가 아기를 안고 문간에 서 있었다.

"누구야?"

내가 당황한 표정으로 페이에게 물었다.

"알렉스, 내 아내."

페이가 고개를 숙이며 말했다.

"**아내라고?** 너 레즈비언이야? 언제부터?"

내가 베개를 한쪽으로 던지며 단박에 몸을 일으켜 앉았다.

"아, 맞다. 그건 기억 못 하는 시절이구나."

페이가 말했다.

알렉스는 내게 동정 어린 눈빛을 보내며 칭얼거리는 아들을 안고 복도로 돌아섰다.

페이가 침대 끄트머리에 앉아 눈을 내리깔고 무릎을 깍짓손으로 끌어안으며 말했다.

"언제부터 여자를 좋아했는데?"

내 재촉에도 페이는 천장을 바라볼 뿐이었다.

"마음 한구석에서는 늘. 근데 함께하고 싶은 여자를 만난 적이 없었어."

페이가 눈살을 찌푸리며 미소 지었다.

"그러다가 실내 장식 아카데미에서 알렉스를 만났지. 내 인생에서 부족했던 모든 게 제자리를 찾은 기분이었어."

"실내 장식에 관심이 있다고 왜 말 안 했어?"

페이는 즐겁다는 듯 웃었다.

"나도 몰라. 누구나 자기가 좋아하는 걸 발견하는 시기가 다르잖아."

그러곤 미간을 찌푸렸다.

"네가 기억 못 해서 알렉스가 꽤 속상할 거야. 괜찮은지 보러 가야겠다."

"내가 사과해야 할까?"

내가 물었지만 페이는 고개를 저었다.

"페이, 정말 잘됐어. 그런 식으로 반응해서 미안해. 그냥, 모든 게 얼마나 달라졌는지 겨우 받아들였다고 생각했는데 또 달라진 게 있어서 그랬어."

페이가 그 예시라는 듯 팔을 내밀었다.

"나 하나도 안 변했어, 루시. 누군가를 만나 사랑에 빠진 것뿐이야."

페이가 손을 뻗어 내 머리를 쓰다듬었다.

"일어나서 샤워하고 옷 갈아입어. 다 같이 산책하러 가자. 크로커스가 폈어. 엄청 예뻐."

"내일쯤 가자."

"여기 영원히 숨어 있을 순 없어. 언젠가는 삶을 마주해야 할 거야."

페이가 문을 향해 돌아서다가 멈춰 서고는 단호하게 말을 덧붙였다.

"사람들은 네가 필요해, 루시."

페이가 떠나고 나는 휴대 전화를 다시 집어 들어 머리를 어지럽히는 죄책감을 잠재우려 노력했다. 마이클에게서 새로운 메시지가 도착했다.

루시, 몸이 안 좋은 건 알지만 이야기 좀 해. 프레젠테이션이 3주밖에 안 남았는데 아직 아이디어조차 못 들었잖아. 혹시 사무실에 보내줄 자료가 있어요? 병가를 쓰는 동안 대신 처리할 업무라도 알려줘요.

프레젠테이션? 새로운 불안감이 윙윙거린다. 침대 탁자 서랍에 휴대 전화를 넣어버리고 이불을 머리끝까지 끌어당겼다.

누군가 조심스럽게 다가와 나를 깨웠다. 눈을 떠보니 샘이 침대에 걸터앉아 바닥에 떨어진 책을 집어 들고 있었다.

"루시, 이제 그만해. 의사가 좀 쉬어야 한다고 했지만, 이건 오히려 건강을 해치는 것 같아. 적어도 아래층에 내려가 아이들하고 함께 식사라도 해야지."

그는 잠시 말을 삼키며 걱정이 가득한 눈빛으로 나를 바라보았다.

"오늘이 무슨 요일인지 알기는 해?"

"수요일?"

"금요일이야."

"좀 피곤해서 그래요. 두통도 너무 심하고."

두 가지 핑계 다 사실이었다. 밤새도록 《브레이킹 던》을 읽었고 '트윅스 초콜릿 바가 언제부터 이렇게 작아졌을까'를 검색하느라 세상과 동떨어져 있었기 때문이기도 하지만.

샘의 턱이 잔뜩 굳었다. 그가 내 이마를 향해 손을 뻗었다.

"그냥 잠 좀 자게 둬요."

대화에 진이 쏙 빠진 내가 중얼거렸다.

다음 날 아침, 침실 문을 두드리는 자그마한 소리에 잠에서 깨어났다.

"누구?"

복도에서 새어 들어오는 희미한 불빛을 향해 눈을 가늘게 뜨며 물었다.

"들어가도 돼요?"

펠릭스가 문 앞을 서성이고 있었다.

"물론이지, 들어와."

자리에서 일어나 앉은 나는 상태가 괜찮은지 살펴보기 위해 입고 있던 티셔츠를 아래로 쭉 끌어내렸다. 이제 브래지어를 입지 않으면 가슴이 처진다. 가슴 두 짝이 내가 생각하는 위치에 있지 않으므로, 누군가를 만날 때면 가슴이 제대로 가려지는지 두 번씩 확인해야 했다.

“왜 계속 침대에만 있어요? 오후예요.”

펠릭스가 불을 켜며 물었다. 달갑지 않은 불빛에 눈이 저절로 찌푸려졌다.

“엄마가 몸이 안 좋단다.”

나는 《작은 아씨들》의 베스에게 빙의한 듯 속삭였다.

“안 아파 보이는데.”

펠릭스가 되받아쳤다.

“눈에 보이는 병이 아니라 마음이 아파서 그래. 정신 건강이 무슨 뜻인지 아니?”

“네, 학교에 정신 건강 선생님이 있어요.”

펠릭스가 잠시 멈칫했다.

“포털을 찾아 돌아가고 싶지 않아요?”

“펠릭스, 엄마가 그 말을 했을 때는 좀 혼란스러웠어. 엄마는 마법의 포털이 있다고 믿지 않아.”

나는 《작은 아씨들》의 엄마를 떠올리며 자애로운 미소를 지어 보였다. **왜 《작은 아씨들》 속 등장인물의 표정을 따라 하고 있지?** 그리고 왜 내가 삼인칭으로 말했을까? 그런 건 딱 질색인 사람인데. 다시 말해보자.

“난 여전히 나야, 펠릭스. 난 여전히 네 엄마야. 다만 몇 가지를 잊어버렸을 뿐이야.”

"계속 생각해 봤는데요, 그 기계가 어떻게 생겼는지 말해주면 누가 만들었는지 알아낼 수 있어요. 오래된 기계를 수집하는 사람들이 있잖아요. 누군가 그걸 수집했을지도 몰라요."

펠릭스가 말했다.

내가 뭐라고 대답하기도 전에 아이는 내 손에 아이패드를 쥐여주었다.

액정 위로 '포털 만들기'라고 적힌 황금색 배너와 그 아래의 객관식 질문이 애니메이션을 따라 움직이고 있었다.

"이거 네가 만든 거니?"

나는 감탄하며 물었다.

"학교에서 코딩 동아리를 하고 있거든요. 움직이는 차트랑 시각 자료를 공부해요. 엄마가 어렵지 않을 거라고 했잖아요. 정말 하나도 안 어려워요."

펠릭스의 자신감은 전염성이 강했다. 나도 잠시나마 희망이 샘솟을 정도로. 기계가 정말 이 세상 어딘가에 **있을지도** 모른다. 우리가 찾을 수 **있을지도** 모른다. 그러나 이내 이성이 나를 좀먹었다.

"내가 여전히 포털이 있다고 믿어도, 포털을 찾아서 어떻게든 시간을 되돌릴 확률은 너무 희박해."

나는 한숨을 내쉬며 말했다. 펠릭스는 신발 끝으로 카펫을 긁으며 한쪽 팔을 앞뒤로 흔들었다.

지난 며칠 침대에서 일어나지 못한 건 조야의 소식이 준 충격 외에도 내가 어떻게 이곳까지 오게 되었는지에 대한 의심

때문이었다. 더 이상 포털이 존재한다고 믿지 않는다면, 돌아갈 수 없다는 사실도 받아들여야 하니까.

“그럼 평생 침대에 누워 계실 거예요?”

펠릭스가 자그마한 목소리로 화를 터트렸다.

“아니, 난….”

뭐라고 해야 할지 몰라 말을 잇지 못했다.

“난 그냥, 좀 슬퍼.”

펠릭스는 태블릿을 가슴에 껴안고 돌아서서 문을 향해 걸어갔다. 그러고는 문 앞에 멈춰 서서 “내가 아직도 〈핫도그 모험대작전〉을 좋아한다고 톰 호스킨스가 놀려서 학교 가기 싫다고 떼썼을 때요, 매일매일이 선물이니까 자리에서 일어나 하루를 맞이해야 한다고, 톰 호스킨스나 그 누구도 내 하루를 뺏어갈 순 없다고 엄마가 그랬잖아요.”

펠릭스는 고개를 저으며 말했다.

“내가 그랬니?”

“네, 그랬어요.”

펠릭스가 눈에 띄게 한숨을 내쉬었다. 그리고 내가 뭐라 대답하기 전에 그 좁은 어깨를 잔뜩 웅크린 채 복도를 쿵쾅거리며 걸어 내려갔다.

뜻밖에도 아이의 말이 우울에서 벗어나는 데 필요한 격려가 되어주었다. 펠릭스의 말이 맞다. 여기 누워서 한탄하며 오래된 사진을 보고 또 보고, 명탐정이 나오는 드라마를 끊임없이 다시 보고, 초콜릿 바의 크기를 개탄한다고 해서 아무것도 달라지는 건 없다. 어쨌든 난 이 세계에 떨어졌다. 인생의 큰 부분을 놓쳤고, 가장 친한 친구는 죽었고, 다시는 공공장소에 민낯으로 돌아다닐 수 없을 것 같지만, 그게 현실이다. 이 삶이 아무리 낯설어도, 조야가 살아냈어야 할 삶이라는 것을 뼈저리게 깨달았다. 펠릭스에게도 엄마가 필요하다. 비록 내가 그 아이에 대해 아무것도 모르고, 심지어 〈핫도그 모험 대작전〉이 무엇인지 모르는 자격 없는 엄마라 할지라도. 게다가 인터넷의 존재 이유가 여기 있지 않겠는가.

그래서 나는 자리를 박차고 일어났다. 일단 샤워부터 했다. 머리를 감았고 침대 시트를 갈았다. 커튼을 젖히고 창문을 열었다. 깨끗하고 반쯤 인간적인 모습으로 내려가자 마리아가 있었다. 그녀가 부엌을 가로질러 다가와 나를 안아주었다.

"오, 루시. 세상에. 기분이 어때요?"

"그만 일어날 시간이 됐잖아요."

하이체어에 앉아 있던 에이미가 나를 향해 손을 뻗었다.

"어마!"

"기저귀를 갈아야 해요."

마리아가 다시 에이미를 향해 걸으며 말했다.

"내가 할게요."

"정말요?"

"내가 엄마잖아요, 맞죠?"

그런 다음 나는 마리아에게 감사 인사를 담뿍 전하며 그만 퇴근하라고 말했다. 이번 주에 초과 근무를 수도 없이 했으니 이제 자신의 생활로 돌려보내야 했다. 엄마가 되는 법을 배우려면 혼자서도 모든 걸 할 수 있어야 한다. 마리아는 고민하는 표정을 짓다가 곧 미루고 싶지 않은 침 시술 예약이 있다고 했다.

마리아가 떠나자 에이미는 내 품 안에서 꿈틀거리며 기대에 찬 눈빛으로 나를 바라보았다.

"에이미, 우리 할미니가 늘 말씀하셨어. 인생은 개똥 같다고. 빨리 끝내자. 그게 최선이야."

제16장

....

♣

딱 두 번 코와 입을 틀어막으며 에이미의 기저귀를 다 갈고 나니 휴대 전화가 반짝였다. 액정에 '콜슨 매튜스'라는 이름이 떴다. 콜슨? 16년 전의 말단 콜슨? 아직도 연락하는 사이였나? 우리가 친구 사이인가? 내 손가락이 '거절' 버튼으로 향하다가 순간 호기심이 발동하여 허공에서 멈췄다.

"여보세요?"라고 대답하며 에이미를 바닥에 내려놓고는 거실을 가로질러 네키에게 아장아장 걸어가는 아이의 뒷모습을 지켜보았다. 기저귀를 차고도 제법 반항적인 행동을 하지만, 술에 취한 펭귄이 미끄러운 얼음 위를 걸어가듯 엉덩이를 뒤뚱거리는 모습이 확실히 귀엽긴 하다.

"루시, 루시, 루시."

콜슨이 말했다. 내 이름이 '루시'라는 건 아는 듯한데, 대체 무슨 장난인지 모르겠다.

"콜슨, 콜슨, 콜슨."

"오늘 아침에 내가 무슨 생각을 했는지 알아요?"

콜슨이 묻는다.

"무슨 생각을 했니?"

"당신 사무실 문짝에 내 이름이 새겨지면 얼마나 근사할까."

그의 말투가 꽤 위협적이다. 차라리 입을 다물고 우리 관계를 암시하는 단서를 더 얻어내는 편이 좋을 듯했다. 어색할 정도로 긴 침묵이 흐른 후, 콜슨이 말했다.

"업계에 소문이, 당신이 엄청난 아이디어로 프레젠테이션을 준비한다던데. 정말이에요? 아니면 경쟁자들을 겁주려고 일부러 계획적으로 그런 소문을 낸 거예요?"

"업계에 난 소문?"

언제까지 그의 말을 따라 하는 전략이 먹힐까.

"런던 스튜디오 옆에 있는 카페 리타자의 공유 오피스요."

콜슨이 웃음기 어린 목소리로 조롱했다. 내가 알던 온순하고 비쩍 마른 그 젊은 콜슨과는 전혀 어울리지 않는 느긋한 웃음소리다.

"러더퍼드, '전부 아니면 꽝'이 얼마나 큰 도박인지 몰라서 그래요? 합병을 받아들였어야지. 통계를 봐요. 우린 올해만 벌써 8건이나 외주가 들어왔다고요. 거긴 몇 건이나 했어요? 4건 정도? 아이디어 하나에 회사 전체를 걸고 도박하는 겁니까?"

내가 아이디어 하나로 회사 전체를 거는 도박을 해? 좀 성급한 결단 아닌가.

만약 콜슨이 내 경쟁자라면, 배저TV의 선장이 공석이라는 정보는 절대 줄 수 없다. 나는 콜슨의 건방진 말투에 호응하고자 최선을 다했다.

"난 꽤 자신 있는데, 콜슨. 내 아이디어는 정말 대박이고."

"내가 몇 년 전에 당신 뒤치다꺼리를 했다고 해서 아직도 나보다 실력이 한 수 위라고 생각지는 마요."

콜슨은 씁쓸한 말투로 말했다.

"난 더 이상 코울슬로가 아니니까."

"내가 언제 너를 그 별명으로 부른 적 있니?"

"다른 사람들이 그렇게 부를 때 바로잡아준 적도 없죠."

콜슨이 서운함을 토해냈다.

"나는 이제 당신 직장, 당신 팀, 사무실까지 다 뺏을 수 있어요. 그 오소리 장식을 모두 페럿으로 바꿀 겁니다."

"내가 먼저 네 방 벽지를 바꿔버리는 수가 있어."

콜슨의 공격적인 말투에 화가 치밀었다.

"뭐, 난 내 방이 없으니 그건 힘들겠네요."

콜슨이 거만하게 대꾸했다.

"우리 페럿 프로덕션은 모든 직원을 위해 공유 좌석제를 도입하고 있거든요."

"아 그래? 정말 그렇게 일하는 게 좋아? 물건을 아무 데나 놓을 수 없어서 짜증 나지는 않고?"

"성가시긴 하죠. 의자를 내 키에 맞춰놓아도 사람들이 계속 등받이 위치를 바꾸니까."

"나도 등받이 위치 달라지는 거 정말 싫어."

순간 경쟁사 간의 치열했던 대화가 한풀 꺾이는 느낌이 들자 둘 다 멈칫했다.

"아무튼, 말싸움하려고 전화한 거야 아니면 내가 도와줘야 할 일이 생긴 거야?"

"그냥 말싸움이요. 고마워요, 그럼 안녕."

콜슨은 그대로 전화를 끊었고, 나는 이해할 수 없다는 듯 고개를 저었다. 콜슨 매튜스가 내 라이벌이자 업계의 천적이라고? 복사기 하나 다룰 줄 모르고 전자레인지로 차를 끓이고 TV 일시 정지 기능조차 모르던 그 콜슨 매튜스가? 화장실 거울에 비친 내 모습을 보며 눈살을 찌푸리는데, 멀리서 에이미의 찢어질 듯한 울음소리가 들렸다. 거울은 제쳐두고 에이미를 찾으러 급히 달려 나갔다.

방금 알게 된 사실이지만, 에이미는 혼자 노는 데는 영 소질이 없는 아기다. 놀이방 바닥에 앉아 한 손으로 농장 퍼즐 맞추기를 도와주며 다른 한 손으로는 이메일을 훑었다. 나만의 또 다른 퍼즐 놀이였다. '게리'와 '키즈 네트워크'를 검색하며 몇 주 전에 받은 이메일을 찾아냈다. 텍스트는 없고 첨부 파일만 덜렁 있었다. 첨부 파일을 클릭하는 순간, 나는 너무 놀라 휴대 전화를 떨어뜨릴 뻔했다. 생생한 3차원 홀로그램이 휴대 전화에서 빛을 내며 튀어나왔던 까닭이다. 예상치 못한 밝기와 놀라울 정도로 현실적인 미래 기술에 깜짝 놀란 나는 다급히 숨을 몰아쉬었다. 에이미는 퍼즐은 포기하고 홀로그램의 다리를 잡기 위해 손을 뻗어 흔들었다.

"좋은 아침입니다, 콜슨 그리고 루시."

홀로그램 속 남자가 말했다. '게리 스나이더, CEO'라는 문구가 번쩍이며 화면 아래에 떠오른다.

"아시다시피 우리는 두 회사를 밤프 가족으로 통합한 후 개발 예산을 효율화하기 위해 노력 중입니다. 두 회사가 같은 예산을 놓고 경쟁하는 건 아시다시피 그다지 효율적인 경영 방식은 아니죠. 각각 이야기를 나눠봤지만, 두 회사 모두 합병을 원치 않더군요. 그러니 루시가 제안한 대로 고전적인 '프레젠테이션' 룰을 적용해 봅시다."

내 이름만 들어도 가슴이 두근거렸다.

"키즈 네트워크에서 토요일 황금 시간대에 방영할 새 프로그램이 걸린 일입니다. 외주 제작 예산도 제법 커요. 두 사람 모두 채널에 직접 프레젠테이션하고, 가장 좋은 아이디어를 낸 한 회사만 부서를 그대로 유지하기로 합시다. 그럼 두 사람 다 행운을 빕니다."

홀로그램이 사라졌다. 게리가 보낸 이메일 하단에 나와 마이클이 주고받은 이메일이 이어졌다.

발신: Michael@badgertv.com

수신: Lucy@badgertv.com

정말 이게 괜찮을 것 같아요? 아이디어 하나에 우리 회사 직원들의 생계를 걸고 도박하는 겁니다. 키즈 네트워크가 외주 팀을 전면 재개편한다고 하니 프레젠테이션에서 어떤 수장을 만나 평가받을지 지금으로선 파악하기 힘들어요.
마이클.

발신: Lucy@badgertv.com
수신: Michael@badgertv.com
우리 직원들을 한 명도 잃고 싶지 않아요. 콜슨의 그 머저리들하곤 결코 함께 일할 일도 없고요. 걱정 마요. 이번 프로젝트에 딱 맞는 정말 좋은 아이디어가 나한테 있어요. 날 믿어요.
루시.

날 믿으라니.

참 잘도 믿고 싶다. 미래의 나는 나를 포함해 아무도 모르는 '놀라운 아이디어'에 회사 전체의 명운을 걸었다. 마이클에게 당장 전화를 걸어 이 사실을 알려야겠다. 벌써 우리가 망했다고 걱정하고 있는 그에게, 정말 대단한 아이디어는 고사하고 미미한 아이디어조차 없이 까마득한 망망대해 밑으로 가라앉고 있는 지금 이 상황을 알려야 한다. 이토록 불행한 소식을 언제 어떻게 전할까 고민하는 사이, 문득 그런 생각이 들었다. 나는 언제나 이런 걸 바라지 않았었나? 내 아이디어를 진지한 분위기 속에서 발표하고 열린 성공 가능성을 만끽하는 것? 만약 콜슨 매튜스가 프로덕션을 운영하고 있다면 나라고 못 할 게 뭐가 있겠는가? 좋은 아이디어 하나 떠올리는 게 얼마나 어렵다고? 지난 며칠간은 마음을 헤집은 슬픔으로 객관적인 판단이 불가능했다. 하지만 이젠 다르다. 뭔가 쓸모 있는 일을 할 수 있다는 생각이 내 안에 싹튼다. 나는 늘 도전을 좋아하는 사람이 아니었던가.

펠릭스는 자기 방에서 숙제를 하고 있었다. 도와줄지 물었지만, 지금은 외계인 공부를 하는 게 아니라 괜찮다는 답이 돌아왔다. 무례하기도 하지. 그래도 간식을 준다면 먹겠다고 했는데, 마리아가 이미 퇴근했으니 간식 역시 내 책임이다. **아, 내 시그니처 요리인 리소토 볼을 만들어줘야겠다, 다들 내 리소토 볼을 좋아하니까.**

문제는 걸음마 뗀 아기를 다리에 매달고 요리하는 게 보통보다 훨씬 어려웠다는 것이다. 결국 한 번은 홀라당 태워서 쓰레기통에 버려야 했고, 에이미에게 휴대 전화로 만화를 틀어준 후에야 요리를 오븐에 넣을 수 있었다. 음식을 다 만들고 나니 주방의 모든 프라이팬이 밖에 나와 있었고, 에이미와 나의 인내심은 이미 찰랑찰랑해 넘치기 직전이었다. 산더미처럼 쌓인 설거지는 싱크대에 방치한 채 에이미를 데리고 복도로 갔다. 공을 앞뒤로 굴려주자 에이미는 딱 2분간 즐거워하다가 공을 입에 쑤셔 넣고 씹기 시작했다.

"침대에서 나온 거야?"

갑작스러운 샘의 목소리에 깜짝 놀라 돌아보니 그가 환하게 빛나는 얼굴로 복도에 서서 우리를 바라보고 있었다.

"아, 너무 오래 정신이 나가 있었죠. 미안해요."

나는 바닥을 짚고 일어서며 말했다.

"괜찮아."

샘은 복도를 가로질러 에이미를 안아 올리며 말했다. 아빠가 저를 안아 머리 위로 들어 올리자 에이미가 신이 난 듯 꺄꺄거렸다.

"뭐가 됐든 마음 편한 대로 해."

"침대에서 뒹굴뒹굴하는 게 나한테 얼마나 도움이 됐는지는 모르겠어요. 다시 일상으로 돌아가야 할 것 같은데, 내가 어떻게 하면 좋을지 말해줄 수 있어요?"

"글쎄, 토요일에는 보통 친구들을 초대해. 정원에 나가서 제트팩 분사기*로 하늘을 날며 폴로 게임을 하곤 하지."

샘이 양팔로 에이미를 안아 들고 좌우로 흔들며 말했다.

"정말로?"

"아니."

장난기 가득한 표정에 반짝이는 눈동자다.

"좋아, 규칙이 좀 필요해요. 일단 그런 농담 금지. 기억 상실에 걸린 성인 여성을 놀리지 마요."

나는 얼굴을 찡그리는 척 연기하며 말했다.

"그런데 제트팩이 있긴 해요?"

"아니, 없어. 미안."

---

* 등에 메는 개인용 분사 추진기

샘이 에이미를 바닥에 내려놓고 나를 향해 걸어와 꼭 안아 준다.

"일어나서 반가워."

그는 내게 키스하려고 몸을 슬쩍 기울이다가 잠시 멈칫했다. 대신 정수리에 입을 맞추는 것으로 보아 내가 긴장한 걸 느낀 모양이다.

"미안해. 당신에게 내가 낯선 사람이라는 걸 계속 까먹어."

나는 어색한 마음에 고개를 저었다.

"괜찮아요, 내가 미안해요. 나는 그냥…."

"사과하지 마."

샘은 억지로 미소를 지어 보이며 거절의 아픔을 감췄다.

"당신에게도 아이들에게도 힘든 일이라는 거 알아요."

나는 잠시 말을 멈추고는 손을 어디에 둬야 할지 몰라 등 뒤로 감추었다. 대낮에 샘을 다시 보니 그가 나보다 얼마나 키가 큰지, 얼마나 존재감이 넘치는지, 엉덩이를 날렵하게 감싸는 청바지가 얼마나 완벽하게 잘 어울리는지를 다시금 깨달았다.

"혹시 내가 회사에서 진행 중인 일 관련해서 아는 게 있어요?"

겨우 그의 엉덩이에서 시선을 끌어올리며 물었다.

"회사는 걱정하지 마."

샘이 인상을 찌푸리며 말했다.

"일단 건강부터 챙겨."

"그렇긴 한데, 내가 '대단한 아이디어'가 있다고 말한 적, 정말 없어요?"

샘은 고개를 저었다.

"아니, 없어. 그래도 뭔가 적어두었다면 서재에 있을 텐데."

"나한테 서재가 있어요?"

"오른쪽 두 번째 문."

샘의 손이 복도를 따라 뒷문을 가리켰다.

"좋아, 고마워요. 나중에 살펴볼게요."

나는 그를 향해 미소 지으며 한 손을 엉덩이에 얹었다가 다른 손으로 허리를 받치며 자세를 고쳤다. 보통 사람들은 어떻게 서 있더라? 이젠 평범하게 서 있는 법도 까먹은 것 같다.

"그럼 아이들 저녁은 내가 만들게. 괜찮지?"

샘이 손을 뻗어 내 얼굴에 붙은 머리카락 한 올을 떼어내며 말했다.

"간식은 이미 만들어줬어요."

내가 말했다.

"리소토 볼. 데우기만 하면 돼요."

"리소토 볼? 우와, 그건 또 처음이네."

샘은 감동한 얼굴이었고 나는 아무렇지 않은 듯 어깨를 들썩였다. 그러자 샘이 내 눈을 똑바로 바라보며 말했다.

"안녕하세요, 우리 초면이네요."

내가 평소 요리를 잘 하지 않는다는 사실을 지적하는 농담이라는 걸 깨닫는 데에 잠깐의 시간이 걸렸다. 그리고 그의 말투가 전과 달리 **진짜 나**에게 말하는 것처럼 다가왔다.

"응, 안녕하세요."

그의 시선을 피하지 않았다. 뱃속이 간질거렸다. 불꽃이 튀고 에너지가 폭발하는 느낌이다. 몸이 뻣뻣하게 굳은 채 시선을 피하지 않는 걸 보니, 샘도 나와 같은 느낌인 모양이다. 이 느낌이 무엇인지 명확히 설명할 순 없지만, 불안하면서도 묘하게 친숙했다. 어떻게 해야 할지, 어떻게 반응해야 할지 몰라 돌아서서 자리를 피했다.

"에이미 좀 봐줄 수 있어요? 펠릭스랑 할 이야기가 있어서"라고 말하며 내 걸음걸이를 의식하면서 계단을 올라갔다. **나 지금 모델처럼 걷고 있나? 내가 원래 이렇게 걷나?**

"그럼."

샘이 가쁜 숨을 토해내듯 대답하며 에이미를 바닥에서 일으켜 세웠다.

나는 계단을 올라가다가 난간을 잡고 중심을 잡았다. 온몸에서 힘이 쭉 빠지고 자꾸만 삐걱거렸다. 왜 이렇게 어색하고 이상하지? 그러다 문득 깨달았다. **아, 나 좋아하는 사람 앞에선 늘 이러지, 참.**

제17장

펠릭스는 침대에 앉아 백과사전을 읽고 있었다. 나 때문에 화가 난 상태였으므로 바로잡아야 한다고 생각했다.

"네 조언을 듣기로 했어. 톰 호스킨스든 그 누구에게든 내 하루를 뺏기지 않으려고."

내 말에 펠릭스는 입만 씩 웃고는 다시 무표정으로 돌아갔다.

"배고프면 내려와서 먹어, 간식 만들어놨어."

"포털 퀘스트 다시 봐줄 거예요?"

펠릭스가 물었다.

"그럼."

나는 짐짓 유머러스한 척 외치며 펠릭스의 침대에 걸터앉아 아이가 내민 태블릿을 받아 들었다. 첫 화면의 애니메이션이 내게 물었다. '당신의 포털은 어떻게 생겼습니까?' 그런 다음 기계의 크기며 색상, 조명과 기타 기능에 대해 줄줄이 물어 보았다. 마지막 질문에 대한 답까지 하고 나니 아마추어가 만든 듯한 디지털 스케치 그래픽이 떠올랐다. 어린아이가 그린 것처럼 야무지지 못한 그림이었다. 당연히 어린애가 그린 그림이니까.

“정말 이렇게 생겼어요?”

펠릭스가 침대 위에 앉아 엉덩이를 들썩이며 물었다.

“응, 딱 이렇게 생겼어.”

아이에게 마음의 상처를 주고 싶지 않았다.

“이제 인터넷에 올릴 거예요. 누군가가 이 그림을 보고 지금 어디 있는지 알려줄 거예요.”

그리고 펠릭스는 잠시 숨을 골랐다.

“아케이드 게임 수집가들이 접속하는 웹사이트나 커뮤니티 목록을 뽑아놨어요.”

펠릭스가 태블릿의 다른 탭을 열었다.

“근데 거기 글을 올리려면 열여덟 살 이상이어야 해요.”

“이렇게까지 해줘서 고마워. 이따 저녁에 시간을 갖고 내가 천천히 살펴봐도 될까?”

아이의 열정에 찬물을 끼얹고 싶진 않았지만, 아무리 열정적인 수집가라 해도 이 스케치로 실제 기계를 알아볼 수 있을지 의문이었다.

“이제 학교 숙제를 도와줄까?”

나는 책상 위에 놓인 심장 공예품을 향해 고갯짓했다.

"심장이 움직였으면 좋겠어요. 움직이게 만들 수 있어요?"

"휴지로 만든 심장을 두근거리게 할 수 있을지는 모르겠지만, 그래도 심장처럼 보이게 만들 순 있지 않을까?"

나는 그렇게 말하며 방 안을 둘러보았다. 문 옆에 있던 빨간색 고무공이 눈에 들어왔다.

"봐, 이걸 가운데 놓고 휴지를 잘라 붙이면서 좁은 혈관을 만들면 더 근사할 거 같아."

펠릭스 방에 있던 빈백을 끌어다가 책상 옆에 앉은 내가 말했다.

"일단 폐동맥, 대동맥, 상대정맥 그리고 하대정맥이 있어야 해요."

펠릭스가 어린아이의 몸에 맞는 책상 의자를 꺼내며 말했다.

"그렇게 어려운 단어를 다 외우고 있다니, 놀라운걸?"

"크리스마스 선물로 주신 백과사전에서 봤어요."

펠릭스의 책상 서랍에서 공예 재료를 뒤적이며 풀과 뭉툭한 가위를 꺼냈다. 펠릭스는 내가 고무관을 반으로 잘라 몇 번 굴린 다음 고무공 끝에 수직으로 이어 붙이는 모습을 잠자코 지켜보았다.

"이런 숙제가 많니?"

내가 물었다. 펠릭스는 다시 어깨를 으쓱였다. 그래도 내 손을 열심히 지켜보며 빨간 고무공에 가위를 가져가도 별다른 반대를 하지 않았다.

"학기 말에 프로젝트 전시회가 있어요."

펠릭스가 말했다.

"가장 잘한 프로젝트를 누구나 볼 수 있게 전시하는 거래요. 심사 위원도 있고 엄청나요. 작년에 엄마랑 나랑 멋진 화산을 만들었는데, 학교에 가져갔더니 집에서 만든 것처럼 용암이 부글부글 안 끓어서 탈락했어요."

펠릭스는 상처받은 마음을 감추려는 듯 입고 있던 점퍼 소매를 쭉 끌어당겨 손을 집어넣었다.

"이번에도 최선을 다해봐야지"라고 말하는 순간, 어린 시절 아빠가 내게 자주 했던 말이라는 사실이 떠올랐다. 이런 말들은 마음속에 숨어 있다가 우리가 부모가 되면 적재적소에 튀어나오는 걸까?

펠릭스는 내 지시에 따라 심장 기관을 하나씩 이어 붙이는 걸 도왔다. 나는 작업이 끝난 후 끈적거리는 손을 청바지에 슥 닦은 다음, 한 걸음 뒤로 물러나 우리가 만든 작품을 감상했다. 공과 휴지가 풀로 엉겨 있지만, 언뜻 심장처럼 보이는 것 같기도 하다.

"자, 어떻게 생각해?"

펠릭스는 제 숙제를 빤히 바라보았다. 아이의 얼굴에서는 그 어떤 표정도 읽어낼 수 없었다. 펠릭스가 마침내 나를 향해 시선을 돌렸다. 순간 나는 상상했다. 어쩌면 아이가 두 팔로 나를 꼭 감싸안으며 내가 손재주는 잊지 않아 다행이라고, 고맙다고, 이건 내가 원하던 심장 모양 그대로라고 말해주지 않을까? 그러나 펠릭스는 그러지 않았다. 아무 말도 하지 않는다. 그냥 자리에서 일어나 내가 만든 심장을 집어 들고 방을 뛰쳐나가며 휴지통에 던져버렸을 뿐이다.

내 요리 실력도 형편없었다. 펠릭스는 리소토 볼을 한 입 먹더니 '맛이 이상하다, 너무 맵다, 왜 생선튀김을 먹으면 안 되냐'고 물었다. 심지어 에이미는 손도 대지 않았다. 자은 손바닥으로 리소토 볼을 하나 으깬 다음 허공에 휙 집어 던졌다. 음식물이 냉장고 문 옆 바닥으로 뚝 떨어졌다.

"그거 만드는 데 정말 오래 걸렸는데."

나는 자조적인 목소리로 말했다. 예전 아파트에 살던 시절 친구들을 위해 어묵을 만든 적이 있었다. 퍽퍽하고 생선 가시가 가득했지만, 적어도 그때 내 친구들은 먹을 만한 음식인 척하며 나를 생각해 주는 예의라도 보였다.

샘이 접시에 담긴 리소토 볼을 하나 입에 넣고는 "맛있다"고 말해주었다.

"평소에 내가 만든 음식을 좋아했나요?"

나는 조용히 물었다.

"음, 미안한 소리지만, 아니. 에이미는 이것저것 잘 먹는 편인데, 펠릭스는 요즘 베이지색 냉동식품에 빠져 있어. 펠릭스의 음식 탐험은 냉동 오징어튀김에서 멈춰 있지."

그때 펠릭스가 들고 있는 초록색 머그잔을 탐내는 에이미 때문에 두 아이 사이에 몸싸움이 벌어졌다. 서로 컵을 잡아당기는 통에 액체가 테이블을 온통 적셨다.

"다른 컵 갖다줄게, 펠릭스."

내가 눈을 흘기며 말했다.

"엄마는 맨날 에이미 편만 들어!"

에이미가 빈 머그잔을 잘근잘근 씹는 모습을 보던 펠릭스가 꽥 소리를 질렀다.

"엄마가 왜 누구 편을 들어. 에이미가 저렇게 침을 다 묻혀가며 씹고 있는데 정말 저 컵으로 마시고 싶어?"

세상에, 아이들은 정말 말도 안 되는 일로도 자주 싸운다.

"왜 맨날 나만 양보하라고 해!"

펠릭스가 울음을 터트렸다. **사실 펠릭스의 말이 맞을지도 모르지. 어쨌든 자기 컵이니까.** 나는 에이미에게서 컵을 뺏어보려 했지만, 에이미는 엄청나게 힘센 분홍 거머리처럼 머그잔을 절대 놓지 않았다.

어떻게든 에이미와 타협을 시도했다.

"엄마가 다른 컵 줄게, 에이미. 더 좋은 컵."

그때 손가락에 날카로운 통증이 느껴졌고, 나는 황급히 손을 뗐다.

"악! 물었어!"

나는 검지를 움켜쥐며 외쳤다.

"에이미, 물지 마."

샘이 중간에 끼어들어 말렸지만, 에이미는 아빠의 엄한 말투에 놀라 울기 시작했다. 샘은 에이미를 안아 달래주려 애썼다. 그 사이 손가락을 살펴보니 아기의 잇자국이 선명했다.

"아빠는 **맨날** 에이미 편만 들어요."

웬일로 펠릭스가 내 팔을 두드리며 다 안다는 듯 나를 동정했다.

싱크대는 여전히 온갖 프라이팬으로 넘쳐나고, 바닥은 부서진 리소토 볼 천지이며 에이미는 집이 떠나가라 울고 있다. 대체 왜 한 끼 식사에 이토록 큰 소동과 혼란이 일어나는 걸까.

첫 육아의 실패를 개탄하고 있는데, 집 밖에서 소음이 들렸다. 샘이 부엌을 가로질러 창가로 다가가 밖을 살폈다.

"누가 왔는데."

그리고 덧붙였다.

"아, 젠장. 장인, 장모님이 오셨어, 루시."

"아빠!"

펠릭스가 아빠의 말투를 꼬집는다.

"아, 미안. 이런, 장인, 장모님이 오셨어, 루시."

"우리 부모님?"

나는 놀라 되물었다.

"응."

샘이 불편한 신음을 터트렸다.

"일이 많아서 완전히 잊고 있었어. 스코틀랜드에서 문학 축제에 가기 전에 우리 집에서 하루 묵고 가신다고 했었는데."

샘이 벽에 걸린 디지털 가족 플래너를 힐끗 바라보았다. 오늘 날짜 아래로 '부모님 하루 방문'이라고 쓰여 있다.

엄마, 아빠를 곧 만난다고? 싱크대 옆에 서 있는 내 곁에서 샘이 떠나질 못한다. 나는 조수석에서 아빠가 내리는 모습을 멍하니 지켜보았다. 아빠는 내 기억보다 더 구부정하고, 작아졌다. 모자를 쓰고 있어서 얼굴이 보이지 않았다.

"무슨 일이 있었는지 미리 연락을 못 드려서 장모님이 화를 내실 텐데."

샘이 입술을 깨물며 말했다.

"며칠 전에 내가 전화했었는데, 걱정 끼쳐드리고 싶지 않아서 말을 안 했어요."

"당신이 인생의 큰 위기를 겪고 있다고 생각하시면 아마 당장이라도 같이 살자고 하실걸."

"인생의 큰 위기를 **진짜**로 겪고 있긴 하지."

내가 중얼거렸다.

운전석에서 엄마가 내렸다. 바람막이 점퍼의 모자를 뒤집어쓰고 계시지만, 걸음걸이나 자세는 똑같았다. 두 분 다 아직 살아 계시고 건강하시다는 생각에 가슴이 벅차올랐다.

"알아."

샘은 손바닥 끝으로 턱을 문지르며 덧붙였다.

"그렇지만 지금 당장 부모님이 하룻밤 이상 이 집에 계시는 건 내가 감당하기 힘들 것 같아."

"그럼 비밀로 해요. 굳이 여행을 취소하실 필요도 없잖아. 나중에 돌아오시면… 그러니까 그때도 내가 여전하면… 그때 말해요, 우리."

샘은 팔로 내 어깨를 감싸며 정수리에 입을 맞췄다. 나는 그의 손을 꼭 쥐었다. 잠시 머리가 아찔해지는 기분이었다. 그때 편지함 너머로 "우리 왔다!" 하고 외치는 엄마의 익숙한 목소리가 들렸다.

엄마는 부엌으로 들어와 손을 흔들더니 곧장 주전자로 향했다.

"안녕, 안녕. 난 신경 쓰지 마라. 그냥 내 방식대로 차를 끓이는 걸 좋아하잖니. 맙소사, 엉망진창이네. 동물원 먹이 주는 시간이라도 보낸 거니?"

엄마의 머리카락이 짧아서 멍하니 바라볼 수밖에 없었다. 엄마는 항상 머리를 기르곤 하셨는데. '나이 먹었다고 머리를 짧게 자르는 건 여자임을 포기하는 기분이야'라고 말씀하시는 분이었는데. 실제로 엄마는 평생을 미용실에서 관리한 긴 머리에 매일 밤 볼륨을 살리겠다며 헤어 롤을 말던 사람이다. 그랬던 엄마가 이제는 짧은 머리에 흰머리도 보인다. 할머니 같은 새로운 모습이 어딘가 친숙하기도 했고, 문득 엄마가 우리 외할머니를 참 많이 닮았었구나, 하는 생각도 들었다.

"머리 자르셨네요."

점퍼를 벗고 내 양 볼에 입을 맞추며 인사하는 엄마에게 나도 모르게 물었다.

"내가? 아니야, 아주 거지꼴이야. 지난 몇 달간 미용실 근처도 못 갔는걸."

엄마가 말했다.

"아니, 짧게 잘랐다고요."

하지만 엄마는 아이들에게 정신이 팔린 지 오래였다. 에이미를 향해 눈인사를 보내고 식탁 아래에 숨어 있는 펠릭스를 발견했다.

마음 한편으로는 엄마가 내 상태를 발견하고 비명을 지르길 기대했는지도 모르겠다. 하지만 엄마는 나를 전혀 보지 않았다. 창밖을 내다보니 아빠가 샘에게 자동차 보닛에 난 흠집을 보여주는 모습이 보인다. 샘이 안타깝다는 듯 고개를 끄덕이며 아빠의 등을 도닥였다.

"우리가 너무 늦게 왔지?"

엄마가 물었다.

"네 아빠에게 더 일찍 출발하자고 보챘는데, 하필 제일 막힐 시간에 고속도로를 탔어. 네 아빠 데리고 외출 한번 하는 게 얼마나 어려운지 몰라. 아까도 차고 문을 제대로 닫았는지 모르겠다고 난리를 피워서 두 번이나 돌아갔다 왔어."

그때 아빠가 부엌으로 들어오며 모자를 벗었다. 아빠의 변화를 소화할 시간이 필요했다. 군데군데 희끗하던 머리는 이제 완전히 백발이었고, 표정은 한층 부드러워졌지만 노화의 흔적이 뚜렷했다. 할아버지처럼 보였지만, 목소리와 미소만큼은 예전처럼 친숙하고 편안한 '우리 아빠'였다.

"스코틀랜드에서 상비약을 좀 사 왔다."

아빠가 갈색 종이봉투를 건네며 말했다.

"아이들은 잠옷으로 갈아입힐게요."

샘이 양팔에 아이를 하나씩 끼우고 문을 향해 발걸음을 돌렸다. 한 바퀴 빙그르르 몸을 돌리니 양쪽의 아이들이 신이 나 꽥 소리를 질렀다.

"잘 준비를 해야 할머니, 할아버지가 동화책을 읽어주실 수 있어."

우리 셋만 남고 나서야 나는 부엌을 가로질러 부모님 두 분을 양팔로 한 번에 감싸안았다.

"너무 보고 싶었어요. 오셔서 너무 행복해요. 두 분 다 정말 사랑해요."

우리 가족은 대놓고 애정을 표현하는 분위기가 전혀 아니다. 북받친 감정 표현이 과한 듯, 엄마는 나를 멀찌감치 떨어뜨리더니 의심의 눈초리로 훑어내렸다.

"무슨 일 있구나. 어디 아프니?"

엄마가 물었다.

"안 아파요. 그냥 두 분 보니까 너무 좋아서 그래."

나는 손등으로 눈가를 닦으며 말했다.

"아이들이 아프니?"

엄마의 목소리는 다급할 정도로 빨라졌다.

"혹시 너희, **이혼하려는 건** 아니지?"

엄마가 가슴을 움켜쥐며 되물었다. 나는 고개를 저었다.

"꼭 안 좋은 소식이 있는 애처럼 그러니. 이번 주에 나쁜 소식은 이미 질리게 들었다."

엄마는 손끝을 뾰족하게 모아 머리 위로 들어 올렸다. 살면서 수천 번은 본 몸짓이었다.

"어제는 정원사가 너도밤나무 울타리가 다 죽었다고 뽑아야 한다더라. 그러다가 그리브슨 부부가 이사 간다는 소식도 들었지. 집 크기를 줄이려는 게 분명한데, 크루즈 여행 횟수만 줄여도 되겠구만. 아무튼 우리 나이에 이사한다는 건 보통 일이 아니야. 집도 60대에나 줄여서 가는 거야. 누가 이 나이에 또 이사를 하니. 아무튼 평범하다고 볼 순 없어."

"대단한 결심이지."

아빠가 내게 슬며시 윙크를 보내며 말했다.

아빠가 화장실에 가야겠다며 부엌을 나서자마자 엄마는 내게 속사포처럼 속삭이기 시작했다.

"아주 산 너머 산이다. 네 아빠가 걱정이야."

"왜요?"

내가 되물었다.

"깜빡깜빡해, 자꾸."

엄마가 관자놀이를 두드리며 말했다.

"네 외가는 다들 80대에 접어들어도 기억력이 정정한데, 아빠 쪽은 젊어서부터 오락가락하는 병력이 있어. 아무튼 네 아빠가 요즘 자주 깜빡깜빡하신다. 지난주에는 장을 보러 마트에 갔다가 자동차 열쇠를 잃어버리고 왔어. 우리 차를 누가 안 끌고 가서 다행이지. 트렁크에 최고급 소고기까지 실어놨는데 어쩔 뻔했니. 그리고 목요일에는 내가 읽던 책이 없는 거야.

리처드 오스만의 20쇄 한정판이었는데. 근데 세상에, 네 아빠가 그걸 도서관에 반납했다는 거 아니니? 심지어 도서관에서 빌린 책도 아닌데! 믿어지니? 네 아빠가 병원이라면 끔찍해 하는 거 너도 알지? 요즘 세상에는 보충제니 전기충격 치료니 할 수 있는 게 많다지만, 자기 상태가 오늘내일 한다는 것부터 인정을 해야 말이지."

"그렇게 큰일도 아닌데요, 뭘."

내가 조심스럽게 대답했다.

"엄마, 아빠 나이면 원래 좀 깜빡깜빡하고 그러잖아요."

"네가 아빠랑 이야기 좀 해볼래? 네 말은 듣잖니."

그때 아빠의 걸음 소리가 복도에서 들려오자 엄마는 재빨리 대화 주제를 바꿨다.

"정원사는 차라리 울타리를 치면 관리가 쉽다고 그냥 울타리를 치자는데, 내가 울타리를 얼마나 끔찍하게 여기는지 너도 알지? 그걸 치면 이웃들이 뭐라고 생각하겠어. 마을 분위기도 다 망치는 거야. 절대 안 돼. 돈이 좀 들더라도 나무를 싹 다시 심어야지. 제대로 자라서 예뻐지기 전에 우리 둘 다 죽겠지만, 그래도 옆집에 피해는 주지 않을 거 아니니."

"아직도 그놈의 울타리 이야기냐?"

아빠가 물었다.

"솔직히 너도밤나무 가지가 바람에 흔들리는 소리를 듣고 있으면 사람이 죽어 나가는 소리라고 생각할 거다."

"풍경이 아름다운 동네에 살려면 어느 정도 수준을 갖춰야 하는 거랍니다."

엄마가 핀잔을 주었다.

"우리 정원은 도로에서도 보여요. 틸다 스튜어트 스미스가 정원을 다 뒤집어엎었을 때 기억해요? 마을 위원회가 얼마나 전전긍긍했냐고요. 불쌍한 틸다, 사람이 너무 예민한 데다가 분별력도 판단력도 없어."

"울타리가 뭐 얼마나 문제가 된다고."

아빠가 말했다.

"인터넷에서 저렴한 울타리를 찾았어. 내가 세워도 돼."

"라고 여배우가 교황에게 말했대요."

내가 얼른 끼어들었다. 기대에 찬 미소를 지으며 아빠를 바라보았지만, 아빠는 좀처럼 이해가 가지 않는다는 눈빛이었다.

어떻게 이걸 잊으실 수 있지?

"아빠? 우리가 하던 말장난이잖아요. 기억 안 나요?"

"아, 그래. 재밌구나."

아빠는 내게 미소를 지었지만, 눈빛은 공허했다. 엄마는 나를 향해 고갯짓하며 눈을 찡긋거렸다. '그러게, 내 뭐라고 했니'라고 말하는 것 같았다. 상황이 이런데 어떻게 내 상태를 부모님께 말씀드릴 수 있을까.

두 분을 거실로 모시고 나가며 이 집이 얼마나 멋진지, 인테리어가 얼마나 세련됐는지, 예전에 살던 아파트에 비하면 내가 얼마나 성공했는지 칭찬을 해주시진 않을까 기대했지만, 당연히 부모님은 일언반구도 없었다.

"얘, 그래서 너 올해도… 준비했니?"

그때 엄마가 조심스레 물었다. 눈빛이 한결 진지하고 슬펐다.

"클로이, 다음 달이잖니."

클로이가 누구지? 나는 엄마의 말뜻을 이해하지 못해서 그냥 무의식적으로 고개를 끄덕였다.

"아무리 힘들어도 같이 시간은 보내야지 싶어서 그런다."

그런 다음 엄마는 손을 뻗어 내 무릎을 도닥였다.

"클로이가 누구냐?"

나는 내가 할 수 없는 질문을 대신 해준 아빠에게 당장이라도 입을 맞추고 싶었다. 동시에 엄마를 바라보았고, 눈물이 그렁그렁한 엄마와 눈이 마주쳤다. 엄마는 절대 우는 사람이 아닌데.

"미안하다, 루시. 네 아빠가 정말 깜빡깜빡해."

아빠는 엄마를 향해 눈살을 찌푸렸다.

"내가 뭘 깜빡깜빡해."

"이런 이야기 나도 불편하고 싫어. 그래도 차라리 드러내고 확실히 말해두는 게 나아요. 그러다가 기본적인 것까지 잊으면 우리 모두에게 영향을 미칠 거야."

그때 샘이 빨래를 한 아름 안고 계단을 내려왔다.

"말씀드린 거야?"

샘이 깜짝 놀란 표정으로 물었다. 내가 뭐라고 대답하기 전에 엄마는 고개를 좌우로 돌리며 경계 태세를 갖춘 미어캣처럼 고개를 높이 치켜들었다.
"뭘 말이니?"
"루시의 기억이요."
샘이 대답했다.
"루시의 기억? 아니, 우리는 버트 이야기하고 있었는데. 루시가 왜?"
"아."
샘이 당혹스럽고 미안한 표정을 지으며 나를 바라보았다.
"얘!"
엄마가 떡 벌어진 입을 손으로 가리며 나를 재촉했다.
"걱정 끼쳐드리고 싶지 않아서…."
나는 말끝을 흐렸다. 그때 엄마가 새된 비명을 질렀다.
"그럴 줄 알았다. 너 어디가 아픈 거지! 얼굴이 허옇게 질리고 뺨이 퉁퉁 부은 게, 이상했어. 스테로이드 먹었니? 암이야? 오, 제발 암은 아니라고 해주렴."
"안 아파요."
나는 손바닥을 들고 엄마를 진정시키며 얼른 끼어들었다.
"최근 기억에 문제가 좀 있었어요. 일시적인 기억 상실증이래요."
"기억 상실증? 이건 당신 집안 내력 때문이야!"
엄마가 아빠를 날카롭게 째려보며 외쳤다.
"여행은 당장 취소해야겠다. 이 집에 며칠 있으면서 너희를 돌봐야겠어. 샘 혼자 애 둘을 어떻게 키우니! 부엌 꼴 좀 봐!"

샘은 입술을 씹을 뿐이었다. 주먹을 천천히 쥐었다가 펴는 손등에 동요가 느껴졌다.

“저희 나름대로 잘 해내고 있어요.”

하지만 엄마는 마치 군부대가 마을을 떠났다는 소식을 들은 제인 오스틴의 소설 속 누군가처럼 두 손을 꼭 쥔 채 부엌을 서성이기 시작했다.

“우리가 도와줄 만한 게 분명히 있을 거야.”

엄마가 말했다.

“예, 그럴 수도 있고요….”

샘이 간절한 눈빛으로 나를 바라보며 중얼거렸다.

제18장

"데이트라니, 천재 아니에요?"

퍼넘의 폴리스라는 어두컴컴한 펍의 바 의자를 꺼내 앉으며 내가 말했다.

"어머님이 아픈 거 빼고 가장 무서워하시는 거, 불화잖아. 우리 두 사람 사이에 데이트가 꼭 필요하다고 강력하게 주장하시는 분이야."

"엄마가요?"

이건 정말 새로운 소식이다.

외출 전 샤워하고 깨끗한 셔츠로 갈아입은 샘의 목덜미에 달라붙은 머리카락이 아직도 조금 축축했다. 손을 뻗어 옷깃을 접어주고 싶은 충동이 치밀었지만, 꾹 참았다.

"몇 년 전에 두 분이 부부 상담을 받으신 적이 있어."

샘이 말했다.

"지금은 한 달에 두 번 정기적으로 저녁 데이트를 하신 뒤에 가족끼리 쓰는 클라우드에 소식을 올리시지."

"우리 부모님이 상담을 받으셨다고요? 두 분이 그런 데 돈을 쓰셨다니, 상상도 못 했어요."

"추첨으로 쿠폰을 받으셨대."

샘이 설명하며 메뉴를 훑어보았다.

"프렌치 마티니 어때? 우리가 즐겨 마시던 건데."

나는 프렌치 마티니가 뭔지 가늠할 수 없었지만, 고개를 끄덕였다. 미래의 내 술 취향을 따라보기로 한 것이다. 샘이 주문하는 동안 나는 익숙한 보통의 펍 분위기에 만족하며 실내를 둘러보았다. 파인트*는 여전히 파인트였고, 실내 카펫은 여전히 설명할 수 없을 정도로 끔찍했으며 취기가 오른 노인들도 여전히 바 테이블에 자리를 잡고 무관심한 바텐더에게 어떻게든 말을 걸어보려 애쓰고 있었다.

"술집은 참 안 변하네요, 그렇죠?"

내가 물었다.

"뭘 기대했는데, 로봇 바텐더?"

"응."

내가 깔깔 웃었다.

"로봇이랑 절대 숙취가 없는 술도."

"아, 숙취 없는 술은 있지."

---

* 영국에서 생맥주를 파는 단위로 약 568밀리리터다.

샘이 말했다.

"정말?"

"응. 우린 그걸 청량음료라고 부르거든."

"아, 하하."

바텐더가 술잔을 내려놓는 사이 나는 팔꿈치로 샘을 툭 쳤다.

"진짜 아재 개그다."

샘이 내 칵테일 잔에 자신의 잔을 톡 건드렸다.

"내 전문 분야거든. 건배."

샘의 자세나 몸짓에서 그가 편안해하고 있음이 느껴졌다. 원래부터 이런 사람인지 아니면 이런 고요함을 배우면서 자란 건지 궁금해졌다.

"이번 주에 너무 정신없었죠. 미안해요."

"소화해야 할 일이 많았잖아. 기분이 나아진 것만으로도 다행이야. 아, 깜빡하기 전에, 에이미에게 발진이 생겼어. 기저귀 갈 때마다 크림을 발라줘야 해. 크림은 기저귀 교환대 옆에 있는 파란색 튜브야. 펠릭스는 월요일에 학교에서 원정 경기가 있고…."

"우리, 오늘 밤엔 아이들 얘기 안 하면 안 돼요?"

내가 샘의 팔에 부드럽게 손을 올리며 물었다.

"난 당신에 대해 알고 싶어요, 샘. 정말 당신에 대해서는 아는 게 하나도 없는 기분이라…."

"그래."

샘이 고개를 슬쩍 기울이며 눈썹을 찡긋거렸다.

"태어나서 이렇게 이상한 대화는 처음일 것 같지만, 해보지 뭐. 뭐가 알고 싶어?"

"전부 다."

내 목소리가 나도 어색하다. 그럴 생각은 없었는데, 마음에 든 남자에게 접근할 때 내는 목소리가 분명했다.

"**전부 다** 말하기엔 시간이 좀 부족한데."

"그럼 중요한 것만."

"우린 첫 데이트에서도 빨리 대답할 수 있는 질문을 던졌어. 위험 신호를 감지하는 가장 효율적인 방법이라면서."

"현명했네."

나는 씩 웃으며 덧붙였다.

"그래서 내가 뭔가 감지했었어요?"

"음, 적색 신호까진 아니고. 그땐 내가 담배를 피워서 당신이 너무 싫어했어. 내가 뮤지션이라는 것도 싫어했고."

"어? 왜요?"

"드러머를 만난 적이 있었는데, 그때 완전 학을 뗐다면서."

"그래도 내가 한 수 접었네."

"내가 당신 마음을 얻은 거지."

입매가 너무 매력적이라 말을 하는 내내 그의 입에서 시선을 뗄 수 없었다. 웃을 때 순간적으로 환해지는 입매가 훤칠했다. 웃을 때면 뺨이 살짝 패이며 보조개가 드러나고, 눈가에 자연스럽게 주름이 잡히며 얼굴 전체가 환해지는 게 일련의 연쇄 반응처럼 이어졌다. 그는 내 시선을 의식한 듯 뺨을 가볍게 쓸어내렸다.

"스코틀랜드에서 같이 자란 가족들 이야기도 해줘요."

내가 채근했다.

"음, 가장 가까운 마을에서 6.4킬로미터나 떨어진 외딴 농장에서 자랐어. 아버지는 농부셨고 어머니는 동네에서 우체부로 일하셨지. 가장 친한 친구는 패트릭이란 이름의 지저분한 양 한 마리였고."

"지금 당신의 가장 친한 친구는 누구예요?"

내가 물었다.

"당신이지. 패트릭보다는 냄새가 좋아서 다행이야."

"그건 다행이네요."

나는 손가락으로 머리카락을 배배 꼬며 씩 웃었다.

"당신이 나한테 리사 이야기를 해줘서 나도 패트릭 이야기를 했지."

"내가 리사 얘기를 해줬다고요?"

나는 샘을 향해 의자를 획 돌리며 경악했다. 리사는 내 상상 속 친구다. 심지어 보통의 아이들이 평균적으로 상상하는 기간보다 훨씬 더 오래 상상했던 내 친구.

"당신을 정말 좋아하나 봐. 지금까지 살면서 그 누구에게도 리사의 존재를 털어놓은 적이 없었는데."

"나를 정말 좋아하는 거지."

샘이 말했다. 그는 내게서 시선을 떼지 않았다. 눈빛만으로도 이 남자가 나를 유혹하고 있다는 게 고스란히 느껴졌다. 나는 자꾸만 머리카락으로 향하는 손을 억지로 끌어 내렸다.

"내가 양이랑 비슷했다는 거 말고, 가라오케 바에서 나를 처음 봤을 때 뭐가 제일 마음에 들었어요?"

"음, 일단 당연하지만, 첫눈에 너무 예뻐 보였어. 근데 그것보다 당신 태도, 친구들이랑 어울리는 모습, 그리고 내 노래를 부르는 모습이 다 너무 아름다웠지. 당신은 늘 내가 꿈꾸던 목소리로 노래했어."

서로를 향해 있던 우리의 무릎이 부딪혔다. 나를 바라보는 시선에서 보이지 않는 고무줄이 나를 그에게로 끌어당기는 것 같은 힘이 느껴졌다.

샘이 묘사하는 여자는 나와 전혀 다른 사람 같았다. 나는 자세를 바꾸는 내내 머리카락을 배배 꼬고 있다는 사실을 깨닫고 머리카락 대신 술잔을 매만졌다. 샘이 주문한 프렌치 마티니는 정말 맛있었다. 남자와 칵테일에 관한 미래의 내 취향에 기립박수를 치고 싶었다.

"나는 당신의 어떤 점을 좋아했어요?"

나는 속눈썹을 내리깔며 은근한 말투로 물었다.

샘은 천천히 몸을 기울이더니 "모르겠어. 나중에 기억이 돌아오면 그때 나한테 말해줘"라고 답했다. 가까이 다가온 그에게서 따뜻한 온기가 느껴졌다. 참나무 향, 민트 샤워 젤의 신선함, 단정하게 다린 리넨 셔츠 향이 체취와 어우러져 코끝을 간지럽혔다.

"좋아요, 그럼 옛 추억을 기리며 몇 가지 간단한 질문을 할게요."

나는 그의 목에 기대지 않으려 테이블을 꼭 움켜쥐고 말했다.

"제일 좋아하는 장소는?"

"우리 집 정원."

"좋아하는 노래."

"그랑지의 「주세페」."

"쓸데없는 건 그만하고요. 우리 첫 데이트 때 잤어요?"

샘이 당황한 듯 목을 가다듬었다. 쑥스러워하는 모습이 매력적이다.

"그건 우리 첫 데이트를 어떻게 정의하느냐에 따라 다르지. 게다가 그런 말을 하는 건 신사답지 못한 거 아닌가."

시선을 따라 올려다보니 그의 목덜미부터 얼굴이 붉게 물들었다.

"음, 잤다는 걸로 받아들일게요. 왜 더 이상 곡을 쓰지 않아요?"

침대에 누워 지내는 동안, 나는 샘의 이름을 인터넷에 검색해 보았다.

그가 작곡한 모든 노래를 들어본 결과, 최근 5년간 가사 있는 음악을 만들지 않았다는 사실을 알 수 있었다. 샘은 자세를 고치며 말했다.

"그건 간단한 질문이 아닌데. 다음 질문으로 넘어가지?"

"좋아요, 한 번 봐줄게요. 제일 좋아하는 기억은?"

"당신과 함께했을 때? 아니면 인생 전반에서?"

우리의 무릎이 다시 맞닿았고, 그의 팔이 테이블 위에 올려놓은 내 손을 스쳤다.

"아무거나."

내가 대답하자 샘은 잠시 생각에 잠겼다.

"제일 좋아하는 어린 시절 기억은 어때?"

샘이 물었고 나는 고개를 끄덕였다.

"간단한 이야기는 아닌데."

나는 두 사람 사이의 공간을 손가락으로 딸깍, 하고 누르는 척하며 말했다.

"좋아요, 간단한 질문은 잠깐 일시 정지."

이번엔 샘이 내 손을 잡고 그 옆에 놓인 가상의 버튼을 누르며 말했다.

"좋아, 지루할 수도 있으니 '빨리 감기' 버튼은 여기 있어."

그리고 어느 순간 뺨이 빼근했다. 그와 술을 마시는 내내 계속해서 웃고 있느라 그랬다는 걸 깨달았다.

"메브는 나보다 네 살 많았어. 어린 시절 내내 누나들은 나를 데리고 다니기 싫은 동생 취급했지. 누나들이 놀러 나가면 늘 나 혼자 집에 남아 있었는데, 여섯 살 여름에는 잠깐 동안 누나들이 나를 데리고 다녔어. 숲속에 동굴 같은 곳을 찾아서 '샘의 오두막집'이란 이름도 붙여줬지. 레다는 나무 간판을 납땜해서 달아주었고, 메브는 타이어 그네를 걸고 캠핑용 난로에 옥수수 프리터*를 만들어줬어. 휴일이면 늘 거기 가서 누나들과 놀았어. 그러다가 메브가 중학교에 입학했고 그 후로는 둘 다 숲에서 노는 데 흥미를 잃었지. 하지만 내겐 완벽한 여름이었어."

어린 시절 숲에서 누나들과 함께 놀며 행복해하는 샘의 모습을 상상하니 왠지 모르게 가슴이 뭉클해졌다.

"아직도 누나들하고 가깝게 지내요?"

내가 물었다.

"레다하고 조금 더. 거의 매주 전화 통화를 하니까."

몸을 조금 뒤척이며 자세를 고친 샘이 술을 한 모금 마셨다.

"당신이 가장 좋아하는 어린 시절 기억은 뭐야? 생각해 보면 우리, 이런 이야기를 한 적은 없는 것 같아."

"나?"

나는 기억을 되짚어 보았지만, 외동딸이었던 탓에 형제자매와의 추억 같은 건 없었다.

"어린 시절 기억이 많은 건 아닌데, 행복했던 적은 있어요. 여름이면 잔디밭에 앉아서 데이지꽃으로 화관을 만들며 아빠가 끝없이 채소를 가꾸는 모습을 지켜보곤 했어요."

내가 실없는 농담을 던졌을 때 아빠의 무표정하던 얼굴이 떠올라 잠시 멈칫했다.

"아빠는 괜찮을까요? 엄마는 아빠의 기억력이 점점 더 떨어

---

* 옥수수 알갱이를 밀가루에 부쳐 만든 일종의 옥수수 전

질지 걱정해요."

샘이 손을 뻗어 내 무릎을 꼭 쥐었다. 그의 손짓에는 그 어떤 말보다 더 든든한 무언가가 담겨 있었다.

"좋아요, 하나 기억나는 게 있어요."

나는 가벼운 대화로 돌아가고자 일부러 목소리를 쾌활하게 꾸며냈다.

"열 번째 생일 며칠 전이었는데, 매일 학교 가는 길에 엄마랑 근사한 빵집을 지나가야 했거든요? 거기 지나갈 때마다 멈춰 서서 유리 진열장에 전시되어 있던 엄청나게 멋진 케이크를 훔쳐봤어요. 내 생일 파티에서 먹고 싶었거든요. 리큐어** 아이싱이 올라간 진한 모카 케이크였는데 너무 먹어 보고 싶었어요. 꼭 그림책에 나오는 케이크처럼 생겼었거든. 엄마는 '이건 아이들이 먹는 케이크가 아니야'라고 하셨어요. 그 케이크만 먹을 수 있다면 다른 선물은 다 포기하겠다고 졸라댔지만, 엄마는 완강히 안 된다고 하셨죠. 그런데 파티 당일, 엄마가 그 케이크를 들고 주방에서 나오시는 거예요. 그 빵집의 그 케이크를! 제 친구들은 다들 케이크를 안 먹겠다고 했어요. 냄새가 이상하다고요. 열 살짜리 애들한테 술이 들어간 케이크를 내주었으니 당연하죠."

내가 웃음을 터트렸다.

"하지만 난 정말 맛있었어요. 내가 먹어본 생일 케이크 중에

** 알코올에 설탕, 식물, 향료를 섞어 만든 혼합주의 일종

최고였어."

샘이 손을 뻗어 내 손가락 사이사이에 끼워 넣었다.

"이런 이야기는 처음 들어."

"그래요?"

"응."

우리의 무릎이 다시 만났고, 그의 몸과 맞닿을 때마다 내 몸의 모든 감각이 예리하게 곤두섰다.

우리는 그 후로도 몇 시간이나 서로가 기억하는 옛날이야기를 주고받았다. 이런 이야기를 나누며 부족한 부분을 숨기려 노력할 필요 없이 조금 더 솔직하게 자연스러운 내 모습을 드러낼 수 있었다. 우리는 술을 더 주문했고, 바 뒤편의 부스로 자리를 옮겼다. 샘은 재미있고, 흥미롭고, 세심한 사람이었다. 과연 내가 지금까지 했던 데이트 중 가장 최고였다. 최근에 만났던 이상하고 자기밖에 모르는 20대와 달리 샘은 데이트에 최적화된 남자였다. 성숙하고, 잘생겼고, 매력적이다. 내가 이야기할 때면 온전히 귀를 기울여줬고, 여과되지 않은 애정이 담뿍 담긴 눈빛은 나도 몰랐던 내 내면의 무언가에 불을 지폈다. 게다가 그는 이미 미래의 **내가** 철저히 검증한 남자이니 갑작스러운 페티시가 있거나 우려스러운 정치적 견해를 갖고 있을 리 만무했다.

내가 샘에게 욕조에 담겨 있던 소뼈 이야기를 해주자 샘이 호탕한 웃음을 여과 없이 터트렸다. 그 바람에 술집에 있던 모든 사람이 대체 뭐가 그렇게 재미있냐는 듯 우리를 쳐다봤다.

샘이 그윽한 눈빛으로 나를 똑바로 응시하며 "우리 이런 시간 정말 처음이야. 둘이서만 보내는 시간"이라고 속삭였다.

"그래요?"

나는 멍하니 물었다. 그러자 샘이 테이블 밑으로 손을 뻗어 내 손바닥을 손가락으로 천천히 매만졌다. 너무나도 섹시한 몸짓이었다.

"모르겠어. 우리는 늘 바쁘거나 친구들이랑 어울리거나 계획을 세우고 집안을 관리하느라 정신없어. 이렇게 서로 수다를 떨거나 이야기할 시간도 없고. 당신의 이야기가 너무 좋아. 늘 당신이 이야기하는 방식이 마음에 들었어."

내 손바닥에 닿는 샘의 손가락이 너무도 절묘해서 꼭 고문처럼 느껴진다. 그의 목소리에 집중하기 힘들 정도다. 결국 그에게 몸을 기대며 먼저 입을 맞추었다. 그는 처음엔 놀란 기색이 역력했지만, 화답하듯 내 목덜미를 부드럽게 감싸며 머리카락을 쓸어내리고 입을 맞춰왔다. 그의 입술은 단단하면서도 부드럽고, 섹시했다.

"여기서 나가자."

샘이 허스키한 목소리로 속삭였다.

우리는 꼭 10대처럼 웃음을 터트리며 비틀비틀 거리로 나섰다. 샘의 손이 내 허리를 감쌌고, 나는 온몸을 그에게 기댔다. 그를 벽에 밀어붙이고 그의 목덜미에 입술을 부볐다.

"당신 정말 섹시해."

내 손이 그의 따스한 피부를 스치고 허벅지 위를 쓰다듬었다.

“대체 어떻게 당신 같은 남자를 만났을까?”

“우리 길거리야, 루시. 누가 보면 어쩌려고.”

깊이 울리는 그의 목소리가 조금 날카로웠다. 그 역시 나를 죽도록 원하고 있었다.

샘이 부른 택시가 몇 분 안 되어 도착했다.

“솔직히 지금쯤이면 무인 자동차가 나올 줄 알았어.”

입을 맞추는 도중에 내가 말했다. 뒷좌석에 올라탄 우리는 10대처럼 정신이 없었다.

“있었지.”

샘이 대답했다.

“그러다가 특허 때문에 법정 싸움이 벌어져서 결국은 도로에서 사라졌다가….”

“아, 넘어가요.”

무인 자동차가 왜 아직도 상용화되지 않았는지보다는 키스가 더 중요한 내가 그의 말을 끊었다. 집으로 돌아오자마자 나는 샘의 셔츠 깃을 쥐고 위층으로 끌어당겼다. 소음을 내지 않으려 노력했지만, 술에 취할 대로 취한 우리는 어린아이처럼 킥킥거리며 문을 발로 차고 쿵 닫았다.

참 이상한 경험이었다. 내 몸을 잘 아는 사람, 내가 무엇을 좋아하는지 아는 사람, 심지어는 내가 좋아하는지도 몰랐던 것까지 속속들이 잘 아는 사람과 함께 잔다는 것이. 부모님이 집에 계신다는 것조차 신경 쓰지 못할 정도로 취해 있어서 어느 순간 샘은 내 입을 틀어막으며 "쉿, 루시" 하고 경고할 정도였다. 솔직히 말하면 그가 그럴수록 나는 더욱 달아올랐다.

일을 다 치른 뒤 멍한 상태로 샘의 옆자리에 앉아 그의 넓고 단단한 가슴을 손가락으로 쓰다듬으며 물었다.

"우리, 보통 이렇게 해요?"

"이렇게 요란스럽게 하진 않지."

샘이 내 골반 양쪽을 손으로 짚으며 말했다. 나는 붙잡힌 골반을 더욱 깊이 그에게 부대끼며 웃음을 참을 수 없었다.

"무슨 생각을 하는 거야?"

샘이 나를 빤히 바라보더니 천천히 고개를 저으며 물었다.

"어느 날 잠에서 깨어보니 엄청나게 섹시한 남자랑 결혼했네, 하는 생각."

순간 샘이 나를 붙잡고 그대로 침대에 눕혔다. 내 몸 위에 올라탄 그를 보며 킥킥거리는 웃음이 자꾸만 터져 나왔다.

"어느 날 아침에 갑자기 스물여섯 살의 루시로 돌아가 버렸는데 좋은 점도 있어야지, 러더퍼드 부인."

샘이 내 귓가에 속삭였다.

또다시 20분이 지나고, 나는 크고 아름다운 침대에 누워 샘의 든든한 팔에 싸인 채 압도적인 만족감을 느꼈다. 물론 내 인생의 16년을 잃어버린 게 이상적인 상황은 아니겠지만, 분명 장점도 있었다. 다시는 형편없는 섹스를 하거나 비에 녹아내리는 싸구려 신발을 신을 필요가 없어졌으니까. 욕실 샤워기의 수압은 환상적일 정도로 좋았다. 조야도 그 샤워 부스를 보면 분명 소리를 질렀을 테다. **아, 조야.** 거미줄을 손으로 쓸어내리듯 만족감이 순식간에 녹아내렸다. **조야 없이 어떻게 행복할 수 있지? 조야가 없는데 어떻게 내 인생에 좋은 일이 생길 수 있지?** 미래의 나 역시 이런 기분을 느꼈을지 아니면 마음 한구석이 텅 빈 것 같은 공허함을 안고 살아가는 법을 배웠을지 문득 궁금해졌다.

그때 샘이 내 손을 가볍게 쓰다듬었고, 나는 다른 생각을 떠올리려 애썼다.

"반지는 찾았어?"

그가 물었다.

"아, 응. 저기 안전한 곳에 잘 보관하고 있어요."

나는 서랍을 가리키며 대답했다.

샘이 내 쪽으로 몸을 숙여 서랍을 열고 손으로 더듬거리며 반지를 찾았다. 그리고 내 손을 들고는 왼손 약지에 조심스럽게 끼워 넣었다. 그는 고개를 틀어 내 목덜미에 입을 맞추며 "여기가 가장 안전하잖아" 하고 속삭였다. 나는 다시 쓸데없는 생각에 빠지지 않으려 노력하며 주먹을 쥐었다. 내 시선은 화장대로 향했다. 숲속 돗자리 위에 앉아 있는 펠릭스와 에이미의 사진이 눈에 들어왔다. 샘이 누나들과 숲에서 놀았다던 이야기가 떠올랐다. 펠릭스와 에이미는 여섯 살 차이다. 둘은 아마 그런 식으로 유대감을 쌓진 못할 것이다.

"샘, 펠릭스 낳고 왜 이렇게 한참 만에 둘째를 낳았어요?"

내가 묻자 내 손을 쓰다듬던 그의 손길이 우뚝 멈췄다.

"여섯 살은 꽤 터울이 나잖아요."

샘의 온몸이 뻣뻣하게 굳었다.

"자기야."

그의 목소리는 내가 예상하지 못한 감정으로 너울거렸다. 순간 나는 얼른 침대에서 몸을 일으켜 앉았다.

"뭐예요?"

"우리 지금은 그 이야기 하지 말자. 정말 근사한 밤을 보냈는데…."

샘이 고심했다.

"아침에 이야기하면 안 될까?"

말투는 정중했지만, 그 속에 담긴 건 단호함이었다. 대신 그는 재빨리 두 팔로 나를 푹 끌어안았다. 이렇게 가까이에서 다른 사람의 몸에 온전히 감싸 안기는 느낌은 정말 신기했다. 그러나 이렇게 잠을 잘 수 있을 것 같진 않았다. 홀로 침대에 누워 자는 게 너무 익숙했기 때문이다.

"사랑해, 루시."

샘이 내 귓가에 속삭였다. 분명 내가 그의 감정을 상하게 한 것 같았고 나 역시 그에게 같은 말을 해줘야 할 것 같았지만, 나는 입을 열지 않았다. 멋진 데이트를 한 건 맞지만, 솔직히 이 남자를 안 지 며칠이나 됐다고. 어떻게 이 남자를 사랑할 수 있겠는가?

샘이 잠에 빠지자마자 나는 조용히 그의 품에서 빠져나왔다. 반지를 다시 빼서 침대 옆 서랍에 돌려놓았다. 다른 사람 품에 안기는 것보다는 혼자 자는 게 편했다. 그러고는 조용히 침대 반대편으로 기어들어가 이불을 덮었다.

제19장

"아주 대단한 '저녁 데이트'를 했던 모양이다."

아침 식사 도중 엄마가 비난 섞인 말투로 말하며 눈을 흘겼다.

"애들이 안 깬 게 신기하구나."

"엄마, 제발."

계단을 내려오는 샘의 발걸음 소리를 들으며 내가 황급히 입을 막았다.

"다행이다. 결혼생활만 단단하면 뭐든 다 이겨내는 법이야. 더 나쁜 일도 겪었잖니."

내가? 엄마의 말뜻을 다시 묻기 전에 샘이 부엌에 모습을 드러냈다.

"잘 주무셨어요?"

샘이 물었다.

엄마는 크흠, 하고 헛기침하며 커피를 소리 내어 후루룩 마셨다.

"그냥저냥. 고맙네."

샘은 아침에 일어난 후로 쭉 어딘가 기분이 나빠 보였다. 아마 나처럼 숙취가 있겠거니 하고 생각했다. 샘은 냉장고를 열었다가 닫았다가 다시 열고는 냉장고 안을 잠시 바라보다가 닫고 엄마와 내 쪽으로 몸을 돌렸다.

"일이 좀 생겼어요."

제법 심각한 얼굴이었다.

"내일 맨체스터에서 풀 오케스트라 녹음이 있어요. 몇 달 전부터 잡힌 일정이었는데, 그동안은 일이 너무 바빠서 다른 친구에게 부탁했었거든요. 근데 방금 그 친구에게서 아프다는 연락을 받았어요."

샘은 잠시 말을 멈추었다.

"대신 부탁할 동료도 없고, 제가 안 가면 작업이 힘들 것 같아요."

"그럼 당연히 가봐야지! 루시랑 아이들은 우리가 있으면 되고."

엄마가 다그쳤다.

"엄마, 문학 축제에 가기로 했잖아요. 난 괜찮아요."

내가 대꾸했다.

"마리아가 내일 아침 일찍 와서 도와주겠지만, 나는 다음 주 화요일이나 되어야 돌아와."

샘이 기대하는 표정으로 나를 바라보았다.

"일단은 우리가 내일 아침까지 있으마."

엄마가 제안했다.

"어차피 북 토크도 오후부터 제대로 시작하니까."

"어떻게 생각해, 루시?"

샘이 내게 물었다.

"당연히 내가 알아서 할 수 있어."

나는 약간의 모욕감을 느꼈다.

"친정 엄마나 유모, 학교, 어린이집의 도움까지 받는데 고작 48시간 동안 혼자서 애 둘을 못 돌볼 것 같아?"

샘과 엄마는 눈빛을 교환했다.

"나는 유능한 어른이야, 열세 살이 아니라."

엄마가 또다시 헛기침했다.

"그럼, 당연히 아주 건강한 어른이지."

샘은 진지한 눈빛으로 머리를 쓸어 넘겼다.

"좋아. 정말 괜찮으시겠어요? 집에 있는 생필품에 대해서는 냉장고에 붙여놨고, 마리아가 모르는 게 없으니 도움을 받으셔도 돼요."

샘은 잠시 말을 고르며 나를 바라보았다.

"오늘 아침 기차를 타야 해서, 짐을 싸러 가야겠어."

"일요일에?"

엄마가 바로 곁에 앉아 있으니 샘이 내게 이상한 소리를 할 것 같진 않았지만, 오늘 아침 샘은 분명 이상했다. 그 몸짓이

'어젯밤 우리 섹스 정말 끝내줬어'라고 말하는 것 같지는 않다. 혹시 우리가 술에 취해 저지른 짓을 후회하는 걸까? 나는 후회하지 않는다는 듯 잔잔한 미소를 지어보려 애썼다. 그때 에이미가 오소리 인형을 들고 아빠에게 쫓기듯 주방으로 뛰어 들어왔다. 정신을 차려보니 이미 샘은 부엌을 떠난 후였다.

비틀거리던 에이미는 내 다리를 붙잡았고, 나는 그런 아기를 들어 올려 무릎에 앉혔다. 그러자 에이미가 가슴에 폭 안겨 온몸의 무게를 내게 지탱했다. 에이미가 내 겨드랑이 밑에 손을 끼우더니 새끼 코알라처럼 가슴팍에 고개를 기댔다. 아기를 안는 느낌은 꼭 누군가에게 안전한 피난처가 되어주는 것 같은 독특한 기분이었다. 누군가에게 그런 존재가 된다는 것 자체로 큰 책임감이 느껴졌다. 나는 과연 언제부터 엄마의 무릎에 앉아 위안을 얻었을까? 에이미의 달콤한 우유 냄새를 들이마시며 보드라운 허벅지를 두 팔로 감싸 안고 솜털 같은 머리카락에 얼굴을 파묻었다. 아기의 부드러운 감촉과 적당한 압력, 가능한 한 가까이 붙어 있고 싶다는 욕구 외엔 아무런 목적이 없는 이 포근한 포옹이 나를 진정시켰다.

아빠가 샘을 역까지 태워주겠다며 나섰다. 아빠와 떠나기 직전, 나는 겨우 샘을 붙잡고 둘만의 시간을 확보했다.

"어젯밤, 재밌었지."

나는 샘의 손을 잡으며 자신만만한 미소를 지어 보였다.

"응, 그랬지."

샘은 짧게 대답했다. 얼굴에 죄책감이 언뜻 비친다. 그가 내게 말하지 않은 게 무엇인지 모르겠다. 이야기할 시간을 갖지 못해 미안하다는 의미일까? 우리 부부가 유산을 했거나 시험관 시술을 오래 준비했던 걸까? 결혼생활에 나쁜 일이 생겨서 둘 외에 다른 아이는 더 낳을 수 없게 된 걸까? 사실 그게 무엇이든, 지금 당장 알고 싶진 않았다.

"내가 기억하지 못하는 내용을 한 번에 다 알려줄 필요는 없어요."

내가 말했다.

"그냥 지금, 이 순간을 조금 더 즐기면서 천천히 알아가면 안 될까?"

빤한 시선으로 그의 얼굴을 살폈다. 내 말을 이해한 걸까? 내 앞에 있는 남자의 모든 걸 다 안다고 자신할 수 없었지만, 지금의 이 황홀한 기분을 조금 더 오래 만끽하고 싶었다. 아직 시작하기 전인데 우리의 모든 연애사를 일일이 알아갈 필요는 없으니까.

나는 샘에게 입맞춤하려고 몸을 기댔지만, 그는 고개를 틀어 내 뺨에 입을 맞추었다.

"물론이지."

샘이 대답했다.

"정말 나 없이도 괜찮겠어?"

"당연하죠."

나는 샘의 허리를 잡기 위해 손을 뻗었지만, 그는 이미 차를 향해 몸을 튼 상태였다.

"애들이랑 있다가 무슨 일 생기면 바로 연락할 거지?"

나는 고개를 끄덕였다.

샘과 아빠가 떠난 후, 결국 나는 엄마에게 내 회사 상황을 털어놓았다. 엄마는 당신이 오후에 아이들을 돌보는 동안 어떻게든 '그 대단한 아이디어'가 뭔지 알아보라고 종용했다. 엄마는 서재로 나를 이끌며 "루시, 세상이 빙빙 돌 땐, 일을 하면서 목적의식을 되찾는 거다"라고 말했다. 아마 인테리어 숍에서 파는 쿠션에 적힌 문구를 인용한 것 같지만, 어쨌거나 엄마의 말에 동의했다. 지난주 장기간의 결근을 마치고 내일 아침에 '대단한 아이디어'를 들고 출근한다면 그야말로 완벽하지 않겠는가?

서재는 집 뒤편에 자리 잡고 있었다. 문을 열자마자 버지니아 울프가 말했던 '나만의 방'이 눈앞에 펼쳐진 기분이 들었다. 값비싼 회전의자가 널따란 나무 책상 앞에 놓여 있고, 벽에는 세련된 액자가 걸려 있다. 왼쪽 책장에는 내가 탄 상들이 줄지어 나란하다. '최고의 독립 제작사 배저TV', '영국 아카데미 시상식 어린이 부문 최고의 애니메이션상 〈물속의 샘〉'. 책장에는 내가 직접 손 글씨로 남긴 포스트잇이 가득한 책이 즐비하다. 《요정은 진짜가 아니야》라는 책에는 '스톱 모션 애니메이션 제작?'이란 쪽지가, 《우주 캠프》라는 책에는 '행성당 에피소드 1개, 총 8편'이란 쪽지가. 이 방 전체가 아이디어로 가득했다.

노트북은 다행히 지문으로 열렸지만, 여러 폴더를 훑어보아도 눈에 띄는 건 없었다. 그러다가 내가 일했던 모든 프로그램이 나열된 최신 이력서를 발견했다. 이걸 하나씩 보다 보면 부족한 부분을 채우고 놓친 부분을 따라잡을 수 있을 것 같았다. 나는 곧 연구의 토끼 굴 속으로 빠져들었다. 새로운 프로그램을 볼 때마다 내게서 비롯되었을지 모를 특징을 발견하곤 했다. 내가 이렇게 좋은 프로그램을 만들었고, 크레딧에 내 이름이 올라갔다는 것 자체로 자부심이 활활 타올랐다. 새로운 아이디어가 하나씩 떠오를 때마다 익숙한 창의적 불꽃이 타올랐고, 나는 급히 볼펜을 찾았다.

책상 위에는 샘과 내가 함께 찍은 사진이 액자에 담겨 있었다. 샘이 정원에서 내 어깨를 감싸고 있는 모습이었다.

"정말 해냈네, 루시."

나는 혼잣말처럼 중얼거렸다. **넌 끔찍한 급여와 치열한 경쟁을 견뎌내고 아이디어를 프로그램으로 만들었어. 원하던 걸 다 얻었네.** 배저TV를 얼마나 오래 끌어나갈 수 있을지는 모르겠지만, 콜슨 매튜스든 다른 누구에게든 이 자리를 뺏기면 안 될 것 같다는 불안감이 새록새록 피어올랐다.

나는 곧바로 마이클에게 문자를 보냈다.

연락 못 해서 미안해요. 이제야 몸이 좀 나아졌어요. 논의하고 싶은 아이디어가 많아요. 내일 아침 일찍 사무실로 출근할게요.

마이클은 곧바로 답장을 보내왔다.

잘됐어. 좋아져서 정말 다행이군. 그동안 땀을 한 바가지는 흘렸다고.

아이디어 짜기는 쉽다. 샘솟는 아이디어는 내 장점이다. 예전에는 침대에 누워 수첩에 프로그램 제목을 끄적이며 상상의 나래를 펼치곤 했다. 지금은 커다란 책상과 멋진 컴퓨터, 영감으로 가득 찬 책장이 있다. 게다가 많은 아이디어를 떠올릴 필요도 없다. 딱 하나만 있으면 되는 거다. 멋진 프로그램 아이디어 하나 떠올리는 게 뭐 그리 어려운 일이라고?

제20장

"우리가 가도 정말 괜찮겠어?"

그날 저녁 늦게 짐을 싸고 떠날 준비를 마친 엄마가 재차 물었다. 나는 정말 괜찮다고, 오늘 밤 출발하시라고 하루 종일 앵무새처럼 말했다. 아이들은 이미 잠자리에 들었고, 내일 아침이면 마리아가 오니까 무슨 일이든 문제없다고 말이다. 엄마의 친구인 넬 아줌마가 이미 웨일스에서 두 분을 기다리고 있는 데다가 부모님은 아침 교통 체증을 피하고 싶어 하신다는 걸 알고 있기도 했다.

"괜찮아요. 지금 출발하셔도 정말 문제없어요."

나는 엄마를 계속해서 안심시켰다.

아빠가 부츠 속 내용물을 열 번째 정리하는 동안 엄마는 문 앞을 서성거렸다. 짧은 백발을 손으로 정리하는 엄마를 보고 있자니 예전 머리보다 지금 머리가 더 잘 어울린다는 생각이

들었다. 전에는 늘 거울로 확인하며 손으로 머리를 계속해서 매만졌다. 이 짧은 머리가 엄마를 훨씬 더 편안한 인상으로 만들었다.

"다음 달에 정말 괜찮겠니?"

엄마가 물었다.

"백내장 수술 말이다. 네가 며칠 다녀가기로 했었는데. 내가 혼자서는 영 힘들 것 같아서."

엄마는 얼굴을 조금 붉혔다. 예전엔 내게 도움을 바란 적이 한 번도 없었으니까.

"그럼요, 당연하죠. 언젠지 날짜만 한 번 더 말해줘요" 하고 말하자 살짝 굳어 있던 엄마의 안색이 눈에 띄게 밝아졌다. 엄마는 고개를 끄덕이며 내 팔을 다독였다.

"잊지 마렴. 전화 한 통이면 바로 올 수 있어."

엄마가 자동차로 걸어가는 사이, 코트를 가지러 돌아온 아빠가 말했다.

"아빠는 좀 어때요?"

나는 아빠에게 코트를 입혀드리며 부드럽게 물었다.

"엄마가 나 때문에 정신이 없어서 그렇지, 아빠 걱정 엄청하던데."

"내 건망증은 나보단 네 엄마를 더 괴롭히는구나."

아빠는 엄마가 그랬던 것처럼 내 팔을 다독였다.

"정말 병원 안 가봐도 되겠어요?"

"네 정원 채소밭은 내가 살펴보고 처진 토마토 덩굴을 고정해 놨다. 요즘엔 비가 안 왔으니까 물을 계속 줘야 해."

아빠는 내 질문을 듣고도 딴소리였다.

"나한테 채소밭이 있는 줄도 몰랐네. 고마워요."

나는 아빠의 코트 깃을 정리하며 대답했다.

"내가 정원 가꾸는 걸 좋아하는 이유가 뭔지 아니?"

아빠가 물었고 나는 고개를 저었다.

"식물은 네가 누구인지, 무엇을 했는지, 뭘 까먹었는지 신경 안 쓰거든. 자주 들여다보고, 눈여겨 봐주기만 하면 필요한 게 뭔지 다 알려준다. 사람도 마찬가지야. 포옹이 필요한 순간을 알기 위해 그 사람의 모든 과거를 다 알 필요는 없다."

그러곤 나를 꼭 안아주었다.

"오, 아빠."

나는 멍하니 중얼거리며 아빠의 품에 안겼다.

"만약 언젠가 내가 완전히 정신을 놓거든, 그건 내 뜻대로 내가 놓은 걸 거다."

그러고는 잠시 멈칫하더니 마치 '넌?'이라고 묻는 듯 알쏭달쏭한 표정을 지었다.

나는 "전 괜찮을 거예요"라고 대답할 수밖에 없었다.

"걱정하지 마세요, 제가 알아서 잘할게요."

하지만 막상 뚜껑을 열고 보니 알아서 잘할 수가 없었다. 결코, 조금도.

에이미는 밤새 네 번이나 깨서 울었다. 한 번은 기저귀를 갈아달라고, 한 번은 인형이 침대 밖으로 떨어져서, 나머지 두 번은 이유도 모르겠다. 에이미는 내가 안아줄 때까지 버둥거렸다. 유일하게 달랠 방법은 아기를 안고 방 안을 하염없이 서성거리는 일이었다. 마음이 이토록 어수선한 내가 제일 하고 싶지 않은 일이기도 했다. **사람이 어떻게 이렇게 조금 자면서 살 수 있지?** 그러다가 이번엔 펠릭스마저 잠에서 깼다. 하키 반조가 없다는 이유로 괴로워하며.

"엄마가 뭘 찾아줘야 하는 건데?"

내가 물었다.

"내 아르마딜로요!"

펠릭스가 징징거렸다.

"내가 찾아볼게. 분명 여기 어디 있을걸."

내가 말했다.

"암컷이고 어두운 걸 싫어해요."

펠릭스가 흐느끼며 바닥을 기어 침대 밑을 살펴보았다.

"길을 잃진 않았을 거야."

"그걸 어떻게 알아요! 진짜 엄마가 아니라 반조가 어떻게 생겼는지도 모르잖아!"

펠릭스가 꽥 하고 소리를 질렀다. 펠릭스의 말이 맞다. 난 그 장난감이 어떻게 생겼는지 모른다. 아니, 어쩌면 진짜 살아 있는 아르마딜로라 집 안 어딘가에 숨었을지도 모르고. 어쩌면 펠릭스의 하키 반조는 포털을 통해 과거로 돌아가 줄리언, 베티와 함께 육수와 테킬라를 마시며 내 예전의 삶을 즐기고 있을지도 모른다.

결국 새벽 4시가 될 무렵, 놀이방을 다 뒤집어엎고 나서야 귀여운 아르마딜로 인형을 발견했다. 펠릭스가 설명하던 모습 그대로였다. 펠릭스는 그제야 안심하며 다시 잠자리에 들었다. 그러나 난 아니었다. 완전히 지쳤고, 다음 소동을 대비해야 한다는 긴장감에 사로잡혔다. 결국 휴대 전화에서 '핏&펀 패뷸러스' 앱의 음소거를 해제하고 수면 명상을 재생해 달라고 부탁했다.

"깨어 있는 세상을 놓아주세요."

화면 속에서 부드러운 종소리와 함께 차분한 숨소리의 여자가 말했다.

"고요한 이 순간을 즐깁니다. 꿈으로 향하는 여정을 소중히 여깁니다."

아니. 즐기거나 소중히 여길 만한 일은 일어나지 않았고, 그저 자신이 얼마나 평온한지 뻐기고 잘난척하는 여자를 향한 강렬한 증오만이 피어오를 뿐이다. 시간을 다시 확인했다. 아침 7시 15분까지만 버티면 된다. 마리아가 오면 커피를 내리고, 출근하고, 정신을 가다듬을 수 있을 것이다.

하지만 아침 7시에 마리아에게 전화가 걸려 왔다. 미세 침 시술을 받고 감염이 되어 출근할 수 없다는 연락이었다. 젠장. 나 혼자 아이들을 깨우고, 옷을 입히고, 먹이고, 학교와 어린이집에 데려다주고, 런던행 열차를 타야 한다. 출근 첫날엔 멋진 옷을 입고 머리를 손질하고 프로페셔널한 모습을 보여주려 했는데. 하지만 두 아이에게 제발 얌전히 아침을 먹으라고 소리치는 상황에서는 가장 먼저 눈에 띄는 옷을 주워 입고 지저분한 머리를 질끈 묶는 게 최선이었다.

"인터넷 커뮤니티는 봤어요? 내 그림 올렸어요?"

펠릭스가 물었다. **아, 제기랄. 완전히 잊고 있었다.**

"음, 아직. 미안해, 너무 정신이 없었어."

나는 아침 식사로 펠릭스가 주문한 '모양이 예쁜 시리얼'을 찾느라 애쓰며 말했다.

"런던으로 출근하면서 포털은 안 찾아볼 생각이에요?"

펠릭스가 재촉했다.

"아니, 나는 일하러 가는 거야. 회사에 가는 거라고."

"외계인도 TV 프로그램을 만들 줄 알아요?"

"난 외계인이 아니야. 이거 줘?"

내가 바삭한 시리얼 한 상자를 들어 올리자 펠릭스는 고개를 저었다.

"이건? 그럼 이건? 이거?"

내가 계속해서 찬장 속 시리얼을 꺼내 흔들자 펠릭스가 직접 자신이 가장 자주 먹던 시리얼 봉지를 집어 들었다.

"그게 대체 어떻게 '모양이 제일 예쁜 시리얼'이니?"

나는 화가 나서 물었다. 그러자 펠릭스는 직사각형 모양의 시리얼을 가리키며 얼마나 반듯한 네모인지를 설명했다.

"점심으론 뭘 싸줄까?"

나는 에이미가 아무 이유 없이 방바닥에 집어 던진 우유컵을 집어 들며 물었다.

"치즈 샌드위치요."

펠릭스가 말했다. **뭐, 적어도 그건 쉽지.**

"근데 꼭 흰색 치즈로 만들어 주셔야 해요. 전 이제 노란색 치즈는 싫어요. 그리고 빵은 긴 롤빵으로요. 포장지에 초록색 사람이 그려진 식빵은 싫어요. 눈이 무서워요. 그리고 흰색 치즈가 없으면 햄을 넣는데, 가장자리가 반듯한 햄이어야 해요."

아, 물어보는 게 아니었다. 찬장에서 감자칩 한 봉지와 견과류 한 봉지, 사과 한 개를 집어 들고 내가 찾을 수 있는 유일한 빵에 치즈 조각을 넣은 다음 우주선 그림이 그려진 노란색 도시락에 전부 욱여넣었다.

"학교 갔다 와서 사진 올리면 안 돼요?"

펠릭스가 물었다.

"그래, 이따가 하자. 나 퇴근하면."

나는 펠릭스에게 끔찍한 디지털 그림이 이 모든 문제의 해결책이 될지도 모른다는 희망을 주고 싶지 않았다. 하지만 펠릭스는 도무지 포기를 몰랐고, 지금은 그 문제에 관해 길게 대화할 시간이 없었다.

가족 일정이 담긴 플래너의 월요일 칸에는 아이들에게 필요한 모든 물건 목록이 적혀 있었다. 펠릭스의 이름 아래로 '축구용품(맨 위 서랍), 철자 숙제(펠릭스에게 물어볼 것)'가 적혀 있었다. 본 적도 없는 물건을, 그것도 펠릭스가 '글씨가 적힌 책'이라고 밖에 설명하지 못한 물건을 10분이나 찾아 헤맨 후에야 펠릭스는 그 책을 사이먼 지의 책가방에 두고 왔을지도 모른다고 했다. 대체 그 망할 놈의 사이먼 지가 누군지는 알 길이 없었다.

결국 다 함께 지각이었다. 아이들을 차에 태우고 막 출발하려는데 "끙" 하는 소리와 함께 엄청난 악취가 차 안을 가득 채웠다.

"으, 에이미가 똥 쌌어."

펠릭스가 무거운 한숨을 내쉬며 말했다.

에이미는 몇 개 없는 이빨을 드러내며 활짝 웃었다. **일부러 그런 거니? 더러운 기저귀를 차고 어린이집에 가도 될까? 다들 형편없는 진상이라고 하겠지.** 하지만 이 세계의 나는 진상이었던 적이 많으므로 기꺼이 모른 척할 수 있다. 운전석에 앉아 천천히 숨을 들이쉬고 내쉬었다. 옷을 입고 문밖을 나서기만 하면 제시간에 출근하던 시절이 그립다.

"좋은 아침입니다, 루시."

스탠리 투치가 내게 말했다. 차분하고 섹시한 자동차의 목소리에 내 스트레스가 한층 줄어드는 기분이다.

"응. 스탠."

내가 대답했다.

"펠릭스의 학교로 가시나요?"

그가 묻는다.

"응."

대답은 그렇게 했지만, 이 거대한 자동차를 운전하는 게 걱정이다. 몇 년간 운전을 해본 적이 없고, 평행주차는 원래도 성공 확률이 떨어졌다. 학교 앞에서 평행주차를 해야 하면 어떡하지? 하지만 가속 페달을 밟자마자 차는 조용히, 버터가 칼에 녹아내리듯 부드럽게 나아가기 시작했다. 진입로에서 좌회전할 때는 자동차가 스스로 움직인다는 느낌마저 받았다. **혹시 자율 주행 중인 걸까?**

20분이 지난 뒤 학교에 도착하자 스탠리가 말했다.

"좋은 하루 보내요, 펠릭스."

"다음에 봐, 스탠."

"다음에 봐요."

스탠리가 활기찬 목소리로 대답했다.

"제가 가르쳤어요."

펠릭스가 자랑스러운 듯 말하며 차 문을 닫고 텅 빈 운동장을 가로질러 달리기 시작했다.

스탠리가 에이미를 어린이집으로 데려다주자 그제야 내 최악의 하루가 끝났다는 생각이 들었다. 9시 15분 열차를 타면 10시 15분까지는 사무실에 도착할 수 있을 것 같다. 하지만 차를 주차하고 조수석 문을 연 순간 예상은 빗나갔다. 에이미가 내 핸드백 속에서 비싼 크림 블러셔를 꺼내 자신의 얼굴과 카시트 전체에 펴 바르고 있었다.

"에이미! 대체 무슨 짓을 한 거야!"

도저히 화장품을 닦아낼 방법이 없었다. 손으로 문지르면 문지를수록 화장품은 점점 더 넓게 발색되었다. 얼굴이 불그

스름해진 에이미는 이상하게도 창피한 표정을 짓고 있었다. 솔직히 말하면 나도 에이미만큼이나 창피했다. 아기를 안아 들고 어린이집 선생님에게 넘겨주는데, 기저귀가 새면서 입고 있는 내복 옆구리로 연한 갈색 얼룩이 스며들었다. **그럴듯한 변명이 필요하다. 오는 중에 볼일을 봤을 수도 있어요, 같은.** 에이미는 나무에서 떠나지 않으려는 냄새나는 새끼 코알라처럼 내게 달라붙었다.

"좋아, 에이미. 이따가 데리러 올게. 엄마는 일하러 가야 해."

내 머리카락을 움켜쥔 손을 억지로 떼어내려는데, 에이미의 얼굴이 살짝 굳는다. 이제 그만 떨어지려나 싶었던 그 순간, 에이미가 내 가슴팍에 왈칵 아침을 게워 냈다.

"어머!"

어린이집 선생님이 외쳤다.

"으악!"

비명을 내지른 나는 에이미를 선생님에게 넘기고 상의에 묻은 분홍색 토사물을 털어냈다. **다시 집으로 돌아가 옷을 갈아입으면 9시 15분 열차는 절대 못 타겠다.**

"에이미가 아프면 오늘 등원은 힘들어요, 어머니."

선생님이 내게 에이미를 돌려주며 말했다.

"전염성은 없을 거예요. 오는 길에 제 블러셔를 퍼먹어서 그런 거예요."

"죄송해요, 규정상 48시간은 등원 불가예요."

"48시간이요? 그럼 제 출근은 어떡해요?"

선생님은 안타깝다는 듯 어깨를 으쓱였지만, 나는 진심으로 이해할 수 없었다. **출근해야 하는데.** 대체 다른 부모들은 어떻게 생계를 유지하는 걸까? 진지하게, 무려 16년이나 흘렀는데 아직도 워킹맘의 육아 지원 문제를 해결하지 못했다는 게 말이 되는가? 에이미는 울음을 터트렸고, 회의를 놓칠까 전전긍긍하던 나는 아이에게 미안해졌다. 불쌍한 에이미, 배가 아픈 걸지도 모른다. 아이 몸이 안 좋은데 어린이집에 맡기고 훽 가버릴 수는 없다. 나는 블러셔로 뒤덮인 에이미의 얼굴을 깨끗한 가슴팍에 끌어안았다.

"불쌍한 우리 에이미, 집에 가자."

집으로 돌아와 기저귀와 옷을 다 갈아입혔는데도 에이미는 울음을 그치지 않았다. 샘에게 전화해야 하나 잠깐 고민했지만, 내가 연락해도 맨체스터에 있는 샘이 해줄 수 있는 일은 없다. 육아와 집안일을 혼자 처리하지 못한다는 인상을 남겨주고 싶지도 않았다. 물론 나는 아무것도 해결하지 못했다. 에이미의 이마에 손바닥을 대고 체온이 뜨겁진 않은지 확인했다. 어릴 때 엄마는 꼭 손으로 직접 체온을 재주곤 했다. 마치 엄마 손이 체온계라도 되는 양. 에이미의 이마가 조금 뜨끈했는데, 이게 일반적인 체온인지 아닌지 확인할 길이 없었다. 보통의 부모들은 이런 걸 다 어디서 배우는 걸까? 혹시 내가 보고 배울 만한 TED 강연*이 따로 있는 건 아닐까?

에이미는 눈을 감으며 내게 폭 안겨왔다. 그저 엄마가 필요했던 어린 시절의 내가 떠올랐다. 에이미는 내 무릎에 앉아 내가 아무 데도 가지 않으리란 걸 확인하고 싶었는지도 모른다. 결국 나는 일단 되는대로 더러워진 상의를 갈아입고 아이를 내 어깨로 받친 채 잠이 들길 기다렸다. 한 손이 자유로워지고 나서야 마이클에게 육아 문제로 급하게 일이 생겨 오늘 출근이 어려울 것 같다는 연락을 보냈다. 미래의 내가 점점 망가지고 있다. 따지고 보면 미래의 나는 지금의 나에게 삶과 경력, 아이들을 맡긴 셈이고, 나는 모든 면에서 실패하는 중이다. 이런 상황에서 과연 미래의 나라면 어떻게 했을까? 에이미를 안은 채 10분 정도 잠들기를 기다렸다가 소파에 눕히고 원격 근무를 하진 않았을까? 그러니까… 나도 딱… 10분만….

휴대 전화 알람 소리에 눈을 부릅떴다. **내가 깜빡 잠이 든 거야? 지금 몇 시지?** 젠장, 우리가 2시간이나 자다니! 벨 소리에 에이미도 잠에서 깨어났지만, 잠에서 덜 깬 아이는 만족스러운 눈빛으로 나를 보며 배시시 웃을 뿐이다. 얼굴에 블러셔가 아직 묻어 있지만, 그래도 아까보단 상태가 훨씬 좋아 보였다.

"러더퍼드 부인, 파넘 초등학교 교사 이본입니다."

전화기 너머로 나지막한 목소리가 들렸다.

"오늘 펠릭스가 녹색 축구 유니폼을 안 챙겨왔어요. 이번 주는 원정 경기라 녹색 유니폼을 입어야 하거든요. 알리미 앱으로 미리 공지가 나간 부분이에요."

---

* 1984년에 창립한 미국 비영리 재단의 강연회로 기술Technology, 오락Entertainment, 디자인Design의 머릿글자를 딴 명칭이다.

이본은 잠깐 숨을 골랐다.

"경기에 출전하려면 2시 전까지 꼭 녹색 유니폼을 갖다주셔야 해요."

나 때문에 펠릭스가 축구 시합에 뛰지 못하는 꼴을 볼 수는 없다. 나는 귀를 누르면 음악이 나오는 곰 인형을 에이미에게 안겨준 뒤, 녹색 유니폼 상의를 찾으러 위층으로 뛰어 올라갔다. 서랍이나 방바닥에는 없었고 집 안을 샅샅이 뒤진 끝에 결국 세탁실 바닥에 쌓여 있던 빨래 더미에서 온통 흙투성이로 널브러져 있던 유니폼을 찾았다. **지금 빨면 제시간에 말려서 가져다줄 수 있어.** 하지만 최첨단 미래 세탁기는 에너지 효율이나 물 사용량을 정확히 입력하지 않았다는 이유로 작동하지 않았다. 수천 번의 경우의 수를 조합한 끝에 마침내 드럼 세탁기 속으로 촤르르 물이 떨어지는 아름다운 소리가 들렸다.

그때 장난감에 싫증이 난 에이미가 빽 소리를 질렀다. 아이를 데리러 가는 사이 세탁실에서 삑삑 하는 반복적인 기계음이 들렸다. 다시 돌아가 살펴보니 세탁기에서 '오류 코드 03' 메시지가 깜빡이고 있었다.

"대체 망할 놈의 오류 코드 03이 뭐야?"

나는 에이미에게 물었다. 에이미는 세제 시트를 입에 쑤셔 넣기 일보 직전이었다. 내가 억지로 손에서 세제를 빼앗자 에이미는 곧장 빽 소리를 내질렀다. 세탁기를 열 수도 없고 끌 수도 없는 상황에서 동시에 들리는 에이미의 울음소리와 삑삑거리는 기계음의 하모니는 내겐 청각 고문과 같았다. 내가 만약 적군에게 잡힌 스파이라면, 이 고문실에서 단 5분도 버티지 못하고 내가 아는 모든 기밀을 줄줄 불어버릴 것만 같다.

에이미는 이제 주먹을 잘근거렸다. 혹시 배고픈가? 생각해보니 점심시간인 데다가 아침도 거의 다 토해냈으니 그럴 법도 했다.

"점심 먹을까?"

"브로캬!"

에이미가 꺅 웃는다.

그때 초인종이 울렸다. 어쩜 이렇게 정신없을 때를 맞춰 나를 찾아온 걸까.

문 앞에는 녹색 보일러 작업복을 입은 쾌활한 인상의 남자가 서 있었다.

"러더퍼드 부인?"

아직도 나는 저 이름이 어색해 죽겠다.

"저는 트레버라고 합니다. 에너지 계량기 좀 측정하고 가겠습니다."

"아, 제가 지금 일이 좀 있어서요."

나는 에이미의 엉덩이를 받치고 위아래로 흔들며 말했다.

"그러시군요."

트레버가 체중을 다른 발로 옮기며 애매한 미소를 지었다.

"일정을 변경하시면 수수료가 부과되는데, 괜찮으실까요?"

"아, 들어오세요. 근데 제가 지금 기억 상실증에 걸려서 예약한 기억이 없어요. 혹시 알아서 측정하실 수 있으세요?"

"그럼요."

트레버가 나를 경계하는 눈빛으로 바라보았다.

"혹시 계량기가 어디 있는지는 아세요?"

그의 질문에 나는 고개를 저었다.

"가전제품을 어디에 두시죠? 보통 패널도 같이 있거든요."

"브로캬!"

에이미가 또다시 소리를 지르며 내 머리를 잡아당겼다. 결국 에이미를 잠깐 바닥에 내려놓고 트레버에게 다용도실을 안내해야 했다.

딱 30초, 내가 자리를 비운 그사이에 에이미가 기저귀를 벗어 던지고 복도 카펫 위에 오줌을 싸고 있었다.

"에이미! 안 돼!"

아이는 으앙, 하고 울음을 터트렸다.

"다용도실에 패널이 없으시네요."

다시 돌아온 트레버가 엉망진창인 복도와 나, 에이미를 보며 얼굴을 찌푸렸다.

"죄송하지만 제가 집 안을 좀 봐도 될까요? 바쁘신 것 같아 보여서요."

난장판이 된 복도를 치우고 주방으로 가서 에이미에게 줄 유아용 퓌레와 나를 위한 견과류 에너지 바를 찾았다. 에이미는 퓌레를 바닥에 집어 던지고 내 손에서 에너지 바를 낚아챘다. 세탁기에서 울려 퍼지는 기계음이 마치 딱따구리처럼 내 뇌를 쪼아대는 것만 같다. 전원 끄는 법을 영원히 알아내지 못

하면 어떡하지? 저 소리를 평생 들으며 살아야 하는 걸까? 손님이 오면 인당 귀마개 하나씩을 배부하면서? 사람들이 우리 집 상황을 저 기계음 하나로 정의할 것이다.

그때 트레버가 의기양양한 얼굴로 부엌에 등장했다.

"제가 패널을 찾았습니다, 고객님."

무슨 전쟁에서 이기고 돌아온 양 아주 당당하다.

에이미는 내 에너지 바를 잘게 부수고 나를 빤히 바라보며 "나나!"* 하고 소리친다.

"할머니는 가셨어, 에이미."

내가 말했다. 하지만 에이미는 주먹을 불끈 쥐었다 펴기를 반복하며 "나나!" 하고 외칠 뿐이다.

"제 생각엔 할머니가 아니라 바나나를 찾는 것 같은데요."

트레버가 슬쩍 끼어들었다. 맞다. 트레버조차 나보다 내 아이를 더 잘 이해한다.

"저 기계음도 꺼드릴까요?"

트레가 물었다.

"네, 부탁이에요, 트레버! 제발! 부탁드려요!"

트레버는 질겁하는 얼굴로 사라졌다. 나는 에이미에게 바나나를 건넸고, 에이미는 신이 나 바나나를 집었다. 트레버는 세탁기의 기계음을 꺼버리진 못했지만 세탁기 속 펠릭스의 축구 유니폼을 꺼내는 데에는 성공했다.

---

* 할머니를 뜻하는 애칭

10분 후, 트레버가 사라지고 에이미와 나는 차에 올라탔다. 펠릭스의 축축한 유니폼은 창문 밖에 고정했다.

"음매! 음매!"

자동차가 움직이자 에이미가 소리치기 시작했다.

"스탠, '음매, 음매'를 틀어줘."

내가 힘없이 중얼거렸다.

"벨기에, 바를러나사우루 안내할까요?"

스탠리가 물었다.

"아니!"

스탠리 투치를 향한 나의 호감이 빠르게 식어버렸다. 짧은 시간이나마 공동육아를 했던 트레버가 그리워지기 시작했다.

"음매! 음매!"

에이미는 집요하게 울부짖었다.

"음매, 음매 검은 양아, 양털 좀 다오."

결국 내가 목소리를 가다듬고 노래를 불러봤지만 다음 가사가 기억나지 않았다. 세탁기 소리와 아기 울음소리 그리고 노래까지 삼박자의 멀티태스킹에 두통이 심해졌다. 스탠리가 우리를 벨기에로 안내하고 있다는 걸 깨닫지 못하고 엉뚱한 방향으로 운전하다가 소중한 10분을 허비했다. 마침내 학교에 도착한 나는 에이미의 안전벨트를 풀고 훌쩍 안아 든 다음 학교로 뛰기 시작했다. 하루 종일 에이미를 안고 다니느라 팔이 빠질 것만 같다. **아, 혹시 이래서 알통이 생긴 걸까?**

"안녕하세요, 펠릭스 러더퍼드에게 축구 유니폼을 가져다주려고 왔는데요."

나는 숨을 헐떡이며 벽시계에서 눈을 떼지 못한 채 안내 데스크 직원에게 말을 걸었다. 직원은 안타깝다는 듯 살짝 혀를 찼다. 그제야 내 모습이 어떻게 보일지 알아차렸다. 머리에는 유아식이 묻어 있고 셔츠는 잔뜩 땀에 절어 있는 데다가 집에서 나오기 전에는 거울을 볼 시간도 없었으므로 얼마나 더 최악일지 모르겠다. 그리고 에이미는 겁에 질린 플라밍고 꼴이다.

"자녀분이 몇 반이죠?"

데스크 직원이 물었다.

"아, 음. 잘 모르겠어요. 일곱 살이에요."

"아이가 몇 반인지도 모르세요?"

직원이 눈을 흘기며 불쑥 나를 올려보았다. 그때 갈색 곱슬머리의 중년 여자가 뒤쪽 사무실에서 걸어 나왔다. 비난의 눈초리가 두 쌍으로 늘어났다.

"3C반."

중년의 여자가 말했다.

"펠릭스 러더퍼드, 3C반이요. 어머니, 오신 김에 잠깐 상담 좀 할 수 있을까요?"

안내 데스크 직원이 축구 유니폼을 받아 들고는 축축한 상태를 알아차린 듯 혀를 찼다.

"라디에이터에 잠깐 올려뒀다가 전달해 주실 수 있을까요?"

나는 침착한 목소리로 부탁하며 여자를 따라 사무실로 들어갔다. '교장, 바클레이 부인'이란 명패가 걸려 있었다.

"앉으세요."

교장이 책 한 권을 집어 들고 에이미에게 건네며 말했다. 토끼에 관한 양장본 입체 책이었다. 에이미는 신이 난 듯 책을 움켜쥐었다.

"제가 제일 좋아하는 겁니다."

"훌륭하네요."

나는 할 말이 없어 멍하니 대답했다.

"오늘 아침에 펠릭스가 학교에 견과류를 가져온 거, 알고 계셨나요?"

"견과류요?"

"학교에 견과류는 반입이 안 돼요. 알레르기 때문에요."

"어머, 세상에. 죄송해요. 제 잘못이에요. 다들 괜찮은가요?"

"음식물은 모두 폐기 처리했습니다."

교장은 잠시 말을 고르더니 덧붙였다.

"그리고 오늘 펠릭스는 교과서를 제대로 준비 못 했고, 지각도 했어요."

"네, 죄송해요. 아침에 늦어서…. 저희가 음…."

이걸 어떻게 변명할 수 있을지 몰라 말끝을 흐렸다. 내가 육아를 맡은 지 하루 만에 두 아이 모두 사회 복지국에게 뺏긴다면 샘이 얼마나 실망할지 감히 상상도 할 수 없었다.

"가정에 문제가 없으신지 확인이 필요할 것 같아서 여쭤보는 겁니다."

교장이 몸을 앞으로 잔뜩 기울이며 내 안색을 살폈다.

“펠릭스가 담임 선생님에게 엄마가 사라졌다고 했대요.”

교장은 잠시 말을 멈추더니 손가락을 한데 모으며 눈을 내리깔았다.

“혹시라도 집에 문제가 있으시면 학교에 먼저 알려주시는 게 좋아요. 그래야 저희가 힘든 시기를 보내는 아이들을 도와줄 수 있어요.”

“오, 아니요. 그런 건 아니고요.”

나는 지나치게 밝은 미소를 꾸며내며 대답했다.

“그냥, 제 건강 문제예요.”

나는 호흡을 골랐다.

“구체적인 내용까지 말씀드리기는 어렵지만, 그 문제 때문에 펠릭스가 힘들었을 수도 있어요.”

“그렇군요.”

교장은 천천히 고개를 끄덕이다가 전혀 이해가 되지 않는다는 듯 얼굴을 찡그렸다. 더 자세한 설명을 요구하는 단호한 눈빛이었다.

“담임 교사에게 숙제로 우주선을 만들 수 있는지 물어봤다더군요.”

“우리 펠릭스는 늘 야망이 가득하죠.”

“…그래야 외계인 엄마를 원래 살던 별로 돌려보낼 수 있다면서요.”

피식, 나도 모르게 웃음이 터졌다. 나를 보는 교장의 미간이 한층 좁아졌다.

“아이들은 참 상상력이 풍부해요, 그렇죠?”

내가 말했다.

“어머님께서 잘 처리하시겠다고 하니, 더 묻진 않겠습니다.”

교장의 말투는 단호했지만, 분명 궁금한 게 많은 눈치였다.

“다만 학교에 견과류는 절대 보내지 마세요.”

“네, 그럴게요. 감사합니다, 교장 선생님. 문제 없어요. 그리고 견과류는 절대 금지요, 네.”

그 순간, 에이미가 소화시키지 못한 진득거리는 견과류 알갱이를 왈칵 교장의 책상 위에 토해버렸다.

제21장

....

"내 생각엔 평범한 엄마의 하루 같은데."

내 끔찍한 하루 이야기를 다 들은 페이가 말했다. 아이들과 잠시 떨어져 페이에게 전화를 걸었는데 비난 없이 친절하기만 한 목소리를 들으니 마음이 확 놓였다.

"에이미는 어때? 아직도 아파?"

"아니, 이젠 괜찮아 보여. 점심에 에너지 바를 먹이지 말았어야 했는데…."

"세탁기는 왜 그런 거야? 아직도 삑삑거려? 내가 잠깐 들러서 봐줄까?"

"아니야, 괜찮아. 세탁기 주위에 더러운 빨래를 쌓아서 소리를 흡수하고 있어."

나는 그렇게 말하면서 내 상의 냄새를 맡았다. 옷을 갈아입었는데도 여전히 구토 냄새가 났다.

"온몸이 끈적거리고 땀투성이에다가 더러워. 정말 오늘은 대실패야."

"아이들은 다 살아 있지?"

페이가 물었다.

"응."

"집에 불이 나지도 않았고?"

"응."

"그럼 실패는 아니야."

"내가 육아하는 법까지 까먹어 버려서 이렇게 힘든 걸까?"

"아니, 원래 육아는 힘들어. 물론 아무것도 기억하지 못하면 두 배는 더 힘들겠지만."

페이는 다정했다.

"화성에 사람도 보내는 세상인데, 애 하나 입히고, 먹이고, 미리 볼일을 보게 한 다음에 집 밖으로 데리고 나가는 게 왜 이렇게 힘든 건지."

"화성으로 사람을 보냈어?"

내가 놀라 되물었다.

"응. 여자 우주인 한 명이랑 스페이시 맥칙스라는 이름의 애완용 게르빌루스쥐 한 마리를 보냈지."

"나 오늘 커피 한 잔도 못 마셨어. 씻지도 못했고. 화장실에 간 기억도 없어. 아마 못 간 거 같아. 세상에 8시간 동안 소변 한 번 못 쌌어."

"루시, 에이미가 아프고 샘은 집을 비웠잖아. 지금은 살아남는 게 우선이야."

페이가 잠시 뜸을 들였다.

"정말 내가 안 가봐도 괜찮겠어? 라벤더 차도 갖다줄 수 있는데."

"아니, 솔직히 말하면 딱 2분만 앉아서…."

나는 반쯤 비어 있는 크레파스 상자를 들고 오는 펠릭스를 보며 깜짝 놀라 말을 끊었다.

"에이미가 내 크레파스를 먹었어요."

펠릭스가 이마를 잔뜩 찡그리며 툴툴거렸다.

"페이, 미안. 나 끊어야겠다. 크레파스를 먹었대."

펠릭스와 나는 거실로 나가 반씩 부러진 크레파스 둥지에 똬리를 틀고 앉아 있는 에이미의 뒷모습을 함께 멍하니 바라보았다.

"이제 무지개 똥을 쌀까요?"

펠릭스가 덤덤하게 물었다. 그 말투에 웃음이 터져 나왔다. 아이의 입가에도 슬그머니 웃음기가 번졌다. 우리는 일단 에이미가 가장 낮은 선반에서 꺼내 던져놓은 퍼즐과 장난감부터 치우기 시작했다.

"오늘 정신없었지, 미안해. 내일은 더 나아질 거야. **정말** 일찍 일어날 거야."

펠릭스는 다른 무엇보다 조각나고 사라진 크레파스 때문에 화가 난 듯 어깨를 으쓱였다.

"근데 '먹다'의 반대말이 뭔지 알아요? '먹지 않는다'일까요,

'아프다'일까요?"

펠릭스가 내게 물었다.

"잘 모르겠는걸."

대화의 흐름이 퍽 당황스러웠다.

"전 '아프다'가 맞는 것 같아요. 저 소리는 뭐예요?"

"아, 세탁기 소리. 전원을 못 끄겠어."

펠릭스는 곧장 세탁실로 향했고, 나는 에이미를 데리고 펠릭스를 쫓아갔다.

"절대 내 시야에서 널 놓치지 않을 거야, 요 조그만 사고뭉치야."

나는 손가락으로 에이미의 자그마한 코를 살짝 꼬집으며 말했다. 에이미는 그러든가 말든가 나를 바라보며 천사처럼 웃는다.

펠릭스는 옷으로 감싼 바리케이드를 치우더니 기계 옆에 난 작은 버튼을 가리켰다. 그 버튼을 3초간 꾹 누르고 있으니 마침내 고요가 찾아왔다.

"와, 이렇게 쉽다고?"

펠릭스는 "별거 아니에요" 하며 어깨를 으쓱였다. 나는 엄청난 양의 빨래 더미 위로 주저앉았다.

"나 정말 형편없지?"

내가 조용히 물었다.

펠릭스는 내 곁의 빨래 더미 위에 얌전히 자리를 잡고 앉으며 "그래도 괜찮아요" 하고 말했다. 그러더니 호리호리한 팔로 내 어깨를 감쌌다. 나를 안아준다. **내 아들이 나를 안아준다. 내게 아들이 있다.** 어깨를 감싸는 그 작고 가벼운 팔의 무게가 내 안의 무언가를 자극했고, 도무지 여과되지 않는 새로운 애정이 파도처럼 밀려와 나를 덮쳤다. 아이가 팔을 풀어버리는 게 내심 싫었던 나는 움직이지도, 아무런 말도 하지 않으며 얌전히 몸을 맡겼다.

"진짜 엄마도 힘들어해요. 가끔은 우리한테 소리를 지르고 싶지 않으니까 밖으로 나가서 채소밭에 소리를 버럭 지르고 올 때도 있는걸요."

아이가 털어놓은 이야기가 과연 내게 안도인지, 불안인지 모르겠다. 나는 펠릭스에게 휴대 전화를 내밀며 말했다.

"그럼 올릴 웹사이트, 다시 알려줄래?"

약속은 약속이니까.

펠릭스가 환한 얼굴로 휴대 전화를 받아 손가락을 몇 번 두드리고는 다시 내게 쑥 내밀었다.

"몰리의 아빠가 말해준 사이트가 제일 괜찮아요."

펠릭스는 'Arcadefind.co.uk'라는 주소의 사이트를 열고 손가락으로 가리켰다.

"옛날 게임기를 수집하는 사람들이 모여 있는 사이트래요."

아이가 건넨 휴대 전화 속 글의 제목을 눈으로 훑었다. **구합니다: 동키콩 아케이드 412 게임기, 빨간색 조이스틱** 내가 모르던 또 다른 세상 속 엄청난 틈새시장이다. 어쩌면 펠릭스의 말이 맞을지도 모른다. 이 사이트의 누군가가 그 소원 기계를 어디서 찾을 수 있는지 알고 있을지도 모른다.

사이트의 '찾기' 탭을 찾아 프로필을 만들고 게시물을 작성하는 데는 그리 오랜 시간이 걸리지 않았다.

글쓴이: 소원26

찾습니다: 빈티지 소원 기계

상세 설명: 동전으로 작동하고, 10페니 동전과 1페니 동전을 하나씩 넣으면 납작하게 압축되며 '당신의 소원이 이루어졌습니다!'라는 양각 글귀가 새겨짐. 노란색 네온 불빛과 「캠프타운 경마」와 비슷한 풍의 음악이 흘러나옴.

목격 장소: 16년 전 런던 남부, 배스킨 로드에 있던 신문 가게.

게시물을 작성하고 펠릭스의 그림을 첨부해 게시한 다음, 펠릭스에게 보여주었다.

"가능성은 희박해. 너무 큰 희망을 품진 말자."

내 목소리는 꽤나 단호했다. 그건 나에게 하는 소리이기도 했으니까.

"누군가는 볼걸요."

펠릭스는 확신에 찬 말투였다.

"분명 누군가는 그 기계가 어디 있는지 알 거예요."

등 뒤에서 와앙, 하고 울음소리가 들리자 우리는 고개를 돌렸다. 에이미가 내복 바지를 머리 위로 끌어올리고 있었다. 나는 내복을 벗기며 에이미에게 익살스러운 미소를 지었다. 에이미는 킥킥거리며 내 얼굴로 손을 뻗었고, 내 뺨이 마치 지점토 반죽이라도 되는 양 마구 주물렀다.

"세탁실 공주가 간식을 먹고 싶은 모양이지?"

나는 자리에서 일어나 에이미를 안으며 물었다.

"우리 둘 다 생선튀김을 좋아해요."

펠릭스가 세탁실에서 나를 따라 나오며 말했다.

"좋아, 그럼 생선튀김으로 하자! 그건 나도 만들 수 있을 거야."

그러자 에이미의 커다란 눈에 기대가 차올랐다. 나는 얼른 내복으로 내 얼굴을 가렸다.

"오, 안 돼! 문어가 엄마를 잡아먹는다!"

내가 외치자 에이미는 내복의 공격을 무찌르려는 듯 손을 버둥거리며 신난 비명을 내질렀다.

"빨리요! 펠릭스 선장님, 세탁실 공주님이 위험해요! 당장 배에 타야 해요!"

에이미가 온통 정신을 빼앗겨 손뼉을 치기 시작했다. 펠릭스는 황당하다는 듯 굴었다.

"선장님, 시간이 없다고요. 공주님은 수영을 못 해요!"

펠릭스의 뒤로 플라스틱 빨래 바구니가 있었다. 아이는 마지못해 발로 바구니를 내게 툭 밀었다.

"선장님, 제발 도와줘요! 문어가 저를 잡고 안 놔줘요!" 하고 극적인 외침을 터트리며 에이미를 바닥에 내려놓은 나는, 내복을 손에 쥐고 열심히 문어와 싸우는 열연을 펼쳤다.

펠릭스는 정말 내키지 않는다는 듯 느릿느릿 우리에게 걸어와 에이미를 힘껏 안아 올려 빨래 바구니에 넣어주었다. 눈가를 찌르는 머리카락을 힘껏 쓸어 올린 펠릭스가 나를 흘겨보았다. 그러나 희미하게나마 아이의 눈에 깃든 장난기가 보인다. 나는 초등학교 시절 성탄절 연극에서 다섯 번째 양 역할을 맡았던 내 인생 유일한 연극 경험을 모두 쏟아부으며 혼신의 연기를 펼쳤다.

"지금은 안전하지만, 집으로 모셔가려면 저 사악한 문어 왕을 물리쳐야 해요!"

내가 내복 바지를 허공에 흔들며 외쳤다.

"그런 다음 폭포를 거슬러 올라가고."

폭포는 계단이었다.

"질문의 욕조에 들어가야만 안전한 공주의 성에 다다를 수 있어요!"

극적인 효과를 주기 위해 나는 잠시 호흡을 골랐다.

"같이 가주시겠습니까, 선장님?"

펠릭스는 부끄럽다는 듯 주위를 둘러보며 누가 우리를 지켜보고 있는 건 아닌지 두 번, 세 번 확인했다. 펠릭스는 맑은 눈을 깜빡이며 갈팡질팡 고민했고, 에이미는 기대감에 박수를 짝짝 쳤다. 나의 열연에 완전히 몰입한 것이다.

"제발요, 러더퍼드 선장님! 선장님 없인 이번 모험을 완수할 수 없다고요!"

억겁 같은 고민의 시간이 흘렀고, 결국 놀고 싶은 충동이 이겼다. 나는 주변을 둘러보다가 소파에서 쿠션을 집어 펠릭스에게 던졌다.

"이걸 방패로 써요."

가슴팍에 쿠션을 맞은 펠릭스가 내복을 끼운 내 손을 향해 몸을 날렸고, 이내 죽기 살기로 싸우기 시작했다. 에이미는 배에서 일어나 우리의 연기에 박수갈채를 보냈다. 펠릭스가 참여하면서 우리 모험의 난이도가 한층 높아졌다. 그는 일곱 마리의 물고기가 있는 폭포를 올라가기 전, 놀이방에 있는 문어의 은신처부터 제거해야 한다고 주장했다. 빨래 더미에서 가운 끈을 꺼내 에이미가 타고 있는 배에 묶은 펠릭스는 우리가 가구를 뛰어넘을 때마다 에이미를 우리 쪽으로 끌어당겼다. 이제 펠릭스는 내 기대보다 훨씬 더 맹렬하게 모험에 임하고 있었다. 에이미 공주를 실은 배가 거실 깔개 위에 정박하고 모두가 무사히 육지에 내리자 펠릭스는 방 반대편에 있는 장난감 바구니를 가리켰다.

"저기가 비밀 은신처예요."

펠릭스가 속삭였다.

"네키가 저기 있죠. 사실 네키가 우두머리였어요. 폭포에 오르려면 네키와 그의 부하들을 모두 유인해서 주의를 분산시켜야 버튼에 접근할 수 있어요."

"무슨 버튼인데?"

나는 정말로 궁금해서 물었다.

"반중력 버튼이죠. 물의 흐름을 뒤집어요."

"천잰데? 저 장난감들을 어떻게 꺼내지?"

"악당들이거든요."

펠릭스가 단어를 지적했다.

"제가 뒤에서 노를 저을 테니 엄마는 동굴 입구에서 놈들의 주의를 분산시켜요. 그럼 내가 비밀 입구로 들어가서 폭탄을 터트릴게요."

펠릭스는 주위를 둘러보고 쿠션을 바다에 던진 다음, 그 위로 뛰어올라 아래쪽에 있는 장난감 상자로 다가갔다. 상자가 바로 폭탄이다.

"조심해요, 선장님. 저 폭탄이 얼마나 예민한지 알잖아요."

조용히 속삭이는 내 목소리에 긴장감이 가득했다.

"중위, 난 이런 건 수백 번도 더 해봤어."

펠릭스가 건방진 미소를 지으며 웃었다. 그 미소를 보자 아이 아빠인 샘의 얼굴이, 열여섯, 스무 살이 된 소년의 모습이, 그리고 어른이 된 후의 펠릭스의 모습이 스쳐 지나갔다. 순간 심장의 외피가 벗겨져 비바람에 고스란히 노출된 것처럼 찌릿한 통증이 나를 푹 찔렀다.

펠릭스는 폭탄 밑으로 조심스럽게 팔을 집어넣은 다음, 그대로 소파 쿠션 위로 몸을 날렸다.

나는 휴대 전화로 레이디 가가의 명곡 「배드 로맨스」를 찾아 재생시켰다. 천장의 스피커를 통해 노래가 흘러나오기 시작하자 볼륨을 높였다. 조야의 열여섯 번째 생일날, 우리는 이 노래에 맞춰 안무를 짜고 조야의 집 거실에서 뮤직비디오를 찍은 적이 있었다. 이건 내가 아는 유일한 춤이기도 하다. 내가 노래를 부르며 으르렁거리듯 카펫을 네발로 기어가자 에이미는 너무 신이 난 나머지 꺅꺅거리며 빨래 바구니를 붙잡고 몸을 앞뒤로 흔들기 시작했다. 펠릭스도 고개를 한 번 끄덕이더니 장난감 바구니로 다가와 말랑말랑한 장난감을 온 집 안에 던지기 시작했다.

"성공이다! 놈들이 무방비 상태로 동굴을 빠져나가고 있어! 절대 멈추지 마!"

나는 내 인생과 아들과의 관계, 끔찍한 실패로 점철된 하루가 단 한 번의 성공적인 춤사위로 모두 없던 일이 될 수 있다는 듯 혼신의 힘을 다해 춤을 췄다. 펠릭스가 아는 '엄마'인 척하는 것으로 아이의 애정을 얻을 순 없지만, 반중력 버튼을 누를 수 있을 만큼 미친 듯이 춤을 춘다면 그래도 조금은 가망이 있지 않을까.

"버튼이 보인다!"

그때 펠릭스가 포효하며 장난감 바구니를 향해 몸을 날렸다. 뭔가 엄청난 일이 일어날 것만 같은 아드레날린이 솟구쳤다.

한 시간 후, 펠릭스와 나는 완전히 지쳐 위층 복도에 드러누워 있었다.

"해냈어요."

펠릭스가 하이파이브를 하자는 듯 내게 손을 내밀었다.

"응, 해냈지."

나는 유아용 침대에 누워 막 잠이 들려고 하는 에이미의 방을 힐끗거리며 말했다. 성으로 가기 위한 우리의 임무는 영웅에게 연료(생선튀김과 감자튀김)를 먹이고, 선박에 연료(우유)를(이건 에이미가 대신 마셔주었다) 채운 다음, 부엌을 우회하여 폭포로 올라가 '질문의 욕조'로 향하는 것이었다. 펠릭스는 운명의 수도꼭지를 열기 위해 다섯 철자로 된 단어를 맞혀야 했다. 에이미는 모험 내내 유쾌한 태도로 임했고, 마침내 에이미를 성(침대)에 눕혔을 때는 지친 기색이 역력했다.

"정말 대단한 임무였지"라고 말하며 펠릭스에게 손을 뻗어 아이를 일으켜 세웠다. 우리는 아래층으로 내려가 쿠션과 장난감이 널브러져 있는 거실을 지나갔다. 펠릭스가 배를 견인할 밧줄을 찾으려고 마구 파헤친 빨래 더미가 복도 건너편에 여전히 나뒹굴고 있었다. 주방은 에이미의 간식과 점심 그리고 아침의 흔적으로 지저분했다. 거의 전쟁 통이다. 하지만 집안이 난장판이 되었음에도 새로운 자신감이 나를 사로잡았다. 어쩌면 내가 육아를 잘할 수 있을지도 모른다. 집 안을 정리하고, 내일 필요한 모든 자료를 준비하고, 펠릭스를 재우고, 서재에 틀어박혀 마이클에게 제시할 쇼 아이디어를 정리해 이메일로 보내야겠다. 그리고 내일은 오늘보다 더 잘 해내기 위해 다시 도전하는 거다.

"재밌었어요."

내가 식기세척기에 접시를 채우기 시작하자 펠릭스가 조용히 말했다.

“진짜 엄마는 이제 그런 거 잘 안 해주거든요. 엄마는 우리랑 놀아주지도 않고 맨날 바빠요.”

“그래?”

나는 미래의 나 자신을 배신하고 싶진 않았다.

“엄마가 할 일이 많잖아. 그래도 늘 너랑 많이 놀고 싶을걸.”

“알아요. 엄마는 훌륭한 엄마니까.”

펠릭스는 나를 올려다보며 대답했다. 내심 저도 진짜 엄마를 배신하고 싶진 않은 모양이다.

“맨날 최고의 생일 파티를 열어줘요. 작년에는 공룡 모양 케이크도 만들어줬어요. 친구들이 다 최고의 케이크라고 했어요. 공룡 이빨을 M&M 초콜릿으로 만들어줬거든요.”

나는 콧바람을 내쉬며 입술을 말아 물었다. 갑자기 눈물이 나올 것만 같았다.

“브로콜리를 안 넣었네요.”

펠릭스가 도마 위의 브로콜리를 가리켰다.

“디저트로 먹을래?”

“그러죠, 뭐.”

펠릭스는 어깨를 으쓱거렸다.

나는 가스레인지에 물이 담긴 냄비를 올리고 칼을 들어 브로콜리를 자르기 시작했다.

“잠깐만요, 칼 쓸 수 있어요?”

“폭탄 해체할 땐 믿어줬으면서, 칼은 못 믿겠어?”

나는 웃음을 터트렸다. 펠릭스는 애써 미소를 숨겼지만, 나를 웃겼다는 뿌듯함까지 감출 수는 없었다.

"나, 왔어…?"

그때 현관문 열리는 소리와 함께 어리둥절한 표정으로 난리가 난 집 안을 둘러보는 샘이 등장했다. 펠릭스와 나는 고개를 돌려 그를 바라보았다.

"아빠, 오셨어요?"

펠릭스가 아빠를 향해 달려가 안긴다. **왜 이렇게 빨리 왔지?** 샘이 오기 전에 모든 걸 정리하려고 했는데. 내일은 더 잘할 수 있을 것 같았는데.

샘은 피곤해 보였다. 그를 꼭 안아주고 싶은 충동이 들었지만 나는 퍽 조심스러웠다. 야단법석인 집 안을 둘러보는 그는 꼭 '실망한 선생님' 같은 눈빛이었다.

"보이는 것만큼 나쁘진 않아요."

내가 변명했다.

"애들이랑 게임을 하느라고. 내가 얼른 치울게요."

"괜찮아."

샘이 거실로 걸어가 쇼파 쿠션을 집어 들고는 제자리에 올려놓았다.

"넌 이제 침대로 가야지, 친구."

샘이 펠릭스에게 말했다.

"내일 학교 가야지. 가서 양치질하고 누워. 아빠가 금방 올라가서 굿나잇 인사해 줄 테니까."

펠릭스는 계단으로 향하면서 나를 향해 위로와 동료애가 담긴 표정을 지어 보였다.

“어떻게 이렇게 빨리 왔어요?”

나는 샘에게 물었다.

“뮤지션 중 몇 명이 아팠어. 계획했던 대로 녹음하기 어려워져서 왔지. 음성 메시지를 남겼는데….”

“미안, 휴대 전화 확인을 못 했네. 마리아가 아파서 출근을 못 했는데, 에이미도 아팠거든요.”

샘은 귀여운 상어 인형을 집어 들고 안락의자에 무너지듯 앉았다.

“당신 혼자 있어야 하는 줄 알았으면 안 갔을 거야. 전화를 했어야지.”

그의 말이 맞을지도 모른다. 오늘은 정말 엉망진창이었으니까. 하지만 오늘 저녁에 펠릭스, 에이미와 함께 놀면서 드디어 육아의 또 다른 면, 즉 내가 잘할 수 있는 정말 재미있는 구석을 발견했다. 그래서 샘의 불편한 기색이 나로서는 썩 유쾌하지 않았다.

“일단 샤워부터 해야겠어. 기차가 무슨 사우나 같더라고.”

샘이 말했다.

“그런 다음에 집을 정리해야겠네.”

샘은 몸을 틀어 계단으로 향했다. 문득 그가 집에 돌아온 후 내게 단 한 번도 입을 맞춰주지 않았다는 사실을 깨달았다. 멋진 토요일 밤 데이트 이후로 어떻게 이렇게 갑자기 모든 게 변한 걸까? 내가 먼저 다가가면 서로에게 추파를 던지며 옷을 벗어 던지던 그때로 돌아갈 수 있을 것만 같았다. 나는 그를 따라 계단을 올랐다. 이미 샤워기가 돌아가고 있어서 침실에서 옷을 벗었다. 몸은 피곤함에 지쳐 욱신거렸지만, 샤워하는 샘의 벗은 몸을 보니 새로운 에너지가 샘솟았다.

샘의 등 뒤로 다가가 넓은 가슴을 끌어안자 그는 놀란 듯 움찔거렸다. 그러다가 이내 가슴 근육을 덮은 내 손을 감싸며 몸을 틀어 나를 마주 보았다. 우리의 몸 위로 물이 흘러내리고, 차가운 물줄기와 그의 손길이 불러오는 기대감으로 피부에 닭살이 돋았다. 처음 며칠은 샘을 원하는 내 마음이 마치 다른 사람의 남편을 욕망하는 것처럼 느껴졌다. 그러나 데이트를 한 그날 밤 이후로 나는 도덕적 모호함과 평화를 이루었다. 미래의 나라면, 내가 그녀의 남편과 잠자리를 가져도 된다고 했을 것이다. 내가 그녀라면 그랬을 거다. 게다가 이런 미친 케미스트리를 낭비하는 것도 잘못된 일이다. 샘에게 키스하기 위해 고개를 들어 올리면 내가 너무 작아지는 기분이다. 전에 사귀었던 모든 남자들은 샘에 비하면 아무것도 모르는 애송이에 불과했다. 샘이 내게 키스를 쏟아붓자 나는 신음을 터트렸고, 그의 두툼한 손은 나를 샤워 부스 벽으로 밀어붙였다.

"그거 알아요? 나 샤워하면서 처음 해봐."

나는 샘의 귓가에 속삭였다. 그 순간 그의 손은 여전히 내 몸에 닿아 있는 채로 뻣뻣하게 얼어붙었다. 나는 깜짝 놀라 눈을 크게 뜨며 샘을 바라보았다. 그의 얼굴은 형언할 수 없는 고통으로 가득했다.

"왜? 왜 그래요?"

샘이 내 왼손을 물끄러미 바라보더니 샤워 부스에서 나가 허리에 수건을 둘렀다. 그러고는 나를 방치한 채 침실로 걸어 나갔다.

"왜? 내가 뭐 잘못했어요?"

나는 수건걸이에서 수건을 꺼내며 다시 물었다.

"왜 결혼반지를 자꾸 빼?"

샘이 내게 물었다.

"그것 때문에 그래요? 미안해요, 그게 그렇게 큰일인지 몰랐네."

샘은 나를 외면했다. 그제야 그의 몸이 떨리고 있다는 걸 깨달았다.

"당신, 대체 누구야? 당신은 내 아내처럼 말하지도 않고, 내 아내처럼 행동하지도 않아."

샘이 나지막한 탄식을 터트리며 침대에 걸터앉아 손으로 얼굴을 덮었다. 그러고는 손바닥으로 눈을 문지르며 깊은 호흡을 삼켰다.

"미안, 당신 잘못이 아니라는 거 알아. 내가 원하지 않았던 것도 아니고, 그날 밤 즐겁지 않았다는 것도 아니야. 나는 그냥, 당신이 예전처럼 웃고 자유로운 게 좋았어. 당신이 마지막으로 화장을 지우지 않고 얼굴에 크림도 안 바른 채 침대에 누운 게 언제인지, 길거리에서 누가 보든 말든 신경 안 쓰고 내게 키스한 게 언제였는지 기억이 안 나."

샘은 고개를 들어 나를 올려보았다. 마주친 두 눈에 고통이 빼곡했다.

"근데 내가, 그런 당신이 좋아서 미치겠어. 이상하게도 당신을 배신한 것 같은 느낌이야. 우린 저 샤워 부스에서 섹스를 백 번도 넘게 했어. 근데 당신은 마치 처음 하는 것처럼 구니까, 그래서 너무 당황했어. 당신은 잠잘 때를 빼면 절대 결혼반지를 빼지 않았어. 근데 지금 당신은, 꼭 다른 사람 같아. 당신이 내 아내가 아니라면, 나는… 내 루시는 어디로 간 건지 모르겠어."

샘의 토로에 나는 명치를 맞는 기분이 들었다.

"샘, 나는 누군가를 '연기하는 게' 아니에요."

갑자기 방이 너무 추웠다. 나는 수건을 더 단단히 끌어당기며 천천히 말문을 열었다.

"이건 역할극도 아니야. 당신이 뭔가 잊은 모양인데, 나는 그냥 기억을 못 하는 것뿐이에요."

샘이 또다시 눈을 가렸다.

"알아, 안다고. 그런 뜻이 아니야. 나도 무슨 말을 하고 싶은 건지 모르겠어. 지금의 당신은 당신이 아닌데, 아이들이랑 당신만 두고 간 게 너무 싫었어. 무슨 일이 일어날 수도 있었어."

그의 온몸을 잠식해 버린 고통이 내 마음을 아프게 한다.

당신이 아니다, 라는 그의 말. 그 두 마디에 담긴 무언가가 그가 한 어떤 말보다 가슴을 날카롭게 찔렀다.

"나는 나야. 내가 누군지 난 알아. 당신만 모르는 거야."

나는 차갑게 쏘아붙였다.

그리고 옷가지를 챙겨 방을 나섰다.

제22장

내가 대체 여기서 뭘 하고 있는 거지? 모르는 사람들이랑 행복한 가족 놀이를 하고, 샘에게 마음을 주며 나에게 모욕감을 주고 있다. 여기서 나가야겠다. 런던으로 가서 내가 잘 아는 것에 집중해야겠다. 제대로 된 옷을 입고, 머리를 빗고, 눈물이 날 정도로 비싼 커피를 산 다음 내가 잘 아는 분야의 유능한 TV 프로듀서 행세를 하는 게 낫겠다.

다음 날 아침, 마리아가 여전히 아파서 출근을 못 했고, 샘은 자기가 집에서 에이미를 돌보겠다고 했다. 나는 펠릭스를 학교에 데려다주고 역으로 가면 그만이었다.

"엄마, 괜찮아요?"

차에 올라탄 펠릭스가 퉁퉁 부은 내 눈 상태를 알아차렸다. 나는 너무 다정하게 묻는 아이의 말투에 다시 울고 싶어졌다.

"괜찮을 거야. 그래도 물어봐 줘서 고마워."

내가 대답했다.

“집의 반대말이 뭐게요?”

펠릭스가 물었다. 지금은 절대 대답할 수 없는 질문이었다.

“집이 없는 것.”

내 대답에 백미러에 비친 펠릭스가 사색에 잠겼다.

“공터가 아니고요?”

펠릭스가 물었다.

“왜 모든 말에 반대가 있어야 해?”

펠릭스는 느리지만 과장되게 어깨를 들어 올렸다.

“아케이드 포럼에서 메시지 왔어요?”

아직 확인 전이었으므로 학교 주차장에 차를 세우고 웹사이트에 로그인해 보았다.

“어, 메시지가 왔어.”

깜짝 놀란 나는 제목을 소리 내어 읽었다.

“당신이 찾고 있는 게 이거 아닌가요….”

펠릭스가 뒷좌석에서 몸을 벌떡 일으켜 내 어깨 너머로 고개를 쑥 내밀었다. 다행히도 펠릭스에게 보여주기 전에 먼저 링크를 확인할 수 있었다. 쪼글쪼글한 남자의 생식기 사진이었다.

“어우.”

“뭔데요? 어디 봐요.”

펠릭스가 외치며 내 휴대 전화로 손을 뻗었다. 나는 재빨리 메시지를 삭제했다.

"아니야, 소원 기계하곤 전혀 상관없는 사진이었어. 웬 변태가 끔찍한 사진을 보낸 거야."

"끔찍한 사진이요?"

펠릭스가 어리둥절한 표정으로 나를 바라보며 물었다.

"눈이 없는 개 사진 같은 거요?"

"응, 뭐 그런 거."

"아."

펠릭스는 실망한 눈치였다. 나는 대화를 이어나가고 싶은 마음으로 목소리를 가다듬었다.

"내리기 전에 질문 하나만 할게. 오늘 회사에서 어린이 프로그램 아이디어를 발표해야 해. 너만의 프로그램을 만들 수 있다면 어떤 게 좋을 것 같아?"

"헬리콥터, 바닷장어 그리고 큰 선풍기 날개가 달린 보트를 타고 정글을 헤쳐나가는 추격전이면 뭐든 다 좋아요."

〈헬리콥터 바닷장어〉가 우승작이 될 것 같진 않았지만, 어쨌든 그것도 내 목록에 추가했다.

나는 몸에 딱 맞는 바지 정장과 새 앵클부츠를 신고 자신감 넘치는 모습으로 사무실에 등장했다. **런던, TV, 일.** 이것만이 내가 잘 아는 것들이다. 피할 수 있다면 동료들에게는 내 기억 문제를 말하지 않기로 마음먹었다. 내 인생에서 막연하게 정상적인, 내가 어느 정도 통제할 수 있는 유일한 부분까지 잃는 위험을 감수하고 싶진 않았으므로.

"루시, 잘 지냈나?"

마이클이 계단 꼭대기에서 나를 반갑게 맞이했다. 트레이와 도미니크 역시 사무실 건너편에서 나를 향해 손을 흔들었다. 캘럼은 차를 한 잔 타주겠다고 나섰다. 우리는 시선을 교환했다. 뭘까, 연민? 동지애? 아니, 그것보다 더 최악이었다. 캘럼은 내게 반했다. 나는 대체 무슨 생각이었을까? 캘럼은 말 그대로 펠릭스만큼이나 어리다. 미래의 내가 이토록 술에 취약했다는 걸 간과했다는 게 문제라면 문제겠지.

"드디어 출근하다니, 이보다 기쁠 수가 없군."

마이클이 나를 사무실로 안내하며 말했다.

"키즈 네트워크 건의 아이디어만 결정되면 지금보다 훨씬 더 편히 잘 수 있을 것 같아."

마이클은 정말 피곤해 보였다.

"자네가 없는 동안 직원들이 브레인스토밍을 했어. 자네의 피드백은 늘 쌍수를 들고 반긴다는 거 알지? 자네 아이디어를 확인하기 전에 직원들 아이디어부터 몇 가지 들어보는 건 어때?"

캘럼이 차와 군침이 도는 빵 접시를 들고 오자 마이클이 뻣뻣한 웃음을 지어 보였다.

"페이스트리 데이입니다."

캘럼이 냅킨을 책상 위에 올려놓으며 살짝 상기된 얼굴로 말했다.

마이클이 크루아상을 하나 집어 들며 "밤프 프로덕션의 돈으로 사 먹는 빵이 제일 맛있지" 하고 말했다.

"고마워, 캘럼."

나는 적당량의 우유를 넣어 완벽하게 우린 차를 한 모금 마시며 인사치레했다. 차는 맛있었다. 나는 멋진 새 부츠를 신고 유쾌한 동료들과 함께 고요한 사무실에 앉아 있는 배저TV의 보스이자 방송계의 여왕이다. 아무도 떼를 쓰며 울거나 물어뜯지 않는다. 내가 만든 공예품이나 요리를 쓰레기통에 버리지도 않는다. 잘못된 말을 했다고 섹스를 하려다 말고 샤워 부스에서 쫓아내지도 않는다. 이곳에서는 크루아상을 먹으며 좋은 사람들과 내가 가장 좋아하는 주제인 TV에 관한 이야기만 나누면 된다. 아이디어 목록이 엄청나게 많으니 그중 하나쯤은 꼭 현실로 만들어낼 수도 있을 것이다.

팀원들이 모두 회의실에 모이자 트레이가 내 옆자리에 앉았다. 그는 붉은색 벨벳으로 만든 스모킹 재킷*에 크고 뾰족한 옷깃이 달린 은색 셔츠를 받쳐 입었다.

"제가 해냈어요."

트레이가 소곤거렸다.

"클레어에게 청혼했어요. 저희 약혼했습니다."

"오, 트레이. 축하해요. 정말 좋은 소식이에요."

"가족들에게도 전부 알렸어요. 클레어의 부모님은 제가 프리랜서라 직업도 불안정하고 대출도 나오지 않을 거라고 걱정

---

* 턱시도 재킷과 비슷하게 생긴 실내용 남성복

하셨지만, 루시가 저를 위해 세운 계획을 다 오픈했어요.”

“무슨 계획이요?”

내가 되물었다.

“프로그램 프레젠테이션만 끝나면 제게 정직원 자리를 주겠다고 하셨잖아요.”

트레이가 말했다.

아, 이제 트레이의 미래 장인 장모마저 책임져야 한다니.

도미니크가 제일 먼저 아이디어를 발표했다. 도미니크는 조금 긴장한 눈치였다. 나는 엄지손가락을 치켜들어 주었다. 도미니크는 과학자들이 나뭇잎의 세포나 구름 속 빗방울처럼 맨눈으로는 확인할 수 없는 작은 풍경을 탐험하는 애니메이션 탐험가 시리즈를 선보였다. 도미니크의 발표가 끝나자 회의실이 고요했다. 모두 나를 바라보며 내 반응을 기다리고 있었다.

나는 홀로 손뼉을 쳤다.

“훌륭해요, 정말 좋아요.”

도미니크의 안색이 흥분으로 반짝였다.

“〈마이크로봇〉과 너무 유사하지 않아?”

마이클이 펜 끝으로 볼을 찌르며 물었다.

“흠, 그럴 수도 있겠네요.”

나는 봐야 할 시청 목록에 〈마이크로봇〉을 추가했다.

“멋진 아이디어이긴 한데, 세계관을 제대로 구축하려면 비용과 시간이 너무 많이 들 것 같아요.”

트레이도 덧붙였다.

"총괄 제작자의 시선으로 보자면, 토요일 밤 어린이 프로그램이라기보단 교육 방송 측면이 강한데."

마이클도 부정적이었다.

"다른 시간대 프로그램을 짤 때 다시 한번 논의해 보는 게 좋겠어."

나는 마이클의 제안에 고개를 끄덕이며 손가락으로 입술을 두드렸다. '나 지금 경청하고 있어'라는 메시지를 듬뿍 담아서.

다음은 레온이었다. 그는 반려동물 생일 파티를 위해 케이크를 만드는 서바이벌 베이킹 쇼를 제안했다. 베이킹과 반려동물이라는 두 마리 토끼가 다 마음에 들었던 내가 찬성표를 던지려던 찰나, 트레이가 끼어들었다.

"미안한데, 15년 전 디즈니 채널에서나 볼 법한 프로그램 아니에요?"

트레이가 레온을 향해 눈을 찡긋했다. 방에 있던 다른 사람들이 웃음을 터트렸다.

"루시? 어떻게 생각해요?"

"흐음. 그럴 수도 있겠네요."

프레젠테이션을 하면 할수록 사람들이 내게 던지는 질문은 점점 더 기술적인 측면을 파고들었다. 실용성, 예산 문제, 그리고 내가 들어본 적 없는 프로그램이 줄줄이 튀어나왔다. 물론 내 귀엔 다 좋은 아이디어 같았지만. 아무것도 모르는 나는 사기꾼이 된 기분이었고, 사람들은 내 회피성 대답에 점점 실망하는 표정을 짓기 시작했다. 반면 마이클의 반응은 신중하고 사려 깊었고, 그가 주는 피드백은 긍정적이면서도 실용적이었다. 지금 생각해 보니 이런 역할은 대부분 멜라니의 역할이었다. 멜라니는 어떤 질문을 해야 할지, 잠재적 함정이 무엇인지 전부 파악하는 사람이었다.

"그럼 이제 자네 아이디어를 들어볼까, 루시?"

마이클이 긴장한 듯 펜을 노트에 두드리며 물었다. 나는 일어서서 박수를 가볍게 치며 이 방에 들어올 때 가졌던 자신감을 되찾으려 노력했다. 비록 다른 사람들의 아이디어를 비평하는 능력은 아직 서툴지만, 그렇다고 내 아이디어를 제시하는 게 서툴다는 건 아니니까.

"정말 많은 아이디어가 있어요. 몇 개 가볍게 말해볼게요."

내가 마이클을 바라보며 간절한 눈빛으로 동의를 구했다. 마이클은 이제 아랫입술을 잘근잘근 씹고 있었다.

"좋아요, 그럼 이렇게 시작해 볼게요."

나는 잠시 호흡을 골랐다.

"아이들이 제일 좋아하는 게 뭘까요? 바로 트램펄린 성이죠! 트램펄린을 깔아놓고 게임을 해보는 건 어때요?"

모두가 기대에 찬 눈빛으로 나를 바라보았다.

"다양한 라운드가 있어요. 가령 벌집 라운드도 있죠. 계속해서 트램펄린을 뛰면서 철자를 맞히는 거예요. 물리 라운드에선 중력을 거스르며 천장에 매달린 풍선을 잡는 거죠. 프로그램 이름은 〈바운스 하우스〉라고 지었어요."

사람들이 나를 보며 입꼬리를 끌어올렸지만 누구도 입을 떼진 않았다.

"그래서… 게임 쇼인데 계속 뛴다?"

마이클이 천천히 입을 열었다. 마치 나흘 전 아침 식사로 무엇을 먹었는지 떠올리며 복잡한 수학 방정식을 푸는 사람처럼.

"네."

"방송 내내 출연자들이 뛰어오르면 보는 시청자들도 멀미가 나지 않을까요?"

도미니크가 웃으며 말했다. 일리가 있는 말이다. 〈바운스 하우스〉가 얼마나 멀미를 유발할지 생각하면서 얼른 다음 아이디어로 넘어갔다. 분명 이 중 하나 정도는 채택될 수 있을 것이다.

"뭐, 그럴 수도 있죠. 〈발등에 떨어진 불〉이라고 이름 붙인 프로그램도 있어요. 말 그대로 엉뚱한 거짓말을 계속해서 하는 거예요. 가장 많은 청중을 설득하는 플레이어가 큰 상금을 받는 거죠."

"어, 어린이에게는 상금을 줄 수 없는 거 아니었어요?"

레온이 끼어들었다.

"〈어린이 백만장자〉에 출연한 소년이 프로그램 제작자 중 한 명에게 돈을 강탈당했던 사건 이후로 금지됐잖아요."

"꼭 현금을 줄 필요는 없죠."

내가 대답했다.

"뭐, 과자나 상품권이나, 많잖아요."

"과자요?"

트레이는 마치 내가 최상품 마약을 상금으로 주자고 제안한 것처럼 겁에 질려 되물었다.

"거짓말을 한 아이에게 보상을 주는 게 도덕적으로 문제되진 않을까요?"

도미니크도 덧붙였다.

"좋아요, 그럼 거짓말은 넘어가고요. 어린이 장기 자랑 대회는 어때요? 매주 아이들이 팀을 이뤄 직접 서커스 공연을 하는 거죠. 다 같이 리허설하고, 공연을 준비하고 매주 토요일 밤 생방송에서 공연하는 거예요. 〈어프렌티스〉*와 영화 〈위대한 쇼맨〉을 결합한 거죠."

"죄송한데, 그게 뭐예요? 처음 들어보는 프로그램이라서."

트레이가 물었다. 그제야 나는 이 프로그램들이 아주 오래된 고전이라는 걸 깨달았다.

마이클은 내가 제안한 아이디어가 너무 당혹스럽다는 듯 나를 빤히 응시했다.

캘럼은 충성스러운 래브라도 강아지처럼 나를 향해 웃으며 "전 탤런트 쇼** 좋아요"라며 꼬리를 흔들었다.

"아니면, 다른 아이디어도 있어요."

나는 계속해서 입을 나불거리며 내가 가진 모든 아이디어

---

* 기업가 도널드 트럼프가 진행했던 연봉 25만 달러의 인턴십 경쟁 서바이벌
** 참가자들이 노래·춤·연기 등 자신이 가진 장기를 겨루는 경연 대회

를 쏟아냈다. 이 중 하나쯤은 저 견고한 성벽을 뚫으리란 생각으로.

“어색한 상황을 세팅하는 거예요. 〈전쟁터로 간 괴짜〉예요. 가장 모범생답고, 괴짜 같고, 사회성이 떨어지는 10대들을 찾아서 해병대 훈련에 참여시키는 거죠! 웃기지 않아요?”

순간 회의실에 정적과 한숨 소리가 빼곡히 들어찼다.

“왜요?”

나는 혹시나 내 셔츠 단추가 터졌나 싶어서 옷매무새를 내려다보았다.

“음, 일부러 그런 표현을 썼다는 건 알겠는데….”

마이클이 천천히 입을 열었다.

“차별적인 표현은 절대 안 통한다는 거 알잖아. 특히 젊은 층을 대상으로 하는 프로그램이라면 더더욱 지양해야지.”

“음, 개인적으로 ‘과학 기술에 가까운’ 사람이라는 표현을 선호하는 저로서는, 이렇게 경멸적인 표현을 프로그램에 다시 사용하기엔 시기상조 같습니다.”

레온이 고개를 저으며 의견을 냈다. 괴짜? 경멸? 내가 요즘 감성과 맞지 않는 사람이야?

마이클의 눈썹 위로 주름이 깊게 패었다. 나는 수렁에 깊이 빠지고 있다. 최후의 한 방을 노려야겠다. 가방을 뒤지다가 집에서 챙겨온 우주 탐험에 관한 중학생용 시리즈 도서를 발견했다. ‘미래의 나’는 노트북의 ‘새로운 아이디어’ 폴더에 각색 제안서를 저장해 두었다. 토요일 저녁 시간대에 딱 맞는 아이디어였다.

“이 책이 각색해서 내보내기에 최고예요. 유익하고 흥미진진하고….”

계속해서 설명을 이어나가려던 그 순간, 블라우스 단추가 터진 것도 아닌데 다들 내 머리가 두 개인 것처럼 뜨악한 얼굴로 나를 바라보았다.

“〈스타 게이저〉를 또다시 제작하자고? 그건 파일럿 제작도 못 했잖아.”

마이클이 얼굴을 잔뜩 일그러뜨렸다.

이미 만든 적이 있구만. 젠장, 그건 메모에 없었다. 내 최후의 안전장치 같은 아이디어였는데. 머릿속이 하얘졌지만 입을 계속해서 나불거렸다.

“좋아요, 이건 폐기합시다.”

막다른 골목이다.

“마지막으로 단어 세 개만 드릴게요. 헬리콥터, 바다, 그리고 붕장어.”

회의실은 고요했다. 이번 미팅은 완전히 말아먹었다.

“여러분, 회의는 다음에 다시 하는 걸로 하죠.”

마이클이 의자를 뒤로 밀며 일어섰다.

“루시와 내가 전략 회의를 조금 더 진행한 후에 프레젠테이션 준비 회의를 다시 하는 걸로 합시다.”

팀원들은 모두 걱정스러운 표정으로 서로를 바라보며 자리에서 일어섰다. 나는 창문으로 걸어가 문을 활짝 열어젖혔다.

"사무실이 좀 덥지 않아요?"

다른 사람들이 모두 자리를 비우기가 무섭게 마이클이 회의실 문을 닫고 외쳤다.

"루시, 대체 어떻게 된 거야?"

그의 목소리에 걱정이 가득했다. 내가 이 일을 해낼 수 있을 거라 믿었던 나의 망상이 바람 빠진 풍선처럼 쪼그라들었다. 말 그대로 바람이 모두 빠져 납작해진다는 게 이런 느낌일 것 같았다.

"죄송해요, 머리가 완전히 어떻게 됐나 봐요."

나는 바람을 맞으며 마음을 다잡았다. 이젠 말해야겠다.

"솔직히 말할게요. 지난주 내내 병가를 낸 이유요. 기억에 문제가 생겼어요."

어떻게 말해야 할지 고민하며 차분히 털어놓았다. 그러나 몸을 돌려 마이클을 바라보니 그는 이미 예상했다는 듯 고개를 끄덕이고 있었다.

"브레인 포그*?"

마이클이 물었고, 나는 고개를 끄덕였다.

"안면 홍조랑 감정 기복이 점점 심해지는 게, 그럴 것 같다고 예상했어. 갑자기 찾아오는 증상이니까. 제인도 똑같은 걸 겪었거든."

"감정 기복이요?"

---

* 과로, 수면 부족, 스트레스 등으로 생기는 혼란과 건망증, 집중력 부족 증상

"선을 넘었다면 미안하네. 지난 금요일엔 완전히 다른 사람처럼 굴었잖나. 내 아내 제인도 그랬지. 무슨 요요마냥 감정 기복이 심했어. 호르몬 패치를 붙이니까 금방 제정신으로 돌아오더군."

마이클이 팔을 뻗어 내 손을 가볍게 맞잡았다.

"나도 갱년기 예민성 치료를 받았어. 휴식이나 회사의 지원이 더 필요하면 말해줘. 하다못해 탁상용 선풍기도 좋아. 필요한 게 있으면 뭐든 말만 하게."

"미안하지만 이건 일반적인 브레인 포그보다 조금 더 심각해요, 마이클. 나는…."

그때 창문 너머로 보이는 트레이의 모습에 정신이 팔려 말을 끊었다. 그는 손으로 머리를 감싼 채 우두커니 앉아 있었다. 혹시 우는 건가?

"아내도 그랬어. 늘 문장을 끝맺지 못하고 하던 말을 까먹기 일쑤였지."

"아니요, 그런 게 아니라 정말 기억이 안 나요. 지난주엔 당신 이름도, 내가 여기서 일하는 줄도 몰랐고, 내게 남편과 아이가 있는지도 몰랐어요."

"내 아내도 그랬다니까."

마이클이 입안에 공기를 잔뜩 머금었다가 나지막이 속삭였다.

"자네에게 이런 이야기를 한 적은 없지만, 버스 정류장에서 만난 남자와 침대에 누워 있던 아내를 발견한 적이 있어. 아내는 너무 미안해했지만, 갱년기 증상이 너무 심해서 자기가 결혼했다는 사실을 잊어버렸지."

"그렇군요."

나는 이 대화가 어떤 방향으로 흘러가는지 종잡을 수 없었다.

마이클이 한숨을 내쉬었다.

"아내의 경우는 극단적이고 끔찍했지. 내가 할 수 있는 건 그냥 아내를 믿고 도와주는 것뿐이었어."

"지금은 괜찮으세요?"

내가 조심스럽게 물었다.

"응, 물론. 의사에게 패치를 처방받고 수영도 시작했어. 아쿠아 에어로빅 강사인 마커스가 큰 도움이 되었어. 영양제도 잘 알아서 많이 추천해 줬고. 아내에게 연락처를 물어봐 줄까?"

"고맙지만 전 괜찮아요. 저에게 무슨 일이 일어나고 있는 건지 모르겠지만, 타이밍이 너무 안 좋다는 건 알아요. 다들 자기 책상 지키기도 힘든 상황이니까. 혹시 프레젠테이션 경합을 취소하고 싶으면, 그래도 돼요. 게리에겐 마음이 바뀌었다고 하면 되니까요."

마이클은 잠시 나를 바라보았다. 당황스러울 정도로 침착한 표정이었다.

"아니."

그가 대답했다.

"아니라고요?"

"루시, 우리가 왜 배저TV를 만들었는지 기억나?"

마이클이 물었다.

"확실하게 기억나진 않아요."

"우리는 햄스터 애호가들에 관한 다큐멘터리를 제작하고 있었어. 마무리 파티에서 자네는 내게 '햄스터보다 더 좋은 프로그램 아이디어를 100개는 말해줄 수 있어요'라고 했지. 그리고 진짜 100개를 채워서 말해줬어. 비록 어마어마하게 취해 있었지만 대부분은 다 괜찮은 것들이었어. 그중 몇 개는 정말 훌륭했고. 그런 창의력은 누가 가르칠 수 없는 거야."

마이클이 잠시 말을 골랐다.

"그런 창의력은 기억에 문제가 생겼다고 해도 결코 잃어버릴 수 없는 능력이지."

그는 회의실 밖을 가리켰다.

"우리는 지난 몇 년 동안 당신의 아이디어와 나의 비즈니스 실력으로 훌륭한 팀을 꾸려냈어. 물론 그 과정에서 서로 타협해야 하는 일도 있었지만, 난 우리가 합작해서 만든 프로그램들이 정말 자랑스러워. 물론 프레젠테이션 경합으로 한 회사만 살아남는다는 게 얼마나 부담감이 심한 일인지 이해해. 그래도 루시 말이 맞아. '카디널스'*는 절대 '레드삭스'**와 합병하지 않아. 우리가 우리 방식대로 경기를 뛸 수 없다면 차라리

* 세인트루이스를 연고지로 하는 미국의 프로 야구팀
** 보스턴을 연고지로 하는 미국의 프로 야구팀

모든 경기에 기권해 버리는 게 나아."

"내가 그런 말을 했어요?"

내가 물었다.

마이클은 양복 조끼 단추를 손가락으로 만지작거리며 고개를 끄덕였다.

"응, 루시가 그랬지."

나는 미래의 내가 싫어지기 시작했다. 그녀는 자신의 이익을 위해 지나치게 설득력이 뛰어났다. 자신이 원하는 일을 위해 사람들을 조종하고, 어딘가에 메모조차 남기지 않은 아이디어에 사람들의 일자리를 걸고 도박을 일삼는 이기적인 사람이다. 순서대로 정리한 파일을 남기지 않았고, 어떤 프로그램이 이미 제작되었고, 어떤 프로그램이 제작되지 않았는지 명확히 구분해 놓지도 않았다. 결정적으로 샘은 그녀를 사랑하고 그리워하지만, 나는 그런 그녀와 경쟁조차 할 수 없다. 나는 내가 처한 상황에서 최선을 다하려 노력했지만, 이제 내 노력만으로는 어림도 없다는 사실을 어렴풋이 깨달았다.

"분명 뭐라도 생각해 낼 수 있을 거예요."

나는 냄비 속의 랍스터와 같이 모든 걸 포기한 사람처럼 조용히 중얼거렸다.

제23장

집으로 돌아오는 열차 안에서 샘이 보낸 메시지와 몇 통의 부재중 전화를 확인했다. '우리, 얘기 좀 하자'라는 내용이었다. 내게 화를 내서 미안하다는 사과도 함께였다. 파넘역에 내린 후에도 도저히 집에 돌아갈 수가 없었다. 직장도, 샘이 있는 집도, 심지어 이 몸도 내겐 무엇 하나 내 것이 아닌 것 같은 절망적인 상실감을 주었다. 결국 차에 멍하니 앉아 부모님께 전화를 걸었다.

"여보세요, 루시예요."

아빠가 전화를 받았다.

"그래, 딸. 엄마는 잠깐 나갔다. 별일 없고?"

"솔직히 말하면, 별로 좋진 않네요."

"아."

아빠는 잠깐 말이 없었다.

"영 힘든 일이지, 응?"

"응, 맞아요. 정말 힘드네요."

나는 아빠의 익숙한 말투에 미소를 지으며 대답했다.

"아빠가 뭘 해줄까?"

"아니요, 그냥 익숙한 목소리가 듣고 싶었어요. 별일 없죠?"

"네 엄마가, 음…."

아빠의 한숨이 깊었다.

"네 엄마가 무슨 말을 했었는데 기억이 안 나는구나. 아무튼 이번 주말에 우리가 아이들을 봐주기로 했었나?"

수화기 너머의 목소리가 조금 멀어졌다.

"아니요, 괜찮아요."

말이 뚝뚝 끊어졌다.

"채소밭은 괜찮아요?"

"아, 케일이 잘 자란다. 상추도 잘 자라고. 특히 토끼 방지 울타리가 제 몫을 톡톡히 해. 잘 모르는 사람들 눈엔 고추 농사가 실패한 것처럼 보이기는 하는데, 아빠한테 몇 가지 요령이 있어서 충분히 살릴 수 있어."

그렇게 아빠는 언제나처럼 활기찬 모습으로 돌아왔다.

우리는 별거 아닌 이야기를 한참 나눴다. 물론 내겐 아주 중요한 이야기였다. 한참의 수다를 마치고 집으로 돌아가는 길, 나는 그 어느 때보다 차분했다. 샘의 실망감을 모두 견뎌낼 수 있을 만큼 마음이 한결 평온해졌다.

집에 돌아오자 샘이 소파에 앉아 나를 기다리고 있었다. 피곤이 잔뜩 밴 얼굴은 딱딱하게 굳어 있었다. 내가 집에 들어가자마자 샘이 다급하게 달려와 나를 힘껏 껴안았다. 처음엔 깜짝 놀랐지만, 이내 그의 품에 몸을 맡겼다. 힘든 하루를 보낸 뒤라 그런지 이상하게도 익숙한 그의 체취에 위로받고 싶었다.

"미안해, 정말 미안해."

샘은 내 머리를 쓰다듬으며 끊임없이 속삭였다. 그의 마음을 더 헤아리지 못한 내가 끔찍하게 느껴졌다. 내 삶을 잃었다는 슬픔에 며칠 동안 침대에서 벗어나지 않았다. 당연히 샘도 아내를 잃은 슬픔을 누려야 옳지 않았을까.

"괜찮아, 그럴 수 있어요."

나도 나지막이 속삭이며 대답했다.

품에서 나를 떼어놓은 샘은 이내 방 안을 서성이며 다급하게 말을 쏟아냈다.

"한꺼번에 모든 걸 다 듣고 싶지 않다고 하기도 했고, 기억이 금방 돌아올 거라고 믿어서 굳이 말하지 않았어. 특히 조야의 소식에 당신이 어떻게 반응하는지 보고 나니까 차마 더 힘들게 할 수도 없었고."

나는 샘을 바라보았지만, 그는 내 눈을 피했다.

"근데 당신이 전혀 모르니까…."

샘이 고개를 저으며 말끝을 흐렸다.

"조야보다 더 나쁜 일이 있었어요?"

그러자 샘이 다가와 내 두 손을 자신의 커다란 손으로 감쌌다. 목구멍에서 쓴물이 올라오는 기분이 들었다.

"우리에게, 딸이 하나 더 있었어. 클로이야."

그가 내게 하려던 말이 무엇이든, 이건 내 예상 밖이었다. 샘이 울컥한 얼굴로 나를 소파로 이끌었다.

"말해줘요."

내가 말했다.

"클로이는 펠릭스가 태어나고 2년 후에 태어났어. 너무 완벽한 딸이었어, 루시. 우리 둘 다 그 애한테 첫눈에 반했어. 물론 펠릭스가 첫 아이긴 했지만 펠릭스는 수유 문제도 있었고, 출산 자체도 워낙 힘들었고, 키우면서 스트레스를 많이 받았어. 근데 클로이는 부처가 태어났다고 해도 믿을 만큼 너무 순했어. 하지만 의사들의 이야기는 달랐지. 아기가 너무 온순하고 숨소리가 쌕쌕거린다고, 충분히 호흡하지 못한다고 말이야."

나는 그의 손을 더욱 힘껏 잡았다. 한 마디, 한 마디가 가슴을 에는 것처럼 파고들었다.

"심장 문제였는데, CT 촬영으로는 보이지 않았어. 병원에서는 아기가 더 자라서 버틸 수 있을 때까지 기다렸다가 수술하자고 했지. 그런데 갑자기 심장 상태가 너무 빠르게 안 좋아져서 기다릴 수가 없었어."

샘은 잠시 멈추었다가 다시 말했다.

"클로이는 너무 작았는데."

우리 사이의 아이가 죽었다니, 현실감이 느껴지지 않았다. 나는 무슨 말을 해야 할지 몰라서 샘의 곁에 앉아 그가 계속 이야기하기만을 기다렸다.

"수술 후에 감염됐는데, 항생제에 내성이 생겼어. 우리가 할 수 있는 건 아무것도 없었어."

"정말 힘들었겠네요, 당신. 너무 끔찍한 일이에요"라고 말하며 나는 샘에게 손을 뻗었다. 그러나 샘은 움찔하며 뒤로 물러섰다. 그 순간 나는 내가 잘못된 말을 했다는 걸 깨달았다. 언젠가 분명 이렇게 말실수할 줄 알았다.

"적당한 때가 되면 말해주고 싶었는데 그럴 기회가 없었어. 누군가에게 일어났던 가장 끔찍한 일을 설명하는 일에 적당한 순간이라는 건 없잖아. 조야의 소식을 알자마자 당신이 보인 반응을 보고 기억을 잃은 당신에게 그토록 끔찍한 일을 말해주는 건 너무 잔인한 일이라고 생각했지. 하지만 나는 아무것도 모르는 당신이… 뭐라고 표현할 수 없을 만큼 너무 힘들었어."

샘은 다른 의자로 걸어가서 그 위에 놓인 신발 상자를 집어 들었다. 상자 위에는 금색 펜으로 '클로이'라고 적혀 있었다. 그가 내민 상자를 받아 뚜껑을 열어보았다. 나와 아기, 샘과 아기, 베이지색 병원 의자에 앉아 아기를 안고 있는 펠릭스, 아기의 이름과 생년월일이 적힌 병원 명찰까지, 온통 아기의 사진이었다. 놀이방에 있는 '펠릭스'와 '에이미'의 이름을 수놓은 베갯잇처럼 '클로이'의 이름이 수놓아진 베갯잇도 함께 들어 있었다. 내가 클로이를 안고 있는 사진 액자도 함께였다.

"벽난로 위에 올려두었다가 내가 빼놓은 거야."

뭐라고 해야 좋을까? 내가 무슨 말을 할 수 있을까? 무릎 위에 놓인 사진 속에는 피곤하고 땀에 흠뻑 젖어 헝클어진 모습으로도 작은 아기를 품에 안고 기쁨으로 가득 찬 눈빛을 한 내 얼굴이 보였다. 마치 오래전 잃어버린 여동생의 사진을 보는 듯한 기분이다. 아기와 그때의 나, 그때의 샘을 생각하면 가슴이 무너질 것처럼 메어왔지만, 이건 내가 아니다. 내 아기도 아니고, 나의 슬픔도 아니었다.

샘은 팔꿈치를 무릎에 대고 몸을 앞으로 숙이며 한 손으로 눈을 가렸다. 꼭 해야 할 말을 했다지만, 그는 내 눈을 똑바로 쳐다보지 못했다.

"에이미가 생기고 우리 둘 다 너무 감사했지만, 나는 아직도 클로이를 생각해. 가끔은 우리 가족 중의 하나가 없는 것 같은 기분이 들어. 펠릭스가 자전거를 타는 모습을 보면 '클로이도 지금쯤 자전거를 탈 수 있었을까?' 생각하고, 초록색을 싫어하는 에이미가 초록색 옷을 보고 경기를 일으키면 '클로이가 가장 좋아하는 색은 무엇이었을까?' 궁금해지기도 해. 우리 둘이 이런 대화를 자주 나눴으니까 아마 당신도 같은 생각을 했을 거야."

샘은 숨을 길게 들이마시더니 눈을 가렸던 손을 떨구었다.

"그래서 당신이 그 애를 기억하지 못한다는 걸 내가 어떻게 받아들여야 할지 모르겠어. 우리가 함께 나누었던 짐인데."

샘은 손바닥으로 자신의 두 눈자위를 힘껏 짓눌렀다.

"지난 며칠 동안 당신은 아무 일도 없던 것처럼, 꼭 어린아이처럼 밝고 활기찼어. 근데 그런 당신의 모습을 보고 좋아하는 나에게 너무 죄책감이 들어. 지난 토요일에 한 데이트는 꼭 우리가 서른한 살쯤 처음 만났을 때 했던 데이트 같았어. 모든 무거운 짐과 일상이 지워진 기분이었지. 근데 나는 클로이를 잊고 싶지 않아. 클로이가 존재하지 않았던 것처럼 살고 싶지 않아."

샘이 잠깐 말을 고르며 내게 손을 뻗었다.

"기억을 잃은 당신은 달라졌어. 그런 기분이야."

그는 눈을 감고 고개를 앞으로 숙이며 손바닥으로 얼굴을 감쌌다. 아이의 추억이 담긴 상자가 소파로 미끄러져 내려갔다. **내게 죽은 아이가 있는데, 나는 기억이 나질 않는다.** 내 뱃속에서 자랐고, 내가 낳고, 이름을 지어주고, 안아주고, 사랑했던 아이를 기억하지 못하는 게 말이 안 되는 일이지만, 내게는 희미한 기억 한 자락조차 없다. 아무것도. 이름조차 낯설기만 하다. 나는 본능적으로 배에 손을 대고 한때 그곳에 살았던 삶의 아득한 메아리를 더듬거렸다.

"무슨 일 있어요?"

그때 문밖에서 소리가 들렸다. 샘과 나의 고개가 동시에 돌아갔고, 파자마 차림의 펠릭스를 발견했다.

"아, 엄마 아빠가 클로이 얘기를 하고 있었어."

"아."

펠릭스는 별다른 말이 없었지만, 아이의 탄식에는 많은 것이 담겨 있었다. 여동생을 잃고 부모님의 슬픔을 지켜보며 자란 아이. 나는 문득 이 가족이 겪은 일을 결코 이해하지 못할지도 모른다는 생각이 들었다.

"괜찮아."

샘이 펠릭스를 끌어안고 이마에 입을 맞추며 말했다.

"아빠는 클로이를 생각하면 행복하기도 하고 슬프기도 해. 우리 아들은 괜찮아?"

"나쁜 꿈을 꿨어요."

펠릭스가 중얼거렸다.

"가자, 아빠가 다시 재워줄게."

샘은 내게 씁쓸한 미소를 지으며 펠릭스를 데리고 위층으로 올라갔다. 그가 내게 엄청난 폭탄을 던졌다. 해답도, 빠른 해결책도 없는 폭탄이다. 내가 그의 아내처럼 느껴지지 않는 게 당연했다. 그녀가 걸어온 길을 나는 상상조차 할 수 없었으니까.

다시 상자를 열어보았다. 자수를 새긴 베갯잇을 집어 코를 묻고 향기를 들이마시며 무의식 속의 내 기억이 깨어나길 바랐다. **클로이, 클로이.** 나는 무지렁이였다.

샘은 오늘도 손님방에서 잠을 잤다. 내게 모든 걸 털어놓았으니 혼자만의 시간이 필요하다고 여겼던 것 같다. 내가 일주일 동안 다시 침대에 파묻혀 살 거라고 생각했을까? 솔직히 고백하자면, 조야가 죽었다는 사실을 인정할 때만큼 힘들지 않았다. 그리고 그 사실을 차마 인정할 수 없었다. 조야는 내 인생의 절반을 함께한 사람이지만, 클로이는 기억에 없다. 나를 차갑게 대하던 샘의 행동을 이제는 완전히 이해했지만, 이 문제를 어떻게 해결해야 좋을진 모르겠다. 나는 결코 그가 그리워하는 아내가 될 수 없다. 인생 최고의 섹스와 술을 마시며 나눈 이야기 정도로는 지난 11년간 함께 살을 맞대며 살아온 사람의 빈자리를 채울 수 없다.

그날 밤, 잠이 오지 않아 뒤척이던 나는 휴대 전화를 열고 그 아이가 존재했다는 증거를 찾기 위해 세월을 거슬러 올라갔다. 상자 속에 담겨 있던 똑같은 사진이 갤러리에 있었다. 병원에서 찍은 동영상도 하나 있었다. 이건 샘이 찍은 게 분명하다. 내가 병원 침대에 누운 채 잠든 작은 아기를 품에 안고 있었다.

"내 출산 선물은 어디 있어, 자기야?"

동영상 속 내가 카메라를 향해 웃으며 묻는다. **내가 이 남자를 저렇게 불렀다고?**

"출산 선물이라니?"

샘의 목소리가 들렸다.

"아내가 아기를 낳았는데 선물을 가져왔어야지. 펠릭스 낳았을 때 선물도 아직 못 받은 거 알지?"

"당신 선물은 아기 아니야?"

샘이 행복한 목소리로 묻는다.

"아니야. 선물은 내가 허락한 웹사이트에서 골라. 주소 알려줄게."

배시시 웃으며 카메라를 향해 쏘아붙인 내가 품에 안긴 아기를 바라보았다.

"어쩜 이렇게 완벽하지?"

"엄마를 쏙 빼닮아서 그렇지. 클로이 조야 러더퍼드. 세상에 온 걸 환영해."

샘이 말했다. **아이의 중간 이름이 조야였구나.**

"루시, 내가 어떤 아빠가 될 수 있을까? 엄청나게 과잉보호하는 끔찍한 아빠가 될 것 같지 않아?"

"아빠는 네가 스물한 살이 될 때까지 절대 남자 친구를 사귀지 못하게 할 건가 봐, 클로이."

내가 품에 안긴 아기에게 속삭인다.

"스물다섯 살이야."

샘이 덧붙인다.

그게 동영상의 전부였다. 클로이의 일생을 기록한 유일한 영상에서 클로이는 내내 잠들어 있었다. 나는 아기의 자그마한 얼굴을 조금이라도 눈에 넣으려고 동영상을 다시 열어봤지만, 덧없는 일이었다.

스크롤을 다시 올리며 미래의 내 모습을 담은 다른 영상을 찾아보았다. 나와는 다르게 자세가 좋고 머리카락을 덜 꼬고, 자신감 넘치는 모습이었다. 나는 샘의 영상도 살펴보았다. 내가 샘을 촬영했을 때 카메라를 바라보는 그의 시선도. 지금의 나와는 다른 나를 향한 그의 눈에는 사랑이 가득했다. 너무도 아름다운 시선이었고, 그만큼 나는 고통스러웠다.

내가 보아선 안 될 영상들을 훔쳐본 느낌이다. 인생을 이렇게 엉망진창의 순서로 살아서는 안 됐다. 카메라에 담긴 건 미래를 향한 근심 없는 희망과 친밀한 농담이었다. 정작 두 사람에게 닥친 건 가슴이 타들어 가는 아픈 미래였지만.

멍하니 천장을 올려다보며 나는 문득 혼자 자고 싶지 않다는 걸 깨달았다. 내가 샘에게 어떤 존재든, 그는 나로 인해 상처받았다. 이 모든 일에 그의 잘못은 없었다. 복도를 따라 손님방으로 걸어간 나는 곧장 샘이 누워 있는 침대로 기어 들어갔다. 잠에서 깬 샘이 내게 손을 뻗었다.

"괜찮아?"

샘이 물었다.

"응."

나는 고개를 끄덕였다.

"사랑해, 루시."

그가 속삭였다.

샘의 사랑이 내 것이 아니라는 걸 알지만 나는 그의 손을 잡고 잠에 들었다. 어쩌면 내 것이 될 수도 있지 않을까, 하고 빌면서.

제24장

다음 날 아침 식사 자리에서 나는 최대한 평범하게 행동하려 애썼다. 샘은 내가 무슨 말이라도 하기를 바라는 듯, 마치 내 기억이 돌아왔고 내가 다시 그의 진짜 아내라는 걸 확인하고 싶은 사람처럼 식탁 건너편에 앉은 나를 커다란 눈망울로 빤히 응시했다. 안타깝지만, 아니었다. 그리고 나는 샘에게 무슨 말을 해야 좋을지 알 수 없었다. 나는 그저 그에게 커피와 크림치즈를 바른 베이글을 만들어주는 것으로 만족했다.

마리아는 끔찍한 몰골로 출근했다. 벌겋게 달아오른 피부는 퉁퉁 붓고 눈꺼풀에는 멍이 들어 있었다. 그리고 꼭 고기 연육제와 싸운 사람처럼 흐물거렸다.

"세상에, 마리아! 괜찮아요?"

나는 마리아의 얼굴을 보며 움찔했다.

"훨씬 나아진 거예요. 며칠 전까진 정말 눈 뜨곤 못 봐줄 정도였어요."

마리아가 유쾌하게 대답했다.

"며칠 지나면 더 괜찮아질 거예요."

나는 마리아가 쉰 살 정도 됐으리라 짐작했는데, 어쩌면 그보다 연배가 조금 더 되었을지도 모른다는 생각이 들었다. 워낙 안색이 좋지 않아서 아이들이 보고 놀라면 어떡하나 걱정스러웠지만, 에이미는 마리아를 보며 기쁜 듯 손뼉을 짝짝 쳤다.

역으로 막 나서려는데, 복도에서 마리아가 내 앞을 가로막았다.

"친구를 추천하면 할인을 해줘요. 가서 목 관리를 받아 봐요."

마리아가 내게 '싹&뚝'이라는 가게의 브로슈어를 내밀었다. '머리를 다듬는 동안 주름도 함께 잘라내세요!'라는 문구와 함께 의사 가운을 입고 두 쌍의 가위를 들고 있는 관리사의 사진이 붙어 있다.

금발의 단발머리를 한 피부 관리사는 손가락을 튕기는 포즈를 취하고 있다. '아주 쉽고, 빠르고, 저렴하게!'

"고마워요, 생각해 볼게요."

나는 브로슈어를 받으며 말했다.

물론 내 인생에서 확신할 수 있는 게 많진 않지만, 한 가지만은 확실했다. 이런 피부 관리실에 예약 전화를 할 일은 없다는 것.

회사 책상에 앉아 넘쳐나는 메일함을 뒤지고, '엄청난 아이디어'를 찾기 위해 머리를 쥐어짜며 힘든 하루를 보내고 나니 완전히 지쳐버린 느낌이다. 이제는 집으로 돌아가 침대에 누워 〈명탐정 포와로〉를 보고 싶지만, 오늘은 페이와 알렉스의 집에 가기로 약속했다. 로신이 미국에서 돌아와서 우리를 저녁 식사에 초대했기 때문이었다.

택시가 '올드 골프 클럽, 샌즈'라는 단지 앞에 나를 내려주었을 때만 해도 나는 이곳에 주택이 있으리라곤 상상도 하지 못했다. 이 개발 단지는 잔디와 태양열 패널이 곡면의 모든 부분을 덮고 있어서 조경이 완벽한 언덕처럼 보였다. 언덕 한 곳의 출입구에서 페이가 모습을 드러내곤 택시에서 내리는 나에게 손을 흔들었다.

"여긴 뭐 하는 곳이야?"

차에서 내린 나는 페이에게 물었다.

"아, 친환경 단지야. 기억 못 하는구나."

페이가 대답했다.

"들어와, 안내해 줄게."

페이를 따라 구부러진 나무 입구로 들어가니 지반 대부분이 입구보다 낮아서 밖에서 보기보다 훨씬 더 넓고 쾌적했다. 페이가 안내하는 대로 따라가 보니, 가구와 광택이 흐르는 목재 표면이 꼭 살아 있는 집의 일부처럼 느껴졌다. 식물이며 수경 재배용 저장고, 단열 처리가 완벽한 지붕도 놀라웠다. 새로운 기술과 새로운 건물, 자동차, 그리고 도로까지. 가는 곳마다 미묘한 기술력에 감탄했지만, 이렇게 근본부터 달라진 미래 건물은 처음이었다. 이건 정말 급진적인 진보였다.

"페이는 사람들에게 '안내'하는 걸 좋아해."

그때 알렉스가 긴 잔에 민트 이파리를 넣은 진토닉을 건네며 말했다.

"기억 못 한다는 손님에게 한 번 더 집 안을 안내하는 일은, 페이에겐 호재지."

"안녕, 알렉스."

나는 음료를 받아 들며 마치 오랜 친구를 만난 듯 볼에 입을 맞추었다.

"집이 근사하네. 꼭 영화 〈호빗〉에 나오는 집 같아."

"페이 앞에서 절대로 그 말은 하지 마."

알렉스가 음모를 꾸미는 사람처럼 짓궂게 속삭였다.

얼마 지나지 않아 로신이 꽉 끼는 청바지에 회색 실크 블라우스를 입고 등장했다. 빨간 머리카락을 단발로 싹둑 자른 채 커다란 출장용 가방을 들고 있었다. 화면이 아닌 실제 로신의 모습을 보니 가슴은 훨씬 커졌고, 이마는 팽팽하고 피부엔 윤기가 흐르는 것이, 나나 페이와는 전혀 다른 방식으로 나이를 먹었다는 게 실감 났다. 시술을 받았거나 아이를 낳지 않아 젊어 보이는 것일 수도 있다. 로신은 가방을 내려놓자마자 내 쪽으로 다가와서는 팔꿈치를 꽉 쥐며 심각한 눈빛으로 나를 훑어보았다.

"너, 설마 나한테 500파운드 빌려 간 것까지 까먹은 건 아니지?"

로신이 입술을 씰룩이며 장난스럽게 물었다.

"로신."

페이가 못마땅한 눈빛으로 힐난했다.

"그런 농담은 부적절해."

"LA에서 11시간이나 비행기를 타고 왔으면서, 그게 최선이야?"

나는 로신을 꼭 껴안으며 물었다.

"11시간? 요즘은 6시간밖에 안 걸려. 세상에, 너, 따라잡을 게 정말 많다. 지구가 둥글다는 사실이 밝혀진 건 알지?"

"하하."

"어서 앉아. 일단 한잔하면서 네 농담이나 들어보자."

로신이 웃었다.

알렉스가 요리하고 페이가 술을 더 준비하는 동안 우리는 '루시의 고군분투' 이야기를 나누며 부엌 아일랜드 조리대 앞에 둘러앉았다. 내가 망신살 뻗친 아이디어 회의에 대한 이야기를 해주는 내내 로신은 적절한 순간마다 얼굴을 가리며 최고의 리액션을 선보였다.

"정말 그렇게 쉽게 넘어갈 수 있을 거라고 생각했다니, 믿을 수가 없어."

로신이 말했다.

"잘할 수 있을 줄 알았지."

나는 멋쩍게 중얼거렸다.

페이는 친절하게도 "잘하고 있어"라고 말해주었다.

"하지만 그 정도의 전문성을 갖추기까지 몇 년이 걸렸잖아. 하루아침에 이룬 게 아니라고."

로신은 완고했다.

본능적으로 현관문을 향해 시선을 돌린 나는, 나도 모르게 조야를 기다리고 있다는 사실을 깨달았다. 20분이나 늦게 도착한 조야는 우리에게 기차가 연착되었거나 버스가 엉뚱한 길로 갔다는 말도 안 되는 핑계를 댈 것이다. 나는 명치끝이 아려와서 의자를 돌리고 아예 문을 등져버렸다. 지난 며칠 동안은 조야가 단순히 자리를 비웠거나 바쁘다고 치부하며 버텼다. 하지만 다른 친구들과 함께 같은 공간에 있자니 조야의 부재가 너무 크게 다가왔다.

"이제 회사에는 사실대로 말해야 하지 않을까?"

페이의 질문이 나를 현실로 잡아끌었다.

"그러려고 했는데, 마이클이 폐경기의 브레인 포그 어쩌고 하는 바람에 마음이 바뀌었어. 게다가 사람들한테 진실을 말하면 다들 너처럼 나를 동정 어린 눈빛으로 보겠지."

"음, 미안해."

페이는 최대한 동정하는 기색을 빼려고 노력하며 말했다.

"근데 우리가 폐경기 얘기를 들을 만큼 나이를 먹었어?"

"아니. 음, 맞나. 뭐 나이대에 편차가 넓은 일이니까?"

알렉스가 말했다.

"그렇다고 해서 인생의 절반을 잊어버리진 않지. 기억이 얼마나 안 난다고 했지?"

알렉스가 양파 껍질을 순식간에 벗기고는 다지는 기계에 밀어 넣으며 물었다.

"16년."

나는 손가락으로 술잔을 두드리며 대답했다.

"솔직히 다들 내게 기억을 잃었다고 하지만, 그냥 그 시절을 건너뛴 기분이야. 나는 아직도 스물여섯 살이고, 다른 사람의 몸을 빌린 기분이거든."

"나는 아직도 내가 열여섯 같아."

로신이 입술을 삐쭉 내밀고 한쪽 눈썹을 치켜올리며 끼어들었다.

"정말 모든 상황에 다 농담을 해야 직성이 풀려?"

페이가 고개를 갸우뚱하며 불편하다는 듯 물었다.

"어쨌거나, 너랑 샘은 혼란스럽고 고통스러울 텐데."

알렉스가 몸을 기울여 내 어깨를 감쌌다.

"넌 날 기억하지 못하잖아. 제일 피해자는 나 아니야?"

알렉스는 극적인 말투를 쓰며 과장되게 징징거렸다.

"좋아, 농담은 집어치우고. 어떻게 지내는 거야, 루시?"

로신이 물었다.

"글쎄, 요즘은 거의 매 순간이 피곤해. 근데 이게 몸이 아파서 그런 건지, 아니면 마흔둘이 된 기분이 들어서 그런 건지 잘 모르겠어."

"18개월 된 애를 키워서 그런 거야."

페이가 확신하듯 말했다.

"게다가 이 세상 너머에 디스토피아적 지옥이 더 있을지도 모른다는 생각 때문에 뉴스를 보기가 너무 무서워."

나는 계속해서 말을 이어나갔다.

"그리고 우리 집 베이비시터는 내게 시술이 필요하다고 말했고."

"싹&뚝은 **가지 마.**"

로신이 몸을 숙여 내 팔을 꽉 부여잡았다.

"내 인생 최악의 헤어 컷이었어."

"기분이 나아질지 모르겠지만, 아주 지옥은 아니야."

알렉스가 말했다.

"평균 수준의 지옥이지."

"루시, 상황이 아주 나쁜 것만은 아니잖아. 세상에 갑자기 남의 몸에서 깨어난 사람 중에 샘만큼 괜찮은 남자랑 결혼한 사람이 몇이나 있겠어? 정말 빌어먹게 섹시하잖아."

로신의 농담에 나는 멋쩍은 미소를 지어 보였다.

"예를 들어, 페이가 지난 16년을 잊어버렸다 쳐."

알렉스가 말했다.

"커밍아웃을 또 해야 하는 거라고."

"아, 제발. 진짜 싫다. 처음의 야단법석으로도 충분해."

로신이 한숨을 쉬자 페이가 장난스럽게 꼬집었다.

"나는 더해. 16년을 잊으면 또 폴과 사랑에 빠질 텐데. 그 새끼가 얼마나 쓰레기였는지도 까먹고!"

로신은 눈을 부릅뜨며 외쳤다.

"무슨 일이 있었는지 물어봐도 돼?"

내가 조심스레 물었다.

"혹시 말하기 힘든 일이야?"

"아니, 힘들긴 개뿔. 그냥 인생이 나를 엿 먹인 거지, 뭐."

로신이 와인을 한 모금 크게 마시더니 입을 열었다.

"사랑에 빠지고, 인스타그램에 결혼사진을 올리고, 쌔빠지게 일하고, 승진하고, 아름다운 집을 짓고, 남편은 나의 성공을 질투하고, 마법은 사라지는 거야. 그러던 어느 날 아침, 남편이 출장 갈 때 가져간 가방에서 나 아닌 다른 여자의 속옷을 발견한 거지."

"어떻게 그런 일을 견뎠니."

나는 로신의 손을 가볍게 맞잡았지만, 로신은 슬그머니 손을 빼내고는 귀걸이를 만지작거렸다.

"내가 참을 수 없는 건, 그런 클리셰야. 그 속옷도 참 진부해, 빨간색 레이스 티 팬티. 요즘 세상에 누가 빨간색 레이스 티 팬티를 입어?"

"나 입는데. 레이스 달린 거."

알렉스가 바지춤을 슬쩍 내려 빨간 속옷 끈을 드러냈다.

"어우, 여보, 아니야. 그건 티 팬티라고 할 수 없어."

페이가 깔깔거리며 웃었다.

"우리 결혼하던 날 밤에 입었잖아!"

알렉스가 페이에게 장난스럽게 웃으며 말했다.

"기억 안 나?"

"그날 내가 무슨 속옷 입었는지 기억해?"

페이가 알렉스의 어깨에 턱을 기대며 물었다.

"응, 크림색 실크 팬티."

알렉스가 킥킥거리며 대답한다. 두 사람의 모습을 보고 있자니 지금까지 페이가 누군가와 이렇게 자연스럽고 장난기 넘치고, 스킨십이 가득한 애정을 나누는 모습을 본 적이 없다는 사실을 깨달았다. 페이는 너무나 편안해 보였고, 애정이 넘쳐흘렀다. 보기만 해도 따뜻하고 행복한 기분이 들었다.

"저게 사랑이지. 완벽한 속옷으로 떠올릴 수 있는."

로신이 알렉스와 페이가 입맞춤하는 모습을 보며 자조적으로 말했다. 두 사람을 보다 보니 결혼식 날 식장 밖에서 하얀 옷을 입고 머리에 보라색 꽃을 꽂은 페이의 모습이 갑자기 뇌리를 스쳤다. 집 안을 구경하다가 사진을 봤었나?

"아무튼, 이제 와서 말하지만, 난 폴이 싫었어."

나는 로신에게 말했다.

"볼 때마다 다리를 떨어서 얼마나 짜증 났는데. 그리고 무슨 되도 않는 커피 전문가 행세도 싫었어. 주말마다 별로 유명하지 않은 카페 투어를 한다며 돌아다닌 것도 기억나. 가끔은 스타벅스도 괜찮다고 했고."

"그 남자, 양자리였거든."

페이가 말했다. 마치 누군가에 대해 할 수 있는 최악의 표현인 것처럼.

"아무튼 둘 다 고마워. 아주 마음에 든다."

로신이 말했다.

"제발 빨간 티 팬티랑은 아주 흉측한 결말을 맞이했다고 말해줘."

내가 채근했다.

"아니."

로신은 고개를 저었다.

"다음 달에 결혼한대. 여자네 집안에 돈이 많다더라. 런던 세인트존스우드 노른자 땅에 저택도 있고. 아주 못 붙어먹어서 안달이 났어."

"인과응보적인 엔딩은 소설이나 종교에서만 일어나는 일이지."

알렉스가 말했다.

"그래도 그 새끼는 멍청하다는 벌이라도 받았지."

페이가 잔뜩 성이 나 외치자 로신이 부엌 조리대 너머로 키스를 날렸다. 페이는 좀처럼 나쁜 말은 하지 않는 사람이다. 그런 그녀가 가끔씩 던지는 욕설은 이럴 때 정말 효과적이었다.

페이가 모두의 잔을 채우는 동안 대화가 잠시 멈췄다.

"우리가 다 같이 스물여섯 살이 된다고 생각해 봐."

페이가 공백을 끊으며 입을 열었다.

"난 누가 돈을 준다고 해도 돌아가기 싫어."

로신이 먼저 입을 열었다.

"서른다섯 살 미만의 남자들은 다 등신이야. 그리고 나는 무슨 일을 하든 말단을 못 벗어나고, 어딜 가든 이코노미석을 타야 할 거고."

"너 빼고 다들 아직도 이코노미를 탄단다."

페이가 눈을 흘겼다.

"글쎄. 20대는 인생 전부가 내 손안에 있는 것 같고 모든 게 다 가능할 거라고 믿는 찬란한 시절이잖아."

알렉스가 가지와 고추를 집어 들더니 좀 전의 그 무시무시하게 생긴 기계에 넣었다.

"내 젊음은 알코올 내성과 피부 탄력을 선사할 텐데. 참고로 둘 다 아주 근사한 것들이지."

로신이 말했다.

"넌 어때, 루시? 너라면 돌아갈래?"

"응."

나는 망설이지 않고 대답했다.

"이 나이가 되니 좋은 점도 있지만, 예상치 못한 것들도 많더라고. 삶이 너무 바빠서 시간이 없는 느낌이야. 큰일은 훨씬 더 크게 느껴지고, 슬픈 일은… 음, 빌어먹게 슬퍼."

나는 잠시 입을 닫았다.

"네 말이 맞아. 어떤 면에서 인생은 살면 살수록 더 복잡해지는 거 같아."

알렉스가 말을 받아주었다.

"나이가 들수록 슬픔이나 고통, 실망이 더 빈번하게 찾아와.

특히 그런 걸 겪어보지 못한 사람에게는 더더욱."

"아멘."

로신이 찬성했다.

"인생은 절대 하나로 평가할 수 없는 거야. 그냥 문제 더미와 즐거움의 기복이 번갈아 찾아오는 엿 같은 거지."

"어쩜 그렇게 유쾌한지."

내가 피식거리며 덧붙였다.

"그럼에도."

알렉스는 말을 다 마치지 않았다는 듯 손바닥을 들어 보였다.

"삶의 진수를 느끼기 위해서라면 가끔은 뼈가 부러지는 일도 감수해야지. 우리는 행운아야. 다른 사람들은 누리지 못한 오늘을 누리고 있잖아. 희끗해지는 머리카락도 일종의 훈장이야. 나이를 먹는다는 특권 같은 거라고."

우리는 모두 술잔을 든 채 멍하니 알렉스를 바라보았다.

"그 애가 집 안에 틀어박혀 채소 리소토를 만들고 플라스크에 친환경 와인이나 담아 마시는 우리를 보며 실망하고 있진 않을까."

로신이 고개를 슬쩍 기울이며 말했다.

"그럴 거야."

덩달아 내 목소리도 조금 메었다.

"조야를 위해."

알렉스가 와인 잔을 들어 올렸다.

"조야를 위해."

페이가 나와 시선을 교환하며 말했다.

"매일 그리운 우리 친구."

우리는 다 같이 잔을 들어 올렸다. 서로 가타부타 말은 없었지만, 마주치는 눈빛에서 많은 말들이 오고 갔다.

"샘은 고작 몇 주 전의 나와 지금의 내가 같은 사람이라고 생각하지 않는 것 같아."

내가 조용히 대화를 이어나갔다.

"솔직히 너희들도 나를 부족한 사람이라고 여길까 봐 걱정했어."

"뭐? 어떻게 그런 말을 할 수 있어?"

페이가 얼굴을 일그러뜨렸다.

"넌 부족한 게 없어."

로신이 단호하게 끊어냈다.

"개그 센스는 여전히 한참 모자라고 술은 너무 빨리 마시는 데다가 유행이 지난 알파벳 귀걸이를 달고 다니지만 말이야."

로신이 잠시 멈칫하더니 덧붙였다.

"정말 하나도 변한 게 없는걸."

"어쩌면 우리가 서로의 곁에 있으면 저절로 10대 시절로 돌아가기 때문이 아닐까?"

내가 로신의 어깨에 머리를 기대며 물었다.

"아니면 네 친구들이 너를 제일 잘 알고 있기 때문일 수도 있지."

페이가 말했다.

마주 보고 앉은 채 식사를 하며 익숙한 대화의 흐름에 빠져들다 보니 따뜻하고 편안한, 과거의 모든 기억이 수놓아진, 내 몸에 꼭 맞는 낡은 코트를 입은 느낌이 들었다. 활력과 기운을 되찾고 나니 집으로 돌아가 홀로 명탐정이 나오는 드라마를 보지 않은 게 잘한 선택이라는 생각이 든다.

집에 돌아가니 샘이 거실에서 책을 읽고 있었다.

"재미있는 시간 보냈어?"

샘이 물었다.

"최고였어요. 다 같이 보니까 좋더라고."

내가 대답했다. **다 같이.** 그 말이 목에 턱 걸렸다. 전부 다 모인 건 아니었으니까.

"당신이 친구들을 만나서 참 다행이야."

샘이 읽던 책을 덮고 소파를 두드리며 고개를 까딱였다. 옆에 앉으라고 권하는 몸짓이었다. 내가 앉자마자 그는 자기 무릎 위에 내 다리를 올려놓더니 신발을 벗기고 발바닥을 주무르기 시작했다. 묘한 친밀감이 느껴졌고, 곧장 그의 손길에 빠져들었다.

"무슨 생각 해? 당신이 무슨 생각을 하는지 모르겠어."

그는 조심스럽게 물었다.

"혹시 클로이 이야기를 해준 게 잘못이었어?"

미래의 나라면 뭐라고 대답할까? 성숙한 대답은 어떻게 하는 걸

까? 어쩌면 솔직히 말하는 게 최선일지도 모른다. 이젠 정말 무슨 말을 해야 좋을지 알 수 없었다.

"아니야, 말해줘서 고마워요. 내가 알아야 할 이야기였으니까."

나는 잠시 침묵했다.

"그리고 왜 내가 당신의 아내가 아니라고 말했는지도 이해했고. 물론 기분이 좋았다고 할 순 없지만. 지금보다 훨씬 더 사기꾼이 된 느낌이었어."

샘은 내 발을 주무르던 손을 멈추고 나와 시선을 맞추기 위해 손을 뻗어 내 턱을 감싸 쥐었다.

"알아, 미안해. 너무 끔찍한 소리였어. 당신은 당연히 내 아내야. 나는 당신을 사랑해. 무슨 일이 일어나든, 당신이 무슨 짓을 하든, 기억하든 하지 못하든, 늘 당신만 사랑할 거야."

샘이 천천히 몸을 기울였다. 그에게서 풍기는 따스한 참나무 향이 새삼스럽게 익숙했다. **내게 키스하려나?** 전기가 흐르는 순간이 지나가고 그가 내 입술을 부드럽게 머금었다. 키스는 점점 더 깊고 거칠어졌다. 나는 그의 머리카락을 손으로 헤치며 그에게 가까이 다가갔다. 그의 촉감에 눈앞이 아찔했고, 온몸에 안도감이 퍼져나갔다. 그의 등을 손으로 쓰다듬자 문득 그가 셔츠를 입고 있던 어느 순간의 모습이 뇌리를 스쳤다. 해변에서 아침 식사를 하다가 오렌지 주스를 쏟는 모습이다. 기억일까? **이건 사진일 수가 없다.** 나는 그를 밀쳐냈다.

"왜 그래?"

샘이 물었다.

"아니에요."

이건 기억이라기보다 비디오에서 본 단편적인 장면 같다.

"우리 일로 이상한 느낌이 들 때마다 늘 미안하다고 사과할 필요 없어요. **나도** 기분이 이상해. 가끔은 당신 아내가 아닌 것 같아요."

이번엔 샘이 콧등을 찡그리며 뒤로 물러났다.

"기억날 거야. 분명히."

"하지만 내 기억이 돌아오지 않으면?"

샘의 손이 내 종아리를 천천히 주무르기 시작했다.

"그럼 내가 당신의 사라진 기억이 되어줄게."

우리는 소파에 몸을 포개고 누웠다. 샘은 내게 우리가 함께하기로 한 순간부터 이야기를 천천히 털어놓았다. 첫 데이트는 버로우 마켓이었다. 내가 치즈를 너무 많이 사서 샘이 치즈를 담아갈 배낭을 빌려주었다. 첫 주말여행은 북서부 호수 지역이었다. 그가 자신의 노 젓는 실력을 자랑하려다가 윈더미어 호수의 엉뚱한 곳까지 떠밀려 갔다고 했다. 그게 첫 싸움의 단초가 됐다.

처음으로 친구들에게 그를 소개하기 위한 저녁 식사 자리에서 샘이 너무 긴장한 나머지 로신의 깨끗한 식탁보에 그레이비소스를 엎지른 이야기도 들려주었다. 조야 그리고 그녀의 약혼자 타렉과 함께 그리스로 여행을 갔을 때 조야가 레스토랑의 벽화를 그리다가 제우스 신 대신 샘의 얼굴을 그리면 재미있을 거라고 말했다는 이야기도 해주었다. 샘은 그날 하늘의 색깔, 우리가 먹은 음식, 사물에 대한 나의 감상, 벽화를 보고 웃느라 마시던 포도주를 코로 뿜었다던 이야기까지 각각의 기억을 생생하게 덧그렸다. 나는 그의 이야기를 듣다가 어느 순간 잠들었다. 샘의 목소리는 마치 부드러운 크림 연고처럼 나를 안정시켰고, 함께한 삶의 구석구석은 매끄러운 붓질처럼 내 꿈속으로 스며들었다.

제25장

다음 날 아침, 나는 새로운 목적의식을 가지고 잠에서 깨어났다. 샘의 품에 안겨 잠들면 내 몸 주변으로 누에고치의 보호막이 생긴 기분이다. 이제 허물을 벗고 새롭게 성장할 시간이 되었다는 느낌이 나를 감쌌다. 물론 즉각적인 성공을 거두진 못했다. 나는 어리석게도 하룻밤의 노력으로 엄청난 아이디어를 떠올릴 수 있을 거라고 생각했다. 하루 육아로 부모가 되는 법을 터득할 수 있을 거라고 기대했다. 11년의 연애를 아무런 역경과 고난 없이 내 것으로 만들 수 있을 거라고 생각했다.

나는 이제 아이들의 아침 식사를 준비하며 조금 더 인내심을 가져야겠다고 다짐한다. 직장에서는 조금 더 경청하고 배우려는 자세로 노력할 것이다. 집에서는 샘에게 더 공감하고 그에게 적응할 시간을 내어줄 것이다. 나는 차분하고 침착하며 천사 같은 엄마가 될 것이다. 아이들 앞에선 절대 나쁜 말을 쓰지 않겠다. 그 옛날 수녀님들처럼 모든 질문에 "그래, 아이들아" 하고 대답할 것이다.

"사이트에서 새 메시지가 왔어요!"

아침 식사를 차려놓은 테이블 위에 있는 휴대 전화를 가리키며 펠릭스가 외쳤다.

"펠릭스! 그거 보지 마!"

나는 천사 같은 엄마가 되겠다던 다짐과 모성애를 1분 만에 저버리며 휴대 전화를 낚아챘다.

"읽어봐요, 읽어봐요!"

조심스럽게 메시지를 열어 음란물이 아닌지 확인한 다음, 아니라는 확신이 들어 펠릭스에게 메시지를 보여주었다.

받는 사람: 소원26

보내는 사람: 동그란 소파

베터시 다리 아래에 창고가 하나 있어요. 거기 아케이드 데이브라는 남자가 빈티지 게임기를 수리해요. 꽃집 옆에 갈색 문이 보일 겁니다. 소원 기계에 관해 물어보면 그 남자가 알려줄 거예요. 전화가 없어서 직접 방문해야 합니다. 닉네임 '동그란 소파'가 알려주었다고 하면 좀 더 호의적으로 대답할 거예요. 좀 웃긴 사람입니다.

메시지 아래 이런 서명 이미지가 첨부되어 있었다. 난 플레이어가 아니라 게이머다.

"가봐야 해요!"

펠릭스가 외쳤다.

"암호랑 이런 게 꼭 진짜 현실 게임 퀘스트 같아요! 당장 가요, 우리!"

"지금은 못 가. 난 출근해야 하고 넌 학교에 가야 하잖아."

"그래서요?"

"그러니까 학교를 빼먹고 '아케이드 데이브'란 남자를 만나러 무작정 저 창고까지 갈 순 없다는 뜻이야."

펠릭스가 나를 빤히 바라보더니 다시 시리얼 그릇으로 고개를 파묻었다. 불만을 품은 듯 소리 내어 와그작, 하고 시리얼을 씹는 소리가 주방을 가득 메웠다.

"미안, 펠릭스. 할 일이 너무 많아. 회사에서 내가 낸 아이디어를 하나도 받아주지 않았어."

"헬리콥터랑 바닷장어 이야기도 했어요?"

펠릭스가 물었다.

"놀랍게도, 응."

나는 한숨을 내쉬었다.

"바닷장어가 헬리콥터에 들어간다고도 했어요?"

펠릭스가 또다시 물었다.

"거기서부터 잘못되었던 것 같아."

"둘이 무슨 계획을 꾸미는 거야?"

샘은 정장을 입고 레딩에 녹음하러 가는 날이었다.

"음, 아무것도 아니에요."

샘과의 사이가 조금 더 단단해졌지만, 굳이 그에게 그의 아들과 내가 비밀리에 나를 과거로 돌려보낼 마법의 포털을 찾고 있다는 사실을 털어놓음으로써 상황을 복잡하게 만들고 싶진 않았다.

“펠릭스가 날 좀 도와줬어요.”

“아직도 아이디어가 안 떠올라?”

샘이 텀블러에 커피를 따르며 물었다.

“안 떠올라요. 그런데도 마이클은 여전히 내가 좋은 아이디어를 떠올릴 거라고 확신하고 있죠. 하지만 내게 능력이 얼마나 더 남아 있는지 모르겠어요. 세월의 간극은 너무 크고 내가 모르는 것도 너무 많아요.”

“당신이 지키지 못할 자리는 없고, 굳이 능력을 증명할 필요도 없어.”

샘의 진심이 와닿았다. 마치 나를 위한 소규모 치어리더 팀이 오직 나만을 응원하는 기분이랄까.

“가봐야겠다. 이따 봐.”

샘은 내 입술에 가볍게 입을 맞추고는 서둘러 집을 나섰다. 나는 그가 부엌 창문 밖으로 지나가는 모습을 지켜보았다. **와, 이 남자, 내가 왜 이 남자와 평생을 약속했는지 알겠다. 현실이라기엔 지나치게 좋은 사람이다.**

“엄마, 엄마!”

펠릭스가 등 뒤에서 애타게 나를 불렀다.

“응? 아, 그래. 장고. 엄마가 더 알아볼게. 만약에 진짜라면 이번 주말에 갈 수 있을 거야.”

"저도 데려가는 거죠?"

"그건 두고 보자"라고 대답하는 순간, 후회되기 시작했다. 분명 실망으로 끝날 여정이다. 하지만 실망이 두려운 건 나일까, 펠릭스일까?

"건포도 더 먹어도 돼요?"

펠릭스가 물었다.

나는 "건포도 싫어하잖아"라고 말하며 찬장에서 건포도 병을 꺼내 펠릭스에게 건네주었다. 그리고 우뚝 모든 동작을 멈추었다. 펠릭스가 건포도를 싫어한다는 걸 내가 어떻게 아는 거지? 핑 도는 몸을 바로잡으려 식탁을 움켜쥐었더니 펠릭스가 나를 의아한 눈으로 바라보았다.

"아니요, 지금은 좋아해요. 근데 건포도만 먹는 건 싫고, 시리얼과 함께 먹을 때만 좋아요."

열심히 대답하던 펠릭스 역시 말을 끝내기가 무섭게 일시 정지했다. 그러고는 나와 같은 생각을 했는지 눈을 부릅뜨며 물었다.

"혹시 기억이 돌아왔어요?"

"어쩌면. 모르겠어."

나는 눈을 비비며 대답했다.

"그럼 어떻게 된 거예요? 기억이 돌아오기 시작한 걸까요?"

펠릭스가 두 손을 허공에 휘두르며 온몸을 정신없이 움식였다.

"포털을 통해 왔다면 기억이 어떻게 돌아와요? 포털이 닫히려는 걸까요? 건포도가 경고예요?"

아이가 다급하게 숨을 몰아쉬었다.

"아니면…."

"잊어버려, 별거 아니겠지. 아빠가 건포도 이야기를 했었나 봐. 자, 얼른 먹자. 3분 후에 출발할 거야."

펠릭스에게 그런 말을 하지 말았어야 했다. 시간 여행의 규칙에 대한 가벼운 논쟁을 벌이지 않고도 아이들을 먹이고, 입히고, 집 밖으로 나가게 하는 건 충분히 어려운 일이니까.

하지만 펠릭스 때문에 학교 가는 길이 한층 산만해졌다. 만약 기억이 내 머릿속 어딘가에 있다면, 정말 내가 시간 여행을 온 게 아니라는 건가? 한편으론 이 모든 게 일시적인 현상일지도 모른다는 의심이 피어났다. '아케이드 데이브'가 나를 집으로 데려다줄 열쇠를 쥐고 있는지는 모르겠지만, 나는 언젠가 자고 일어나면 내가 있던 곳으로 돌아갈 수 있을 거라고 여전히 믿고 있다. 하지만 벌써 2주나 지났고, 내가 정말 기억 상실증에 걸렸다면 그곳으로 돌아갈 수 없을 것이다.

"몰리에게 엄마의 건포도 사건을 말해볼게요. 몰리는 시간 여행에 관해 아는 게 많거든요."

펠릭스가 말했다.

"몰리의 아빠가 공상 과학 소설을 쓰시는데, 시간 여행은 아직 일어나지 않은 과학적 사실이라고 했대요."

펠릭스는 잠시 생각에 잠겼다가 신이 나서 물었다.

"아니면 몰리랑 몰리 아빠랑 다 같이 창고에 가요!"

"펠릭스!"

내가 놀라 목소리를 키웠다.

"런던에 가서 빈티지 게임기를 찾고 거기에 마법 속성이 있는지 없는지를 찾아보는 데에 무작정 몰리나 몰리의 아버지를 초대할 생각은 추호도 없어!"

속사포같이 속마음을 내뱉고 나서야 심호흡을 할 수 있었다.

"우리 그냥 조용히 등교하고 이 이야기는 나중에 하는 게 어때?"

펠릭스는 입을 다물었다. 한동안 차 안이 고요했다.

"도서관 카드 잃어버렸어요. 엄마 가방 좀 봐도 돼요?"

펠릭스가 얌전히 물었다.

"그래."

나는 조수석에 있던 가방을 뒤로 넘겨주었다.

"소리 질러서 미안해. 너도 도와주고 싶어서 그런 거 알아."

펠릭스는 어깨를 으쓱였다.

"엄마가 오늘은 정말 늦지 않게 열차를 타야 해."

학교에 도착한 펠릭스는 안전벨트를 풀기 전, 룸미러로 내 눈치를 살폈다. 아이의 눈에 죄책감 비슷한 무언가가 언뜻 스쳤다. 대체 펠릭스가 내게 죄책감을 느끼는 이유가 뭐지? 숙제를 안 했거나 친구와 싸웠을까? 솔직히 말해서 펠릭스에게 무슨 일이 있든 나는 내 상황만으로도 너무 골치가 아팠기에 차마 물어볼 엄두가 나지 않았다. 내가 챙겨야 할 건 내 삶뿐만 아니라 온 가족의 삶이다. 일을 마치고 돌아오면 시간을 내서 제대로 된 질문을 해봐야겠다.

배저TV의 오전은 이렇게 흘렀다. 우선 엄청난 양의 이메일을 뒤적거리며 내가 책임져야 할 무수히 많고 긴급한 안건을 파악하려 애썼다. 프레젠테이션 경합은 끝없는 폭풍 속 하나의 자그마한 소용돌이에 불과했다. 마이클은 내게 모든 걸 위임하라고 했지만, 위임조차도 내 능력 밖의 일처럼 느껴졌다. 심지어 내가 해야 하는 모든 일에 내가 갖고 있지 않은 수준의 지식이 필요했다. 받은 편지함에는 세법 관련 질문, 건물 임대차 계약서 수정, 데이터 보호 등록, 노조 청원, 직원 교육 요청, 밤프 계약 만료 알림, 임직원 회의, 예산 회의, 촬영 일정 회의, 사전 회의, 사후 회의, 마무리 회의가 켜켜이 쌓여 있었다. 어떻게 사람이 이렇게 많은 회의에 참석할 수 있는 걸까? 심지어 회의 일정을 논의하기 위한 회의도 따로 존재했다. 다른 사람들이 더 많은 회의를 만들어내는 걸 막기 위해 가짜 회의로 다이어리를 가득 채워야 할 정도였다.

'새로운 프로그램 구상'과 같은 사소한 일에 집중하는 건 불가능한 일처럼 느껴졌다. 내 머릿속은 계속해서 샘이 클로이에 대한 이야기를 할 때 느꼈던 고통을 되새겼다. 그 아픔은 머릿속 어딘가에 잠들어 있는 내 아픔이기도 하겠지. 기억이 돌아오면 그 슬픔도 함께 돌아올까? 자식을 잃는다는 게 어떤 기분인지 상상조차 할 수 없다. 이기적으로 들리겠지만, 알고 싶지도 않았다.

점심시간이 되자마자 나는 가짜 회의 만들기에서 벗어나 내가 산 값비싸고 이상한 물건을 반품하기 위해 백화점으로 향했다. 대부분은 무사히 반품에 성공했지만, 안타깝게도 보라색 슈트는 환불할 수 없었다. 이미 한 번 착용한 데다가 다시 붙인 가격표도 걸렸다. **화가 치밀었다.** 베이비시터 월급과 대출, 다락방 리모델링 등 지금 당장 지출해야 할 어른의 진부한 비즈니스까지 일일이 나열하며 내가 성급했다고 아무리 사정해도 좀처럼 먹히지 않았다. 어떤 이유에서인지 이 모든 걸 결제한 카드를 놓고 왔다는 사실도 내겐 악재였다. 결국 바닥에 드러누워 애원하자 매니저는 나를 안타깝다는 듯 바라보며 구매가격의 60퍼센트를 포인트로 적립해 주겠다며 달랬다.

혹시 마리아에게 백화점 적립 포인트를 월급으로 줄 수 있을까, 하고 고민하던 차에 샘에게 전화가 걸려 왔다. 샘과 통화할 생각에 기분이 좋아졌지만, 전화를 받자마자 뭔가 단단히 잘못되었다는 걸 깨달았다.

"혹시 펠릭스 연락 못 받았어?"

샘이 식겁한 목소리로 빠르게 물었다.

"뭐? 아니, 왜?"

"학교에서 도망쳤는데, 어디 있는지 모르겠대."

샘은 가쁜 숨을 몰아쉬며 제대로 말을 내뱉지 못했다.

"경찰에 신고하기 전에 먼저 집에 가진 않았는지 확인한다면서 연락이 왔어. 학교 가는 길에 무슨 이야기 들은 거 없지?"

"아니. 별소리 안 했는데" 하고 대답했다. 가슴이 미친 듯이 두근거리기 시작했다. 폐에 공기가 다 빠져나간 듯 숨이 가빠왔다. 오늘 아침 차 안에서 펠릭스와 나눈 대화가 주마등처럼 스쳐 지나가며 머릿속이 복잡해졌다.

"돈이 없어서 아무 데도 못 갈 텐데."

목이 멘 듯 샘의 목소리에 쇳소리가 섞여들었다. 꼭 비명을 내지르기 직전인 사람 같았다.

"샘, 내 은행 카드가 없어졌어."

나는 펠릭스가 도서관 카드를 찾기 위해 내 가방을 뒤지던 모습을 떠올리며 끔찍한 기분으로 털어놓았다.

"아마 펠릭스가 가져간 것 같아. 어디로 간 거지?"

혼자 세상 밖으로 나간 펠릭스가 위험에 처했을지도 모른다는 생각이 들자 속이 쓰리고 공포가 밀려왔다. 납치된 건 아니겠지? 다치면 어쩌지? 본능적인 두려움이 매듭처럼 배배 꼬여 내 가슴을 조여왔다. 금방이라도 기절할 것처럼 숨을 쉴 수 없었다.

"아이패드에 추적 앱이 있어."

샘이 말했다.

"'내 아이 찾기'야. 가방을 갖고 있다면 휴대 전화로 위치를 확인할 수 있을 거야."

나는 샘과 계속 통화하며 덜덜 떨리는 손으로 휴대 전화 화면에서 앱을 검색했다. 이 모든 게 내 잘못인 것처럼 뱃속에서 공포가 전율했다. 앱을 열자 '펠릭스의 아이패드'라고 적힌 아이콘이 화면의 지도를 가로지르며 움직이는 게 보였다.

"올더숏과 애시베일 사이에 있어."

샘에게 말하는 그 짧은 순간에도 아이콘은 계속해서 움직였다.

"지금… 열차를 탔나 봐."

"열차?"

"런던으로 오고 있어."

그리고 내 명치 끝을 옥죄던 두려움의 매듭이 조금씩 풀렸다.

"대체 런던은 왜?"

샘이 물었다.

"나도 모르겠어. 일단 내가 워털루역에 가서 찾아볼게."

샘은 "철도청에 연락해서 경비원에게 알리고 도착할 때까지 안전하게 보호해 달라고 요청할게"라고 말했다. 그의 목소리는 이제 두려움에서 분노로 바뀌고 있었다.

"진짜 가만 안 둬. 대체 무슨 생각으로!"

나는 "그러니까 말이야" 하고 대꾸했다.

하지만 난, 어쩌면 아이가 도망친 이유를 정확히 알 것 같았다.

제26장

마이클에게 '또다시' 아이와 관련된 위급 상황을 설명하는 문자를 보낸 다음, 제시간에 맞춰 워털루역에 도착해 얼굴이 벌겋게 달아오른 채 경비원의 보호를 받으며 열차에서 내리는 펠릭스를 맞닥뜨렸다.

"자녀분 맞으세요?"

경비원이 물었다.

"네."

"네 엄마 맞니?"

경비원이 펠릭스에게 물었고, 펠릭스는 잠시 멈칫하며 콧구멍을 벌렁거리다가 마지못해 내가 자신의 엄마임을 인정했다.

"좋다. 모험가 꼬마야, 어서 내려라."

나는 펠릭스의 눈높이에 맞춰 무릎을 구부리고 아이를 힘껏 끌어안았다. 문전성시를 이루는 커다란 역에서 키가 큰 경비원 옆에 서 있는 아이는 너무도 작고 연약해 보였다.

"내가 얼마나 걱정한 줄 알아? 대체 무슨 생각이었던 거야!"

"나랑 같이 포털 찾으러 갈 생각 없었잖아요."

펠릭스는 작은 이마를 한껏 찌푸렸다.

"무작정 이름도 모르는 창고를 찾아 런던을 돌아다니려고 했다는 거야?"

펠릭스는 내 힐난에 고개를 끄덕였다. 나는 이제 이 나이대의 아이들이 공공장소에서 코를 마음껏 후비고도 수치심을 느끼지 못한다는 사실을 어렴풋이 배우는 중이다. 나는 펠릭스의 손을 잡고 중앙 홀로 걷기 시작했다.

"어서 가자, 10분 후면 돌아가는 열차가 있어."

"기왕 온 김에 잠깐 가서 보고 오면 안 돼요?"

펠릭스가 내 소매를 잡아끌며 애원했다. 나와 너무나도 닮은 그 얼굴을 보고 있자니 나도 모르게 마음이 풀어졌다. 학교를 땡땡이치고 내 은행 카드를 훔쳐 혼자 열차를 탈 정도로 아이는 제 계획을 굳게 믿고 있었다.

"인터넷에 글을 올려서 너의 기대감을 부추기는 건 옳지 못한 일이었어. 마법의 해결책이 있다고 믿게 둬선 안 됐어."

나는 이마를 짚으며 잠시 고민에 잠겼다.

"이게 얼마나 무모한 일인지 알아?"

"네."

펠릭스는 침울하게 대답했다.

"우리가 창고를 찾았는데 아무것도 얻지 못한다면, 웹사이트며 포털 찾기까지 다 포기하는 거야, 알았지?"

"네."

펠릭스는 고개를 위아래로 빠르게 끄덕이면서 기대감으로 흔들리는 동공을 감추지 못했다.

"좋아, 아빠한테 전화할게."

샘은 통화 연결음이 채 울리기도 전에 전화를 받았다.

"내가 찾았어."

"하, 감사합니다. 내가 학교에 알릴게. 대체 뭐 했대?"

샘이 다그쳤다.

"펠릭스는 내가 과거에서 이곳으로 타고 온 시간 여행 포털이 있다고 믿어요. 그 포털을 찾으면 나를 과거로 돌려보낼 수 있대."

수화기 너머의 샘은 침묵을 지켰다.

"내 잘못이야. 내가 마지막으로 기억나는 게 그 소원 기계라고 이야기해 준 적이 있거든."

나는 펠릭스에게서 등을 진 채 목소리를 낮추어 속삭였다.

"이번 일로 크게 혼날 걸 알지만, 이 모든 상황이 아이에게도 힘들었을 거예요. 펠릭스랑 단둘이 시간을 좀 보내는 게 좋을 것 같아."

나는 샘이 반대할 거라고 예상했다. 하지만 그는 "좋아, 그게 도움이 될 것 같으면 그렇게 해. 그래도 혼나기는 해야 해. 일단 집에 오면 일주일, 아니 2주 동안은 그 어떤 전자기기도 사용 금지라고 전해. 학교에서도 선생님께 혼나야 하고"라고 말했다.

나는 전화기를 귀에 댄 채 펠릭스를 향해 돌아섰다.

"아빠가 2주 동안 휴대 전화는 꿈도 꾸지 말라셔."

"그리고 내가 사랑한다고, 무사해서 정말 다행이라고도 말해줘."

샘이 거칠고 씨근거리는 목소리로 덧붙였다.

"저도 사랑해요, 아빠!"

펠릭스가 전화기를 향해 외쳤다.

"그래, 그럼 이따 봐요. 시간이 좀 걸릴지도 몰라요."

"응, 사랑해."

샘이 내게 말했다. 그리고 내가 뭐라고 대답해야 할지 생각하기도 전에 전화를 끊었다.

펠릭스와 함께 베터시로 향하는 버스에 올라탔다. 웨스트민스터 다리를 지나 템스강을 바라보니 빅벤 시계탑과 국회의사당, 런던 아이 대관람차까지 익숙한 건물들이 한눈에 보였다. 새로운 건물들이 들어서면서 내가 알던 스카이라인이 달라졌다. 강철과 돌로 만든 기둥은 파르테논 신전 스타일이었다. 독특한 원뿔형 마천루가 동쪽 수평선을 지배하고 거대한 곡선의 홍수 방벽이 양쪽 강둑을 둘러쌌다. 런던은 과거와 현재가 공존하며 끊임없이 진화하고 있지만 본질적으로 달라진 건 아무것도 없는 곳이었다.

그때 펠릭스가 배낭에서 작은 공책을 꺼내 내게 내밀었다.

"이게 뭐야?"

"일지요. 탐험을 떠날 때는 모든 걸 기록해야 해요."

"그래."

"탐험 중에 누군가 넘어져서 무릎을 다치거나 상어의 공격을 받는 사고가 발생하면 꼭 기록을 남겨야 하죠."

"알았어. 상어가 있는지 잘 살필게."

"런던에는 상어가 안 살아요, 엄마."

"학교는 어떻게 빠져나왔어?"

펠릭스는 잠시 수줍은 표정을 지으며 버스 앞좌석에 튀어나온 실밥을 만지작거렸다.

"운동장 울타리에 개구멍이 있어요. 진심으로 원하면 빠져나올 수 있어요."

"그런 다음 혼자서 역까지 걸어갔다는 거야? 그건 정말 위험한 일이야. 다시는 그러지 않겠다고 엄마랑 약속해."

"호루라기를 챙겨왔어요."

아이가 내게 목에 걸고 있는 자그마한 빨간색 호루라기를 보여주었다.

"그걸로 뭘 어떻게 하려고?"

"만약에 누가 나를 납치하려고 하면, 이 호루라기를 불면 돼요. 우리가 음악 축제에 갔을 때 엄마가 저한테 그렇게 하라고 준 거예요."

펠릭스는 잠시 말을 멈추고 호루라기를 살펴보았다.

"이거, 삼키면 죽을까요?"

"아니, 그거 삼킨다고 죽진 않아."

"그럼 두 개를 삼키면요?"

"모르겠다, 펠릭스."

"몇 개까지 삼켜도 안 죽을까요?"

"기도에 걸리면 잘못될 수도 있지. 근데… 우리가 그 답을 꼭 알아야 할까? 그냥 호루라기는 삼키지 마."

베터시 다리 아래에서 하차하자마자 공중에 살짝 떠다니는 스쿠터를 탄 10대 소년이 도로를 따라 내려오다가 우리와 그대로 충돌할 뻔했다. 나는 겨우 펠릭스를 낚아채 몸을 틀고, 뒤도 돌아보지 않는 10대 소년에게 "앞 좀 보고 다녀, 이 새끼야!" 하고 외쳤다. 펠릭스가 나를 올려다보며 감탄에 찬 눈빛을 쏘았다.

"미안해, 엄마가 그런 말 쓰면 안 되는데."

나는 입술을 잘근거렸다.

"정말 끔찍하게 나쁜 말을 했어."

"아니에요, 끔찍한 사고가 일어날 수도 있었어요."

펠릭스가 대꾸했다.

"그래?"

"당연하죠."

펠릭스가 일지를 꺼냈다.

"저는 글씨가 너무 커서 그러는데, 대신 써주시면 안 돼요? 시간을 쓰고 '스쿠터를 탄 남자와 거의 충돌할 뻔함'이라고 적어주세요. 그리고 엄마가 '이 새끼야! 라고 했음'까지."

"음, 누가 무슨 말을 했는지 그렇게 구체적으로 적을 필요는 없을 것 같아."

우리는 오래된 다리의 난간 아래에서 꽃집 혹은 갈색 문을 찾아 돌아다녔다. 판잣집이나 그라피티 낙서가 가득한 벽, 버려진 쇼핑 카트만 즐비하고 사람이 살고 있다는 흔적은 없었다. 무슨 소파 어쩌고가 누구든, 그 사람이 우리를 속인 게 아닐까, 하는 생각이 슬슬 들기 시작했다.

"길을 잃어버리셨나 봐요."

그때 정비소 밖에서 뒤집힌 오토바이를 수리하던 남자가 물었다. 엄청난 덩치에 문신이 빼곡했다.

"아케이드 데이브를 찾아요."

펠릭스가 남자를 향해 천천히 윙크하며 말했다. 남자는 펠릭스를 차갑고 냉혹한 시선으로 바라보았다. 나는 호루라기를 삼켜야 하는 일이 벌어질지 몰라 겁을 먹었다. 그때 남자가 왼쪽을 향해 고갯짓했다.

"저기, 꽃집 지나서."

남자가 가리킨 방향을 따라 발걸음을 옮기기가 무섭게 시든 튤립 몇 송이를 파는 작은 가판대를 찾았고, '동그란 소파'의 말처럼 '데이브의 창고'라고 쓰인 먼지투성이 간판의 갈색 문을 발견했다.

"여기 있어요!"

펠릭스가 삐걱거리는 문을 손바닥으로 힘껏 밀며 외쳤다. 문 너머로 녹슨 나선형 계단과 금속 창살문이 보였다. 꼭 런던의 하수도로 이어지는 것 같은 느낌이었다. 펠릭스는 겁도 없이 앞을 향해 내달렸다. 발걸음마다 창문 없는 벽돌 동굴의 철판 소음이 깡깡, 울려댔다.

"여기 좀 어둡다."

나는 구불구불한 계단을 따라 내려가는 펠릭스를 향해 긴장 어린 목소리로 말했다.

"그냥 여기서 기다리는 게 좋겠어."

문득 이 모든 게 끔찍한 생각 같았다. 만약 우리가 인신매매 집단의 속임수에 빠진 거라면 어떡하지? 만약에 펠릭스가 납치라도 된다면? 아니면 내가 납치되면? 펠릭스에게 그만 돌아가자고 말하려는 찰나 계단 아래쪽에서 "여기예요!"라고 외치는 펠릭스의 목소리가 들렸다. 서둘러 나선형 계단을 내려가 보니 계단 아래로 거대한 벽돌 아치가 보였다. 눈앞에 펼쳐진 동굴 같은 곡선형 공간에는 오래된 아케이드 게임기와 박람회장에서나 볼법한 먼지가 켜켜이 쌓인 신기한 물건들이 가득했다. 마치 투탕카멘의 무덤을 발견한 것 같은 엄청난 광경이었다. (가령 투탕카멘이 80년대 비디오 게임에 빠져 있었다면 그의 무덤도 이런 모습이었을 거란 뜻이다.) 예상치 못한 광경에 놀란 나는 잠시 멈춰 서서 감탄사를 연발했다.

"분명 여기 있을 거예요."

펠릭스가 80년대 기술력의 집합체를 모아둔 통로로 내달렸다.

"저기요?"

나는 허락도 없이 내려왔다가 곤경에 처할까 걱정하며 외쳤다. 그리고 '아케이드 데이브가 좀 웃긴 사람이다'라던 말이 떠올랐다. **코미디언 같다는 걸까 아니면 사이코패스라는 걸까?**

그때 기름투성이 작업복을 입고 지저분한 적갈색 콧수염을 기른 한 남자가 낡은 팩맨 게임기 뒤에서 일어나 우리를 의심스러운 눈초리로 노려보았다.

"아케이드 데이브?"

나는 최대한 '제발 우리를 살려주세요'라고 말하는 것 같은 선량한 미소를 지으며 그에게 물었다.

"누구쇼?"

남자가 되물었다.

"저는 루시고, 얘는 펠릭스예요. '둥근 소파'에게 소개받고 왔어요."

"엄마, '둥근'이 아니고 '동그란 소파'요."

펠릭스가 아케이드 데이브의 눈치를 기민하게 살피며 말했다.

지하 은신처에서 그 닉네임이 꽤 큰 역할을 해주리라 기대했건만, 아케이드 데이브는 "모르는 사람인데" 하며 다시 게임기 앞에 앉아버렸다.

펠릭스는 주저하지 않고 그에게 다가갔다.

"소원 들어주는 기계를 찾고 있어요. 엄청나게 오래된 기계래요."

"엄청 오래된 건 아니고요."

내가 중얼거렸다.

“70년대나 80년대, 어쩌면 50년대에 만들어진 것 같아요. 확실한 건 20세기에 만들어졌다는 거고요.”

“어떻게 생겼는데요?”

데이브가 기름 묻은 걸레로 코끝을 닦으며 물었다.

데이브는 내가 기억하는 기계 외관에 관한 설명을 주의 깊게 듣더니 이내 따라오라고 손짓했다. 펠릭스는 흥분을 감추지 못하며 통통 튀듯 걸어갔다. 열심히 따라가던 아이가 휙 뒤를 돌아보며 나를 향해 “가지고 있나 봐요!” 하고 외쳐댔다.

데이브가 천을 덮어놓은 기계로 우리를 안내했다. 그가 기계에 손을 뻗자 나도 모르게 몸이 움찔거렸다. **이게 진짜면 어쩌지?** 하지만 데이브가 먼지 덮인 천을 걷어내자 무섭게 생긴 〈알라딘〉의 ‘지니’가 거대한 수정 구슬을 들고 네모난 유리 상자 안에 앉아 있었다. 펠릭스는 내가 지니 이야기는 한 적이 없다는 걸 알면서도 기대에 찬 표정으로 나를 바라보았다. 나는 고개를 절레절레 흔들었다.

“아니, 이게 아니야.”

데이브 역시 고갯짓을 하며 “그쪽이 말하는 기계는 본 적이 없는데, 혹시 수집가요?”라고 물었다.

“비슷해요.”

나는 펠릭스가 시간 여행 이야기는 단 한 마디도 하지 못하게 째려보며 얼른 대답했다.

데이브는 기름 묻은 걸레에 재채기를 하고는 작업복 주머니에서 기름때가 묻은 명함을 꺼내 내게 건넸다.

"전화번호 남겨요. 여기저기 수소문 좀 해보리다."

펠릭스의 실망감을 감지했던 모양이다. 데이브가 대뜸 펠릭스에게 말을 걸었다.

"꼬마야, 내가 방금 작업한 '로봇론 2084' 잠깐 보고 갈래?"

펠릭스는 열심히 고개를 끄덕였다.

다시 환한 빛 아래로 나왔지만 펠릭스의 얼굴에는 실망한 기색이 역력했다.

"이렇게 끝나서 어떡하지?"

조심스러운 내 말에 아이는 고개를 저었다.

"퀘스트의 한 단계였을 뿐이에요. 퀘스트는 원래 여러 단계가 있어요. 데이브가 엄마 전화번호도 가져갔잖아요."

"모르겠어, 난 정말 막다른 곳에 다다른 것 같아."

펠릭스는 딛고 있던 발 반대편으로 체중을 옮겨 싣더니 초조한 기색으로 물었다.

"혹시 제가 자기 게임이 지루하다고 생각한 걸 눈치챘을까요? 무례하게 굴고 싶지 않았거든요. 어떻게든 재미있는 척하려고 노력했는데."

"글쎄, 엄마가 보기에는 정말 즐거워하는 거 같았어. 그럼 잘한 거 아닐까?"

나는 아이의 어깨에 팔을 두르며 용기를 북돋아 주었다.

버스를 타기엔 날은 화창하고 기분이 좋았다. 그래서 잠시 걸어보자고 제안했다. 우리의 미션은 실패였지만, 펠릭스는 의외로 활기차고 말이 많았다. 모든 말의 반대말을 좋아하는 아이였고, 먹으면 죽을 수도 있는 것들에 관심이 많다는 사실도 알게 되었다. 복스홀에 도착했을 때 내가 예전에 살던 곳을 보고 싶냐고 물었더니 펠릭스는 흔쾌히 그러겠다고 말했다.

"저 건물이에요?"

펠릭스가 내가 살던 곳의 길 건너편 벤치에 앉아 물었다.

"응, 저기 3층."

나는 옛날 내 방 창문을 가리켰다.

"엄마랑 제일 친한 친구였던 조야 이모랑 에밀리, 줄리언도 같이 살았어."

저 창가에 앉아서 싸구려 와인을 마시고 책을 읽고, 꿈을 꾸며 나누었던 대화를 떠올리니 아련한 그리움이 밀려왔다. 조야는 에밀리, 줄리언, 나를 어둠 속 토치램프 앞에 앉혀놓고 우리 얼굴 실루엣을 그렸다.

"항상 지저분하고 비좁았어. 화장실 휴지는 없었지만, 정말 재미있었어."

"왜 화장실 휴지가 없었어요?"

펠릭스가 물었다.

"그 당시에는 배달 드론이 없었거든."

내가 설명했다.

"엄마 친구라는 조야 이모가 혹시 돌아가신 분이에요?"

펠릭스가 발끝으로 땅바닥을 긁으며 조용히 물었다.

"응."

나는 창문 난간에서 시선을 떼지 못한 채 대답했다.

"그리고 그 이모가 엄마의 가장 친한 친구였고요?"

"그랬지."

펠릭스가 제 손바닥을 곰곰이 들여다보다가 말했다.

"맷 크리스턴슨이 나한테 자기 절친이 되어달라고 부탁했어요. 전 생각해 보겠다고 했고요."

"네 나이 때는 모든 사람과 친구가 되는 게 좋아. 그러니 선택지를 넓혀봐."

"그래도 전 절친이 있으면 좋겠어요."

펠릭스가 한 발로 나머지 발을 차며 대꾸했다.

"몰리 그린웨이에게 절친이 되자고 했더니 여자는 여자, 남자는 남자랑 절친이 되어야 한댔어요."

"꼭 그렇지도 않아. 네가 원하면 누구든 절친으로 만들 수 있어."

펠릭스는 생각에 잠긴 듯 잠시 입을 다물었다.

"엄마가 조야 이모를 선택한 거예요, 아니면 이모가 엄마를 선택한 거예요?"

나는 손을 뻗어 펠릭스의 고사리 같은 손을 맞잡았다.

"우린 서로를 선택한 것 같아. 프랑스어 수업 시간이면 나란히 앉아서 우리가 만든 말로 쪽지를 써서 주고받곤 했거든."

"만든 말?"

펠릭스가 이상하다는 듯 되물었다.

"우리 둘이 만든 말이야. 우리끼리 웃긴 말. 우린 좀 이상한 애들이었거든. 내 마음의 이상한 부분까지 다 보여줄 수 있는 친구. 엄마는 그게 절친이라고 생각해."

"저도 코딩 클럽에서는 몰리 옆에 앉아요."

펠릭스가 말했다.

"몰리가 저보다 코딩을 훨씬 잘하거든요. 그리고 정말 재미있어요. 몰리가 만든 플랫폼 게임도 있어요. '여자가 이긴다, 남자는 쓰레기통에'라는 건데요, 무슨 게임이냐면 남자애들을 모두 쓰레기통에 넣어야 이기는 게임이에요. 그런데 해리스 선생님이 이건 성차별적인 게임이라고 채점을 안 했어요. 그랬더니 몰리가 남자애들을 전부 선생님으로 바꿔버렸어요. '아이들이 이긴다, 선생님은 쓰레기통에'라는 게임으로요."

펠릭스가 박장대소하며 허벅지를 손바닥으로 내리쳤다.

"몰리라는 친구, 나도 좋은걸."

벤치에 앉아 길 건너편의 오래된 아파트를 바라보고 있는데 공동 현관문이 열리면서 핀클리 씨가 재활용품 봉투를 들고 나타났다. 나를 본 그가 멀리서 손을 들어 인사를 건넸고, 나는 펠릭스의 손을 붙잡고 길을 건넜다.

"펠릭스, 이쪽은 핀클리 씨야. 엄마가 살던 아파트 위층에 사셨어. 핀클리 씨, 여긴 제 아들이에요."

내 아들이라니, 이 말을 하는 데 언제쯤 익숙해질까?

"무슨 일로 왔는가?"

핀클리 씨가 물었다.

"아직도 지난 세월을 그리워하며 살아?"

"안타깝지만 그렇네요. 우리는 그냥 둘만의 추억 여행을 하는 중이었어요."

"들어가서 햄이나 좀 먹고 가겠나?"

핀클리 씨가 제안했다.

정중하게 거절하려는데 펠릭스가 "저 햄 좋아해요!" 하며 껑충 뛰었다. 그리고 현관 쪽으로 한 걸음 다가섰다.

"먹는 거에 그렇게 까다롭게 굴더니."

나는 눈을 흘기며 핀잔을 주었다.

"햄은 까다롭게 고르지 않아요."

그렇게 쏘아붙인 펠릭스는 이미 마음의 준비를 마쳤다는 듯 현관 앞에 서서 우리를 기다렸다.

"그럼 잠깐 올라갈게요. 혹시 저희 때문에 불편하신 거 아니에요?"

"아니, 아니."

핀클리 씨가 말했다.

"그래도 우표 수집 책은 안 보여줄 걸세."

나뭇잎으로 가득한 핀클리 씨의 아파트 안으로 들어선 펠릭스가 마치 비밀스러운 지하 세계에 발을 디딘 것마냥 주위를 둘러봤다.

"우와, 엄청 멋져요! 꼭 정글에 사는 것 같아요!"

아이의 칭찬이 기꺼운 듯 핀클리 씨의 입매가 씰룩거렸다.

"나를 원예에 입문시킨 게 바로 네 어머니셨다."

지난 몇 년간 내가 놓친 것이 많았지만 그중 하나는 '버터보드'*가 인스타그램에서 짧게 유행하다 말 거라는 모두의 예상이 빗나갔다는 것, 그리고 두 번째는 내가 원예 전문가라는 칭찬이었다.

"엄마는 식물을 잘 키워요."

펠릭스가 가슴을 펴고 당당하게 말했다.

"제 일지 보실래요?"

"펠릭스, 핀클리 씨는 안…."

"일지를 보여주다니, 참 영광이구나."

우리가 앉을 수 있도록 소파 한편을 비운 핀클리 씨는 모듬 햄 한 접시를 꺼내왔다. 그리고 펠릭스의 일지를 보기 위해 나란히 자리를 잡았다. 그는 훌륭한 청중이었다. 적절한 질문을 할 줄 알았고, '사건' 항목의 철저한 기록과 펠릭스가 그린 아케이드 데이브 그림에 칭찬을 아끼지 않았다.

"이건 최고의 햄이에요!"

핀클리 씨와 나란히 앉아 일지를 들여다보던 펠릭스가 외쳤다.

"훈제 햄이다. 햄은 훈제가 최고지."

핀클리 씨가 대꾸했다.

"엄마, 저도 다음에 훈제 햄 사주시면 안 돼요?"

---

* 버터를 상온에 녹여 부드럽게 만든 후 나무 도마나 그릇에 펼치고 그 위에 허브 혹은 꽃, 소금, 꿀로 장식하여 내는 요리

나는 고개를 끄덕이며 다음번엔 하늘을 나는 드론에게 훈제 햄 배달을 시켜야겠다고 다짐했다. 그리고 문득 이 문장이 너무도 당연하게 떠올랐다는 사실에 놀랐다.

"자네 같은 젊은이를 내 선박 여행에 데려갈 수 있었더라면 좋았겠구만."

핀클리 씨가 말했다.

"배가 있으셨어요?"

나는 이 아파트가 아닌 다른 곳에 있는 그를 상상하기 어려웠다.

"예전엔. 연구 탐험대를 이끌고 다이버와 과학자들까지 모두 모아 태평양 한가운데로 나갔지. 아내가 해양학자였거든."

"심해 탐험가셨나요?"

펠릭스가 경외감에 입을 쩍 벌리며 물었다.

"난 아니었어. 난 배에 남아 있었지만 아내 아스트리드는 탐험가였지."

핀클리 씨는 고개를 끄덕이고 자세를 고쳐 앉은 뒤, 눈가에 주름을 잡으며 미소 지었다.

"결혼하신 줄 몰랐어요."

내가 말했다.

"아주 옛날 옛적에."

그렇게 말한 핀클리 씨는 자리에서 일어나 책과 서류로 가득 찬 나무 책장으로 걸어갔다. 그는 작은 황동 나침반과 오래된 지도를 꺼냈다. 테이블 위에 지도를 활짝 펼치고 펠릭스에게 나침반과 자를 이용해 해도 그리는 법을 알려주었다. 펠릭스가 흥미로워하며 온갖 질문을 쏟아냈다. 핀클리 씨에게 아이를 맡기고 발코니로 나간 나는 문자 메시지와 업무용 이메일을 확인했다.

밤프 CEO의 개인 비서에게서 문자가 와 있었다. 내가 예약한 'F 회의'를 임원실에서 다른 곳으로 옮길 의향이 있는지 묻는 내용이었다. 분기별 주주총회가 열려야 할 장소에 내가 가짜 회의를 먼저 예약한 모양이다. 저런, 내 다이어리에만 저장되는 줄 알았는데. 아무도 나의 교활한 가짜 회의를 알아차리지 못했길 바랄 뿐이다.

마이클의 문자도 와 있었다.

집에 별일이 없기를 바라네. 자네 컨디션에 대해서 당분간은 비밀로 하는 게 팀 사기를 위해서도 좋을 것 같아. 중요한 일을 앞두고 팀원들이 자네의 능력에 의문을 품는 건 아무도 바라지 않을 테니까. 밤프 인트라넷에 가짜 회의도 더 이상 올리지 않길 바라고.

P.S. 아내 말로는 범고래도 갱년기를 겪는다더군. 자네 곁에 든든한 지원군이 많아.

그리고 결국엔 정신이 팔린 펠릭스를 억지로 끌고 나와야 했다. 집으로 가는 열차를 타야 하니까. 펠릭스의 가출을 모험으로 가득 찬 하루로 보상하는 게 좋은 부모가 할 일은 아니었을지 모르지만, 펠릭스의 활기찬 모습을 보니 하루를 잘 보냈구나 싶은 마음이 들었다.

"이거 가져가게."

핀클리 씨가 작은 황동 나침반을 펠릭스에게 건넸다.

"나는 이제 갈 곳이 많지 않으니 진정한 탐험가의 손에 넘기는 게 낫지."

"와, 정말 감사합니다."

펠릭스가 마치 보석을 선물 받은 것처럼 두 손으로 나침반을 소중히 꼭 쥐었다.

집으로 돌아가는 열차 안에서 펠릭스는 나침반을 사용하여 우리가 이동하는 방향이 '남서쪽, 서쪽, 남남서쪽'이라고 계속해서 알려주었다. 금방 신경이 거슬리기 시작한 나는 우스꽝스럽고 높은 목소리로 보고서의 사고 항목을 읽어주며 아이의 주의를 돌리려 노력했다. 그러자 펠릭스는 오히려 재미있다는 듯 웃음을 터트리며 일지에 '엄마가 재미있는 목소리로 사고 항목을 읽었다'라고 쓰자고 고집을 부렸다. 그런 펠릭스를 보며 나는 이 재미있고 귀여운 아이에게 진심으로 애정을 느꼈다.

바퀴 달린 소형 자판기가 열차 칸을 따라 우리 쪽으로 다가왔다. 나는 펠릭스에게 먹고 싶은 게 있냐고 물었다. 아이는 자리에서 벌떡 일어나더니 이상한 표정을 지었다.

"왜?"

내가 물었다.

"엄마는 절대 자판기에서 간식 안 사주시는데."

펠릭스는 내게 그 제안을 철회하라는 듯 눈썹을 삐쭉거렸다.

나는 "음, 엄마도 바뀔 수 있지"라고 말하며 우스꽝스러운 표정을 지었다. 그리고 자판기가 떠나기 전 얼른 초콜릿 비스킷 두 개를 샀다.

펠릭스가 나지막한 목소리로 말했다.

"감사합니다…."

"천만에."

"구경시켜 줘서요."

"나도 재미있었어" 하고 말한 나는 잠시 말을 골랐다.

"하지만 절대, 다시는 포털을 찾으러 다니지 않겠다고 약속해. 문제를 해결하고 싶은 네 마음은 나도 이해해. 나도 그러고 싶어. 펠릭스, 엄마 말을 믿어. 하지만 네가 혼자 그렇게 나서면… 더 나쁜 일이 일어날 수도 있어. 엄마는 아직 여기 있잖아, 안 그래? 난 여전히 네 엄마야."

펠릭스는 진지하게 고개를 끄덕였다. 그리고 그 말을 입 밖으로 내뱉는 순간, 어쩌면 그 말이 사실이 될지도 모르겠다는 생각이 들었다.

열차가 덜컹거리며 워킹을 지날 때쯤, 펠릭스는 마지막 비스킷을 먹으며 물었다.

"새로운 어린이 프로그램은 아직도 생각 중이에요? 엄마 게임을 소개하는 건 어때요?"

"내 게임?"

"저번에 집에서 놀았던 거요. 그거 정말 재밌었는데. 많은 물건이 필요하지도 않아요. 예를 들어서 '바닥이 용암이다'라고 해도 진짜 용암이 필요한 건 아니잖아요."

"그 게임, 어떻게 하는 건지 다시 말해줄 수 있어?"

"만약에 누가 '바닥이 용암이야!' 하고 외쳤는데 그 뒤에 바닥으로 내려오면 용암에 죽는 거죠."

"뭐, 이렇게?"라고 물으며 나는 열차 좌석 위로 껑충 뛰어 올라가 "바닥이 용암이야!" 하고 외쳤다.

펠릭스는 황당한 건지 놀라운 건지 모를 표정으로 나를 올려다보며 속삭였다.

"엄마, 여기 열차 안이에요."

"아, 그래. 미안. 열차 바닥이 용암이야!"

나는 다시 외치며 통로를 가로질러 맞은편 빈 좌석으로 뛰어가다가 열차의 움직임 때문에 발을 헛디뎌 넘어질 뻔했다. 펠릭스가 다급히 손으로 얼굴을 가리더니 손가락 틈으로 나를 힐끗 바라보았다. 아이는 그야말로 경외심이 가득한 눈빛이다. 그 순간 내 등 뒤로 누군가의 엄중한 목소리가 들려왔다.

"부인, 당장 의자에서 내려오세요."

제27장

"엄마 벌금 낸 거 아빠한텐 말하지 마."

차를 진입로에 세우며 펠릭스에게 다시 한번 주지시켰다.

"학교에 가서 몰리한테는 말해도 돼요?"

엄마가 반사회적 행동으로 벌금까지 물었다는 사실에 아드레날린이 솟구치는 듯 아이가 반짝이는 눈망울로 물었다.

"몰리가 엄청 멋지다고 생각할 거예요."

"아니, 아무한테도 말하지 마. 탐험에서 일어난 일은 탐험대원들끼리만 아는 비밀이야."

부엌 창문 너머로 에이미를 안고 춤을 추는 샘의 모습이 보였다. 입술이 움직이는 게 아무래도 에이미에게 노래를 불러주는 것 같았다.

우리는 차를 세우고 한참 동안 앉아 있었다. 두 사람 다 내릴 기미가 보이지 않았다. 펠릭스는 집에 들어가면 혼날 일만 남았다는 게 무서운 모양이었고, 나는 펠릭스와 새롭게 쌓은 유대감이 이대로 사라지는 게 아쉬워서 마법 같은 순간을 조금이라도 더 누리고픈 마음이었다. 마침내 샘이 우리를 발견하고 손을 흔드는 순간, 우리의 탐험은 정말 끝났다.

복도에서 우리를 기다리던 샘은 그대로 허리를 숙여 커다란 품에 펠릭스를 꽁꽁 가뒀다.

“다신 그런 짓 하지 마.”

샘이 펠릭스의 어깨에 고개를 묻고 나지막한 목소리로 말했다.

“아빠 정말 걱정했어.”

“죄송해요.”

“나중에 더 얘기해. 할 일은 다 하고 온 거지?”

샘이 물었고, 펠릭스는 고개를 끄덕였다. 그러자 샘이 손을 내밀었다. 펠릭스는 가방에서 아이패드를 꺼내 내밀었다.

“그래도 학교 갈 땐 가져가야 해요.”

“그럼 아침마다 돌려줄게.”

샘이 차갑게 대꾸했다.

나는 펠릭스가 가방에서 일지를 꺼내 바지 주머니에 쏙 집어넣는 모습을 지켜보았다. 우리가 무언가를 해냈다고 굳게 믿는 표정이 귀여웠다.

샘이 “식탁에 저녁 차려놨어”라고 말하자 펠릭스가 곧장 주방으로 뛰어갔다.

“참 대단한 애야. 안 그래요?”

나는 샘에게 고갯짓하며 물었다.

"그렇지."

샘이 대답했다.

"둘 다 참 대단해."

그때 에이미가 눈을 동그랗게 뜨며 내 다리를 향해 기어 오는 모습이 보였다. 울지도, 물지도 않고 냄새도 나지 않았다. 윗도리에 유아식이 조금 묻어 있긴 했지만 상관없었다. 나는 에이미를 안아 들어 목덜미에 올렸다. 이 작은 생명체에게 사랑받고 있다는 사실에 온기 어린 쾌감이 퍼졌다. 내가 직장에서 아무리 실패해도, 백화점 반품 데스크에서 망신당해도, 열차에서 소란을 피워 벌금을 냈어도 아이는 무조건적으로 나를 사랑해 준다. 그저 내가 제 엄마라는 이유로, 적어도 엄마를 닮은 외모와 같은 체취를 가진 사람이라는 이유만으로 나를 사랑한다.

펠릭스의 목소리가 들리지 않자 샘이 내게 물었다.

"다른 세계로 돌아가는 포털은 찾지 못한 모양이지?"

그의 얼굴은 씁쓸한 즐거움으로 빛났다.

"당연히 못 찾았지."

나는 에이미를 바닥에 내려놓고 다시 부엌으로 기어가는 뒷모습을 바라보며 대꾸했다.

"좋아, 당신이 다른 차원으로 사라지면 꽤 그리울 것 같거든."

복도에 서서 서로를 마주 보고 있는데도 이상하게 눈을 맞추기가 힘들었다. 샘은 나를 열렬히 바라보고 있는데, 나는 샘에게 어떤 태도를 보여야 좋을지 모르겠다. 어젯밤 샘은 내게 다정했고 옳은 말을 해주었지만, 우리의 현실은 달라지지 않았다.

"오늘 있었던 일 중에 좋은 소식, 나쁜 소식이 있어. 어떤 것부터 들을래?"

샘은 눈매에 웃음을 매달고 나를 바라보며 물었다.

"둘 다."

나는 등 뒤로 손깍지를 끼며 평범하게 행동하려 애썼다.

"나쁜 소식은 에이미가 당신이 가장 좋아하는 신발을 잔뜩 물어뜯었다는 거야."

"좋은 소식은?"

"당신은 당신이 가장 좋아하는 신발이 무엇인지 기억하지 못할 가능성이 크다는 거지. 더 이상 제일 좋아하는 신발이 아닐지도 모르고."

"하하."

나는 샘의 어깨에 손을 올리며 웃는 연기를 선보였다. 그는 내 손을 놓치지 않고 그대로 나를 안아주었다. 그야말로 평범한 몸짓이다. 어젯밤처럼 다시 내게 입을 맞춰주었으면 좋겠다. 지난번 데이트하던 그날 밤처럼 중간부터 시작하는 게 아니라 처음부터 올곧이 모든 단계를 다 거치고 싶다. 진짜 두 번째 데이트를 원한다.

현관문 유리 패널을 통해 들어오는 한 줄기 햇살이 우리의 눈을 멀게 했다.

"우리, 나가요."

내가 갑자기 외쳤다.

"나가자고?"

샘이 되물었다.

"방금 들어왔잖아."

"밖에 노을이 너무 근사해. 집에 오는 길에 공원에서 블루벨* 이 활짝 피어 있는 풍경을 봤어. 짧게 피고 지는 꽃이라 오늘 못 보면 올해는 놓칠지도 몰라. 우리 나들이 나가요."

샘이 고민에 빠진 듯 진지한 표정을 지었다.

"좋은 생각이긴 한데, 부엌은 엉망이고 에이미는 피곤해. 게다가 건조기에 이불 빨래도 해놓아서 애가 자기 전에…."

"샘, 딱 20분만. 가요."

나는 엄지를 치켜들며 몸을 조금씩 흔들었다.

그의 눈이 진심어린 미소로 구부러진다. 내가 이긴 느낌이다.

"얘들아, 그만 먹어. 엄마가 산책하고 싶대!"

공원에서 나는 에이미가 탄 유모차를 밀었고 펠릭스는 힐리스** 묘기를 보여주었다. (물론 펠릭스의 운동화는 힐리스가 아

---

* 파란색의 작은 종 모양 꽃

** 신발 뒤축에 바퀴가 달린 운동화

니었지만 샘과 나는 '태양의 서커스'라도 본 것처럼 환호했다.) 공원 한쪽에는 벌들이 서식할 수 있는 풀이 무성하게 자라 있었다. 나무 아래로 블루벨 꽃이 흐드러지게 피어 꽃밭을 이뤘다. 나뭇가지 사이로 저녁노을이 내리쬐었고, 산들바람에 흔들리는 블루벨 줄기에도 얼룩덜룩한 햇살이 내려앉았다. 달콤한 꽃향기에 어린 시절 소풍이 떠오르는 듯했다. 블루벨은 워낙 짧게 피고 지는 꽃이다. 나는 고작해야 몇 주 피고 지는 꽃을 보기 위해 아빠가 운전하는 차에 올라탔었다. 엄마의 식탁에 올릴 꽃을 따고 아빠가 좋아하던 나무 숲길을 거닐었던 기억이 새록새록 떠올랐다.

샘은 에이미를 유모차에서 꺼내 어깨 위로 들어 올렸다. 에이미를 빙글빙글 돌리자 아이가 즐거운 듯 깍깍, 하는 소리를 냈다. 펠릭스가 "저요! 저도 탈래요!" 하고 외치자 샘이 에이미를 다시 유모차에 태우고 펠릭스를 들어 올렸다.

"더 빨리요! 빨리!"

샘이 머리 위로 들어 올린 펠릭스를 휘리릭 돌리자 아이가 신이 난 듯 외쳤다.

마침내 펠릭스를 내려놓은 뒤, 두 배는 힘겨운 듯 숨을 몰아쉬는 샘에게 펠릭스가 "또요, 또요!" 하고 외쳤다.

"아빠가 이젠 좀 힘든가 봐."

내가 능글맞게 웃으며 거들었다.

"아빠 힘들어하시는 거 봐봐."

"당신도 타고 싶다는 소리를 그렇게 하는 거야?"

샘이 눈썹을 찌푸리며 내게 물었다.

"오, 아니."

나는 씩 웃었다. 그러자 샘이 내게 달려들었다. 나는 얼른 방향을 틀어 달리기 시작했다. 그는 공원을 가로질러 나를 쫓아오며 웃음을 터트렸다. 당연히 나보다 키가 큰 샘이 훨씬 빨랐다. 샘은 금세 뒤에서 나를 힘껏 끌어안았고 우린 둘 다 풀밭으로 넘어졌다.

"누가 힘들어?"

나를 끌어안고 몸 위에 올린 샘이 내 고개를 슬그머니 감싸쥐며 놀렸다.

"아니야, 아니야."

나는 웃음을 터트리며 몸을 꿈틀거렸다. 그 순간, 내 몸에 맞닿은 그의 몸, 반짝이는 눈동자에 담긴 은밀한 느낌, 내 팔을 꼼짝도 못 하게 잡아 쥔 단단한 손까지 모든 게 확실하게 인식됐다.

"음…."

설마, 나 지금 신음한 거야? 세상에, 공공장소인 데다가 아이들이 바로 코앞에서 놀고 있는데. 샘은 웃음을 참으려는 듯 아랫입술을 질끈 깨물며 팔을 놓아주었다. 내 신음 소리가 어떤 의미인지 눈치챈 게 분명했다.

"당신 말대로 나오길 정말 잘한 것 같아."

샘이 한층 따뜻해진 목소리로 말했다.

"나오자고 말해줘서 고마워."

펠릭스는 샘의 인사가 끝나기도 전에 우리에게 몸을 날렸다.

"우리 햄버거 놀이 해요!"

꽃밭 위에서 발가벗은 채 뒹구는 샘과 나의 19금 이미지가 머릿속을 어지럽히다가 재빨리 사라졌다. 그 비현실적인 이미지를 떨쳐내려 애쓰는 동안 눈치도 없이 얼굴이 새빨갛게 달아올랐다.

차로 걸어가는데 갑자기 펠릭스가 나와 샘을 가리키며 외쳤다.

"우와! 오늘 포켓 데이에요!"

"해피 포켓 데이, 펠릭스!"

샘이 씩 웃으며 말했다.

"보켓 베이…."

에이미가 따라 중얼거렸다.

"포켓 데이가 뭔데?"

내가 물었다.

"우리 가족 모두 주머니가 달린 옷을 입은 날."

샘이 설명했다.

"펠릭스가 만들어낸 기념일이지."

"온 가족이 다 입어야 포켓 데이의 완성이에요!"

펠릭스가 신이 난 듯 제 조깅 바지를 보여주고는 에이미의 코트 주머니를 가리켰다.

"그래서 포켓 데이는 뭐 하는 날이야?"

내가 물었다.

"아무것도 안 하는데요."

펠릭스는 어이가 없다는 듯 나를 빤히 바라보며 덧붙였다.

"그냥 주머니 달린 옷을 입은 날이라고요."

"해피 포켓 데이."

샘이 내 손을 앞뒤로 흔들며 또다시 인사했다. 아이들의 기쁨은 전염성이 강하다. 나도 잠시나마 아이들과 함께 즐거운 기분을 만끽했다. 그때 펠릭스가 돌에 걸려 넘어지면서 앞으로 붕 날아올랐다. 펠릭스가 자갈길에 턱을 부딪치며 비명을 지르는 바람에 즐거움이 순식간에 날아갔다. 전에도 이 길에서 넘어진 적이 있었다. 좀 더 주의 깊게 살폈어야 했는데. 이마에 남은 얇은 흉터도 여기에서 넘어지면서 돌에 찍혀 생긴 것인데.

"괜찮아?"

나는 순식간에 달려가서 피 흘리는 아이의 턱에 손을 갖다 대며 물었다. **아이가 넘어지는 모습을 상상한 걸까? 아니면 내 기억인가?** 펠릭스의 이마를 살펴보니 머리카락이 시작되는 이마 바로 옆에 자그마한 흉터가 남아 있었다.

"포켓 데이에는 절대 다치지 않는 법인데!"

펠릭스가 울음을 터트리며 서럽게 외쳤다.

그날 밤, 마침내 모두가 잠자리에 누운 시간. 샘이 슬그머니 팔을 뻗어 나를 끌어안았다. 데이트하던 그날 밤에 느꼈던 불꽃이 다시 살아났다. 문제는 내가 너무도 제정신이었다는 것뿐. 그 어느 때보다 피곤하지만 내 몸은 샘의 손길이 불러오는 기대감으로 두근거리기 시작했다. 그에게 공원에서 본 장면을 설명하고 싶지만, 과연 그게 상상인지 실제 기억인지 몰라 선불리 입을 열 수 없었다.

샘은 손등으로 내 뺨을 쓸어내리며 나지막이 속삭였다.

"안녕, 아름다운 내 부인."

나는 "응, 안녕" 하고 말을 받아주었다. 샘이 천천히 몸을 틀어 내게 입을 맞추었다. 아랫입술을 머금은 그가 한 손으로 내 머리카락을 부드럽게 쓰다듬었다. 다른 손이 티셔츠 아래에서 등을 쓰다듬다가 능수능란한 손길로 가슴을 거머쥐었다. 나는 무의식적으로 신음을 터트렸다.

"턱이 아파요. 엄마 아빠랑 같이 자도 돼요?"

그때 눈시울이 벌겋게 달아오른 펠릭스가 침실 문을 열었다.

"아… 그럼, 당연하지."

샘이 얼른 몸을 떨어뜨려 자리를 내어주었다. 펠릭스는 둥지로 돌아가는 아기 새처럼 날쌔게 달려와 우리 사이에 누웠다. 머리 위로 한 팔을 들어 올린 샘의 손을 더듬거리며 맞잡은 나는 그를 바라보며 웅크린 자세 그대로 선잠에 빠졌다.

"사랑해요, 엄마. 사랑해요, 아빠."

펠릭스가 중얼거렸다.

"응, 나도 사랑해, 펠릭스."

내가 대답해 주었다.

무언의 신호를 보내는 어둠 속의 연인들처럼, 샘은 맞잡은 내 손을 두 번 꽉 쥐었다.

제28장

다음 날 아침, 밤새 펠릭스의 뾰족한 팔꿈치에 찔리며 선잠을 자고 일어난 나는 7시 15분 런던행 열차에 올랐다. 누구보다 먼저 출근하고 싶은 마음이었다. 열차가 워털루역에 도착하자 샘의 문자가 날아왔다. 표지 모서리에 에이미의 이빨 자국이 남은 책 사진과 함께 이런 메시지가 적혀 있었다. 이 책, 줄거리에 구멍이 있는 것 같아.

샘의 문자를 보자 미소가 번졌다. 발걸음에 새로운 활력이 생기며 출근길이 즐거워졌다. 나는 바로 답장을 보냈다. 에이미가 '씁쓸하게 재미있지만, 이야기에 구멍이 많다'고 서평을 남겼네.

직장에 도착한 나는 팀원들이 출근하자마자 모두 아래층 회의실로 소집했다. 캘럼이 문 앞을 서성거리며 차를 끓이겠다고 제안했지만, 거절하고 캘럼까지 회의실로 불러들였다.

"캘럼, 당장 들어와. 차 없어도 살 수 있어. 시간이 촉박한 건 알아요. 프레젠테이션이 11일 남았는데 아직 아이디어도 정하지 못했죠. 사무실에 더 자주 출근했어야 했는데, 미안합니다. 개인적인 문제가 좀 있었지만 이제 회사에 온전히 집중할 겁니다."

나는 잠시 스피치를 멈추고 회의실 안을 둘러보았다. 트레이는 화려한 스팽글 탱크톱에 베레모를 쓰고 있지만 피곤한 기색이 역력했다. 마이클은 양복 조끼의 위 단추를 풀어 헤쳤다. 도미니크와 레온은 기대에 찬 눈빛으로 나를 바라보았고, 캘럼은 내가 회의에 참석한 것만으로도 행복해 보였다.

"제 아들과 함께 만든 게임이 하나 있어요. 그리고 여러분이 이 아이디어를 현실 가능한 프로그램으로 만들어주시리라 믿습니다. 이건 집 안에서 혹은 실내에서 할 수 있는 일종의 용암 술래잡기예요. 가령 찬장은 용의 은신처죠. 계단은 폭포고, 부엌은 살인 박쥐가 사는 동굴이에요."

"〈집이 살아 있다!〉, 어때요?"

도미니크가 먼저 의견을 제시했다.

"맞아요. 정확해요. 아직 어떤 포맷으로 할지 결정은 못 했는데, 우리가 알고 있는 곳을 모험의 장소로 바꾸고 집 안의 물건을 이용해 괴물을 물리친다는 콘셉트가 마음에 들어요. 이걸 출발점으로 삼아서 작업해 보면 어떨까요?"

회의실의 분위기가 차츰 바뀌기 시작했다. 다들 기꺼이 달라붙어 발전시키겠다는 의사를 하나둘 표명했다.

"슛! 사무실에 물이 차오르고 있어요!"

레온이 외치며 의자 위로 훌쩍 뛰어올랐다.

"보트가 필요한데, 우리가 가진 건…."

레온이 도미니크를 바라보자 도미니크가 그에게 상상 속 물건을 던졌다.

"이 거대한 스테이플러뿐이야."

레온과 도미니크가 서류 몇 장으로 배를 만들어 올라타는 시늉을 했다. 그들이 천천히 가라앉는 마임을 선보이자 모두가 웃음을 터트렸다. 두 사람이 환호에 인사하며 고개를 숙이고 자리로 돌아가려는데 마이클이 "아니, 계속해 봐" 하며 독려했다.

레온과 도미니크는 사무실에 닥친 재난을 상상하며 게임을 이어나갔고, 사무용품을 이용해 상황을 극복했다.

"어쩜 그렇게 즉흥적으로 연기를 잘해요?"

내가 물었다.

"둘 다 즉흥 극단 출신이거든."

마이클이 내 쪽으로 몸을 기울이며 대답했다.

"재능 있지."

트레이는 뭔가 기발한 생각이 떠올랐다는 듯 손바닥으로 책상을 내리쳤다.

"시청자의 집에 4D VR 기술로 지도를 만들어보죠. 침대 밑이나 옷장에서 괴물이 튀어나오는 것처럼 홀로그램을 통해 괴물을 바로 볼 수 있게요."

트레이가 드로잉 패드를 꺼내 펼쳤다.

"괴물 이미지는 아이들이 직접 그린 그림으로 만들면 어떨까요?"

캘럼이 긴장하며 슬쩍 의견을 냈다.

"그 아이디어, 마음에 든다."

내가 말하자 캘럼의 얼굴이 빨갛게 달아올랐다.

"CGH5.8이란 새로운 프로그램이 있어요. 우리가 원하는 기술에 딱 맞을 겁니다."

트레이가 설명했다.

"지금 볼 수 있어요?"

내가 묻자 트레이의 손가락이 놀라울 정도로 빠르게 화면 위를 오갔다.

"일단은 스케치겠지만, 괜찮아요. 괴물 이미지를 하나 묘사해 봐."

트레이가 말했다.

"머리는 다리미, 팔은 전기뱀장어인 징그러운 파란색 덩어리."

레온이 씩 웃으며 설명했다.

"뭐 하나 쉽게 가는 게 없지, 이 친구."

트레이는 고개를 절레절레 흔들며 디지털 펜을 꺼내고는 레온이 묘사한 괴물을 스케치하기 시작했다. 그러자 태블릿에서 그가 그린 이미지가 3D 홀로그램으로 튀어나왔다. 정말 놀라운 광경이다.

"우와, 이거 진짜 범범이다."

도미니크가 중얼거렸다.

트레이는 계속해서 그림을 그렸고, 홀로그램 괴물은 팔다리를 위아래로 흔들었다.

"준비할 시간을 조금 더 주시면 더 잘 그릴 수 있어요. 세밀한 부분까지 다듬고, 카메라가 많아지면 4D로도 구현할 수 있고요."

트레이가 덧붙였다.

우리가 박수갈채를 보내자 트레이는 얼굴을 붉히며 베레모를 고쳐 썼다. 아이디어를 발전시키는 동안 회의실 안의 모든 사람들이 너 나 할 것 없이 아이디어를 하나씩 추가했다. 테이블 주변으로 활기가 돌기 시작했다.

"이걸로 하죠."

나는 마이클을 바라보며 말했다.

"응, 이거야."

마이클이 고개를 끄덕였다.

그날 오후, 트레이가 새로운 기술을 실험할 수 있는 큰 방은 내 사무실뿐이라며 문을 두드렸다. 나는 기꺼이 방을 비워주고 일찍 퇴근해 집에서 일하기로 했다. 이제 콘셉트가 정해졌으니 제안서를 작성하고 포맷을 다듬을 예정이었다.

하지만 집으로 돌아와 서재에 앉으니 책상 위에 놓인 샘의 사진이 눈에 띈다. 어젯밤 아이가 쳐들어오기 직전 내 등을 쓰다듬던 그의 손길, 그의 몸이 머릿속을 가득 채운다. 샘의 스튜디오가 서재에서 약 18미터밖에 떨어져 있지 않다는 것도 업무에 큰 방해 요소였다. 어떻게든 제안서를 작성하려 마음을 다잡아 보았지만, 머릿속은 온통 그의 입술, 그의 손, 그의…. 아, 그냥 가서 인사라도 하고 오면 집중할 수 있을 것 같기도 하다. 그렇게 하면 일에 집중할 수 있고, 제대로 일을 시작할 수도 있겠지. 그래, 그게 확실히 성숙한 어른의 계획일 것이다.

"차를 좀 가져왔는데…."

나는 샘의 작업 스튜디오 문을 노크한 뒤 슬쩍 열었다.

샘은 나를 보고 깜짝 놀란 표정을 지었지만 이내 이어폰을 빼고 미소 지으며 굵고 촘촘한 머리카락을 힘껏 쓸어 올렸다. 셔츠 소매를 접어 올리자 탄탄한 팔뚝과 짙은 털이 드러났다. **남자의 팔이 이토록 보기 좋은 이유는 뭘까?** 그 팔에 매달려 팔씨름을 하고 기꺼이 져주고 싶은 마음마저 든다. 날렵한 턱선과 보기 좋은 미소를 지닌 그는 과연 엄청나게 매력적이다. 피곤이 눈에 가득하지만, 눈빛은 평소와 다름없이 장난기가 가득하다.

"미안, 내가 방해했나 봐요."

"전혀 아니야."

샘이 내 손에서 머그잔을 가져가며 말했다.

"오늘 프레젠테이션 아이디어를 냈는데, 다들 좋다고 했어요. 할 일은 많지만 그래도 할 수 있는 일이 생겨서 기분이 좋아요."

"정말 좋은 소식이야, 잘했어."

샘이 나를 향해 씩 웃는다. 나는 괜히 문 앞을 얼쩡거리며 머물렀다.

"혹시 여기서 당신 일하는 모습을 잠깐 지켜봐도 될까요?"

내가 샘에게 물었다.

그는 한쪽 구석에 놓인 가죽 의자를 가리켰다.

"그럼, 당연하지."

그러더니 소매를 걷어 올리며 어깨 한쪽을 향해 픽 하고 입꼬리를 올렸다.

"왠지 자꾸 신경이 쓰이네."

"난 여기 없는 거야."

잔잔한 미소를 머금은 샘이 스크린을 향해 몸을 틀었다. 그러자 그가 보던 영화가 다시 재생되기 시작했다. 한 남자와 여자가 손을 맞잡은 채 초록색 오로라가 춤추는 밤하늘 아래에서 서로에게 사랑을 고백하는 장면이다.

"이건 뭐예요?"

내가 참지 못하고 물었다.

"〈오슬로에서 만나요〉라고, 요즘 작업하는 로맨틱 코미디 영화야. 주인공이 서로를 향해 마음을 고백하는 클라이맥스 장면인데 영 음악이 안 맞네."

"솔직히 나는 영화 음악은 귀에 잘 들어오지 않더라."

내가 슬쩍 털어놓았다.

"나 못됐죠?"

"노래가 귀에 들어오면 음악 감독이 일을 망친 거야. 삽입곡은 화면 속 연기에 감동을 더하는 장치지, 절대 장면을 방해해선 안 돼."

샘이 눈앞에 있는 커다란 컨트롤 대시 보드의 버튼을 누르자 영화가 다시 시작되었다. 그는 피아노 건반 몇 개만으로 화음을 연주하며 말했다.

"때로는 절제하면서 시작했다가, 천천히 화음을 쌓아가는 거야."

샘은 연주를 계속하며 음악을 조금 더 대담하게 발전시키는 동시에 버튼을 눌러 현악기 소리를 더했다.

"하지만 음악 소리가 너무 커지면 산만해져."

그가 연주하는 곡은 무겁고 웅장한 화음으로 훨씬 드라마틱해졌다. 장면의 분위기가 완전히 바뀌었다. 나와 농담을 하다가도 이렇게 즉흥적으로 연주하는 그의 능력에 감탄을 금치 못했다.

"와, 정말 대단하다."

내가 조용히 탄성을 터트리자 그가 자세를 고치며 손바닥으로 목덜미를 문질렀다.

"그냥 연습 삼아 해본 거야."

샘이 다시 피아노로 돌아가며 말했다. 스피커에서 딱딱거리는 소음이 새어 나오자 샘이 몸을 숙여 다이얼을 돌렸다.

"미안, 스피커가 너무 오래됐어."

"새 장비를 구비하는 건?"

"그럴 생각이었는데, 누가 이상한 보라색 정장을 사는 바람에 모은 돈을 다 써버렸지 뭐야."

샘이 장난스럽게 꾸짖었다. 나는 얼굴을 슬쩍 찡그렸다.

"혹시 공포 영화처럼 만들 수도 있어요?"

나는 스크린을 향해 고갯짓하며 물었다. 샘은 눈썹을 삐쭉거리더니 다시 피아노로 돌아갔다. 영상이 재생되자 불길한 기운이 가득한 음악이 흘러나오기 시작했다. 나는 너무 즐거운 나머지 박수가 터져 나왔다.

"정말 사악해졌네. 대체 어떻게 하는 거예요? 혹시 여자가 우주에서 온 사악한 외계인인데, 남자는 이 여자가 외계인이라 해도 상관없이 사랑한다는 장면으로 만들어줄 수 있어요?"

"내가 무슨 연기하는 원숭이야?"

샘이 얼굴을 찡그리며 토라진 척했다. 그러나 눈가의 미소만 봐도 장난이라는 걸 알 수 있었다.

"나 일하는 거 보러 온 거 아니었어?"

"당신이 먼저 이런 것도 있다고 자랑했잖아요. 난 또, 음악으로 온갖 기교를 부리면서 날 꼬시는 줄 알았네."

"내가 꼬셔야 하는 거야?"

"그럴지도 모르죠. 당신이 날 꼬셨던 기억이 없으니까…."

그러자 샘이 피아노 아래에서 자그마한 의자를 꺼내며 내게 손짓했다. 내가 의자에 앉자 그는 나를 피아노 앞으로 데려가더니 등 뒤에 자리를 잡고 앉아 건반 위에 내 손을 올리고는 자신의 손을 포갰다. 그리고 내 손가락을 부드럽게 이끌며 기본적인 코드를 가르쳤다.

피아노를 배운 적이 없는데 손가락이 쉽게 따라 하는 걸 보니, 손가락 근육이 알아서 기억하는 모양이다.

"나, 피아노 칠 줄 알아요?"

내가 물었다. 샘의 몸과 맞닿은 모든 부위에 촉각이 곤두서는 바람에 의도치 않게 목소리가 바르르 떨렸다.

"응, 내가 가르쳐줬지."

샘이 내 어깨에 턱을 올리며 속삭였다. 그의 얼굴을 향해 고개를 슬쩍 틀었더니 그가 천천히 몸을 물렸다.

"저 남자가 말할 때마다 방금 그 음을 연주해."

샘이 내게 지시하며 다음 클립을 재생하고 컨트롤 대시 보드에서 '녹음' 버튼을 눌렀다. 나는 남자가 말할 때마다 가볍고 경쾌한 코드를 연주했다. 샘은 여자가 말할 때마다 조금 더 사악한 분위기의 곡을 연주했다.

장면이 끝난 뒤, 서로를 향해 웃음을 터트리며 우리의 녹음을 축하했다. 그런 다음 샘은 같은 장면에 우리가 만든 음악을 덧입혔다.

"봐, 남자는 사랑에 빠졌고, 여자는 사이코패스야."

나는 깔깔거리며 웃음을 터트렸다.

"세상에 존재하는 모든 러브 스토리가 그러하듯."

샘이 씁쓸한 미소를 지으며 말하자 나는 그의 갈비뼈를 팔꿈치로 쿡 찔렀다.

"이렇게 내보내는 게 좋을 것 같아요."

나는 자리에서 일어나며 말했다.

"이젠 정말 가야겠다. 안심하고 일해요."

샘이 일에 집중할 수 있게 이만 자리를 피해주려는데, 그가 내 손을 잡아끌었다. 그러고는 나를 다시 의자에 앉히더니 빤히 바라보다가 말했다.

"고마워."

"뭐가?"

"여기까지 와줘서, 내 일에 관심을 가져줘서."

샘은 우리 사이의 사소한 이 순간이 엄청 중요하다는 듯 진지한 얼굴이었다.

"당신이 여전히 당신이라는 걸 알려줘서."

"내가 나지."

나는 가볍게 대꾸했다.

"그리고 재밌었어요. 흥미로운 사람이야, 당신."

"자기, 내 스튜디오에 거의 1년 만에 온 거 알아?"

샘이 말했다.

"내가?"

"물론 관심 부족이라기보다는, 시간이 부족했지."

샘이 다급하게 덧붙였다.

내가 "글쎄, 난 당신 연주라면 하루 종일 들을 수도 있는데"라고 말하며 스튜디오 문을 여는데, 그가 다시 다가와 손잡이를 잡고 문을 닫아버렸다. 그의 넓고 뜨거운 몸이 내 몸에 달라붙었다. 목덜미에 입을 맞추려는 몸짓이 느껴지자 내 몸은 늘 그를 그리워했다는 듯 두근거렸다.

"일, 해야 한다며."

내가 헐떡이는 숨을 몰아쉬며 물었다.

"당신도 바쁘다고 하지 않았어?"

그리고 그가 나를 돌려세웠다. 내 눈을 똑바로 바라보는 그의 시선이 온전히 와닿았다. **나였다**. 샘이 바라보고 있는 건 미래의 나도, 과거의 나도 아닌 지금 이 순간의 나. 지금 여기, 이 공간의 나였다.

우리는 문에 기대어 사랑을 나누었다. 그리고 내가 지금 이 시공간 연속체의 어디에 살고 있든, 다시 돌아가고 싶은 시간은 어디에도 존재하지 않는다는 것을 깨달았다.

그날 저녁, 샘은 태극권 수업을 하러 외출했다. 아이들은 잠자리에 들었고 페이가 놀러 와 술을 한잔하기로 했다.

"샘이 양로원에서 태극권을 가르치는 거 알고 있어? 정말 멋지지 않아?"

내가 페이에게 말했다.

"거기 할머니들을 다 꼬실 건가 봐."

"아, 그래. 꼬부랑 할머니들."

페이가 피식 입꼬리를 틀어 올리며 말했다.

"샘이 작곡한 거 들어본 적 있어? 머릿속으로 생각만 하면 알아서 음악이 막 튀어나오더라."

나는 와인을 따르며 쉬지 않고 떠들었다.

"진짜 대단하다니까. 천재 같아."

"그래, 천재지."

페이가 또다시 픽 하고 웃음을 흘렸다.

"게다가 애들한테는 또 얼마나 잘하는지…."

"대체 무슨 일이야, 너?"

페이는 결국 웃음을 터트렸다.

"뭐가?"

"사랑에 빠진 사람 같아."

"뭐?"

"너 첫눈에 반하면 꼭 이러잖아. 요즘 내가 들었던 말은 '샘은 너무 재능 있어, 너무 다정해, 너무 웃겨'라는 말뿐이야. 샘만 떠올리면 그렇게 은은한 미소를 지으면서. 징그럽게. 근데 그게 또 되게 귀엽고 사랑스럽다, 너."

"그런 거 아니거든."

나는 화끈거리는 얼굴을 감추며 소파로 걸음을 옮겼다.

"아니긴! 네 남편을 사랑한다는 사실을 잊어버리고선 또다시 그 남자와 사랑에 빠지다니!"

페이는 한숨을 푹 내쉬었다.

"대단해, 부러워. 나도 알렉스와 다시 사랑에 빠지고 싶어. 그때가 제일 좋을 때잖아."

"뭐, 네 말이 맞을지도 몰라."

나는 마지못해 동의했다.

"근데 좀 헷갈려. 나를 사랑한다고 말은 해주는데, 그게 지금의 **나를** 사랑하는 건지, 예전의 나인지, 미래의 나인지 아니면 그가 기억하는 나인지 모르겠어."

"나라면 그렇게 고민 안 할래."

페이가 말했다.

"샘은 늘 너만 사랑했어. 너를 만나기 전부터 널 사랑한 거야. 「너와의 약속」, 모르겠어?"

"뭐, 그 노래?"

내가 묻자 페이가 고개를 끄덕였다.

"내가 샘을 만나자마자 바로 이 남자라고 확신했었어?"

"루시, 너는 정말 확고했어. 그 가라오케 바에서 샘을 처음 만난 날, 집에 오는 길에 택시 안에서 네가 그랬어. '나 저 남자랑 결혼할 거야'라고."

"에이, 농담이었거나 취해서 그랬겠지."

"물론 둘 다 맞아."

페이는 어깨를 으쓱였다.

"근데 샘을 만나기 전엔 한 번도 그런 소리 한 적 없었어. 그러니까 그냥 즐겨. 넌 좋은 것만 가질 자격이 있어."

"그런가? 그래도 가끔은 이 모든 걸 노력 없이 얻었다는 생각에 찝찝해."

나는 팔을 흔들며 우리가 앉아 있는 이 아름다운 공간을 휘저었다.

"루시, 네가 노력 없이 얻은 건 아무것도 없어. 내 말 믿어.

내가 봤잖아. 네가 얼마나 열심히 노력했는지 내가 알아."

페이가 한숨을 내쉬며 고개를 저었다.

"너는 주말에도 일만 했어. 한때는 네가 너무 바빠서 우리도 널 잘 보지 못했지. 그리고 샘은, 음. 이렇게 말하자. 저런 남자를 만나기까지 너는 똥차를 몇 번 만났어."

그리고 잠시 멈칫했다.

"네가 뉴욕에 살 때, 정말 진지하게 만난 남자가 있어, 토비라고. 그 남자가 네 마음을 완전히 짓밟았어. 솔직히 나는 그 후로 네가 다시는 남자를 못 믿을 거라고 생각했어."

"잠깐만, 내가 뉴욕에 살았었어?"

난 언제나 뉴욕에서 살고 싶었는데.

"응, 아무튼 내가 하고 싶은 말은, 토비가 네 마음을 아프게 하지 않았더라면 넌 영국으로 돌아오지 않았을 거고, 그랬다면 하나뿐인 샘을 못 만났을 거라는 거야. 결국은 이 모든 게 다 연결된 거고 네가 **거쳐온** 긴 여정인 거지."

페이의 변함없이 다정한 충고가 너무도 고마웠다. 나는 친구의 손을 가볍게 맞잡았다.

"결혼생활이 굳건하다면 그것도 그만큼 노력했기 때문이야. 게다가 너무 힘든 일을 겪었잖아, 너희."

페이가 덧붙였다.

"나도 클로이를 기억할 수 있으면 좋겠어."

나도 모르게 불쑥 마음을 토해냈다.

"내가 잊은 모든 기억 중에서 그 아이가 가장 중요한 것처럼 느껴져. 내가 클로이를 기억하는 게 샘에게도 중요한 것 같고."

"금방 기억이 돌아올 거야, 루시."

페이가 부드럽게 말했다.

"그러니까 샘이 얼마나 짜증 나는 인간인지 떠올리기 전에 샘과의 사랑을 즐겨."

그러고는 웃음을 터트렸다. 나는 쿠션을 집어 들어 페이에게 던졌다. 나는 샘에게 거슬리는 점이 하나도 없다는 사실을 인정하지 않을 수 없었다.

"나, 수저 좀 줄래요?"

토요일 아침, 식사 자리에서 내가 샘에게 물었다. 샘은 서랍에서 숟가락을 하나 꺼내 내밀었다. 샘의 손가락과 내 손가락이 맞닿자 그가 씩 웃었다.

"음, 고마워."

나는 차마 눈을 마주치지 못하며 말했다.

"왜 그렇게 이상하게 굴어요?"

펠릭스가 당차게 외쳤다.

"우리가 뭐가 이상하다고!"

목이 화끈거리는 느낌을 억지로 지우며 내가 외쳤다.

"엄마랑 아빠랑 너무 이상하잖아요."

펠릭스가 고집을 부렸다.

"맨날 눈싸움하는 것처럼 서로를 계속 쳐다보잖아요."

샘이 목소리를 가다듬었다.

"네 엄마가 예쁘잖아. 그러니까 아빠는 엄마를 바라보는 게 좋아."

샘이 내게 키스하려고 몸을 기울이자 펠릭스가 얼굴을 잔뜩 일그러뜨렸다.

"외계인에게 최면이라도 걸렸어요?"

펠릭스가 물었다.

"우리, 외계인설은 말도 안 되는 가설이라고 인정한 거 아니었어?"

나는 펠릭스를 향해 엄중한 표정을 지으며 물었다.

"엄마를 외계인이라고 부르면 안 돼, 펠릭스."

샘이 펠릭스를 혼내려는 순간 하이체어에 앉아 식사하던 에이미가 시리얼 그릇을 떨어뜨렸다. 우유와 시리얼이 바닥에 쏟아지며 난장판이 되었다. 샘이 수건을 가져오려는 듯 벌떡 일어섰다.

"이리 던져."

이미 자리에 쪼그려 앉아 있던 내가 말했다. 샘이 젖은 행주를 휙 던졌다. 나는 바닥에서 시선을 떨어뜨리지 않고 날아오는 수건을 잡아챘다.

고개를 들자 펠릭스와 샘이 서로 시선을 교환하는 모습이 보였다.

"왜?"

내가 물었다.

"아니야."

샘은 시치미를 뗐다.

"토요일에 내 생일인데, 그날 우리 뭐 해요?"

펠릭스가 불쑥 물었다. 대체 오늘 아침에 왜 이렇게 뿌루퉁한 건지 이유를 모르겠다. 정말 생일 때문인지 아니면 며칠 동안 아이패드를 못 써서 그런 건지. 나는 샘을 바라보며 혹시 내 기억 문제 때문에 아이의 생일만큼 중요한 일을 제대로 준비하지 못한 건 아닐까 하는 고민이 들었다.

"뭘 하고 싶은데, 아들?"

샘이 물었다.

"올해는 가족끼리 생일 파티를 할까 했는데. 친구들 몇 명 초대해도 돼. 아니면 네 친구들이랑 같이 VR 오락실에 갈까?"

"친구들 데려와도 돼요?"

펠릭스가 물었다.

"그리고 핀클리 할아버지도 초대해도 돼요?"

"핀클리 할아버지가 누군데?"

샘이 물었다.

"엄마의 옛날 친구요."

"친절한 초대이긴 한데, 사실 엄마도 핀클리 씨를 잘 몰라. 좀 이상한 분이기도 하고, 런던에 살고 계시잖아."

"이상한 분이라고 생각하지 않는걸요. 전 그분이 좋아요."

펠릭스는 또 고집을 부렸다.

"음, 옛날부터 알고 지낸 친구."

샘이 내게 사악한 웃음을 흘렸다.

"아내 분이 돌아가신 후로 20년간 파티에 초대받은 적이 한 번도 없댔어요. 사람들은 아내를 좋아했던 거라서 지금은 친구가 하나도 없대요."

펠릭스가 말했다.

샘과 내가 눈빛을 주고받았다.

"근데 엄마는 핀클리 씨 전화번호를 모르는걸. 어떻게 초대해야 할지도…."

펠릭스가 테이블을 가로질러 내게 몸을 기울이고는 애원하기 시작했다.

"상대가 좋아하는 걸 나도 좋아하고, 그 사람 앞에선 이상한 행동을 해도 괜찮다고 느끼면, 그게 친구라고 했잖아요. 저는 할아버지가 그래요."

펠릭스가 신중하게 말을 골랐다.

"엄마가 런던에 가서 초대장을 주면 되잖아요. 하지만 할아버지는 열차를 좋아하지 않으시니까, 직접 차로 모셔 와야 해요."

"네가 초대하고 싶은 사람이 핀클리 씨라면, 엄마가 가서 물어보긴 할게."

결국 나는 두 손을 들고 말았다.

"내 생일에 초대하고 싶은 사람은 할아버지예요."

펠릭스가 단호하게 말했다.

"아, 그리고 맷 크리스턴슨이랑 몰리 그린웨이도요."

샘과 나는 다시 한번 눈빛을 교환했다.

“오늘 초대장을 만들면 월요일에 엄마 아빠가 배달할게.”

샘이 제안했다.

“지금부터 얼른 만들어.”

“혹시 일부러 저를 위층으로 보내려는 거예요? 그래야 엄마 아빠가 계속해서 이상한 눈싸움을 할 수 있어서?”

펠릭스가 눈을 가늘게 치켜뜨며 우리를 번갈아 바라보았다.

그 말이 끝나기가 무섭게 샘과 나는 눈이 마주쳤고, 정말 서로를 이상한 방식으로 바라보았다. 샘이 식탁 위로 손을 뻗어 내 손을 맞잡았다. 이렇게 좋아하는 사람과 한집에 산다는 게 얼마나 좋은지 모른다. 내가 좋아하는 사람이 늘 내 곁에 있다니. 대학교에 다니던 시절, 패디라는 남자를 좋아한 적이 있었다. 정말 좋아했지만 월요일 아침 지도 교수 면담 시간에만 만날 수 있었다. 그래서 나는 일주일 내내 월요일만 기다렸다. 그런 나에게 샘과 같은 집에 산다는 건 매일, 매 순간이 그 월요일 아침을 맞이하는 것과 같은 일이다.

펠릭스가 부엌을 나가자 나는 샘에게 “펠릭스의 생일을 위해 곡을 써보는 건 어때?” 하고 물었다. 그러자 샘은 미간을 찌푸리며 잡았던 손을 얼른 거뒀다.

“난 더 이상 노래는 안 써, 루시.”

“왜? 실력이 아깝잖아.”

인터넷으로 남편을 스토킹하다가 그가 마지막으로 작곡하고 발매한 노래를 찾아냈다. 밴드 ‘니브’가 〈조각〉이라는 앨범에 수록한 「맥박」이었다. 내가 찾은 리뷰 중 대부분은 그 노래가 이 앨범에서 가장 최악이며 이 밴드의 음악 스타일과는 전혀 맞지 않는다는 악평뿐이었다. 일부 리뷰는 읽기도 힘들 정도였지만, 그가 고작 그런 이유로 다시는 노래를 만들지 않을 사람이라는 생각은 들지 않았다.

"우리 이 이야기는 끝난 거 아니었나."

샘이 거친 말투로 대화를 끊으며 벌떡 일어나 냉장고 문을 열었다가 다시 닫았다.

"하지만 난 그런 이야기를 한 기억이 없잖아."

나는 잠시 멈칫했다.

"「맥박」을 들어봤는데 정말 좋은 노래라고 생각했어. 당신, 정말 재능이 있어. 다시 곡을 써야 한다고 생각해. 당신도 알고 있잖아."

"그 이야기는 더 이상 하고 싶지 않아."

샘이 날카로운 눈빛으로 나를 쳐다보며 그대로 돌아섰다.

"샘!"

내가 그를 불러 세웠지만, 샘은 이미 뒷문을 힘껏 닫으며 집을 나섰다. 나도 모르게 그의 역린을 건드린 것 같지만 무엇 때문인지, 왜 그런지 짐작할 수 없었다. 결혼 생활에 적응하고 이 가족의 연약한 부분을 하나씩 알아가고 있다고 생각했는데, 새로운 커브볼이 날아왔다. 샘이 냉장고를 제대로 닫지 않고 나가버렸기에 문을 닫으려 자리에서 일어나 냉장고 쪽으로 다가갔다. 샘은 늘 냉장고 문을 제대로 닫지 않는다. **그래, 이거**

다! 샘과 관련한 짜증 나는 것들 목록에 드디어 하나를 추가할 수 있다. 작곡 실패에 따른 내면의 취약한 불안감을 나와 공유하지 못하는 남자. 와, 이제야 진짜 결혼생활을 시작하는 느낌이다.

제29장

"이번 주에 그리스 미코노스섬에 놀러 갈래?"

복스홀역에 내리자마자 로신이 전화를 걸어왔다. 나는 핀클리 씨에게 초대장을 전달하러 가는 길이었다.

"직장 상사가 거기에 별장을 갖고 있어. 진짜 비싼 집이야. 밤새도록 파티하고 하루 종일 선탠도 하고, 해 질 녘엔 바다를 보면서 상그리아도 마시고…."

"미코노스?"

나는 심장이 두근거렸다. 미코노스섬은 늘 가보고 싶었던 휴양지였으니까.

"난 못 가."

내가 대답했다.

"토요일은 펠릭스의 생일이야. 다음 주말엔 안 돼?"

"미안, 딱 이번 주만 비어 있대."

로신이 실망한 듯 한숨을 내쉬었다.

"의사가 말한 대로 휴가를 떠나야 하는 거 아니야? 일요일에 와서 며칠 쉬는 건 어때?"

"미안해. 일이 너무 많아. 중요한 프레젠테이션이 있는데, 준비할 건 산더미고 난 반도 못 따라가고 있어. 그래도 고마워."

나는 깊은 한숨을 터트렸다.

분명 나는 로신과 미코노스섬으로 떠날 처지가 아니었다. 그러나 '못 간다'라는 말을 입 밖으로 내고 나니 내가 얼마나 삶에 얽매여 있는지 새삼 체감됐다. 당장 어디로든 떠날 수 있는 상황이 아니다. 즉흥적으로 차에 올라타 여행을 떠날 수도 없다. 20대에는 주말이면 런던의 공원을 몇 시간씩 돌아다니며 음악을 듣고 그저 흘러가는 인생을 누렸다. 어디로 가는지, 언제 돌아올지 아무에게도 알릴 필요가 없었다. 펍에서 보내는 오후는 늘상 저녁으로 이어졌고, 일요일이면 온종일 그냥 '놀면서' 보냈다. 부양가족이 생기기 전까지는 독립의 의미를 제대로 이해하지 못했던 것 같다.

"다음엔 꼭 가고 싶다, 로신. 근데 조금만 일찍 말해주면 더 고마울 것 같아."

나는 한때 슈퍼마켓이었던 가게 자리 앞에 멈춰 섰다. 지금은 꽃집이었다. 외출하고 돌아오는 길에 여기에 들러서 에너지 음료를 얼마나 많이 사 마셨더라? 잠옷 차림으로 우유를 사러 달려간 적은 또 얼마나 많았더라?

"샘이 왜 더 이상 노래를 만들지 않는지, 혹시 알아?"

나는 화제를 바꿔 로신에게 물었다.

“마지막 노래가 반응이 너무 안 좋았잖아. 유치하고 평범하다고. 그때 너한테 물었더니 넌 그냥 좀 복잡한 사정이 있다고만 하고 자세히 설명 안 해줬어. 아, 나 그만 끊어야겠다. 비서가 내 캘린더를 세 번이나 엉망으로 만들었어. 항공편 찾아보고 마음 바뀌면 말해줘!”

전화를 끊고 나니 더욱 실망감이 몰려왔다. 20대에는 돈이 없어서 놓쳤는데, 40대에는 시간이 없어서 놓치는 게 많다. 이게 인생인가?

핀클리 씨의 집 초인종을 누르고 인터폰을 향해 “안녕하세요, 저 루시 영, 아니 러더퍼드예요” 하고 말했다. 핀클리 씨가 문을 열어 주었고, 나는 계단을 따라 꼭대기 층으로 올라갔다. 곧 목욕 가운을 입은 채 녹슨 물뿌리개를 들고 있는 핀클리 씨를 마주했다.

“안녕하셨어요? 제 아들 펠릭스가 이번 주 토요일에 열리는 자기 생일 파티에 초대하고 싶다고 해서요.”

나는 초대장을 건네며 설명했다.

“서리에서 열리는데 우리 가족 넷이랑 저희 부모님 그리고 학교 친구들 몇 명만 부르는 조촐한 파티예요. 아이를 한 번밖에 만난 적이 없으시니까, 부담 없이 거절하셔도 괜찮아요….”

“가지.”

핀클리 씨는 아이가 직접 그림을 그려 넣은 봉투를 열어보더니 진심으로 기쁜 표정을 지었다. 펠릭스는 초대장에 파티

모자를 쓴 괴물 같은 식물을 그려 넣었다.

나는 놀라움을 감추려 애쓰면서 "아, 오시면 좋죠" 하고 대답했다.

"펠릭스가 말하길 핀클리 씨가 열차를 싫어하신다고 하더라고요. 제가 그날 모시러 올까요?"

핀클리 씨는 고개를 끄덕이며 감격에 찬 눈빛으로 초대장을 꼼꼼히 읽어 내려갔다.

"아, 그럼 제가 정오쯤 모시러 올까요?"

핀클리 씨는 대답이 없었다. 나는 그가 내 말을 들었는지 확신할 수 없었다.

"핀클리 씨?"

"레너드. 내 이름은 레너드야."

그가 나를 바라보았고, 순간 나는 내 자신이 부끄러워졌다. 펠릭스가 핀클리 씨를 초대하고 싶다고 했을 때 보였던 내 반응이, 2년 반이나 아래층에 살면서 그의 이름조차 몰랐다는 사실이, 너무도 부끄러웠다.

열차를 타러 가면서 나는 괴짜 이웃과 함께 정원에서 열 어린이 생일 파티가 미코노스섬에서 친구들과 함께 보낼 주말만큼이나 재밌을 거라고 스스로 세뇌했다. 그래, 그럴 일은 없다. 그러나 펠릭스가 핀클리 씨가 초대에 응했다는 소식을 듣고 기뻐하는 게 더 중요하다. 맑고 시린 하늘에서 나란히 빙빙 도는 새 두 마리를 멍하니 바라보다가 문득 새의 반대말은 무엇일까 궁금해졌다.

그날 저녁, 나는 침대에 앉아 책을 읽으며 완벽하게 칠해진 천장을 올려다보았다. 이 기이한 상황에 얼마나 빨리 적응할 수 있을까. 2주 전만 해도 숨도 제대로 쉬지 못하던 내가, 어떻게 마흔두 살이 되었는데도 이렇게 아무렇지 않을 수 있을까? 내가 새 남편에게 조금 집착하는 경향을 보이고, 그에게 푹 빠졌다는 이유로 지난 16년을 그리워하며 느끼던 공포를 이겨낸 걸까? 아니면 사는 게 너무 바빠서 내가 응당 겪어야 할 실존적 위기에 온전히 시간을 투자하지 못하는 걸까?

"무슨 생각을 그렇게 해?"

샘이 잠에 취해 뭉근한 목소리로 물었다. 그는 손을 뻗어 내 미간을 엄지로 꾹 눌렀다.

"그렇게 깊이 고민할 때는 꼭 여기에 주름이 지더라."

"아무것도 아냐."

나는 조용히 말했다. 설명하긴 너무 복잡하다.

내가 적응해야 했던 모든 것 중에서 이 남자의 사랑을 받아주는 게 가장 쉬웠다. 그의 아내가 되는 게 좋았고, 그와 함께 침대를 쓰고, 섹스 후엔 깍지를 끼고, 아침에 일어나면 그가 아직 내 곁에 누워 있을지 걱정할 필요가 없다는 게 좋았다. 객관적으로 보자면 나도 모르게 늙어버린 외모 때문에 자신감이 떨어질 법도 한데, 샘은 내 튼살과 주름 하나하나를 모두 사랑해 주었다. 그리고 그 확고한 사실 덕분에 나는 내가 빠져 있는 줄도 몰랐던 덫에서 쉽사리 벗어날 수 있었다.

"아, 깜빡하고 말 못 했는데 오늘 의사한테 연락이 왔었어."

샘이 말했다.

"언제 한번 들러서 진행 상태를 좀 보자고 하네."

"그럴 필요가 있을까."

나는 몸을 숙여 그에게 입맞추며 말했다.

"당연히 그럴 필요가 있지."

샘이 내게서 몸을 물리며 말했다.

"새로운 치료법이 나왔을 수도 있고, 다른 검사를 더 해볼 수도 있고."

내 몸이 뻣뻣하게 굳었다.

"예전의 아내를 되찾고 싶은 거군요."

"난 당신이 나아지길 바라는 거야."

샘이 대꾸했다.

"난 당신이 나를 있는 그대로 사랑한다고 생각했는데."

"나는 늘 당신을 사랑할 거야. 무슨 일이 생기든, 좋든 나쁘든. 하지만…."

샘이 답답하다는 듯 탄식을 내뱉었다.

"대체 내가 무슨 말을 잘못했는지 모르겠군."

좋든, 나쁘든. 내가 더 나빠졌다는 뜻일까?

"미안해, 그냥, 나도 모르겠어. 좀 질투가 나요."

"질투?"

"응, 나한테 질투가 나요. 이 관계도. 나한테 우리는 꼭 새로 시작하는 관계 같아요. 우리가 맞닥뜨린 상황은 너무도 이상한데, 정확히 그만큼 너무 좋아요. 당신이 좋아. 근데 당신에게 우리는 이미 11년이나 된 사이이고, 당신은 내가 모르는 누군가와 사랑에 빠졌던 거잖아요. 심지어 내가 다시 그 사람이 될 수 있을지, 아닐지도 확신할 수 없어. 당신이 예전보다 못한 나에게 만족할 수 있을지, 없을지 내가 어떻게 알아요?"

"예전보다 못하지 않아."

샘이 잠시 생각에 잠기더니 몸을 일으켜 앉았다.

"그냥 몇 가지 면에서 좀 다를 뿐이야. 솔직히 말해서 당신, 기억은 돌아오지 않았어도 매일 예전의 모습이 조금씩 보여."

나는 울음을 삼키려 입을 꾹 다물었다. 이 서러움이 어디서 올라오는 건지 알 수 없었다.

"어떻게 당신 자신을 질투할 수 있어."

샘은 단호한 말투였다.

"난 할 수 있어. 당신과 11년을 함께 산 내가, 붐비는 가라오케 바에서 당신을 처음 만났던 내가, 어떻게 될지 모르는 미래를 이겨내며 당신과 데이트하고 사랑에 빠졌던 그때의 내가, 너무 부러워. 당신과 결혼할 수 있었던 사람이, 첫 아이를 낳았을 때 당신의 얼굴을 직접 본 그 사람이, 둘째를 잃었을 때 당신의 손을 잡아주었던 그 사람이, 나는 너무너무 부러워."

억누르던 울음이 결국은 터지고야 말았다. 샘은 내 어깨를 힘껏 안아주었다.

"내가 그 모든 걸 잃어버린 거야, 샘. 내 인생도, 우리도, 잃어버린 거예요."

"잃어버린 게 아니야."

샘이 흐느끼는 내 몸을 감싸안고 머리에 입술을 맞댄 채 말했다.

"게다가 나는 내가 잃어버린 것들을 아는 만큼만 아쉬워할 수 있어. 내가 모르는, 기억도 못 하는, 인생을 바꾼 수백 가지의 순간은 아마 평생 알지 못하겠지."

잠시 멈칫하던 샘은 품에서 나를 놓아주었다. 그는 침대에서 내려가더니 손을 뻗어 나를 일으켜 세웠다.

"어디 가요?"

내가 당황하며 물었다.

"이리 와, 보여줄 게 있어."

복도에 선 샘이 램프를 손에 들고 잠옷 위에 입으라는 듯 두툼한 니트 점퍼를 건넸다.

"어디 가는 거냐고."

나는 그를 재촉하며 다시 물었다. 하지만 샘은 커다란 초록색 장화를 신더니 복도 캐비닛에서 노란 장화를 꺼내 내게 내밀 뿐이었다. 샘의 점퍼가 주는 포근한 느낌과 곧 다가올 모험에 대한 기대감으로 우울한 기분이 한층 누그러졌다. 아무 말 없이 샘을 따라 뒷문으로 나가자 환하게 빛나는 달과 차가운 공기가 감도는 정원이 펼쳐졌다.

"당신이 파묻은 시체를 보여줄 때가 온 거예요?"

내가 장난스럽게 물었다.

"하."

샘이 탄식을 터트렸다. 나는 계속해서 떠들어댔다.

"부부 연쇄 살인범이 있었는데, 그중 한 명이 기억 상실증에 걸린 거야. 그러니까 멀쩡한 사람이 배우자를 데리고 지하실로 데려가는 거지. '여보, 당신이 스도쿠를 좋아하는 것도 잊고, 우리가 여덟 명이나 죽이고 묻은 것도 잊으면 난 어떡해' 하고…."

내 예상과 달리 샘은 웃지 않았다. 내 손을 잡고 정원을 따라 더 깊은 곳으로 나아갔다. 우리는 정원 끝자락 화단에 다다랐다. 작은 나무 한 그루가 있었다. 샘은 램프를 당겨 나무에 새겨진 명판을 비추었다. **우리의 딸이자 동생, 그리고 손녀. 너무도 작았지만 많은 사랑을 받고 간, 클로이 조야 러더퍼드.** 그리고 그 밑에 새겨진 클로이의 태어난 날짜와 죽은 날짜는 불과 2주 차이였다.

"아, 젠장…."

나는 손으로 입을 틀어막으며 말했다. 샘이 나를 향해 고개를 돌렸지만, 어둠 속에서 그의 얼굴은 보이지 않았다.

"미안해요, 정말. 내가 너무 멍청했어. 어떡해. 무슨 시체를 파묻었다느니, 그딴 농담을 내가, 당신이 나를 여기로 데려오는 줄 알았더라면… 아, 미친."

"괜찮아."

샘의 목소리에 웃음기가 섞였다.

"여기에 묻지 않았어. 이건 그냥 나무야."

"한밤중에 나를 데리고 밖으로 나온 이유가 분명히 있는데."

나는 혼잣말을 중얼거리며 깊은 심호흡을 내뱉었다.

"너무 부끄럽고, 내가…."

"그러지 마, 괜찮아."

샘은 내 어깨를 그러쥐며 점퍼를 벗겨 바닥에 깔고는 나란히 앉자는 듯 손짓했다.

"범죄 드라마를 너무 많이 봐서 그래요. 정말 죽음이나 살인이 재밌다고 생각해서 그런 게 아니라, 진짜 그런 게 재밌어서 그런 건 아니고, 나는…."

"루시, 이제 연쇄 살인범 이야기는 그만하면 안 될까?"

"응."

나는 입을 굳게 다물었다. 계속 사과하고 싶지만, 더 깊은 구렁텅이에 빠지지 않으리란 보장이 없었다. 나는 손을 뻗어 내 어깨를 감싼 샘의 손을 움켜쥐는 것으로 만족했다. 그때 덤불 속에서 들리는 바스락거리는 소리에 소스라치게 놀랐다.

"뭐야?"

샘이 한숨을 푹 내쉬었다.

"아마 쥐겠지."

"쥐?"

놀란 마음이 진정되기는커녕 더 놀랄 뿐이었다.

"음, 내가 중요한 이야기를 하고 싶은데, 우리 그냥 안으로 들어갈까?"

"아니야, 아니야, 여기도 괜찮아요. 미안해."

이 순간을 더 이상 망치고 싶지 않았다. 나는 샘과 나무에 집중하려 애쓰며 울타리 너머의 바스락거리는 소리에는 귀를 닫았다.

샘은 심호흡을 한 다음 입을 열었다.

"그래서, 내가 더 이상 노래를 만들지 않는 이유가 뭔지…."

그때 가까운 어딘가에서 울부짖는 소리가 들려왔다.

"저건 뭐야!"

나도 모르게 비명이 터졌다.

"여우."

"여우 소리 같진 않은데."

"들어가자."

샘이 포기하고 자리에서 일어서려고 했지만 내가 얼른 그의 팔을 움켜쥐며 말했다.

"아니야, 미안해요. 말해줘요. 저 소리는 이제 안 들을게."

샘은 한동안 말이 없었다. 나는 부여잡은 그의 팔을 더욱 단단히 끌어안았다.

샘은 다시 한번 깊은숨을 들이마신 뒤, 하려던 말을 시작했다.

"클로이가 태어나기 전에 그 아이를 위해 쓴 곡이 「맥박」이야. 아무도 그게 아직 태어나지도 않은 아이를 사랑하는 내용이라고는 생각지 못했지. 그런데 클로이가 태어났고, 아이가 아팠고, 그 노래가 발매되었고, 다들 그 노래를 싫어했어."

샘은 어려운 말을 토해내듯 숨을 터트렸다.

"사람들이 내 노래를 싫어하는 건 상관없어. 근데 「맥박」은 내가 지금까지 쓴 곡 중에 내 이야기를 가장 많이 담은 노래였어. 그리고 클로이가 죽던 날, 라디오에서 이 노래가 나오는데 나는 도저히…."

"세상에, 샘. 어떡해요. 정말."

나도 모르게 몸이 덜덜 떨리기 시작했다. 샘이 내 어깨를 가볍게 매만졌다.

"다시는 가사를 쓸 수 없었어. 그러니까 좋은 가사는 당연히 나오지 않았고. 그래서 그만뒀어. 지금은 머릿속에 거대한 벽이 세워진 기분이야."

샘이 램프를 들고 나무 밑에 심어놓은 명판을 다시 비추었다.

"이해해요."

나는 겨우 소리를 내어 말했다.

"언젠가 당신이 나한테 그런 말을 했어. 사람은 태어나 두 번 죽는다고. 한 번은 몸이 마지막으로 숨을 거두는 순간이고, 또 한 번은 누군가 내 이름을 마지막으로 불러줄 때라고. 당신은 클로이의 이름을 계속 부르겠다고 약속했어. 그러니까 클로이는 우리 곁에 계속 살아 있는 거라고. 그래서 당신이 클로이를 기억하지 못하는 게 유독 내겐 더 잔인하게 느껴진 것 같아."

샘이 내 머리에 키스하려고 몸을 틀었다.

"나도, 나도 정말 그 아이를 기억하고 싶어."

내가 속삭였다.

"일요일 오후에 이 나무를 심었어. 우리가 구멍을 파는 동안 펠릭스는 저쪽 놀이 매트 위에 앉아 있었지. 우리가 잠깐 시선을 돌린 사이에 펠릭스가 그 구멍에 들어가서 물뿌리개를 머리에 쓰고는 배시시 웃고 있는 거야. 그러더니 나한테 흙을 한 움큼 집어 던지더라. 당신이 펠릭스에게 가기에 나는 아이를 꺼내줄 줄 알았어. 근데 당신이 젖은 흙을 한 줌 집더니 나한테 또 던지는 거야."

샘이 나지막한 웃음을 터트렸다.

"펠릭스는 당연히 재밌어서 죽으려고 했지. 물론 당신도 그랬고. 이제 이 나무를 볼 때면, 나는 클로이만 생각나는 게 아니라 최악의 상황에서도 흙을 뒤집어쓰고 배가 찢어져라 웃던 우리가 떠올라."

샘이 커다란 몸을 내게 기댔다. 나는 그의 뒷덜미를 부드럽게 매만졌다.

"당신이 결혼, 출산, 죽음 같은 큰일이 아니라 소소한 순간에 관해 이야기하니까 문득 여기가 생각났어. 혹시 내가 우리에게 일어났던 좋은 일과 나쁜 일을 충분히 얘기해 주지 못했던 건 아닐까 싶은 생각. 이해해?"

"응, 이해해."

나는 두 팔로 그를 힘껏 껴안았다.

"이제 이 나무를 볼 때면 연쇄 살인범 이야기도 떠오를 거야."

"오, 아니야! 하지 마요!"

내가 샘의 어깨에 고개를 파묻으며 외쳤다.

"좋은 의미로."

샘이 웃음을 터트리며 덧붙였다.

"물론 연쇄 살인범을 좋은 방향으로 생각할 수 있을지는 모르겠지만."

"우리 잠시 달을 바라보며 경건한 마음으로 이 순간을 기리자."

나는 반쯤 농담을 섞어 말했다. 그런데 정말 달을 바라보니 빛나는 달 위로 절반쯤 드리워진 그림자 속에 경외심을 불러일으키는 무언가가 느껴졌다. 변치 않을 광경이다. 추운 날씨에 손을 맞잡고 딸의 나무 밑에 앉아 이 순간을 공유해 준 그에게 고마운 마음이 들었다. 어쩌면 내가 두려워했던 것만큼 많은 순간을 놓치지 않은 걸지도 모른다. 어쩌면 지금이 그 수많은 사소하지만 중요한 순간 중 하나일지도.

그때 근처 어딘가에서 또 다른 동물의 울음소리가 들렸다. 샘이 벌떡 일어나 나를 일으켜 세웠다.

"저것도 여우야?"

내가 물었다.

"아, 어쩌면 밥이랑 메리일 수도 있어. 옆집에 사는 연쇄 살인범 부부."

샘이 씩 웃었다. 우리 두 사람은 서둘러 따뜻한 집으로 돌아와 어린아이들처럼 킥킥거리며 웃음을 터트렸다.

제30장

“요즘 기억나는 건 있어요?”

며칠 뒤 잠자리에 들기 전 펠릭스에게 책을 읽어주던 도중 아이가 물었다.

“음, 아니. 확실한 건 없어.”

내가 말했다.

“아주 조금씩? 아마도.”

펠릭스는 곰곰이 생각에 잠겼다.

“몰리는 엄마가 ‘피터 팬’이라고 생각해요.”

“피터 팬?”

“그런 책이 있어요.”

“응, 그건 알아.”

“몰리가 그러는데, 피터 팬은 날 수 있대요. 근데 자기가 정말 하늘을 날 수 있는지 의심하는 순간, 더 이상 날 수 없대요."

펠릭스는 잠시 말을 멈추더니 이불을 턱까지 끌어올렸다.

"아직도 포털을 믿어요?"

나는 잠시 침묵하다가 입을 열었다.

"솔직히 말하면, 모르겠어. 그건 왜?"

펠릭스가 귀여운 아르마딜로 인형을 껴안고 뒤척였다.

"엄마가 여기가 좋다면, 여기 남아도 상관없어요. 어느 쪽이든 엄마는 엄마니까. 근데 엄마가 믿음을 잃고 기억을 떠올리기 시작하면, 피터 팬이 네버랜드로 돌아갈 수 없었듯이 엄마도 돌아갈 수 없어요."

펠릭스가 입술을 깨물었다.

"어쨌든 몰리가 그렇대요. 내가 아는 사람 중에 몰리가 제일 똑똑하거든요."

"몰리가 엄마보다 똑똑해?"

내가 씩 웃으며 물었다.

"네. 몰리는 13진법도 알고 모르는 게 없어요."

"확실히 엄마보다 똑똑하네."

나는 펠릭스의 머리에 입을 맞추고 수면 램프를 켜주었다.

"무슨 일이 있든 우린 다 괜찮을 거야, 펠릭스. 그럼 잘 자."

하지만 방문을 닫자마자 가슴 한구석에 서늘한 공포가 밀려들었다. 지난 며칠 동안 나는 돌아갈 생각을 아예 하지 않았다. 최근에는 웹사이트 메시지도 확인하지 않았다. 쓸데없는 메시지가 너무 많이 와서 아예 로그아웃을 해버린 참이었다.

펠릭스의 말이 맞을까? 정말 나는 내가 날 수 있다는 믿음을 잃은 걸까?

오늘도 샘은 태극권 수업을 하러 나갔다. 나는 이번 주에 수도 없이 설거지하고 식기세척기를 비웠다. 다음 날 사용할 펠릭스의 운동복을 챙겨놓고 주방을 깨끗하게 닦아낸 다음, 서재 책상에 앉아 몇 시간 동안 일에 집중할 예정이었다. 그러나 잠시 짬을 내어 먼저 '아케이드 게임' 사이트에 로그인을 해보았다. 새 메시지는 없지만 확인하는 것만으로도 아직 포기하지 않았다는 믿음이 생겼다.

금요일은 〈집이 살아 있다!〉의 프레젠테이션 리허설이 예정되어 있었다. 오랜 시간 준비하며 욕심껏 다듬었다고 생각했지만, 막상 발표를 해보니 아이디어를 구상할 때 느꼈던 마법이 사라진 듯 밋밋한 느낌이 들었다. 트레이의 4D 괴물은 정말 근사했지만 내 부족한 발표 때문인지 제대로 구현되었다는 감동이 들지 않았다. 마이클은 더 크게 말하고, 대본을 너무 자주 읽지 말고, 발표 중간중간 호흡을 가다듬으라고 주문했지만, 솔직히 말해 나는 완전히 낡고 지친 기분이다.

프레젠테이션을 마치자 도미니크가 나를 한쪽으로 끌어당기며 말을 걸었다.

"이번에 따내지 못하면, 추천서 좀 써주실 수 있으세요?"

도미니크는 죄책감이 한껏 실린 눈빛으로 물었다.

"실직하면 안 되거든요. 타투이스트한테 빚도 졌어요."

도미니크가 소매를 걷어 올렸다. 세밀한 금빛 문양의 머리 없는 인어가 떡하니 팔뚝에 새겨져 있다.

"머리를 완성해야 하거든요. 아니면 그냥 팔 달린 물고기예요."

"그렇네요."

나는 허탈한 기분으로 중얼거렸다.

다들 자리로 돌아간 후, 마이클이 나를 찾아왔다.

"내가 제대로 못 하는 거죠?"

내가 물었다.

마이클은 입술을 오므리더니 대뜸 "기억은 좀 어때?" 하고 물었다.

"지금은 완전히 짙은 스모그죠."

내가 조용히 덧붙였다.

"기억이 우리를 만든다고 생각해요, 마이클?"

"아니."

그는 제법 단호했다.

"우리가 누구인지를 만드는 건 과거를 기억하는 능력이 아니라, 우리의 가치관과 우리를 지지하는 사람들이지."

마이클의 말투가 너무도 차분하고 권위적이어서 나도 모르게 "마이클이 프레젠테이션을 하는 건 어때요?"라고 물었다. 이런 말을 내뱉었다는 게 믿어지지 않았다. 직접 프레젠테이션을 성공적으로 마무리하고 싶지만, 이번 일을 내가 도맡기엔 너무도 많은 것이 이 한 번에 걸려 있었고, 그 사실이 내 어깨를 짓눌렀다. '아니, 자네가 해. 잘할 수 있을 거야'라고 말해 주길 기대했지만, 마이클은 고개를 끄덕였다. 내 표정이 완전히 일그러지자 마이클이 조용히 입을 열었다.

"자네 아이디어였지만, 이번 건에 우리 모두의 명운이 걸려 있잖아."

올바른 결정이라는 걸 알지만, 실망감을 감출 수는 없었다.

퇴근 후 나는 30일 동안 사용할 수 있는 상품권을 들고 백화점으로 향했다. 여성 의류 매장과 신발 매장을 그대로 지나친 나는 장난감 매장으로 직행했다. 그리고 펠릭스에게 줄 완벽한 생일 선물을 찾아 나섰다. 전자기기 매장에서는 샘을 위한 새 스피커를 구입해 집으로 배달시켰다. 거기서 상품권을 거의 다 썼다. 에이미에게는 새 기린 잠옷을, 레너드에게는 주둥이가 긴 반짝이는 새 물뿌리개를 선물하기로 했다. 벽에 달아 놓는 바구니에 쏙 들어갈 완벽한 물뿌리개였다.

나오는 길에 식료품 층에 들러 크루아상을 샀다. 돌아가는 열차에서 먹을 생각이었다. 계산하고 나오는데 한 엄마가 아기와 어린아이를 품에 안으며 안간힘을 쓰고 있었다. 아기는 울부짖고, 아이는 걷기를 거부하며 징징거린다. 애들 엄마는 눈물을 억지로 참으며 필사적으로 버티는 중이었다. 그 표정이 너무도 씁쓸했다. 나는 가게를 나가려다 말고 다시 돌아섰다.

"정말 잘 버티고 계시는 거예요. 그냥 응원하고 싶어서요."

나는 아이 엄마에게 말을 걸었다.

"배가 고픈가 봐요. 그래서 우는 거예요."

아이가 왜 우는지 물어본 것도 아닌데 아이 엄마는 의무감을 느낀 듯 설명했다.

"잠깐 앉아서 젖을 먹이면 좋을 텐데, 아들은 가만히 앉아 있지를 않아요. 둘 다 데리고 나오는 게 아니었는데, 곧 친정 엄마 생신이어서…."

아이 엄마가 한숨을 푹 내쉬었고 나는 고개를 빠르게 저으며 설명해 달라는 뜻이 아니었음을 강력히 피력했다.

"저도 아이를 키워서 이해해요. 저기, 제가 지금 한가한 편이거든요. 아드님은 제가 잠깐 놀아줄 테니까 그사이에 얼른 먹이는 건 어때요?"

그리고 우린 정말 그렇게 했다. 나는 이 가족을 칸막이로 안내했고, 엄마가 동생에게 젖을 물리는 동안 꼬마와 함께 크루아상을 나눠 먹었다. 그 후에 내가 아이 엄마도 뭐를 좀 먹어야 하지 않겠냐며 크루아상을 사 주겠다고 고집을 부리자, 그레타라는 이름의 여자가 울음을 터트렸다.

"죄송해요, 젖이 다 돌면 꼭 이렇게 감정이 격해져요. 그만 일어나셔야 하면 얼른 가보세요. 제가 너무 시간을 빼앗았죠."

그레타가 눈물로 얼룩진 뺨을 닦으며 말했다.

"괜찮아요."

내가 만류했다.

"딱히 갈 곳도 없는걸요."

해야 할 일이 수백 가지라고 해도, 내게 주어진 시간이 손에 꼽게 적더라도, 지금은 정말 바쁘지 않았다.

토요일, 샘과 나는 펠릭스의 생일 파티를 위해 온 집 안을 돌아다니며 준비를 서둘렀다. 샘은 외계인 모양의 풍선을 사고 나는 케이크를 준비했다. 완벽한 상어 모양의 케이크를 만드는 인터넷 동영상도 찾아놨다. '그다지 어렵지 않다'라는 뜻의 '별 네 개짜리' 동영상이었는데, 케이크를 굽는 동안 다리를 잡아당기는 아이가 없었던 게 분명했다.

케이크 위에 크림을 올렸는데 누가 봐도 이빨이 달린 파란 통나무처럼 보여서 결국 하얀 아이싱으로 옆면에 '상어'라고 적어야 했다. 그래야 이게 뭔지 다들 알 수 있을 것 같았다. 그리고 레너드를 데리러 서둘러 런던으로 향했다. 그는 갈색 종이로 책을 포장해 품에 안고 건물 밖에서 나를 기다리고 있었다.

"햄을 직접 훈제할 수 있도록 훈연실 만드는 법을 기록해 놓은 책이네."

레너드가 매우 만족스러운 표정으로 설명했다. 여덟 살짜리 꼬마가 훈연실을 직접 만들 수는 없을 거라고 지적하진 않았다. 그러나 내가 보기에도 우리 펠릭스는 참 대단한 꼬마이긴 하다. 차가 움직이기 시작하자 레너드가 글러브 박스를 열고 차 안을 두리번거렸다.

"이거 사이보그 자동차인가?"

레너드가 물었다.

"전기차예요."

"자네, 정부가 이런 걸 타고 다니는 사람들의 모든 행적을 추적할 수 있다는 사실을 알고 있나?"

"네."

"주기적으로 내비게이션 기록을 삭제하고, 대시 보드에 레몬을 올려놓게. 레몬이 신호를 방해하니까."

파념에 도착할 무렵, 나는 레너드가 믿는 수십 가지의 음모론을 배웠다. 가령 땅콩버터의 땅콩은 땅콩이 아니라 미국의 지하 실험실에서 재배한 유전자 변형 대용품이라는 것, 존 F. 케네디는 암살당한 것이 아니라 플로리다의 골프장 딸린 맨션에서 아흔여섯 살까지 장수했다는 것, 나사는 우주선을 만드는 게 아니라 사람들을 감시하는 기관이라는 것 등. 이 모든 이야기를 들으며 전과가 있는 70대 음모론자를 내 아들의 친구로 곁에 두는 게 과연 옳은 일인가, 하는 의구심이 들기 시작했다. 이웃과 친하게 지내는 것과 부주의한 부모가 되는 건 전혀 다른 문제가 아닌가.

"저, 레너드. 예의가 아니라는 걸 알지만 여쭤볼게요. 제 아들의 생일 파티에 초대하는 거니까요. 혹시 무슨 죄로 살다 오셨는지 여쭤봐도 돼요? 살인 같은 건 아니었죠?"

"하, 전혀! 경찰을 사칭하고 면허 없이 낚시해서 그랬지!"

레너드가 외쳤다.

"그게 한 번에 같이 일어난 일인가요, 아니면 두 번에 걸쳐 일어난 일인가요?"

레너드는 어깨를 으쓱거렸다.

"너무 오래전 일이라 기억이 잘 안 나는구만."

결국 나는 웃음을 터트리고 말았다. 레너드도 마찬가지였다.

집에 오니 펠릭스의 친구인 맷과 몰리도 와 있었다. 몰리는 길게 땋은 검은색 머리를 어깨에 늘어뜨리고 '여자가 당신을 만든다'라는 무슨 소린지 알 수 없는 슬로건이 새겨진 티셔츠를 입고 있었다. 잘은 모르지만, 이 아이의 분위기가 마음에 들었다.

정원에는 복잡한 공격 코스를 만들어놓았다. 잔디는 용암이고, 하키 반조 인형은 공포의 해적 '루시(나)'에게 인질로 잡혀 샘의 스튜디오 문 위에 세운 깃대에 묶여 있다. 펠릭스와 친구들은 그를 구출하기 위해 일련의 미션을 성공해야 한다. 가라앉는 모래 강을 건너야 하고(거품과 보너스 상품으로 가득한 아동용 물놀이장), 상대 해적단이 쏘는 화살(위층 창문에서 우리 엄마와 아빠가 쏘는 어린이용 고무탄 총)을 피해 끔찍한 트롤의 질문에 대답해야 통할 수 있는 무서운 트롤 다리(채소밭)를 건너야 한다. 샘은 트롤 역을 훌륭히 소화해 냈다. 레너드에게도 역할을 하나 부탁하자 그가 오스카상 수상에 걸맞은 간달프* 성모

* 〈반지의 제왕〉에 등장하는 회색 마법사

사를 선보이며 "넌 통과할 수 없다!"라고 외쳐 모두를 폭소케 했다.

게임은 큰 성공을 거두었다. 하키 반조를 구출하자마자 펠릭스는 게임을 또 하자고 외쳤다. 샘은 이번에는 트롤이 없어도 된다고 말했지만, 아쉬운 듯 귓불을 잡아당기는 그의 모습을 보며 말도 안 되는 소리라고 확신했다.

"하지만 포기하기엔 정말 완벽한 트롤이었는걸."

내가 샘의 귓가에 속삭였다.

케이크를 가지러 집 안으로 들어갔더니 다용도실에서 엄마가 빨래를 분류하고 있었다.

"엄마, 우리 빨래는 우리가 할게요. 제발 그냥 편히 쉬면서 파티를 즐겨요."

"예전의 모습으로 돌아온 걸 보니 반갑구나."

엄마는 여전히 빨랫감을 골라내며 말했다.

"집안일은 잘 못하는 것 같지만."

엄마는 산더미처럼 쌓인 빨래를 보며 절망스러운 표정으로 집 안을 둘러보았다.

"아니야, 진짜 괜찮아요."

나는 엄마를 잡아끌었다.

"얼른요, 내가 케이크도 만들었어요."

나는 양초를 침실 속 가방에 숨겨두었다. 위층으로 달려가 양초를 찾자마자 뭔가 잊어버린 것 같고 꼭 필요한 무언가가 있었다는 느낌에 사로잡혔다. 뭔지는 모르겠지만 중요한 게 있다는 느낌. 그리고 침대 옆 협탁 서랍 속에서 결혼반지를 꺼내 손가락에 끼운 뒤, 깊은숨을 내쉬었다.

케이크를 정원으로 가져와 촛불 여덟 개를 켜고 다 같이 노래하기 시작했다. 걸작이라 할 만한 케이크는 아니었지만, 펠릭스는 기뻐했다.

"빵 윗부분이 좀 탔는데, 아래는 덜 익었을지도 몰라요."

내가 모두에게 설명했다.

"라고 여배우가 교황에게 말했대요."

그때 아빠가 과장 섞인 느린 윙크를 하며 끼어들었다. 아빠의 농담에 콧노래가 절로 나왔다. 우리가 서로에게 던지던 우스꽝스러운 말장난 중에서 이게 내가 제일 좋아하는 농담이 될 것 같다.

펠릭스는 레너드가 준 책이 마음에 든다며 당장 훈연실을 만들고 싶다고 난리였다.

"그런 프로젝트를 하려면 하룻밤보다는 더 길게 시간을 잡아야 할 것 같은데."

샘이 설명하자 펠릭스가 레너드에게 다음 주말에 놀러 와서 도와줄 수 있겠냐고 물었다. 그토록 기뻐하는 모습은 처음이었다.

그리고 내 휴대 전화가 울렸다. **생일 축하해, 펠릭스! 루시 너도 여기 있으면 좋았을 텐데.** 해변에서 비키니 차림으로 두 명의 친구와 함께 사진을 찍은 로신이 보인다. 놀랍게도 전혀 질투가 나지 않았다.

생일 케이크를 다 먹고 선물 개봉식까지 마친 다음, 우리는 손님들과 작별 인사를 나누었다. 엄마와 아빠가 마지막으로 현관문을 나서며 잠시 머뭇거렸다.

"다음 주에 내 백내장 수술, 정말 올 수 있겠니?"

엄마가 물었다.

"너 할 일 많잖아. 정말 시간 낼 수 있어?"

"그럼요, 갈게요."

내가 엄마를 안심시켰다.

"너무 즐거웠다, 루시."

아빠가 말했다.

"넌 항상 모두를 즐겁게 하는 법을 아는구나."

아빠가 차로 향하는 동안 나는 엄마의 손을 부여잡고 "아빠는 어때요?" 하고 속삭였다.

"하루하루 잘 견디며 산다."

엄마가 격렬히 고개를 끄덕이며 덧붙였다.

"우리가 할 수 있는 건 그게 전부야. 안 그러니?"

에이미를 침대에 눕히려고 안아 들자 아이는 이미 지친 듯 내 어깨에 고개를 파묻었다. 나는 달큰한 아이 냄새를 들이마시고 말랑말랑하게 감싸는 팔다리의 따스한 체온을 음미했다. 복도에 잠시 서서 거울에 비친 우리 모습을 바라보았다. 행복한 엄마와 만족스러운 아기의 모습이었다.

샘이 레너드를 런던까지 데려다주겠다고 나섰고, 조용한 집에 이제 펠릭스와 나만 남았다. 나는 내가 준비한 선물을 펠릭스에게 내밀었다.

포장지를 벗기자 동그랗고 빨간 용암 램프가 튀어나왔다.

“와, 멋지다.”

펠릭스가 말하며 램프를 손으로 뒤집었다. 내가 왜 이걸 골랐는지 궁금하다는 듯 당황스러운 표정이었다.

“리모컨이 있어서 설정을 바꿀 수도 있어.”

내가 아이에게 말했다.

“맥박이 뛰거든. 심장처럼.”

나는 리모컨을 들고 이리저리 설정을 바꿨다.

“와, 엄마! 완벽해요!”

아들의 얼굴이 환해지자 내 가슴이 기쁨으로 부풀었다.

우리는 식탁에 앉아 몇 시간에 걸쳐 두근거리는 심장을 만들기 위해 애썼다. 육각형 모양의 철조망과 구운 석고 반죽, 빨간 휴지를 싸서 용암 램프 주위에 조심스럽게 덧대며 모양을 만들었다.

“이렇게…?”

펠릭스가 철망으로 만든 대동맥의 윗부분을 가리켰다. 내가 대동맥을 들고 있으면 펠릭스가 글루건을 이용해 조심스럽게 붙였다. 샘이 집에 돌아오고 난 후에도 우리는 여전히 정신이 팔려 있었다. 샘은 고개를 내저으며 먼저 올라가겠다고 선언했다.

“저도 자러 가야 해요?”

펠릭스가 물었다.

나는 샘을 바라보았다.

"엄마가 결정할 거야."

샘이 말했다.

"음, 엄마 생각엔, 오늘은 네 생일이고 주말이니까…."

10시가 거의 다 되어서야 공작이 끝났다. 결과물은 훌륭했다. 그야말로 예술 작품이었다. 엄청난 인내와 엄청난 양의 접착제가 필요했지만. 펠릭스는 거의 종교에 가까운 경건함으로 용암 램프를 켜고 리모컨을 눌러 맥박이 뛰게끔 설정했다. 나는 아이의 손을 잡으며 램프가 살아 숨 쉬는 모습을 지켜보았다.

"우와, 진짜 대단하다."

펠릭스가 중얼거렸다.

"그렇지?"

내가 속삭였다.

"박람회에 출품하기엔 너무 늦었나?"

"이미 출품작은 다 선정되었대요."

펠릭스가 말했다.

"그래도 월요일에 학교에 가져가서 선생님께 보여드리자."

"고마워요, 엄마."

펠릭스가 나를 안아주려 몸을 기울였다.

"이젠 정말 잘 시간이야."

나는 아이를 안아주며 말했다.

"몇 분만 더 켜두면 안 돼요?"

"그래. 하지만 자꾸 손대면 안 돼. 석고가 아직 안 말랐어."

내가 부엌을 나서려는데 펠릭스가 펄쩍 뛰어올라 내 팔을 부여잡았다.

"최고의 생일이었어요. 진짜로요."

"얼마든지, 우리 아들."

내가 속삭였다.

침실로 올라가는 길에 로신에게 케이크 뒤에서 환하게 웃고 있는 펠릭스의 사진과 함께 메시지를 보냈다. **행복한 생일 주인공이야! 너도 여기 있었으면 좋았을걸.**

제31장

....

월요일 아침, 펠릭스와 나는 학교 교문 앞에서 프리맨틀 선생님이 오시기만을 기다렸다. 나는 석고를 완벽하게 굳혀 구현한 심장이 담긴 골판지 상자를 안고 있었다.

"프리맨틀 선생님, 잠깐 이야기 좀 할 수 있을까요?"

내가 물었다.

그녀는 깜짝 놀라 멈춰 섰다.

"펠릭스가 드디어 프로젝트였던 심장 공예를 완성했어요. 제출 기한에 늦은 건 알지만…."

프리맨틀이 안경을 벗고 상자 안을 들여다보았다.

"펠릭스, 정말 이걸 네가 만들었니?"

"붙이는 걸 제가 좀 도와주긴 했지만, 디자인은 다 펠릭스가 했어요. 몇 시간이나 공을 들였죠."

나는 프리맨틀이 내 아들을 실망시키지 않기를 바라며 간절한 눈빛으로 그녀를 바라보았다.

"정말 멋지구나, 펠릭스. 칭찬할 만해."

"혹시 내일 프로젝트 박람회에 출품해도 될까요?"

펠릭스가 물었다.

"그건 조금 늦은 것 같구나. 출품작은 전부 결정되었거든."

펠릭스는 풀이 죽었다.

"저, 그 박람회의 목적이 뭔가요, 선생님?"

출근길을 서두르고 싶어 하는 프리맨틀의 뒤를 쫓아가며 물었다.

"웹사이트에는 창작과 문제 해결에 대한 학생의 사랑과 예술, 과학에 대한 열정을 불러일으키기 위한 대회라고 나와 있잖아요. 저는 펠릭스가 오늘 아침처럼 이걸 보여드리겠다며 열정을 불태우는 모습을 지금껏 본 적이 없어요."

제발, 제발, 제발, 받아주세요.

"좋아요."

프리맨틀이 한숨을 푹 쉬었다.

"하지만 내일 아침까지는 학교에 전시해야 합니다. 명판도 직접 만드셔야 해요. 저는 준비할 시간이 없어요."

프리맨틀이 떠나자마자 펠릭스와 나는 하이파이브를 했다.

내일까지 공예품을 안전하게 보관하기 위해 작품을 다시 차에 가져다놓았다. 내가 차로 걸어가는데 펠릭스가 달려오며 물었다.

"엄마, 전에 공예는 잘 못한다고 했잖아요!"

"그랬는데, 아닌가 봐."

자부심이 새록새록 샘솟았다.

다시 차에 타자 휴대 전화가 울렸다. 프레젠테이션까지 90분이 남았다. 어서 서둘러야겠다. 다음 열차를 놓치면 지각할 수도 있으니까.

밤프 스튜디오가 붐볐다. 회사 직원 모두가 나의 배저TV와 콜슨의 페럿TV 간의 대결을 눈으로 직접 보고 싶어 했다. 이렇게 많은 청중이 모일 줄은 몰랐다. 내가 아닌 마이클이 발표를 맡았다는 게 차라리 안심이었다. 콜슨은 내가 기억하던 모습과 아주 달랐다. 터틀넥에 세련된 검은색 정장을 입고 머리는 젤을 발라 싹 넘겼다. 솔직히 악당 학교에 기말고사를 보러 온 학생처럼 다소 우스꽝스러웠다.

"너무 아쉬워하지 마요, 러더퍼드."

콜슨이 내게 말을 걸었다.

"페럿TV의 인턴십 자리를 줄게요. 우승하는 팀의 일원이 어떤 기분인지 느껴보세요."

"콜슨, 매그니토*가 전화해서 슈트 좀 돌려달라고 전해달라더라."

"매그니토요? 아, 좀 오래된 농담 아닌가. 역시 나이는 못 속이네."

---

* 마블 코믹스의 등장인물이자 〈엑스맨〉에 등장하는 슈퍼히어로

제기랄. 그동안 놓친 대중문화가 너무 많아서 농담도 못 하겠다. 컴백에 대한 농담을 떠올리려는데 마이클이 도착했다. 나는 그의 모습을 보자마자 까무러칠 뻔했다. 밤새 보드카를 마시다가 잠깐 눈만 붙이고 온 사람처럼 끔찍한 몰골이었다. 트레이드마크인 쓰리피스 슈트 대신 헐렁한 청바지에 지저분한 회색 티셔츠 차림이었다. 뭔가 잘못되어도 한참 잘못됐다.

마이클의 팔을 부여잡고 분주한 스튜디오에서 복도로 끌고 나왔다.

"대체 무슨 일이에요? 꼴이 말이 아닌데."

내가 채근했다.

"제인 때문에. 아내가 아쿠아 에어로빅 강사 마커스와 바람을 피우는 것 같아."

"오, 세상에, 너무하네요. 왜 그렇게 생각하시는데요?"

"두 사람이 침대에 누워 있는 걸 봤거든."

"혹시 제인이 또 자신이 유부녀라는 사실을 잊어버린 건 아닐까요?"

내가 희망을 놓지 못하고 물었다.

"그건 아닌 것 같군. 왜냐하면 내가 두 사람을 발견하자마자 마커스가 이렇게 말했거든. '젠장, 자기 남편이잖아'라고. 그러자 제인이 그러더군. '아, 망할'이라고."

"너무 충격이었겠어요."

마이클은 고개를 떨궜다.

"그보다 더 최악인 건…."

그는 차마 말을 잇지 못하겠다는 듯 마른침을 삼켰다.

"그 친구, 마커스가 오른손에 야구 글러브를 끼고 있더군. 내 야구 글러브를."

마이클의 얼굴이 괴로움으로 일그러졌다.

"오지 스미스*가 직접 사인한 내 빈티지 글러브를! 정말 아는 사람만 수집하는 희귀템인데. 그걸로 뭘 했는지는 정말 알고 싶지 않아."

마이클이 고개를 절레절레 흔들었다.

"이제 내가 어떻게 그 글러브를 순수하게 볼 수 있겠어?"

나는 흐느끼는 마이클을 안아주었다.

"미안하네, 루시. 내 꼴이 너무 엉망진창이라 오늘 프레젠테이션은 못 할 것 같아."

"괜찮아요, 제가 알아서 할게요"라는 말이 나도 모르게 튀어나왔다. 마이클은 해야 할 일을 알려줘서 고마워하는 어린아이처럼 한결 편안해진 얼굴로 고개를 끄덕였다. 회의실로 돌아오니 트레이가 먼저 눈에 띄었다. 그때 콜슨이 무대에 올랐다. 팀원들에게 설명할 시간도 없이 경쟁사의 프레젠테이션을 봐야 했다. 콜슨의 팀은 다들 자신감 넘치는 표정을 뽐내며 기고만장했다. 자신들의 아이디어가 엄청나게 기발한 것이 틀림없다고 생각하는 모양이었다. 마이클이 없으면 우리 프레젠테이션이 경합에서 이길 수 없을지도 모른다는 생각이 들자 뱃

---

* 전 메이저 리거로 세인트루이스 카디널스에서 활약한 영구 결번 유격수

속이 무겁게 가라앉았다.

밤프의 CEO 개리 스나이더가 자리에서 일어나 경합의 시작을 알렸다. 그는 일부러 '진지하고 경건해 보이는 방법'을 검색한 사람처럼 고통스러운 듯 얼굴을 잔뜩 구기면서 눈썹을 원하는 대로 움직이려 안간힘을 썼다.

"세상에서 동료를 보내주어야 하는 일만큼 힘든 것도 없습니다."

개리는 한숨을 푹 내쉬었다.

"할 수만 있다면 여러분 모두에게 재면접의 기회를 주고 싶습니다. 여러분에게 재지원의 기회를, 우리 회사의 자리를 내어드리고 싶은 마음입니다. 저는 배저와 페럿이 각기 얼마나 강한 회사인지 잘 알고 있습니다. 한 회사만 끌고 가야 한다는 경영 논리가 우리를 힘들게 합니다."

개리는 계속해서 침울한 표정을 유지했다. 묘하게 경쟁적인 분위기 속에서 오늘 이 자리에 있는 많은 사람이 일자리를 잃어야 한다는 사실이 계속해서 떠올랐다.

"완전한 공정성을 보장하기 위해 결정은 내가 내리지 않을 겁니다. 여러분의 프레젠테이션을 평가할 분은 키즈 네트워크의 새로운 이사, 멜라니 더럼입니다."

멜라니? 멜라니가 새 수장이 된다고? 멜라니의 입장을 지켜보려 모두 고개를 돌렸다. 영화배우 주디 덴치보다 두 배는 젊고 두 배는 섹시한, 여전히 멋진 모습의 멜라니였다. **나도 60대엔 저렇게 늙었으면 좋겠다.**

"루시, 콜슨."

멜라니가 대리석처럼 매끄러운 목소리로 우리를 향해 고개를 끄덕였다.

"최고의 개발 부서를 놓고 경쟁하는 두 사람이 모두 내 밑에서 일하던 직원이라니, 어쩜 이렇게 낭만적일까요."

"이 고비만 넘기면 그때부터는 탄탄대로라고 하지요."

콜슨이 말하자 멜라니가 활짝 웃었다. 콜슨이 말단이었을 때는 한 번도 보이지 않던 미소였다.

"맞아요, 콜슨."

멜라니가 대답했다. **그녀가 과연 저런 말에 감동할까? 아니, 전혀 말도 안 되는 소리다.**

콜슨이 먼저 자리에서 일어났고, 나는 다시 자리에 앉아 프레젠테이션 전체가 슬라이드에 담겨 있으니 그저 준비한 대본만 읽으면 된다고 나를 안심시켰다. 트레이가 꼼꼼하게 준비한 그래픽 자체로 설명은 충분할 것이다.

"아이들이 가장 바라는 게 뭘까요?"

콜슨이 손목을 튕기며 프레젠테이션을 시작했다. 눈앞의 스크린에서는 놀이터에서 뛰어노는 아이들의 모습이 섬세한 몽타주로 구현되고 있다.

"아이들은 어른처럼 대우받길 원합니다. 어른들의 과보호를 원치 않죠."

그리고 화면에 더 많은 아이가 등장한다.

"전에도 아이들을 어른의 상황에 접목했던 프로그램이 있었습니다. 야생에서 생존하게 하고, 자신만의 생태 하우스를 짓게 하고, 정부를 운영하게 했습니다."

아이들에게 국가 정부를 운영하게 했다고? 대체 어디에서?

"하지만 정말 중요한 것, 즉 아이들의 삶 속에서 가장 중차대한 순간에는 도리어 발언권을 얻지 못할 때가 있습니다. 과연 언제일까요?"

콜슨이 극적인 효과를 주려는 듯 잠시 말을 멈추었다.

"바로 가족사입니다."

프레젠테이션의 그래픽이 두 명의 어린이가 한 남자와 여자의 품에 안겨 있는 사진으로 바뀌었다.

"부모가 별거를 결정해도 아이들은 보통 부모 중 한 사람이 이사를 나가기 전까지 그 소식을 듣지 못합니다."

나는 스튜디오를 훑어보았다. 대체 이 프레젠테이션이 어디로 흘러가는 건지 종잡을 수 없었다. 마이클은 주먹 쥔 손으로 입을 가리고 있었다. 콜슨은 멜라니를 포함한 모든 이들의 이목을 집중시켰다.

"하지만 우리가 준비한 프로그램은 다릅니다. 자, 여러분께 〈어린이 상담소〉를 소개합니다!"

콜슨이 한 걸음 뒤로 물러서자 화면에 여덟 살에서 아홉 살 정도 되어 보이는 여자아이가 안락의자에 앉아 소파에 나란히 앉은 부부를 인터뷰하는 장면이 재생되었다. 오직 프레젠테이션 영상을 위해 세트를 지은 모양인지 조명과 편집이 상당히 매끄럽고 전문적이었다.

"엄마가 왜 아빠 친구와의 약속을 싫어한다고 생각해요?"

아이가 소파에 앉은 남자에게 물었다.

"네 엄마는 나를 통제하면서 내가 재미있게 노는 걸 싫어하니까."

남자가 말하자 콜슨의 팀원들이 동시에 웃음을 터트린다.

"그야 네 아빠가 술에 취한 채로 들어와서는 자꾸 싸움을 거니까."

여자도 지지 않았다.

아이는 노트를 뒤적거렸다.

"엄마는 기분이 어때요?"

"무섭고, 외로워."

콜슨이 손을 흔들자 화면이 멈추었다.

"〈어린이 상담소〉에는 헤어지기 직전의 부모와 그 자녀들이 등장합니다. 아이들보다 더 부모의 결합을 원하는 사람이 있을까요? 이제 우리 아이들은 늑대 우리에 맨몸으로 떨어지는 게 아니라 자격을 갖춘 심리 치료사로 집중적인 훈련을 받습니다. 우리는 아이들에게 스스로 가족을 구할 힘을 실어주고자 합니다."

제정신이 아니구만. 나는 이해할 수 없었고 눈을 의심했다. 이건 정말 여러 측면에서 잘못된 프로듀싱이다. 아이가 부모의 모든 문제를 듣고 해결해야 한다는 책임감을 어깨에 짊어진다는 건, 평생에 걸친 정신적 피해를 입는 일이다. 나는 멜라니를 바라보았다. 내 기대와 달리 멜라니는 믿을 수 없을 정도로 고개를 끄덕이며 메모를 남기고 감명한 표정을 지었다.

"너무 대담하고 독창적이며, 논란의 여지가 있습니다. 저널리스트들은 우리 프로그램을 좋아하기도 하고, 싫어하기도 할 겁니다."

콜슨이 설명을 이어나갔다.

"드라마, 위험성, 가족애, 감정 등 우리 프로그램은 모든 걸 갖출 겁니다."

누군가 박수갈채를 보냈다. **이건 좋은 징후가 아니다.**

"그럼에도 저는 굳이 제가 나서서 이 아이디어를 영업할 생각은 없습니다."

콜슨은 계속 말을 이었다.

"저는 우리의 포맷이 프로그램을 나타내리라 믿습니다. 〈어린이 상담소〉의 파일럿 에피소드를 여러분께 공개합니다."

심지어 파일럿 에피소드를 찍어버렸네. 우리는 어린 소녀 멜로디가 엄마와 산후 우울증에 대해 이야기하고, 동생이 태어난 후 엄마의 관심이 동생에게 쏟아졌을 때 아빠가 어떤 기분을 느꼈는지 대변하는 모습을 지켜보았다. 끔찍하고 무미건조한 대화인데도 왠지 모르게 눈을 뗄 수가 없었다. 에피소드는 온 가족이 눈물을 흘리며 서로를 껴안는 것으로 끝났다. 누군가 킁킁거리는 소리를 듣고 고개를 돌려보니 개리가 울고 있다. **개리가 운다.** 우린 망했다.

손바닥이 아팠다. 그제야 내가 에피소드를 보는 내내 주먹을 쥐고 있었다는 사실을 깨달았다. 5분간의 휴식이 주어진 뒤

이제 내가 무대에 오를 차례였다. 내 겨드랑이는 벌써 땀으로 축축했다. 땀을 말려버리는 초강력 데오드란트를 뿌린 게 무색할 지경이다. **이렇게 긴장하는 게 정상인가? 모든 게 달린 프레젠테이션을 앞두면 누구나 이런 기분을 느끼는 걸까.**

다시 스튜디오로 들어가려는데 모르는 번호로 전화가 걸려왔다. 전화를 받을 시간이 없지만 펠릭스 학교나 에이미 어린이집이라면 어쩌지?

“여보세요?”

“예, 여보세요.”

상대의 목소리는 거칠었다.

“누구시죠?”

당황한 내가 물었다.

“데이브요. 당신이 찾고 있는 기계에 관해 새로운 소식이 있으면 연락 달라고 했잖아요.”

데이브가 누구였는지 머릿속을 한참 되짚었다. 내가 아는 데이브가 있던가? **아, 젠장. 데이브!**

“혹시 아케이드 데이브?”

내가 물었다.

“그렇소. 당신이 말하던 소원 기계를 찾았는데.”

데이브가 말했다.

“내가 아는 사람이 서더크 배스킨 광장 근처의 웬 가게에서 그쪽이 말하던 것과 똑같이 생긴 기계를 봤다더군요. 여기서 멀지 않아요. 얼마나 운이 좋은지 아는 거요?"

목구멍으로 튀어나올 것처럼 뛰던 심장이 천천히 제자리로 돌아가는 기분이다. 틀린 단서였으니까.

"거기가 아니에요."

내가 설명했다.

"건물터에 있던 신문 가게는 없어졌어요."

"글쎄요, 어제도 있었는데요?"

데이브가 말했다.

"아무튼 관심 있으면 가봐요. 가게 이름이 배스킨 뉴스라고 하는데, 원하는 물건이 아니면 내가 적당한 가격에 매입하겠다고 전해주고요."

나는 대충 고맙다는 인사를 하려다 말고 우뚝 멈췄다. 그의 말이 무슨 뜻인지 깨달았던 까닭이다. 그래, 배스킨 광장 옆 골목이다. 배스킨 로드가 아니라 배스킨 광장이었다.

"루시?"

그때 개리가 나를 불렀다.

"이제 시작합시다."

당장 가봐야 한다. 지금 당장 떠나야 한다. 소원 기계가 아직 그 자리에 있다. 내가 여태껏 엉뚱한 장소를 뒤지고 다녔다니.

나는 주위을 둘러보며 초조해하는 우리 직원들을 맞닥뜨렸다. 이 세상에 사랑하는 건 세 가지밖에 없다고 했는데 그중 두 가지에 배신당한 마이클. 그리고 곧 세 번째까지 잃게 될 마이클까지 책임져야 한다니. 내가 술에 취해 당장 청혼하라는 조언을 했던 트레이는 정규직을 기대하고 있다. 문신을 완성해야 한다던 도미니크는 다른 직원들보다는 걱정이 덜할지도 모르지만, 간과할 수 없는 게 있다. 모두 열심히 최선을 다해 일했고, 내게 생계를 맡겼다. 나는 남아서 프레젠테이션을 끝내야 옳다.

무대에 오르는 나를 향해 콜슨이 엄지손가락을 치켜세우더니 금세 뒤집어 버렸다. 어찌나 성숙한지. 〈어린이 상담소〉는 마음에 들지 않았지만, 콜슨의 프레젠테이션 능력은 흠잡을 데가 없었다. 매끄럽고 자신감이 넘쳤으며 완벽한 속도감으로 모든 이들의 관심을 끌어당겼다. 나도 그렇게 해야 한다. 아니, 더 잘해야 한다. **기계는 여전히 그 자리에 있고 신문 가게도 존재한다. 돌아갈 수 있다! 아니, 지금은 그런 생각도 하지 말아야 한다. 루시, 집중하자.**

"루시?"

개리가 내 이름을 부르며 헛기침했다. 모두 내가 시작하기만을 기다리고 있었다.

"아, 죄송합니다."

사포보다 더 거칠어진 목을 가다듬었다.

"제 어린 시절을 떠올리면 아버지가 집 안 곳곳에 만들어놓으셨던 아지트, 소꿉놀이, 숨바꼭질, 보물찾기가 생각납니다. 상상력을 자극하는 간단한 놀이였죠. 침대는 해적선, 소파는 우주로 날아가는 로켓이 되었습니다."

숨을 고르고 말의 속도를 늦춰야 하는데 심장이 너무 크게 박동하는 것 같다.

“아이들은 무엇이든 게임으로 만들 수 있습니다. 상상력을 이용해 가장 무서운 적을 만들어 내기도 합니다. 아이들은 어른과 같은 대우를 받고 싶어 하지 않습니다. 오히려 가장 아이다운 대접을 받고 싶어 한다고 생각합니다. 저는 아이들이 아이들로 남았으면 좋겠습니다. 두 아이의 엄마로서 어린 시절이 얼마나 짧은지 너무도 잘 알고 있으니까요.”

사람들의 면면을 살펴보다가 캘럼을 발견했다. 눈빛에 믿음이 가득했다. 그러다 문득 깨달았다. 내가 왜 이걸 혼자 다 하려고 했지? 우린 이 아이디어를 함께 발전시켰는데? 우리가 카디널스 팀이라면 타자 한 명으론 이 경기에서 이길 수 없다.

“어린 시절에 가장 무서운 게 뭐였어요, 캘럼?”

내가 물었다.

캘럼은 놀란 표정으로 뒤를 돌아보더니 이내 또박또박 대답했다.

“거대한 오징어가 욕조에 나타나 저를 하수구 구멍으로 빨아들이는 것이었습니다.”

사람들이 쿡쿡 웃음을 터트렸다.

“도미니크는요?”

맨 앞줄에 앉아 있던 도미니크에게 물었다.

“다락방이요. 너무 추운 데다가 먼지가 가득하고 거미가 많이 살아서요.”

“멜라니는요? 어떤 게 제일 무서웠어요?”

멜라니가 멍하니 나를 바라보았다. '없다'라고 말할 줄 알았는데 웬걸, "세탁실 보일러 소리" 하고 대답해 주었다.

"커다란 금속 이빨을 갈며 뜨거운 눈을 부라리고 부글부글 빨래하는 괴물을 상상하곤 했어요."

"좋아요. 트레이, 우리 멜라니가 말한 세탁실 괴물을 만들어 볼까요?"

트레이가 눈을 크게 뜨고 나를 바라보았다. 크림색 점프슈트를 입은 트레이가 내 눈에는 구원의 천사처럼 보였다. 트레이를 곤란하게 만들었다는 건 알지만, 그는 해낼 수 있다. 멜라니에게 우리가 미리 준비했던 것보다 훨씬 더 인상적인 괴물을 보여줄 수 있을 것이다. 트레이가 고개를 힘껏 끄덕였다. 그는 재빨리 멜라니가 묘사한 괴물을 스케치한 다음, 우리의 눈앞에서 생생한 홀로그램으로 구현해 냈다. 사람들 틈에서 "우와!" 하는 탄성이 터져 나오고 멜라니 역시 고개를 끄덕이며 감탄했다.

"우리는 아이들이 상상으로 만든 괴물을 물리치고 아이들만이 생각해 낼 수 있는 게임을 만들어주기로 했습니다. 이제 설명은 그만하죠. 저희 팀이 직접 보여드리겠습니다. 레온, 도미니크. 이리 올라와요."

이 역시 계획된 건 아니었지만, 두 사람 다 내 생각을 읽은 듯 잠깐 머뭇거리더니 훌쩍 무대 위로 뛰어 올라왔다. 즉흥적으로 가상의 집 안에 들어간 두 사람은 거미로 가득한 찬장, 사람을 잡아먹는 소파 등 자신이 무서워하는 것을 묘사하기 시작했다. 트레이는 아이들이 말하는 속도를 따라잡을 만큼 빠르게 그림을 그리며 상상 속의 괴물을 스케치해 홀로그램으로 구현해 냈다. 덕분에 내가 말로 설명하는 것보다 훨씬 더 감각적인 게임이 만들어지고 있었다.

"캘럼. 점수는 어떤 식으로 매기는지 설명 부탁해요."

나는 캘럼에게 무대 위로 올라오라고 손짓했다. 캘럼이 점수 매기는 법을 고안해 냈으니 그도 참여해야 마땅했다. 캘럼은 말을 조금 더듬었고 긴장한 기색이 역력했지만, 프로젝트를 향한 열정만큼은 빛났다. 전체적으로 산만하고 정신없는 프레젠테이션이었지만 재미있고, 현실적이며 우리 모두의 흥겨움이 잘 녹아들었다.

테스트 게임이 끝나자 마이클은 머리 위로 박수를 치며 허공에 주먹을 날렸다. 그리고 스튜디오 전체가 환호성과 함께 박수를 보내주었다.

"두 팀 다 정말 수고 많았습니다."

멜라니가 목소리를 키웠다.

"개리와 상의해 보죠. 결과는 후에 통지하겠습니다."

스튜디오를 나서기 전 멜라니가 고개를 돌려 나와 눈을 맞췄다. 그녀는 나를 인정한다는 듯 작은 고갯짓을 보냈다. 그 고갯짓이 곧 우리가 해냈음을 알리는 인사라는 걸 나는 알았다. 멜라니와 개리가 자리를 비우자마자 콜슨과 그의 직원들이 경멸의 눈빛으로 우리를 쏘아보았다. 우리는 모두 발을 구르며 함께 서로를 끌어안고 방방 뛰기 시작했다.

"침대 밑에 괴물? 정말 그게 당신들의 최선이야?"

콜슨이 비웃음을 날렸지만 분명 첫 등장 때만큼의 기백은 보이지 않았다.

"여러분, 정말 훌륭했어요."

마이클이 말했다.

"하루 종일 보고 싶어질 정도였어요. 정말 대단했어요."

"제가 직접 점수 방식을 설명했다는 게 믿어지지 않아요."

캘럼이 웃음을 감추려는 듯 입을 가리며 말했다.

"준비가 미흡했는데."

다른 사람들이 서로를 치하하며 축하하는 동안 트레이가 나를 한쪽으로 끌어당기고 조용히 물었다.

"마이클은 어떻게 된 거래요?"

"제인 때문에."

나는 씁쓸한 표정으로 속삭였다.

"아, 제인."

트레이가 주먹으로 손바닥을 치며 대꾸했다.

나는 콜슨과 악수를 나누며 화해하고 싶었지만 그는 이미 자리를 떠난 후였다. 기분이 훨씬 나아진 마이클이 다 같이 점심을 먹자고 제안했다.

"루시? 같이 갈 거죠?"

마이클이 물었다.

"죄송해요, 저는 갑자기 일이 생겨서 가봐야 할 것 같아요."

대로변으로 나가 택시를 잡아 탄 뒤 목적지를 말했다.

가슴이 두근거린다. 안전벨트를 매려고 했지만 손이 벌벌 떨렸다. 데이브가 틀렸으면 어떡하지? 포털이 아예 없거나 그게 포털이 아니었다면? 하지만 더 큰 불안감이 나를 덮쳐온다. **만약 그게 진짜 포털이 맞는다면, 그땐 어떡하지?**

제32장

여기다. 배스킨 로드와 똑같이 생긴 거리인데 건물들은 모두 그 자리에 그대로 있는 곳. 문을 몇 개 더 지나 내려가면 신문 가게가 있다. 파란색과 흰색 차양은 사라졌고, 외벽은 다시 칠을 했다. 눈에 잘 띄지 않는 모퉁이 가게다. 처음부터 제대로 찾아왔어도 저 가게를 발견했을지 미지수다. 택시 기사님께 고맙다는 인사를 하고는 가게 안으로 들어서자 두 개뿐인 통로와 천장까지 닿은 선반이 시야를 가리는 직사각형 모양의 작은 가게가 한눈에 들어왔다. 계산대 너머엔 아무도 없었고 손님도 없이 텅 빈 상태였다. 모퉁이 통로를 돌자 몇 주 전, 아니 몇 년 전과 똑같은 모습의 기계가 보였다. 심장이 목구멍에서 튀어나올 듯 쿵쾅거리기 시작했다.

다급히 기계를 만져보았다. 이게 착시가 아닌 현실이라는 걸 확인하고 싶었다. 차가운 금속 기계를 만지며 흥분을 가라

앉히려 애썼다. 이 기계의 존재가 과거로 통하는 포털이라는 사실은 아직 확인하지 못했으니까.

"다시 올 줄 알았지."

그때 스코틀랜드 억양의 부드러운 말씨가 들렸다. 노파를 보기 위해 고개를 옆으로 돌렸다. 똑같은 흰머리와 조끼였다.

"당신은?"

"어서 와요, 아가씨."

노파가 환하게 웃으며 인사했다.

"이거 진짜예요? 할머니, 진짜예요? 혹시 제가 지금 꿈을 꾸는 건가요?"

"얼마든지 진짜지요."

노파는 내게 초록색 간식이 담긴 갈색 봉지를 쑥 내밀었다.

"새콤한 자두 사탕 먹을라우?"

"제가 시간을 뛰어넘은 거예요, 아니면 기억을 잃은 거예요?"

나는 간식을 밀어내며 다급히 물었다.

노파는 자두 사탕을 꺼내 입에 넣고 한참을 빨다가 "아가씨는 어떻게 생각해요?" 하고 물었다.

나는 당장이라도 폭발할 지경이었다. 나는 확실한 답을 원했다. 무슨 일이 일어난 건지 제대로 설명해 줄 때까지 노파를 붙잡고 마구 흔들고 싶은 마음이었다. 하지만 자그마한 간식을 열심히 집어 먹는 요다 같은 노파가 나와는 달리 너무도 온화하고 차분해서 되레 내 목소리까지 차분해졌다.

"뛰어넘은 거죠?"

나도 모르게 답이 튀어나왔다. 아니면 내가 계속 그렇게 믿어온 걸까? 혹시 내가 이 가게, 이 기계, 이 노파를 찾으며 마침내 믿게 된 걸까?

"모든 게 다 편안하게 정리된 새로운 삶이, 아가씨 인생의 가장 좋은 시절이 마음에 들어요?"

"하! 인생이 어떻게 그렇게 간편하게 정리되겠어요!"

나는 눈을 질끈 감고 노파를 향해 소리쳤다.

"그게 제가 배워야 할 교훈이었어요? 만약 그랬다면 그때 그냥 말해줬어도 괜찮았다고요. 전 피드백을 잘 수용하는 사람이니까요."

"아니, 아가씨가 그렇게 빌었잖아. 어떻게, 전보다 좀 나아졌어요?"

노파는 조끼에서 회중시계를 꺼내 시간을 확인하며 차분하게 물었다.

"그렇기도 하고, 아니기도 했어요. 복잡해요."

그리고 나는 결혼반지를 내려다보며 중얼거렸다.

"물론 멋진 점도 많지만요."

"최고인 시절도, 최악인 시절도 다 같은 거야."

노파는 여전히 사탕을 녹여 먹으며 말했다.

"어쩌면 준비가 덜 되었던 모양이지."

"아무튼, 따라잡아야 할 게 너무 많았어요."

나는 참지 못하고 노파의 간식을 하나 뺏어 먹었다.

"인생에 지름길은 없을지도 모르죠. 어쩌면 모든 순간을 다 살아야만 깨달을 수 있을지도 모르고요. 그게 나를 '진정한 나'로 만드니까요."

그리고 나는 잠시 말을 멈추었다.

"잠시만요, 제가 지금 무슨 말을 한 거죠? 세상에, 나 무슨 깨달음을 얻은 《먹고 기도하고 사랑하라》의 작가처럼 청산유수야."

"젊은 나이에 이렇게나 지혜를 얻다니."

노파가 씩 웃으며 받아쳤다.

"누가요, 그 작가요?"

"아니, 아가씨 말이야. 루시."

내가 고개를 돌리자 노파가 나를 보며 눈을 찡긋거렸다. 그런 다음 간식 봉투 윗부분을 돌돌 말아 다시 조끼 주머니에 쑤셔 넣었다.

"그래서, 다시 돌아가고 싶고?"

"갈 수 있어요? 전 돌아가는 법을 모르는걸요."

"아가씨가 **진심으로** 돌아가고 싶다면 갈 수 있지."

노파가 기계를 통통 두드리며 말했다.

"그럼 제 인생이 여기서 본 대로 흘러가나요? 샘을 만나 펠릭스와 클로이, 에이미를 낳아요? 똑같은 가족을 꾸릴 수 있는 거예요?"

노파는 손가락을 꾹꾹 눌렀다. 표정이 한껏 진지해졌다.

"아무것도 장담할 수는 없지. 누구의 길도 미리 정해져 있지는 않은 법이니."

"이 모든 미래를 기억한 채 돌아갈 수 있어요?"

"아니, 아가씨. 앎은 가는 길을 바꾸지. 중요함을 아는 것과 모르는 것이 행동에 큰 영향을 미치니, 어쩌면 인생의 사랑을 만날 수 없게 될지도 몰라."

"조야랑 클로이는요? 제가 두 사람이 죽는 걸 막을 수 있을까요?"

"말했듯, 아무것도 정해진 건 없다네."

노파는 뒤돌아서서 주름이 잡히도록 이마를 찡그렸다. 그러고는 기계 뒤에서 작은 의자를 하나 꺼냈다.

"하지만 모든 걸 알고 과거로 돌아간다 해도 곧 죽는다는 말을 듣고 싶어 할 사람은 아무도 없지 않겠수?"

아이스크림 스쿱으로 마음을 한 스푼 크게 떠낸 것처럼 내 안의 무언가가 녹아내렸다. 나는 소원 기계에 등을 대고 바닥에 주저앉았다. 노파의 말이 맞다. 앞으로 어떤 일이 벌어질지 모두 아는 삶은 비참하다.

"그럼 저에게 남은 선택지는 뭐예요?"

내가 멍하니 물었다.

"여기 남기로 택하면 기억이 천천히 돌아와 공백이 메워지겠지. 아니면 모든 걸 잊고 돌아가거나."

"하지만 지금 이곳에서의 삶이 이대로 행복하게 끝나지 않을 수도 있잖아요."

노파가 눈을 반짝이며 내 시선을 붙잡았다.

"우리의 길은 예정된 것이 아니지."

마침내 나는 노파의 말뜻을 온전히 알아차렸다. 여기 머물며 기억하거나 모두 잊고 돌아가라는 것이다. 돌아간다면 내 인생은 완전히 다른 길목으로 틀어지며 끝날지도 모른다. 마치 〈소피의 선택〉처럼 말이다. (물론 이 영화를 본 적은 없지만, 사람들이 어려운 결정을 내려야 할 때는 늘 이 영화를 언급하더라.) 모든 일의 시작에서 나는 소원 기계가 내 소원을 들어주기를 간절히 빌었다. 과거로 돌아갈 수 있을지 모른다는 생각에 빠져 내가 정말 시간을 건너뛰었다고 믿기도 했다. 하지만 지금 나는 이 삶에서 만난 사람들과 사랑에 빠졌다. 그리고 내가 잊은 지난 16년의 기억이 온전히 돌아온다면 이곳에서 행복하게 살 수 있다는 것도 안다.

"며칠 새 뜨문뜨문 기억이 돌아오고 있어요. 그건 무슨 뜻이에요?"

"길을 택하면 아가씨의 뇌가 그걸 따라잡을 거요. 무언가를 기억하기 시작했다는 건, 아가씨가 선택을 시작했다는 거지."

나는 기계를 향해 몸을 틀었다.

"그래서, 이건 뭔데요? 이건 어떻게 작동하는 거예요? 무슨 마법 같은 건가요?"

노파는 한 걸음 다가와 내 손을 꼭 잡았다.

"하늘과 땅에는 당신의 철학이 꿈꾸는 것보다 더 많은 것들이 담겨 있지,* 호레이쇼."

"혹시 할머니, 셰익스피어세요?"

내가 미소를 지으며 묻자 노파의 눈이 즐거움으로 빛났다.

노파는 내 손을 놓고 손바닥을 내밀었다.

"자, 준비됐소? 동전은 있고?"

"지금 가야 해요? 사람들에게 작별 인사를 할 시간도 없이요?"

"지금과 같은 때도 없지. 나중과 같은 때도 없지만."

노파가 미소를 지으며 동전 두 개를 내밀었다.

"내일 이 시간이나 다음 주쯤에 다시 와도 돼요? 그냥 며칠만 더 여기서… 샘에게 작별 인사도 하고, 아이들도 안아보고, 그러고 나서…."

"루시, 결정을 확실히 내리지 못한 것 같구만."

"아니에요, 결정했어요. 돌아가야 해요. 내 인생을 되찾고 싶어요. 조야도 만나야 해요."

"그렇다면 어차피 기억도 못 할 텐데. 기억도 못 할 작별 인사가 무슨 소용이오?"

노파의 말이 옳다. 떠날 거라면 굳이 시간을 끌 필요가 없다. 더 깊이 생각하기 전에 기계에 동전을 넣고 예전의 삶으로 돌아가자. 스물여섯이 되어 이 모든 걸 다시 즐기고 싶다. 하지만 감았던 눈을 떠도 기계의 불빛은 여전히 흐릿하게 빛을 뿌리며 고집스러운 침묵을 지킬 뿐이었다.

"저런."

---

* 《햄릿》 인용

노파가 중얼거렸다.

"왜요? 그게 무슨 뜻이에요? 왜 작동을 안 해요?"

노파는 기계를 발로 툭툭 걷어차며 되살리려 애썼다.

"고장 난 건가요?"

"내 이럴 줄 알았지."

노파가 고개를 살짝 숙이며 말했다.

"뭐가요? 무슨 일인데요?"

"아가씨가 진심으로 원하질 않아."

"아뇨, 저 원해요. 정말 원해요! 돌아갈래!"

내가 기계를 향해 외쳤다.

"돌아갈래요!"

"온 마음으로 **간절히** 원해야만 작동하는 기계요. 아가씨 마음이 여기 있고 싶은가 보네."

"저, 갇힌 거예요?"

혼란에 빠진 내가 벌렁거리는 가슴을 부여잡으며 물었다. **내가 또다시 하늘을 날 수 있는지 의심하다니.**

"아니면 정말 작별 인사가 필요하든가."

노파가 다정하게 위로하며 기계를 두드렸다. 주머니에서 회중시계를 꺼내 다시 살펴보기도 했다.

"그래도 시간이 많진 않아. 여기 오래 있을수록 떠나기는 더 힘들 뿐이니. 이 삶이 진정으로 아가씨 것이라는 생각이 들면, 그때부턴 더 많은 기억이 물밀듯 돌아올 거요. 공백이 채워지면 떠날 수 있는 문도 닫히고."

"예? 시간제한이 있는 거예요? 대체 왜요?"

시간제한이라니, 가뜩이나 스트레스가 심한 상황에 스트레스를 더하는 불필요한 장치 같다.

"마감 시간은 누구에게나 필요한 법이니까."

노파가 시계 단추를 똑딱거리며 말했다.

"가서 작별 인사를 하되, 기억이 다 돌아오기 전에 서둘러 와서 떠날 준비를 해요."

좋다. 일단 집으로 돌아가 사랑하는 사람들에게 작별 인사를 하고, 논리와 감정을 분리해 차갑게 돌아서야 한다. 기억 상실증이 사라지고 마법의 포털이 닫히기 전에 돌아와야 한다. 내 이야기를 다 들은 펠릭스는 그야말로 하늘을 날 것이다.

제33장

"그럴 줄 알았어!"

펠릭스가 침대 위에서 방방 뛰며 외쳤다.

"포털이 있을 줄 알았어요. 그게 계속 거기 있었다니, 진짜 믿을 수가 없어요."

"나도 그래."

"저도 그 포털을 통과할 수 있을까요? 내가 화성에 갈 수 있을까요?"

펠릭스가 물었다.

"왜 화성에 가고 싶은데? 거긴 공기가 없어서 가자마자 죽을 거야."

"공기가 있는 화성을 소원으로 빌면 되잖아요. 식민지가 이미 건설된 화성이나 화성의 이름을 '펠릭스가 짱이다'라고 바꿔도 되고. 얼마나 멋져요?"

"참 나, '펠릭스가 짱이다' 행성이라고?"

내가 웃으며 물었다.

"소원 기계는 그런 종류의 소원은 받아주지 않을걸."

펠릭스가 내게 고개를 들이밀었다. 나는 팔을 뻗어 아이를 껴안았다.

"엄마가 가면 여긴 어떻게 돼요? 진짜 우리 엄마가 돌아와요?"

"나도 잘 모르겠어. 하지만 그럴 것 같아. 모든 게 원래대로 돌아올 거야."

"근데 엄마가 돌아가서 무언가를 바꾸면 전 존재하지 않을지도 모른다고, 그 요다 할머니가 그랬다면서요."

"응, 제기랄. 그래도 내가 설마 뭘 많이 바꾸겠어?"

"젠장."

"욕하지 말랬지."

"엄마가 먼저 했잖아요!"

우린 서로를 향해 씩 웃었다.

"내가 여기 남으면 기억이 돌아올 거래. 다시 네 엄마가 될 수 있어."

"엄마는 이미 우리 엄마예요."

펠릭스가 나를 더 힘껏 껴안으며 말했다.

"조금 더 지저분하고 욕을 많이 하는 엄마."

나는 눈물을 삼켰다.

샘이 문을 빼꼼 열고 고개를 들이밀었다.

"무슨 일이야?"

"내가 우주 비행사가 되고 싶다고 해서 엄마가 화가 났대요."

펠릭스가 말했다.

샘이 무슨 소리인지 모르겠다는 듯 갸우뚱거렸다.

"호르몬이 넘쳐, 내가. 아무튼 오늘은 무슨 일이든 흥분할 준비가 됐어."

"저녁이 다 됐다고 하면 울 거야?"

샘이 묻자 나는 고개를 흔들며 손바닥으로 눈물을 닦아냈다.

계단을 내려가면서 조명이 달라졌다는 걸 눈치챘다. 복도엔 촛불이 나란히 켜져 있었고 커튼은 전부 닫혀 있었다. 돌아서서 의아한 표정으로 샘을 바라봤지만, 그는 그저 수수께끼 같은 미소를 잔잔하게 지을 뿐이었다. 뭔가 꾸미고 있는 게 분명하다.

줄지어 나란한 촛불을 따라 부엌문을 열고 들어가니 한가운데 2인용 식탁이, 그 위에는 빨간 장미 한 다발이 놓여 있었다.

"이게 다 뭐야?"

"레스토랑이에요. 제가 웨이터고요."

따라온 펠릭스가 의자를 꺼내주며 말했다. 언제 차려입었는지 앞치마를 두르고 귀에 연필도 꽂았다.

"당신을 데리고 외식하러 나가고 싶었는데 베이비시터를 못 구했어."

샘이 설명했다.

자리에 앉자마자 내 앞에 접힌 종이 한 장이 눈에 들어왔다. 앞면에 '메뉴'라고 적힌 펠릭스의 어설픈 글씨체가 보였다.

"메뉴는 딱 하나예요."

펠릭스가 내 귀에 속삭였다.

"무조건 그걸 드세요."

메뉴판을 열어보니 1,000파운드짜리 채소 라자냐뿐이었다.

"세상에, 이렇게 비싼 식당을 데려왔어?"

내가 감탄했다.

"뭐, 대접하려면 제대로 해야지."

샘이 웃었다.

"뭘 축하하는 거야? 기념일도 아니고."

나도 모르게 배시시 웃으며 샘에게 물었다.

"아무 날도 아니야. 지난 한 달간 당신이 얼마나 힘들었는지 알아. 그냥 당신도 우리가 당신을 사랑한다는 걸 알아줬으면 해서."

샘이 잠시 호흡을 골랐다.

"당신이 기억하든 못 하든 상관없이."

펠릭스가 뿌듯하게 웃었다.

"이제 아빠도 우는 거예요?"

"그럴지도. 웨이터는 손님 대화에 끼어드는 거 아니야."

샘이 냉장고에서 와인을 꺼내려고 일어섰다. 펠릭스는 물병을 들고 테이블에 매달리듯 서서 내 물잔을 채워주었다. 그리고 테이블에 물을 왈칵 쏟았다.

"아이고."

어질러진 테이블을 치우려고 일어서는데 휴대 전화에 메시지 알람이 울렸다.

"엄마, 식사할 때는 휴대 전화 사용 금지예요."

펠릭스가 말했다.

"여긴 노 스마트폰 존이라고요."

"미안해, 회사에서 연락 올 게 있어서."

내가 변명했다.

"아, 개리가 보낸 거야."

나는 열심히 그의 문자를 읽어내렸다.

루시, 늦은 시간에 미안합니다. 그래도 기다리고 있을 것 같아 연락합니다. 방금 멜라니와 통화를 끝냈어요. 멜라니는 루시의 프레젠테이션이 마음에 들었다고 하더군요. 〈집이 살아 있다!〉를 채택하여 제작하기로 결정했습니다. 축하해요. 이번 주에 같이 점심 식사하며 밤프 UK 개발 책임자로서의 새로운 역할을 논의해 보죠. 앞으로 중요한 한 해가 되리라 믿어요.

나는 비명을 지르며 샘과 펠릭스에게 문자를 큰 소리로 읽어주었다.

"잠깐만, 회사에 전달해야겠어. 기다리고 있을 거야."

샘이 테이블을 가로질러 내 손을 잡더니 반지를 끼고 있는 걸 발견하곤 더없이 환하게 웃었다.

"이제 정말 축하할 일이 생겼네."

"정말 멋져요, 엄마. 이제 웨이터 해도 돼요?"

펠릭스가 밝게 외쳤다.

"그럼, 어서 시작해."

펠릭스는 웨이터에게 팁을 주는 것이 관례이니 이상적으로는 식사 비용의 10퍼센트 이상을 팁으로 주는 게 좋다는 설명을 장황하게 늘어놓았다. 현금이 없다면 레고로, 레고가 없다면 차용증도 기꺼이 받을 수 있다고 덧붙였다.

"좋아, 이제 웨이터는 자러 갈 시간이야."

샘이 의자를 뒤로 밀며 일어섰다.

"차리는 걸 도와줘서 고맙다, 펠릭스."

"잠깐만요! 아직 스페셜 메뉴를 소개 안 했잖아요!"

샘이 펠릭스를 안아 어깨에 훌쩍 짊어지고 부엌을 나서자 아이가 꺄르르 비명 섞인 웃음을 터트렸다.

지나치게 열정적인 웨이터가 잠자리에 들고 나니 샘이 맛있어 보이는 라자냐를 내주고 와인 잔을 들어 올렸다.

"당신과 나를 위해. 루시가 새롭게 쌓을 추억을 위해."

그가 내 시선을 붙잡으며 나지막이 외쳤다.

"좋아, 그걸 위해."

나도 화답해 주었다.

디저트는 냉장고에서 꺼내 온 부드러운 모카 케이크였다. 어딘가 익숙해 보이는 모습에 문득 기억 하나가 떠올랐다.

"이거, 엄마가 나 열 살 때 사준 케이크랑 똑같잖아."

"어머님께 사진을 찾아달라고 졸랐지. 그리고 빵집에 똑같은 케이크를 만들어달라고 주문했어."

"세상에, 감동이야, 샘. 고마워요."

나는 테이블에 몸을 기대고 그에게 키스했다. 오늘 저녁은 작별 인사를 하기에 완벽했지만, 동시에 이대로 끝내고 싶지 않다는 생각도 들었다.

우리는 케이크를 먹고 와인을 마시며 늦게까지 대화를 나누었다. 침실로 가는 길에 에이미의 방에 조용히 들어가 은은한 수면 램프 아래에서 잠든 에이미의 모습을 지켜보았다. 인형 네키를 움켜쥔 고사리 같은 손가락과 장밋빛으로 빛나는 동그랗고 매끄러운 뺨, 그리고 새근거리는 숨소리까지. 에이미는 너무나 아늑하고 평화로웠다. 나는 이미 이 아이를 너무도 사랑한다. 밤새도록 자는 모습을 지켜볼 수도 있을 것 같다. 손을 뻗어 아이의 머리카락을 조심스레 귀 뒤로 넘겨주며 속삭였다.

"잘 자, 우리 꼬맹이. 곧 다시 보자. 엄마는 꼭 널 다시 만나고 싶어."

그리고 방에서 나왔다. 그러지 않으면 금방이라도 울음이 터질 것만 같아서.

샘과 함께 침대에 쓰러지자 육체적으로나 감정적으로나 기분 좋은 포만감이 느껴졌다.

"멋진 저녁을 준비해 줘서 고마워요."

나는 샘에게 말했다.

"오해하진 마."

샘이 장난기 어린 눈으로 진지하게 말했다.

"평일 밤 식사에 1,000파운드를 쓰는 게 우리 사이에 흔한 일은 아니야."

"기대치를 낮출게요."

침대에 누운 샘에게 더 가까이 다가가며 속삭였다.

그의 눈빛이 진지해졌다.

"난 당신이 당신에게 질투를 느끼지 않았으면 좋겠어. 전부 다 당신이야. 알지?"

"응, 알아요" 하고 말하자 그가 나를 끌어당겨 품에 안았다.

"아까 펠릭스하고 나눈 대화를 좀 들었어."

샘이 조용히 덧붙였다.

"떠난다고."

"아."

"어디로 가는 거야?"

나는 몸을 일으켜 앉았다. 이게 작별 인사라면, 믿든 믿지 않든, 샘은 진실을 알 자격이 있다.

"우리, 이게 실제라고 가정해 봐요. 나랑 펠릭스가 나를 16년 전 과거에서 여기로 데려온 포털을 찾아낸 거야. 기억 상실증이 아니었고, 과거에서 이곳으로 시간 여행을 온 거지. 그리고 이제 다시 돌아갈 기회가 생겼어요."

나는 말도 안 된다는 반응이나 웃음을 기대하며 샘을 바라보았지만, 오히려 그는 한껏 진지했다.

"그럼, 영원히 떠나는 거야? 아니면 갔다가 다시 돌아오는 거야?"

샘이 물었다. 나는 어깨를 으쓱였다.

"내 인생이 그대로 똑같이 흐른다면, 다시 만나겠죠. 하지만 아무것도 장담할 수 없대."

우리는 잠시 침묵에 잠겼다. 그러자 샘이 단호하게 말했다.

"그럼 가지 마. 어디로 가려고 고민하든, 가지 마. 당신을 잃을 위험까지 감수하고 싶지 않아."

"내 인생의 무려 16년이에요, 샘."

그는 내 말을 다급하게 끊었다.

"아니, 난 당신을 사랑해. 과거의 당신이나 미래의 당신이 아니라 그냥 당신을 사랑해. 그러니까 제발, 내 곁에 남아줘."

상당히 효과적인 스피치였다. 그의 손길에 몸이 녹아내리듯 흐물거리며 나는 그 어느 때보다 혼란스러워졌다. 그는 나를 침대에 눕히고 고개를 기울여 내 어깨와 목, 턱선을 따라 계속해서 가볍고 부드러운 입맞춤을 남겼다. 우리 사이가 너무도 완벽해서 여기 외에 다른 시간대로 돌아간다는 건 상상도 할 수 없었다. 샘의 입술이 내 입술을 찾자 익숙한 아찔함이 온몸을 휘감았다. 나는 그의 너른 등을 두 손으로 움켜쥐며 눈을 감고 쾌락의 물결에 몸을 맡겼다.

그러다 문득 그가 입맞춤을 거두고 몸을 뒤로 물렸다. 나는 무슨 상황인지 몰라 하며 눈을 떴다.

"나, 봐줘."

샘이 속삭였다.

"당신이 날 봐줬으면 좋겠어."

그를 바라보는 순간, 이제는 내 두뇌가 간극을 따라잡지 못하더라도 마음이 그 틈을 메웠다는 사실을 가슴이 아프도록 선명하게 느낄 수 있었다.

"샘, 사랑해."

처음 입 밖으로 내뱉은 말이었다. 그리고 그 말을 내뱉는 순간, 지금까지 살면서 해왔던 그 어떤 고백보다 진심이라는 걸 깨달았다.

이제 우리 둘 사이엔 육체적인 욕망 외에 다른 무언가가 존재했다. 우리는 천천히, 조용히 사랑을 나누었다. 나는 이 특별한 친밀감을 내면 깊숙이 새기려고 노력했다.

사랑을 나눈 후 그가 나를 안으며 "왜 그래?" 하고 물었다.

울면 안 된다. 우리가 함께하는 마지막 밤을 망치고 싶지 않다.

제발, 제발 여기서 끝내게 해주세요. 여기서 끝났으면 좋겠어요. 이 생에서 이 남자와 함께하고 싶어요. 그런 기도를 하는 순간, 여기 머물러야 한다는 생각, 그를 잃을지도 모르는 위험을 감수해서는 안 된다는 생각, 그리고 그러려면 16년을 포기해야 한다는 깨달음이 뇌리를 스쳤다. 이런 고민을 하면 나는 과거로 돌아갈 수 없다.

어둠 속에 누운 나는 그에게 "고마워" 하고 소곤거렸다.

"뭐가?"

"전부 다. 당신이 당신이라서. 당신이 나를 사랑해 줘서. 내가 받은 모든 것, 우리가 함께 만든 이 삶 전부."

"꼭 작별 인사처럼 들리네."

샘이 손가락으로 내 팔을 부드럽게 쓸어내리며 말했다. 그는 내 옆에서 처음 듣는 노래 가사를 중얼거리다가 부드럽게 노래를 흥얼거리기 시작했다.

"노래를 만든 거야?"

나도 모르게 눈물이 차올랐다.

"그냥, 이렇게 말도 안 되게 시작하는 거지."

"제목이 뭐야?"

내가 물었다.

"음, '포켓 데이를 위해서라도 가지 마'야. 완성은 아니야. 그냥 흥얼거리는 정도지."

"마음에 들어요. 꼭 끝냈으면 좋겠어."

"알았어."

샘은 아무렇지 않게 대답했다.

"알았다고?"

"응, 알았다고."

그리고 절대 놓아주고 싶지 않은 듯 팔로 나를 감싼 그가 부드러운 목소리로 노래를 흥얼거렸다.

알람 소리에 잠에서 깬 걸 보니 나도 모르게 꽤 깊은 잠에 들었던 모양이다. 일어나 보니 샘은 없고 대신 베개 위에 쪽지가 남겨져 있었다.

펠릭스 데려다주고 다시 돌아와서 신곡 작업 중이야. :)

제발, 아무 데도 가지 마.

나는 입술을 깨물며 저절로 올라가는 입매를 끌어내렸다. 이탈리아로 신혼여행을 갔을 때가 떠오른다. 내가 알지도 못하는 이탈리아어로 온갖 메모를 남겨놨었지. 샘이 이렇게 베개에 남겨놓는 메모가 난 정말 좋다.

이탈리아로 떠났던 우리 신혼여행처럼.

이탈리아로, 떠났던. 우리 신혼여행.

젠장, 신혼여행이 기억나기 시작했다.

제34장

내가 너무 늦은 걸까? 혹시 기회를 놓친 건가? 이 기억은 일전에 떠오르던 그 어떤 기억보다 훨씬 더 선명했다. 이탈리아도, 호텔도, 옆방에 머물던 미친 커플도 기억난다. 모든 게 다 기억난다. **지금 당장 런던으로 가야 한다.**

옷을 아무렇게나 주워 입고 침실 밖으로 뛰쳐나갔다. 아침 8시 반, 집은 텅 비었다. 펠릭스의 방을 스쳐 지나가다 말고 나는 깜짝 놀라 걸음을 멈추고 돌아갔다. 우리가 만든 용암 램프의 리모컨이 책상 옆 바닥에 떨어져 있다. 오늘 아침에 프로젝트 박람회가 열리는데. 리모컨이 없으면 작동하지 않는다. 조립장난감으로 거미를 만들었을 때처럼 엄청나게 실망할 거다. **다리가 다섯 개뿐이었던 거미. 기억이 너무 생생하다.**

나는 리모컨을 손에 쥐고 복도를 내달리다 말고 층계참에 걸린 결혼식 사진을 바라보았다. 과일로 만든 웨딩 케이크였다. 엄마가 만들었는데 다들 너무 배가 불러 케이크는 손도 못 댄 바람에 엄마가 엄청나게 실망했었다. 복도 테이블 위에 놓인 펠릭스 사진은 크레타섬에서 상어를 보지 못한 보트 여행 직후에 찍은 것이었다. **더 늦기 전에 런던에 가려면 그만 보고, 그만 기억해야 한다.**

차에 올라탄 나는 램프 리모컨을 손에 쥔 채 속도를 올렸다. 따지고 보면 펠릭스의 프로젝트는 중요하지 않다. 내가 원래대로 돌아가기만 한다면 이 모든 건 아무래도 상관없었다. 하지만 정말 중요하다는 느낌을 지울 수 없다. 펠릭스에게는 지금 여기, 이 현실만이 중요할 테니 나에게도 당연히 중요한 일이다.

학교를 향해 달리는 길, 펠릭스가 자전거 타는 법을 배웠던 거리가 보인다. 펠릭스가 넘어지며 부딪히는 바람에 손목이 부러졌던 나무도 보인다. 추억, 추억, 너무도 많은 추억뿐이다. 나는 더 빨리 달리기 시작했다. 스탠은 속도를 줄이라고 엄중한 목소리로 경고했다.

학교 앞 계단 앞에 차를 버리듯 주차한 나는 시동을 켠 채 안으로 내달렸다.

"러더퍼드 부인, 방문객은 스캔부터 하셔야 해요!"

안내 데스크 직원이 등 뒤에서 소리쳤다.

"잠깐이면 돼요!"라고 외친 나는 필사적으로 행사장을 찾았다. 다행인지 불행인지, 나는 이제 학교 지리를 정확히 꿰고 있다.

문을 열고 들어가 보니 제시간에 맞춰 도착했다는 걸 알 수 있었다. 내 아들, 사랑하는 내 아들이 강당 연단 위에 서 있었기 때문이다. 몰리 그린웨이와 교장 선생님을 비롯한 선생님들과 학생들이 펠릭스를 둘러싸고 있었다. 펠릭스는 무언가 놓고 왔다는 걸 깨달은 듯 금방이라도 눈물을 쏟을 것같이 창백한 표정으로 전전긍긍하며 서 있었다.

"엄마가 가져왔어!"

나는 강당을 가로질러 달리며 외쳤다.

"엄마가 가져왔어!"

그러자 아이가 고개를 높이 치켜들었다. 일렁거리던 눈망울이 금세 메말랐다.

교장이 내 지저분한 머리와 어울리지 않는 옷을 보며 웃음을 참으려는 듯 이상한 표정을 지었다. 이곳에 오는 데 16년이나 걸렸지만, 펠릭스의 미소는 그 모든 세월을 뛰어넘는 가치가 있었다. 아이가 리모컨 버튼을 누르자 심장이 살아서 뛰기 시작한다. 학생들이 "우와!" 하는 소리를 연발하며 환호하고, 교장이 펄떡이는 공예품을 살펴보기 위해 가까이 다가가서는 "펠릭스, 대체 어떻게 만든 거니?" 하고 물었다.

이젠 정말 가야 한다. 나는 강당을 등지고 나오며 펠릭스에게 손을 흔들었다. 그때 펠릭스가 책상을 돌아 달려와 내 허리를 끌어안았다.

"고마워요, 사랑해요, 엄마."

아이의 고백에 반 친구들이 야유를 보내도 펠릭스는 아랑곳

하지 않았다.

"나도 사랑해. 네가 정말 자랑스러워. 잘 있어, 우리 아들."

나는 마지막 인사를 건넸다. 아이는 잠시도 손을 놓지 않았다. 그러더니 눈물로 얼룩진 뺨을 들어 나를 바라보았다.

"행운을 빌어요, 엄마. 걱정하지 마요. 우리 다음에 또 만나요."

차에 올라타자마자 나는 스탠에게 도움을 청했다.

"스탠리, 제발 도와줘. 제시간에 도착하지 못할 것 같아."

"루시, 할 수 있는 한 최선을 다해볼게요. 긍정적인 말을 해드릴까요?"

"응, 제발 부탁해."

"당신의 목표는 적절한 시기에 결실을 봅니다."

스탠리가 말했다.

"휴식을 취하면 창의력과 체력을 키울 수 있습니다."

완벽하게 도움이 되진 않았지만, 밀려드는 새로운 기억을 막기엔 충분했다. 타이어가 아스팔트를 긁는 소음과 함께 역 주차장에 차가 멈춰 섰다. 눈물이 앞을 가렸다.

"안녕, 스탠리. 보고 싶을 거야."

나는 핸들을 껴안고 울먹였다.

"제발 나를 위해서라도 모두를 돌봐줘."

"생산적인 하루 되세요, 루시!"

스탠이 말했다.

9시 15분 열차를 타기 위해 전력 질주했다. 그리고 열차가 출발하기 1분 전, 가까스로 올라탔다. 한번은 막차를 타고 돌아오는 길에 샘이 코벤트 가든에서 가장 좋아하는 멕시칸 레스토랑에 들러 음식을 포장해 오다가 승강장과 열차 사이의 틈새에 떨어뜨린 적이 있다. 나는 기차 안에서 머리를 감싸 쥔 채 생각을 멈추고 계속해서 떠오르는 기억을 차단하려 애썼다. **멈춰, 멈춰. 제발 멈춰야 해.** 옆 칸에서 들리는 아이 울음소리와 열차의 소음이 함께 뒤섞이며 새로운 무게감이 내 혈관을 채웠다. 발을 디딘 땅이 자석처럼 내 몸에 찰싹 들러붙어 나를 끌어내린다. 자그마한 손이 내 새끼손가락을 감싼다. 산소 호흡기와 튜브, 인큐베이터 그리고 심장이 멈추며 들리던 삐, 하는 이명. 내 심장의 일부가 그 순간 잘려나갔다. 상실감. 모든 걸 압도하는 상실감이었다. 그리고 사랑이었다. 감히 헤아릴 수도 없는 너무도 큰 사랑이었다. **나의 클로이였다.**

겨우 서더크에 도착하자 내 발걸음이 의도와 달리 느려지고 있다. 너무 늦었나 보다. 분명하다. 이 삶의 대략적인 그림이 빠르게 제자리를 찾아간다. **이게** 나의 현실이고, **이게** 나의 현재가 되고 있다. 한 걸음 한 걸음 내디딜 때마다 발걸음이 무거워지고 있다.

눈앞의 버스 정류장에서 세 명의 여자가 웃고 있다. 모두 20대로 보이는데, 똑같이 앞머리를 자르고 아이라인을 진하게 그렸다.

"베카, 오늘 밤에 꼭 와야 해. 오늘이 마지막 공연이야."

그중 한 명이 말했다.

"나 너무 피곤해. 눈 밑 쳐진 것 좀 봐. 난 잠이 필요해."

다른 여자가 말했다.

조금만 잘못 먹어도 족족 토하는 아기와 악몽을 꾸는 여덟 살짜리 아들을 돌보며 몇 달간 하루 세 시간만 자는 삶을 알기 전까지는 진정한 '피곤'이 뭔지 몰랐다. 눈 밑이 쳐진다는 게 진정 어떤 건지 모르는 젊은 애들이었다. 솔직히 너무 예뻤다. 정말 빌어먹게 예뻐 보였다. 물론 상대의 태도로 미루어 보건대, 자신이 얼마나 예쁜지 모르는 눈치였지만.

"잠은 죽어서 자는 거야."

세 번째 여자가 친구를 긴 팔다리로 힘껏 끌어안으며 외쳤다.

조야도 늘 그렇게 말하곤 했다.

아, 조야.

나는 달리기 시작했다.

언제나 그렇듯 가게는 텅 비어 있었다. 문을 열고 들어가며 나는 "안녕하세요! 저 다시 왔어요!" 하고 외쳤다. 구슬 커튼을 밀치고 가게 뒤로 들어갔다. 장사를 하는 것처럼 문은 열려 있는데 사람이 없었다. 스코틀랜드 노파가 여기 있든 없든, 나는 어쨌거나 시도해야 했다. 내게 시간이 허락되었는지 아닌지를 알아야 했다.

지갑에서 동전을 찾아 꺼내는 손이 덜덜 떨렸다. 동전을 기계에 넣었다. 기계 양쪽을 부여잡고 이번에는 큰 소리로 외쳤다.

"제발요. 돌아가고 싶어요. 돌아가게 해줘요. 내가 뭘 하고 있는지 모르고, 어디로 가는지 모르고, 어떻게 가야 하는지도 모르는 지저분하고 소란스러운 하루를, 좋은 날이든 나쁜 날이든 온전히 살고 싶어요. 세상에서 할 수 있는 모든 지랄 같은 데이트는 다 해보고 싶어요. 그래야 제대로 된 사람을 만났을 때 그 사람이 얼마나 특별한지 알 수 있잖아요. 그리고 그를 찾으면 절대 놓치지 않을 거예요. 처음으로 그를 웃겼던 날도, 아침에 일어났을 때 햇살에 비친 눈동자가 파란색이 아니라 녹색으로 빛나는 걸 발견하는 순간도 놓치고 싶지 않아요. 우리의 첫 키스, 첫 싸움, 처음 하는 모든 걸 놓치고 싶지 않아요. 가슴 아픈 일, 공포, 상실감, 미래를 모르는 두려움, 그게 인생이잖아요. 그 모든 기쁨과 온갖 소란스러움을 다 감수하겠다고요! 그리고 내 인생의 매 순간이 행운이고 숨 쉬는 모든 순간이 좋은 시절이라는 걸 이제 알아요!"

기계는 아무런 반응이 없었고, 네온사인만 희미하게 반짝이다 사라졌다. 나는 기계를 양손으로 부여잡고 흔들며 외쳤다.

"제발, 내 삶을 살게 해줘요. **부탁이에요.** 내 인생을 온전히 살게 해달라고요!"

기계가 아무런 반응이 없자 나는 그 자리에 무너지듯 주저앉아 이마를 댄 채 울기 시작했다. 모든 걸 기억한다고 해도 기억이 남아 있는 것과 직접 부딪히고 느끼며 사는 것은 너무도 다르다는 걸, 이제는 알았다.

선택의 기회가 끝나버렸다는 사실을 받아들이는 순간, 갑자기 쿵! 하고 기계가 울렸다. 깜짝 놀라 고개를 들어보니 어디선가 노파가 나타나 기계를 발로 힘껏 차고 있었다.

"기계는 가끔 때려야 말을 듣는다니까. 나처럼 이 고물도 늙었어."

노파가 말했다.

한 대 얻어맞은 기계가 갑자기 크리스마스트리처럼 불을 활짝 밝히며 활기차게 움직이기 시작했다. 곧 톱니바퀴가 윙윙거리며 납작한 구리 동전에 글자가 찍혔다.

당신의 소원이 이루어졌습니다!

제35장

······················

현재

꿉꿉한 습기와 악취 때문에 잠에서 깼다.

알람 소리에 신음하며 천장의 노란 얼룩을 바라보았다. 핀클리 씨가 과연 보수 비용을 감수하고서라도 천장을 고칠까 아니면 게으른 집주인이 개입해 물이 새는 천장을 고치고 다시 페인트칠을 해줄까. 얼룩은 점점 커졌고 냄새도 훨씬 심해졌지만, 웬일인지 오늘 아침은 평소보다 방 상태가 별로 신경 쓰이지 않는다. 아빠는 늘 말씀하셨다. "바다에선 더 끔찍한 일이 잘도 일어난다"라고. 바다에서 일어나는 끔찍한 일이 무엇인지는 모르겠지만 아마도 지독한 습기가 한몫하지 않을까 싶다.

침대를 박차고 일어난 나는 커튼을 열고 찬란하고 화창한 런던의 풍경과 냄새, 소리를 한껏 음미했다. 자동차 경적 소리와 새들의 지저귐, 1층에서 풍기는 케밥 가게 쓰레기통의 악취까지 전부 다. 오늘은 제대로 된 셔츠를 입고 출근해야겠다. 어제는 크루아상 게이트와 함께 내 승진이 사실상 아무런 의미가 없으며 여전히 말단 스태프에 불과하다는 걸 깨달은 끔찍한 하루였지만, 계속 출근하고 열심히 일하며 더욱 프로페셔널한 모습을 보인다면 언젠간 회사에서도 날 더 믿어주지 않을까.

부엌으로 가보니 에밀리와 줄리언이 아침을 먹고 있었다.

"미안해, 이거 네 거 같아. 내가 사다 채워놓을게."

줄리언이 수저 가득 시리얼을 퍼서 허공으로 들어 올렸다.

나는 "괜찮아" 하고 대꾸하며 상자를 집어 들고 그릇에 부었다. 시리얼 상자는 텅 비어 있었다.

"아."

"내가 토스트 만들어줄게."

내 시리얼을 함께 먹고 있던 에밀리가 "미안하다"고 말했다.

그때 복도 끝 조야의 방에서 음악 소리가 들렸다.

"조야 아직 안 나갔어? 아침에 일찍 나간다고 했던 것 같은데."

"고객이 약속 직전에 취소했대."

줄리언이 손가락을 흔들며 허리를 구부리고 통통 두드렸다.

"하여간 요즘 젊은것들은 책임감이 없어."

복도를 지나 조야의 방문을 차분히 두드렸다.

"들어와!"

조야가 외쳤다. 나는 문을 빼꼼 열고는 그 앞에서 주저했다. 어젯밤에도 조야를 만났는데 이상하게 훨씬 오랜만에 만나는 듯 어색하게 느껴진다.

"어, 아침 일찍 나간 줄 알았어."

내가 입을 뗐다.

"아, 집 보러 간다던 사람이 약속을 취소해서…."

조야가 말끝을 흐렸다. 우린 잠시 어색한 침묵을 지켰다.

"조야, 정말 미안해…."

내가 사과하자 조야가 서둘러 나를 막았다.

"아니야, 아니야. 내가 미안해. 너무 과민했어. 그렇게 예민하게 굴면 안 되는데. 내가 꿈을 포기한 것처럼 보이겠지만, 무조건 돈 때문은 아니야. 그냥 미대가 나랑 좀 안 맞았어."

"알아."

"학교를 그만뒀다고 다시는 그림을 그리지 않을 것도 아니잖아. 돈을 벌면서 세상을 보고, 다른 관점으로 세상을 그릴 수도 있어."

배시시 웃던 조야가 나를 안아주려는 듯 방을 가로질러 다가왔다.

"내가 부동산 중개인 일을 좋아한다는 게 놀랍고 네가 싫어하리란 것도 알았어. 그러니까 넌 무조건 방송계에 붙어 있어. 그리고 네가 투정 부리고 싶을 때마다 내가 다 받아줄게. 그게 친구 아니야?"

조야가 잠시 머뭇거리다가 다시 대화를 이어나갔다.

"내가 질투가 나서 더 화를 냈던 거 같아. 난 너처럼 내가 어디로 가고 싶은지 알고 싶어. 나는 그동안 계획을 세우고 방향을 잡는 대신 즐기는 데 너무 치중했던 것 같아."

"넌 너무 잘하고 있어. 사랑해" 하고 말하며 나도 조야를 힘껏 끌어안았다. 조야가 나를 보며 뜨악한 표정을 지었다.

"정말? 우리 대화가 너무 부족했나 봐. 나도 사랑해. 내 인생에 네가 없다면 지금만큼 행복하지 않을 거야."

"우리 너무 유치하다. 그래도 좋아. 나도 너 겁나 사랑해."

조야가 몸을 숙여 내 뺨에 쪽, 소리가 나는 짧은 뽀뽀를 남겼다. 나는 징그럽다는 듯 볼을 벅벅 문질렀다.

주방으로 돌아온 나는 하우스메이트 네 사람을 위한 차를 우리기 위해 주전자를 가스스토브에 올렸다.

"좋아, 다들 모인 김에 간단하게 회의 좀 하자."

내가 손뼉을 치며 입을 열었다.

"생각해 봤는데, 시리얼이나 우유, 휴지처럼 공용으로 사용하는 것들은 다 같이 현금을 조금씩 모아서 사는 게 어때?"

"오, 난 좋아."

줄리언이 먼저 동의했다.

"맞는 말이긴 하네."

에밀리도 차에 넣을 우유 냄새를 맡으며 어깨를 으쓱였다.

"그리고 꼰대처럼 굴려는 건 아닌데, 욕조는 씻는 일 외에 다른 용도로는 사용하지 않기로 약속하자. 욕조에서 동물 뼈나 염색 중인 천은 더 이상 보고 싶지 않아."

"난 동의."

줄리언이 말했다.

"에밀리, 네 염색약 때문에 나는 온몸이 보라색으로 변했었어. 베티가 보고 무슨 이국적인 피부병에 걸린 줄 알았대."

"좋아, 그럼 해결됐네."

내가 얼른 끼어들었다.

"오늘이 월급날이니까, 퇴근길에 내가 공용으로 쓸 휴지랑 시리얼 사 올게."

"오랜만에 다 같이 모여서 얘기하는 김에 나도 할 말이 있는데…."

조야가 어렵게 입을 뗐다. 조야는 나를 애처롭게 바라보았고 나는 고개를 끄덕여 주었다.

"나, 이사 나가기로 했어."

"오! 안 돼!"

줄리언과 에밀리가 동시에 외쳤다.

"우리 사총사를 버리지 마!"

줄리언이 간절하게 외쳤다.

"1층 현관 초인종에 붙어 있던 '조, 루, 줄, 에'도 바꿔야 하잖아. 나 그거 좋단 말이야."

"그럼 이제 누가 아침마다 배경음악을 깔아줘? 저녁에 보드

카는 누가 말아주고?"

에밀리가 징징거렸다.

"알아, 알아. 그래도 변화를 도모할 때가 된 것 같아."

"조야는 이제 다 큰 어른이 됐대. 그리고 나는 조야가 너무 자랑스러워."

나는 조야의 머리를 헝클어뜨리려고 손을 뻗으며 말했다.

"앞으로도 이 집에서 놀 거야."

조야가 얼른 덧붙였다.

"들을 만한 플레이리스트랑 보드카도 준비해 올게."

"새로운 하우스메이트 인터뷰하기 정말 싫은데…."

줄리언이 투덜거렸다.

"글쎄, 당장은 급하게 진행하지 않아도 돼."

내가 말했다.

"내 생각에 내 방 천장을 고치기 전까지는 사람이 살기 어려운 환경이라 월세를 깎을 수 있을 것 같아."

"오늘 아침에는 해가 서쪽에서 떴어? 완전 진취적이야. 에린 브로코비치*인 줄. 지난밤에 자면서 동기 부여 팟캐스트라도 들은 거야?"

에밀리가 놀랍다는 듯 물었다.

"모르겠어. 그냥 아침에 일어났는데 기분이 꽤 괜찮아서 몇

---

* 거대 기업과의 법적 분쟁에서 승소하며 3억 3,300만 달러를 배상하도록 한 미국 변호사 사무실 직원으로 동명의 영화가 있다.

가지 변화를 주고 싶었어.”

내가 멋쩍게 대꾸했다.

“화장실 휴지부터 바꿔보고 싶었던 거네?”

조야가 장난스레 웃었다.

“정확해.”

출근하기 전 방에 있던 죽어가는 식물 두 개를 집어 들고 미안하다고 속삭였다.

“노력은 했는데 난 식물을 키울 만한 사람이 아니야. 이제 그만 보내줄게.”

언젠가 나만의 정원을 갖게 된다면 그땐 아빠의 금손을 물려받은 딸이 되기 위해 노력하겠지만, 지금은 패배를 인정하는 게 부끄럽지 않다.

화분을 들고 쓰레기장으로 나갔다가 녹슨 초록 쓰레기통에 녹슨 동물용 케이지를 버리는 핀클리 씨를 마주쳤다.

“집에 둘 곳이 없어서 버리시는 거예요?”

내가 안타까워하며 물었다.

“아니. 아가씨, 그건 검은 봉투에 담아서 버려야 해.”

핀클리 씨가 잠시 멈춰 서서 내 손에 들린 화분을 살폈다.

“그건 왜 버리려는 거요?”

“제가 식물을 잘 돌보지 못해서요. 너무 시들어서 보고만 있어도 울적해지더라고요.”

“욕실 바닥 공사할 만한 사람은 불렀고, 내일 온다고 하더군."

핀클리 씨가 눈을 마주치지 않으며 말했다. 그가 최선을 다해 친절하게 굴려고 노력한다는 걸 느낄 수 있었다.

"정말, 정말 감사해요."

그러다가 문득 그가 호기심 어린 눈빛으로 내 손의 화분을 응시한다는 걸 알아차렸다.

"가져가실래요? 운이 좋으면 다시 살아날지도 모르잖아요."

"진심인가?"

핀클리 씨의 눈이 밝아졌다.

"당연하죠. 전 어차피 버릴 생각이었어요."

그는 양팔에 화분을 하나씩 껴안았다.

"원하면 언제든 올라와서 보고 가게."

핀클리 씨가 제안했다.

"뭐, 자네가 정말 보고 싶으면 말이야."

아하, 그럴 리가.

"전 괜찮아요. 말씀만으로도 감사해요."

출근하기 위해 돌아섰던 내가 잠시 발걸음을 멈추었다.

"저, 핀클리 씨. 욕실 공사 정말 감사해요. 그리고 어제 아침에 화내서 죄송하고요. 정말 피곤했거든요."

그는 고개를 끄덕이며 말했다.

"그럼 올라가서 물 한잔할까? 목이 말라 보이는군."

어떻게 정중하게 거절해야 하나 잠깐 고민하다가 그가 내게 물은 게 아니라는 사실을 깨달았다. 화분을 향한 질문이라는 걸 깨달은 나는 조야를 따라잡기 위해 달리기 시작했다.

"생각보다 다들 의연하게 받아들이는 것 같아."

지하철역으로 걸어가는 길에 조야가 먼저 말했다.

"정말 내가 이사 가도 괜찮겠어?"

"조야, 당연히 매일 네가 그립겠지만, 모든 게 영원히 똑같을 순 없잖아."

나는 잠시 멈칫했다.

"그래도 제발 템스강 남쪽에서 벗어나진 않을 거라고 말해줘."

조야는 내 손을 잡고 경쾌하게 앞뒤로 흔들었다.

"당연히 이 근처에서 구해야지. 어젯밤에 무슨 일이 있었던 거야? 왜 그렇게 늦게 들어왔고, 오늘 발걸음은 왜 이렇게 가벼워? 어제 누구 만났어?"

"어젠 진짜 이상했어. 끔찍했지. 네가 먼저 가고 술을 엄청나게 마신 다음에 집까지 걸어오다가 데이트 앱으로 바바리맨 데일을 만났고, 신문 가게에 들렀다가 웬 이상한 할머니도 마주쳤어. 할머니 이야기는 꼭 해야겠다. 아니, 근데 그렇게 끔찍한 저녁을 보냈는데, 아침에 눈을 뜨니까 세상이 버틸 만한 기분이야. 너무 이상하지? 너도 그런 적 있어?"

"응. 네가 나한테 '진짜 이상한 할머니 이야기는 꼭 해야겠어'라고 할 때마다 기대되거든."

월급날 기분도 낼 겸, 지하철역 근처 카페에서 조야와 내 몫의 커피를 샀다. 카운터 앞에 서서 커피를 기다리는 동안 라디오에서 노래가 흘러나왔다. 한 번도 들어본 적 없는 노래였지만 어딘지 모르게 마음에 들었다.

"이 노래, 뭐야?"

"'렉스'의 새 싱글이 나왔잖아. 제목은 「너와의 약속」이래."

조야가 말했다.

"라디오 1에서 자주 나오더라. 근데 왜?"

"기시감인가? 몰라, 노래에서도 그런 게 느껴지나?"

"그럼. 그런데 멜라니는 어떻게 할 거야?"

조야가 물었다.

"이번 시리즈만 잘 끝내면 이력서를 다시 돌리려고. 제대로 된 연출 보조직에 도전할 거야. 그동안 이 회사에 너무 안주하면서 멜라니에게 나를 증명하는 데만 집착한 것 같아."

"스톡홀름 증후군이지."

조야는 고개를 끄덕였다.

"오, 4분 후에 열차가 들어오네. 뛸래?"

조야가 휴대 전화로 앱을 확인하며 물었다.

"아니, 다음 거 탈래. 아침부터 서두르지 말자."

"좋아. 그럼 이제 어젯밤에 무슨 일을 겪은 건지 하나도 빼지 말고 다 말해봐."

그렇게 우리는 커피를 마시며 천천히 걷기 시작했다. 봄날의 햇살을 만끽하면서. 조야에게 데일이란 남자를 만나 데이트를 하다가 맨발로 집까지 걸어가게 됐고, 이상한 신문 가게에서 비를 피하려다 그곳에서 말도 안 되는 소원 기계에 이루어지지 않을 소원을 간절하게 빌었다는 이야기까지 전부 들려주었다.

에필로그

5년 후

"우리 이제 어디 가?"

어퍼 스트리트의 바를 빠져나오며 페이가 물었다.

"네 생일이니까, 네가 결정해."

조야가 내 어깨를 감쌌다.

"그나저나 그 금색 미니드레스, 너한테 정말 잘 어울린다. 우리 핫한 곳에 가자. 춤추러 가는 거야!"

"그래! 남자들도 꼬시고!"

로신이 구름 낀 밤하늘을 향해 외쳤다.

"네 남편한테 그런 말은 들키지 마."

페이가 말했다.

"당연히 나 말고 너희들 말이야. 나는 옆에서 바람만 잡아줄 거야."

"음, 조야는 충분히 싱글을 즐기고 있는 것 같고, 나는 남자를 멀리하는 중이니까 루시만 남았네?"

페이가 웃었다.

"나도 당분간은 싫어."

내가 호기롭게 말했다.

"내 서른한 살은 금욕과 절제의 한 해가 될 거야. 데이트와 술에 쏟았던 시간에 책을 읽고 새로운 취미를 만드는 거야. 어쩌면 마크라메*나 롤러스케이트 선수가 될지도 몰라. 이제 너희는 새로운 나를 만날 준비를 해야 할 거야."

"새로운 너, 예전의 너, 네가 되고 싶은 너, 뭐가 됐든 나는 늘 네 곁에 있을 거야."

페이가 내게 어깨동무하며 말했다.

"금욕과 절제라니, 때려치워, 루시!"

로신이 고개를 높이 쳐들며 웃어젖혔다.

"왜 저렇게 소리를 지르는 거래?"

페이가 물었다.

"클럽은 안 가면 안 돼? 바에서 술 마시는 건 좋은데 이번 주말엔 정말 **수면 보충**이 시급해."

"잠은 죽어서 자도 되잖아."

조야가 길 한가운데 우뚝 멈춰 서고는 우리를 향해 고개를

* 서양식 실매듭 공예

돌렸다.

"결혼, 아이, 직업, 여행 등 우리 인생에 어떤 변화가 찾아와도 절대 우리만의 시간은 포기하지 말자고 약속하자. 서로를 위해서는 늘 시간을 만들기로 해. 20년, 30년, 아니 50년 후에도 우리끼리 노는 밤은 포기하고 싶지 않아."

"이런 밤을 보내기엔 이미 너무 늙은 기분이야. 우리 내 생일엔 멋진 펍에서 점심이나 먹을래?"

페이가 물었다.

"아니면 하루 종일 스파에서 느긋하게 쉬던가."

"좋아, 장소는 중요하지 않아. 인생에 어떤 일이 닥치든 우리가 서로를 우선순위로 생각하는 게 중요한 거야. 남자는 왔다가 가지만, 우리는 영원하잖아?"

조야가 검지를 빙글빙글 돌리며 말했다.

"난 무조건이야."

내가 대답했다.

"나도, 당연히."

"나도 끼워줘."

페이가 말했다. 그리고 우리는 다 같이 서로를 끌어안았다.

"그래서 루시, 우리 어디 가는 거냐고. 클럽? 바? 마크라메로 장식한 섹스 던전?"

조야가 물었다.

"우리 가라오케 바에 가자. 나, 노래 부르고 싶어!"

내가 외쳤다.

감사의 말

우선 이 책에 영감을 준 〈빅〉, 〈완벽한 그녀에게 딱 한 가지 없는 것〉, 〈패밀리 맨〉 그리고 〈프리키 프라이데이〉와 같은 수십 편의 영화에 감사 인사를 전합니다. (1990년대에서 2000년대 초반은 참으로 영화계의 황금기였죠?) 이 영화들을 다시 보면서 인생의 도약에 관하여, 또 청년과 중년의 차이가 아이에서 어른이 되는 것만큼이나 뚜렷하지는 않을까, 하는 고민을 하기 시작했습니다. 저는 항상 판타지가 가미된 현실적인 로맨틱 코미디의 팬이었습니다. 그래서 스물여섯 살에서 마흔두 살로 도약하는 순간을 상상하자 더 이상 망설일 수 없었습니다. 그런 이유로 90년대 영화에 감사합니다. 네, 저는 옛날 영화를 보면서 "왜 요즘은 이런 영화가 안 나오지?"라고 한숨을 쉬며 혼잣말을 중얼거리는 그런 여성입니다.

우선 언제나 제 원고를 처음으로 읽어주는 소중한 친구 내

털리와 리즈에게 고마움을 전합니다. 특히 리즈의 마법 포털에 관한 심도 있는 이야기가 제게 큰 도움이 되었습니다. 시간 여행을 주제로 한 글을 쓸 때, 시간 여행을 '진심으로 좋아하는' 친구와 대화를 나누는 건 **모든 면에서** 제게 큰 도움이 됩니다. 우리는 루시가 다시 과거로 돌아간 후 미래의 타임라인에서 어떤 일이 벌어질지에 대해서도 많은 이야기를 나눴습니다. 저는 "그게 그렇게 중요해?"라고 물었고, 리즈는 "당연히 중요하지"라고 대답했습니다. 리즈의 말이 맞았죠. 루시가 모르는 그녀가 남기고 온 미래를, 심지어 그 부분이 책에 담기지 않더라도 저는 알아야 했어요.

펠릭스와 루시의 대화에 많은 영감을 준 제 두 아이, R과 B에게도 고마움을 전합니다. 이 아이들이 소설 속 '포켓 데이'를 만든 장본인이고, 우리 가족은 아직도 그날을 기념하고 있답니다. 아이들은 제가 생각한 것보다 훨씬 더 재미있는 일들을 생각해 냅니다. 그 덕에 저도 루시와 펠릭스의 대화를 50쪽 정도 더 쓸 수 있었습니다. 물론 책에 다 담진 않았습니다. 언제나 저를 응원해 주는 가족들, 특히 크리스마스를 기념하여 주변 모든 지인에게 제 책을 선물로 주신 우리 엄마에게 감사 인사를 전합니다.

써놓은 부분을 지우고 다시 쓰는 동안 제 손을 잡아주고 훌륭한 코멘트를 제공해 준 에디터 킴 앳킨스와 케이트 드레서에게 감사합니다. 두 분과의 협업은 정말 즐거웠어요. 제 에이전트이자 영감을 주는 친구 클레어 윌리스 그리고 너무도 외롭고 고달픈 직업을 덜 외롭게 만들어주고 서로에게 힘이 되어주는 사랑하는 작가 친구, 동료들 모두에게 고맙다는 인사를 남깁니다.

마지막으로, 저의 네 번째 소설을 읽어주신 모든 독자 여러분에게 가장 큰 감사를 전합니다. 솔직히 저는 제 글에 대한 여러분의 메시지와 리뷰에 큰 힘을 얻습니다. 이 세상에 차고 넘치는 훌륭한 책 중에서 제 책을 선택해 주셔서 진심으로 감사합니다. 지금까지 글을 쓰면서 결말 부분을 읽을 때마다 울컥하고 감정이 올라오는 건 이 책이 처음이었습니다. 제가 느낀 이 기분을 이 책을 읽는 여러분도 똑같이 느끼시길 바랍니다. '지금, 이 순간을 살자.' '인생의 모든 시절이 좋은 나날이다.' '하루하루를 소중히 여겨라.' 이런 말은 결코 말처럼 쉽지는 않죠. 그러니 가끔 치즈가 듬뿍 들어간 토스트를 먹고 싶은 날에도, 해야 하는 일을 미루고 넷플릭스를 보는 날에도, 인스타그램을 무한히 스크롤하는 날에도, 절대 자책하지 맙시다. 저 역시도 그런 자세로 살겠습니다.

부록

주변의 몇 명에게 물었습니다.

스물여섯 살의 자신에게 해주고 싶은 조언은?

스물여섯이라는 나이가 '너무 많다'는 사람의 말은 절대 그럴 가치가 없으니 귀담아듣지 말 것. 스포츠계에 입문하려는 게 아니라면 스물여섯 살은 그 무엇을 시작하든 너무 어린 나이. 솔직히 말해서 마하리, 그런 일은 계획조차 세우지 않았잖아. 끔찍한 조언처럼 들리겠지만 언제나 일부러 행동할 것. 일부러 친구를 사귀고, 일부러 열심히 일하고, 일부러 모험도 떠날 것. 지금의 너는 미래의 너를 위해 이것저것 다 즐기고 씹고 맛봐야 해. 스물여섯 살이라는 나이에 걸맞은 낙천주의와 싱싱한 간을 만끽해. 아, 그리고 눈썹은 실 면도로 정리해. 너무 많이 빠질까 봐 걱정하지 말고. 안 빠지더라.

—작가, 마하리 맥팔레인

배에 난 솜털 밀지 마!

—기업 커뮤니케이션 전문가, 헤스터 데쿠즈

인생은 한 번 사는 거야. 리허설 같은 건 없어. 지금이 바로 그 순간이야. 그러니 위험을 감수하고, 즐기고, 세상을 보고, 모험을 받아들이고, 일상에 안주하지 말고 친구를 존중해.

—대령으로 은퇴, 리처드 쿠슨스(저자의 아버지)

컨트롤되지 않는 열정을 '이 남자와 매일 밤 나란히 소파에 앉아 TV를 보며 살고 싶은' 사랑이라고 착각하지 마. 잘못된 남자를 고를 가능성이 커져. 제발, 배꼽 아래 동그란 뱃살에 집착하는 시간은 줄여. 거기에 담긴 건 말 그대로 내장이야, 엄청나게 중요한 기능을 하는 기관이라고! 신발 가게에서는 '늘어나겠지'라는 생각으로 한 사이즈 작은 신발을 사지 마. 소화기관이 제대로 작동하는 축복받은 시간을 제대로 즐겨.

P.S. 소화제 주식을 사.

—작가, 소피아 머니 쿳츠

마흔 살 전에 결혼하지 마. 최대한 싱글로 오래 살아. 무엇을 해야 할지 고민될 땐 직감을 믿고 명상해. 답은 늘 네 안에 있고, 넌 분명한 확신으로 그 선택을 했어. 금방 깨닫게 될 테고, 절대 후회도 없을 거야.

—시인, 트레이시 오디아

스물여섯의 나 자신에게 해주고 싶은 조언은 아마 지금까지도 내가 내 마음에게 하는 말과 비슷하지 않을까. 예상치 못한 일은 늘 일어나고 변화는 피할 수 없다. 이 사실을 빨리 받아들일수록 어떤 일이 닥쳤을 때 대처가 쉬운 법이다. 여러분을 대신하여 수많은 돈을 상담 치료에 쏟아부으며 이 사실을 깨달았으니 공신력은 얻은 셈. 추가로 스물여섯 살, 나를 두렵게 했던 모든 일이 결국 내 삶을 천 배는 더 좋게 만들어주었다.

—작가, 린지 켈크

비키니 입고 수영을 즐겨라! 아무도 나를 보지 않는다! 그보다 더 아름다운 시절은 없어! 부모님과 시간을 많이 보내! 그리고 넷플릭스에 투자해.

—공무원, 앤토니아

스물여섯의 나에게, '성공이란, 열정을 잃지 않고 실패에서 실패로 나아갈 수 있는 능력'이라는 윈스턴 처칠의 격언을 전하고 싶습니다. 자신을 믿는다면 계속 나아가세요. 넘어질 때마다 자리에서 일어나 먼지를 털어내고 다시 도전해요. 그렇게 간절히 원하는 것이 있다면 언젠간 얻을 수 있습니다.

—작가, 피터 제임스

젊은 나에게 용기를 내서 창의적으로 도전하라고 말하고 싶네요. 누구나 자그마한 날개를 달고 태어납니다. 내 기분을 나쁘게 하는 사람은 버리세요. 그리고 사랑에 빠졌을 땐 누구보다 진실한 모습으로 다가가세요.

—작가, 리지 덴트

더 많이 탐험해. 도시, 해변, 숲 어디든. 아이가 생기면 2분마다 간식을 요구하거나 산책이 지루하다고 하거나 안아달라고 하니까. 그땐 혼자 탐험하고 싶어도 못 해. 그리고 애플 주식을 사. 아니, 주식하는 법부터 배워.

—작가, 세스카 메이저

사랑을 찾을 수 있을지에 대해 너무 걱정 마. 세상엔 그에 못지않게 중요한 다른 종류의 사랑이 많아. 그리고 미친 듯이 사랑에 빠진 사람들도 결국엔 다 끝을 봐. 간이 허락할 때까지 퍼마셔.

—작가, 사라

지금은 엄청나게 커 보이는 걱정거리도 곧 별거 아닌 일이 돼. 그러다가 결국은 사라지지. 진정해, 지금 잘하고 있어. 그리고 앞으로 남은 기쁨이 정말 많을 거야.

—작가, 베스 오리어리

다음에 이어질 흥미진진한 일에 도달하기 위해 경주하기보다는 지금 이 순간, 네가 머무는 곳을 즐기는 시간을 가져봐. 물론 아직 원하는 곳에 도달하지 못한 것처럼 느껴지겠지만, 직감을 계속 믿으면 모든 일이 잘 풀릴 거라고 약속할게. 매일 자외선 차단제 바르기부터 시작하자. (절대 늦은 게 아니야.) 몸무게 걱정도 그만해. 친구, 가족들과 함께 추억을 만들고 모험을 즐기는 데 모든 시간과 돈을 투자해. 최고의 투자가 될 거야.

—에디터, 킴벌리 앳킨스

부모님을 있는 그대로 받아들이고 두 분과의 관계에 집중해. 건강을 잃으면 모든 게 다 망가져.

—CCO, 리디마 더럼

휴가, 저녁 약속, 꽃 사기 같은 건 절대 후회로 남지 않아. 친구를 위해 어디든 찾아가. 빨간 립스틱도 발라. 내게 부족한 책임감을 있는 그대로 즐겨. 원하는 것을 향해 계속 나아가면 모든 건 뜻대로 이루어질 거야.

—에디터, 케이트 드레서

남자들을 쫓지 말고 그들이 너를 따르게 해. 마크라메, 롤러스케이트, 액세서리 만들기, 자연에서 수영하기, 도예, 태극권… 뭐든 취미를 가져봐! 나중엔 취미를 갖고 싶어도 시간이 없을 거야. 여행도. 여유가 없다는 건 알지만 저렴하게라도 다녀오면 평생 잊지 못할 추억이 될 거야. 그리고 계속 글을 써…!

—작가, 소피 쿠슨스

그리고 가장 현명했던 답.

아이들과 놀아주고, 집안일은 내버려둬라.

—작업치료사로 은퇴, 에이브릴 쿠슨스(저자의 어머니)

위싱 머신

초판 1쇄 인쇄 2025년 1월 13일
초판 1쇄 발행 2025년 1월 21일

지은이 소피 쿠슨스
옮긴이 김나연

책임편집 이원지
디자인 studio forb
책임마케팅 최혜령, 박지수, 도우리
마케팅 콘텐츠 IP 사업본부
경영지원 백선희, 권영환, 이기경, 최민선
제작 제이오

펴낸이 서현동
펴낸곳 ㈜오팬하우스
출판등록 2024년 5월 16일 제2024-000141호
주소 서울특별시 강남구 테헤란로 419, 11층 (삼성동, 강남파이낸스플라자)
이메일 info@ofh.co.kr

ISBN 979-11-94293-56-9 (03840)

모모는 ㈜오팬하우스의 출판브랜드입니다.